TESS WAKEFIELD

Continência ao Amor

BASEADO EM UMA HISTÓRIA
DE KYLE JARROW

Tradução de Gabriela Araújo,
Isadora Prospero, Laura Pohl e Sofia Soter

Copyright © 2017 by Alloy Entertainment, LLC
Copyright da tradução © 2022 by Editora Intrínseca Ltda
Todos os direitos reservados. Publicado mediante acordo com a editora original, Emily Bestler Books/Atria Books, uma divisão da Simon & Schuster, Inc.

TÍTULO ORIGINAL
Purple Hearts

COPIDESQUE
Julia Marinho
Stéphanie Roque

REVISÃO
Júlia Ribeiro
Thais Entriel
Iuri Pavan

DIAGRAMAÇÃO
Julio Moreira | Equatorium Design

CIP-BRASIL. CATALOGAÇÃO NA PUBLICAÇÃO
SINDICATO NACIONAL DOS EDITORES DE LIVROS, RJ

W162c
    Wakefield, Tess
        Continência ao amor / Tess Wakefield ; tradução Gabriela Araújo ... [et al.]. - 1. ed. - Rio de Janeiro : Intrínseca, 2022.

        Tradução de: Purple hearts
        ISBN 978-65-5560-460-3

        1. Romance americano. I. Araújo, Gabriela. II. Título.

22-79956   CDD: 813
                        CDU: 82-31(73)

Meri Gleice Rodrigues de Souza - Bibliotecária - CRB-7/643

[2022]
Todos os direitos desta edição reservados à
EDITORA INTRÍNSECA LTDA.
Rua Marquês de São Vicente, 99, 6º andar
22451-041 — Gávea
Rio de Janeiro — RJ
Tel./Fax: (21) 3206-7400
www.intrinseca.com.br

Para Kim, no CC Club

Cassie

Hoje, dia dois de agosto, às 17h34, na ponte South Congress, aceitei meu verdadeiro eu. As janelas do Subaru estavam abertas, o *Greatest Hits* do Queen tocando no volume máximo, e era isso: eu não era mais uma mulher acorrentada a um cubículo, e sim uma cantora famosa, fazendo um dueto com Freddie Mercury. Os carros à frente do meu começaram a frear. Fiz o mesmo, esticando a mão para impedir a caixa de cair do banco do carona. Dentro dela havia uma foto minha com minha mãe na Disney, tirada quando eu tinha cinco anos, uma caneca de café com um desenho do rosto de David Bowie e três barrinhas de cereal vencidas que encontrei debaixo de uns depoimentos velhos. Meus objetos pessoais.

Meia hora antes, minha chefe, Beth, tinha me chamado na sala dela. Ela esticou o braço por cima da mesa para segurar minha mão — o hidratante gosmento com cheiro de limão melando minha pele — e me demitiu. Fiquei olhando para baixo, para minha meia-calça sob o vestido azul-marinho reto, para as sapatilhas baratas, sentindo uma estranha leveza. Era a mesma sensação que me invadia todo dia às cinco da tarde, quando eu ia para o estacionamento, mas multiplicada por dez. Parecia que, em algum momento, eu ouviria a claquete do diretor, tudo na sala de Beth ficaria mais iluminado pelos holofotes e alguém gritaria: "Legal, encerramos as filmagens de *Auxiliar jurídica*! Bom trabalho, Cassie."

E foi assim que aconteceu. Saí do set pronta para começar minha vida de verdade, uma vida que, eu esperava, não incluía cantar apenas no carro. Apesar do discurso falso de "Eu não queria fazer isso..." de Beth ter me atrasado para o meu segundo — e, dali em diante, único — emprego, eu já tinha notado que ser demitida do escritório de advocacia Jimenez, Gustafson e Moriarty era, na verdade, uma bênção. Há males que vêm para o bem, então aquela notícia não era nada chocante; era uma coisa boa, boa de verdade. Finalmente aconteceu algo que eu queria e ansiava: me ver livre das horas incessantes lambendo selos, caçando erros de digitação, e, com muita frequência, fechando às pressas as janelas do YouTube com vídeos de Hiatus Kaiyote quando pressentia que Beth estava atrás de mim.

Mudei de pista para ultrapassar o carro à minha frente. Era isso. Hora de contar. Diminuí o volume do som, coloquei o celular no viva-voz, encaixei o aparelho no porta-copos e liguei.

— Alô.

Dava para ouvir o barulho do trânsito no fundo. Minha mãe devia estar voltando da casa dos Florien, onde fazia faxina às sextas-feiras.

— Oi — falei. — Fui demitida.

Silêncio. O trânsito avançou devagar.

— Você foi demitida?

Suspirei e sorri.

— Fui.

— Foi demitida? — repetiu ela.

— Fui, mãe — confirmei.

— Por quê?

— Disseram que os negócios andavam mal e que iam juntar meu cargo com o da Stephanie, e como ela está lá há mais tempo, *tchau, tchau*. Adeus, Cassie.

— Que pena, *mi hija* — disse ela, e eu imaginei seu rosto, a boca contraída, as sobrancelhas franzidas. — Que triste que isso aconteceu. O que você vai fazer?

Pensei no porão fumacento de Nora, em Toby girando no banquinho atrás da bateria, em encostar a orelha contra a madeira do piano velho que eu tinha comprado pela internet, em nunca mais ter que acabar o ensaio às 22h para conseguir acordar cedo no dia seguinte e enfrentar meu purgatório diário de planilhas do Excel. Eu poderia descobrir como é ser musicista de verdade. Poderia acordar no dia seguinte, e no próximo, e no outro, e saber que meu dia seria todo dedicado à The Loyal.

— Estou a caminho do Handle — respondi, a voz leve —, então acho que vou pegar no batente.

— Você está tão tranquila.

— É — falei, atenuando a voz para soar mais triste, já que era o que ela esperava. — Estou tentando.

— E o seu plano de saúde?

Uma caminhonete buzinou ali por perto.

— Tem a assistência do governo — gritei em meio ao barulho.

— E o aluguel? — interrompeu minha mãe. — Fico preocupada.

Como se a palavra "preocupada" fosse um tipo de gatilho, ela começou o falatório. Comentou sobre o fundo de garantia. Avisou que o prazo para pedir o auxílio público à saúde já tinha passado, mas que talvez abrissem uma exceção. Torci para que minha mãe estivesse dirigindo devagar, porque ela gesticula muito enquanto fala.

Esperei ela terminar para contar sobre minha grande transformação, respirando fundo para tentar desfazer o nó de preocupação no meu estômago.

Eu aprendi a prestar muita atenção nas reações do meu estômago, mais do que a maioria das pessoas, com certeza. Nós duas, eu e minha barriga, precisávamos estar no mesmo time, porque nos últimos meses ela andava esquisita, rabugenta. Eu a imaginava como um objeto falante e antropomórfico bem sábio e antigo, tipo a personagem de um desenho animado. Normalmente, nossa comunicação se limitava a *Não gostei desse sabor de Cheetos, muito picante*, ou *Caprichou na sopa de feijão, hein? Vou ficar um tempo aqui processando.*

No momento, ela parecia dizer o mesmo que minha mãe, mas de um jeito mais agradável e menos histérico. *Cassie*, roncava, emanando ondas de náusea. *Você não está encarando a realidade.* Minha mãe continuava.

— Chega de pânico! — interrompi, tão alto que a mulher no Volkswagen ao lado me olhou. — É uma ótima oportunidade.
— É verdade, Cass.
Por um momento maravilhoso, estávamos todas juntas, nós três: eu, minha mãe e minha barriga. O trânsito avançou uns bons trinta centímetros, e a brisa entrou pela janela aberta.
Até que ela disse:
— Você pode usar o tempo livre para estudar para entrar na pós.
Minha barriga se manifestou de novo, e por pouco não bati no para-choque do Honda da frente. Senti vontade de dar uma cabeçada no volante.
Não é como se minha mãe fosse estraçalhar meu teclado, apontar uma arma para a minha cabeça e me forçar a entrar na Universidade do Texas, mas, desde que eu me formei na faculdade de direito, quatro anos antes, a sementinha da possibilidade de uma pós-graduação tinha criado raízes. E agora ela finalmente podia trazê-la ao sol, regá-la e fazê-la crescer até me esganar. Eu queria fazer música. Não qualquer música, mas música com o pessoal da minha banda, Nora e Toby, algo entre Elton John, Nina Simone e James Blake. Era a única coisa que me fazia feliz. *Mas felicidade não enche barriga.*
Ela me lembrava disso sempre que podia, e, sem o emprego de auxiliar jurídica, eu não tinha mais nada que pudesse usar de distração.
— Estudar, pois é — falei.
Respirei fundo.
— E já que o dinheiro vai estar curto, eu pago o cursinho.
O nó no meu estômago foi até as costas.
— Preciso desligar — anunciei.
— Tá, vou começar a pesquisar cursinhos aqui perto.
Engoli em seco.
— Não precisa.
— Por que não?
— Tá bom, mãe, te amo! Tchau!
O nó se espalhou pelo meu corpo todo, latejando, me deixando tonta. Acontecia muito. Tipo, umas duas vezes por dia. Por

isso a intimidade digestiva. Em geral, eu relacionava isso à ansiedade de ter que pagar a dívida do financiamento estudantil e tentava enfrentar a fonte daquela crise específica: Fome? Tinha comido demais? Precisava fazer xixi? Hoje achei que fosse a primeira opção. Peguei uma barrinha de cereal e mordi a aveia vencida, tentando segurar a tontura.

O celular vibrou. Esperava que fosse uma mensagem preocupada da minha mãe, mas era Toby.

Planos pra hoje?

Sorri. Mensagem em um dia que não tinha ensaio? E antes da meia-noite? Era novidade. Quando o trânsito parou, comecei a responder — *Talvez eu dê um pulo aí depois do trabalho* —, mas parei. Ele podia esperar. Toby era alto, tinha o cabelo comprido, estilo Cat Stevens, e tocava bateria. Em Austin. Ele vai ficar bem. Eu provavelmente era uma das três mulheres que tinham recebido aquela mesma mensagem.

O celular vibrou de novo. Era Nora, do bar. *Cadê você?*

Trânsito, respondi. *Já chego.* Quem ela queria enganar? Eu que arranjei esse emprego para Nora, então nem adianta ela querer bancar a responsável a essa altura do campeonato. Se não fosse por mim, ela estaria largada no sofá, fumando bong e tentando tirar de ouvido o baixo de "Psycho Killer".

Eu precisava mostrar para minha mãe que estava levando aquilo a sério. Quem sabe com um álbum da The Loyal. Que ainda não tem nome. Talvez uma cor. Toby tinha sugerido chamar de *Lorraine*, em homenagem à gata dele. Mas precisamos gravar primeiro. O resto — o plano de saúde, o dinheiro — se ajeitaria depois. Minha barriga roncou de novo, discordando.

— E quem é você pra falar alguma coisa? — perguntei em voz alta, aumentando a música com tudo. — Come essa barrinha e fica feliz.

Luke

Fort Hood era uma cidadezinha funcional. Ruas planejadas levavam a gramados ressecados, a estandes de tiro, a alojamentos dos anos 1970, a portões vermelhos enormes por onde veículos de tamanho e letalidade variados iam e vinham. Era possível ouvir o estrondo das armas pela cidade toda. Percebi que regaram a grama. Atrás da nossa fila, parentes e amigos estavam sentados em cadeiras dobráveis, se abanando com panfletos de alistamento militar.

Mais cedo, quando arrumamos as malas, as beliches vazias me deixaram abalado. Todos os nossos rastros se foram. Estava tudo limpo para o próximo grupo de recrutas. Não tinha muita coisa para guardar, de qualquer forma — a toalha amarela do Exército jogada na cadeira, a foto de Elena, a namorada de Frankie, em cima da mesa dele, o bloquinho em que eu registrava o tempo que levo durante minhas corridas. Mas ali não era um acampamento. Ali não era nem a nossa base. Era só um lugar para a prática de infantaria. O objetivo de estar em Fort Hood era ir embora de Fort Hood. E lá íamos nós.

— Então relaxem e aproveitem esse tempo — concluiu a capitã Grayson. — Usem com sabedoria. Lembrem-se de que representam o Sexto Batalhão, a 34ª Divisão de Infantaria Cavalo Vermelho, e o Exército dos Estados Unidos. Quando voltarem à ativa, irão à zona de combate.

— Quem diria — murmurou Frankie ao meu lado.

Em catorze dias, todos nós iremos para uma base desconhecida no sudoeste do Afeganistão. Uma unidade antiterrorismo. Mínimo de oito meses, máximo indefinido, provavelmente um ano. Nossa ida era o principal motivo de toda aquela cerimônia de "parabéns e tchau". Batemos palmas.

Do outro lado do gramado, pessoas felizes se reencontravam. Vi Clark pegar a filha no colo e girá-la como em um comercial de seguros, antes de colocá-la no chão e segurar o rosto da esposa para beijá-la. Gomez pulou no marido, enroscando as pernas na cintura dele. Frankie tinha desaparecido.

Davies surgiu ao meu lado, segurando o quepe. Armando também. Os órfãos se encontrando.

— Vocês têm família? — perguntou Davies.

Ele era um garoto cheio de espinhas, recém-saído da escola, um dos mais jovens ali, e burro que nem uma porta. Mal identificava as letras no exame de vista. Mas tinha um bom coração.

— Tenho minha namorada. E minha irmã. Elas não conseguiram folga do trabalho — disse Armando, cruzando os braços na frente do peito largo.

— Eu não tenho ninguém — comentou Davies. — Odeio essa parte.

Olhando por cima do ombro deles, encontrei Frankie, que abraçava uma mulher curvilínea usando um vestidinho amarelo. Elena. Ela tinha levado flores. *Mandou bem, Frankie.* Os pais dele os olhavam, abraçados também.

Armando passou a mão pelo cabelo preto à escovinha, pingando de suor.

— Queria só uma cervejinha gelada, mano.

Lambi meus lábios ressecados, vendo Gomez e o marido rirem, as testas encostadas.

— Eu também, cara.

— Vai pegar o ônibus, Morrow? — perguntou Armando.

— Acho que vou — respondi.

Davies passou os braços magrelos pelos nossos ombros.

— O que vocês vão fazer hoje? Querem tomar um porre?

— Com certeza — respondeu Armando. — Agora me larga, Davies, tá muito calor.

Davies acenou para mim com a cabeça.

— Vamos lá, Morrow. O que mais você tem pra fazer?

Olhei o celular. Pelo menos Johnno ainda não tinha me ligado.
— Não sei.
Armando sacudiu a cabeça, me olhando.
— Você é do tipo esquisito e caladão, né?
— Não — respondi, provando o argumento deles.

Talvez eu fosse esquisito mesmo. E daí? Eu não estava ali, apanhando de propósito, me preparando para vagar pelo Oriente Médio com um pedaço de metal quente e perigoso nas mãos só porque tinha ficado entediado com as apostas no futebol.

— Cucciolo! — chamou Davies.

Frankie e Elena se aproximaram, acompanhados pelos pais dele. A mãe era linda, tinha os mesmos grandes olhos castanhos de Frankie e usava uma calça de linho branca; o pai era um típico italiano, cabelo preto cacheado, sobrancelhas grossas e pele reluzente. Elena deu um beijo no rosto de Frankie. Ele juntou as mãos ao chegar mais perto.

— Mais alguém vai para Austin? Quero exagerar na dose hoje.
— Demorou — disse Davies. — Eu topo.
— Aonde vamos? — perguntou Armando.

Frankie se virou para mim.
— Escolhe aí — falou.
— Vou ficar de fora dessa.
— Ah, teu cu.

Olhei para ele.
— Preciso dar um pulo em Buda.
— Hoje?

Como demorei para responder, Frankie parou de sorrir. Ele abaixou a voz:
— Aconteceu alguma coisa?
— Nada de mais — falei, sentindo o peito apertar. — Problemas na família. Vou ficar num hotel no caminho.
— Um hotel? — perguntou Frankie, me olhando. — E seu irmão?

Hesitei, me afastando um pouco. Frankie veio comigo.
— Tenho mais o que fazer. Não quero...

Eu deveria ter apenas dito "boa ideia" e deixado para lá.

— Não me dou bem com meu pai — expliquei. — E Jake é casado, tem filho. Não quero incomodar.

Da última vez que vi Jake, eu tinha levado uma lista de pedidos de desculpas, escrita no papel timbrado do hospital St. Joseph, onde fiquei dez dias me desintoxicando. Ele bateu a porta na minha cara. O papel ainda estava dobrado na minha mochila, mesmo depois de um ano, como se eu nunca tivesse escrito nada.

— Fala sério, você está prestes a sair do país. Alguém vai te arranjar um sofá — disse Frankie. — Pode ficar lá em casa um tempo.

— Tá tranquilo. Vou ficar num hotel. Mas obrigado.

Ele deu de ombros.

— A casa dos meus pais é grande. Tem um quarto lá pra você.

Meu coração acelerou. Entre passar duas semanas em uma cama em uma casa com ar-condicionado em Austin e ter que ficar num quarto qualquer de hotel de beira de estrada, vendo besteira na televisão e tentando não sofrer uma recaída, eu preferia a primeira opção. Mas eu gostava de Frankie. No tornamos amigos. Não queria levar meus problemas para a casa dele.

Aquela casa grande, confortável e com ar-condicionado.

— Por duas semanas?

Para com esse desespero.

— Quanto tempo quiser — disse Frankie, me olhando e confirmando com a cabeça.

Luke Morrow não era o tipo de cara que gente assim hospedava. Mesmo antes da merda toda acontecer, eu não era de ficar de sorrisinhos e de papinho furado sobre o tempo. Nunca tive uma mãe para me ensinar a ser um cavalheiro ou lavar a louça depois do jantar. Eu era mais de fumar no quintal até todo mundo ir dormir.

Só que ali ninguém sabia disso. Eu podia lavar a louça, coisa e tal. Podia chamar todo mundo de senhora e senhor, já tinha aprendido bem. Por um segundo, o ar pareceu mais fresco. Respirei fundo.

Estendi a mão. Frankie a apertou.

— Eu agradeço.

— Morrow topou! — gritou Frankie.

Meu celular vibrou no bolso. Olhei a tela. Era Johnno. Silenciei.

Não é como se eu estivesse saindo para cheirar pó num balcão imundo. Eu só iria para um bar, com música, luzes, amigos e bebidas geladas. O sorriso de Frankie era largo, aberto, despreocupado. Começamos a andar em direção ao carro dos pais dele, com o resto das famílias, com todo mundo.

Cassie

Quando passou de meia-noite, o bar estava quase vazio. O ar agridoce da área de fumantes entrava pelas janelas altas, soprando sobre as mesas de sinuca. Umas sósias suadas da Lana Del Rey posavam para selfies sob os pisca-piscas e as bandeiras do Texas, e um homem de coque desviava uma jarra cheia de cerveja de um grupo de hipsters jogando Scrabble, mas, fora eles, ninguém pedia mais nada. Todos os copos ainda estavam cheios. Molhei a boca seca com o resto de um Gatorade, prendi de novo o bolo preto e bagunçado que tinha virado meu cabelo e li a lista que havia escrito num guardanapo.

arranjar uma vaga no sarau do Petey
arranjar outro amplificador
arranjar mais horas no bar / mais $$$

Nora passou por mim, usando uma calça jeans justinha e uma camiseta dos Rolling Stones cortada pela metade, e olhou para a lista.

— Cheia de planos?

Cutuquei o guardanapo.

— A gente tem que parar com essas festas de bairro que pagam com vale-presente. A gente precisa é de shows de verdade, em casas de shows de verdade, abrindo para bandas em turnê. É assim que a grana entra.

Ela olhou em volta, para um grupo de engravatados que nos encarava, agrupados em banquetas altas.

— Nada contra, mas...

— Pois é, pois é — falei, abanando a mão, porque sabia o que ela ia dizer. — Ando obcecada demais com o lance do EP ficar perfeito. Já entendi. A gente só precisa começar logo. É melhor ter um álbum inteiro de músicas novas do que, tipo, quatro músicas perfeitas, né?

— Concordo! — disse Nora, olhando para o grupo de novo.

— E agora que você...

— Agora que não tenho mais dois empregos — completei a frase dela, sentindo a empolgação crescer —, a gente pode ensaiar mais, e posso me dedicar a descolar mais shows para a gente durante o dia! Né?

— É, mas... — respondeu ela, apontando para trás.

— Para de "mas"! — Joguei as mãos para cima. — Mas o quê?

— Preciso de três gim-tônicas e um chope de Lone Star para aquela mesa ali.

— Ah.

Comecei a botar gelo em três copos.

— Você está com tudo, né? — disse Nora. — Gostei. A Cassie desempregada faz acontecer.

Isso. Meu verdadeiro eu.

— Acho que dois anos de enrolação já foram suficientes.

— Desde que a gente não pare com as Sextas da Stevie.

— Lógico.

Fingi fazer o sinal da cruz. Toda sexta à noite, no ensaio, Nora e eu usávamos roupas meio de bruxa, no estilo da Stevie Nicks, e tocávamos músicas do Fleetwood Mac para aquecer. Considerando que Toby, nosso baterista, estava na banda havia só seis meses, ele ainda não tinha animado de participar, apesar de usar um colete às vezes.

Uma onda repentina de gargalhadas e murmúrios chegou à porta do Handle, crescendo conforme um grupo grande de caras de cabelo raspado entrava. Pelo nível de conforto que demonstravam com contato físico, já deviam estar bem alterados.

— Bombeiros? — perguntei para Nora enquanto enchia um copo de chope.

— Soldados, eu acho — respondeu ela.

— Sim, senhora — falei, com um tom exagerado, colocando as bebidas na bandeja dela antes de me debruçar no balcão, abaixando a voz. — Vou descolar uma grana pra gente.
— Vai nessa.
— E aí, rapazes! — gritei, abrindo os braços. — Como posso ajudar?

Os soldados tinham parado em formação atrás da fileira de banquetas, olhando de mim para as televisões ligadas no canal de esportes.

— Cassie! — ouvi a voz de um homem chamar.

Olhei ao redor. Entre dois caras musculosos, de cabelo raspado e bochechas que já tinham sido mais rechonchudas, encontrei um rosto conhecido. Ele esticou os braços por cima do bar.

— Eu conheço ela! — exclamou.

Gargalhei, incrédula, olhando para aqueles olhos castanhos enormes.

Frankie Cucciolo, o Power Ranger azul quando eu era a rosa. O mais próximo que eu tive de um irmão na infância. Minha mãe fazia faxina na casa vizinha à dele enquanto a gente brincava com arminhas de água e via *Free Willy* sem parar.

Dei a volta no balcão para abraçá-lo. Ele tinha o mesmo cheiro de quando jogava areia dentro da minha roupa: cheiro de batata frita.

— Como você está? — perguntei.

Nós éramos bem próximos antes de eu ir para a faculdade, muito próximos mesmo, mas eu não o via fazia alguns anos.

— Ótimo! Estou de baixa — disse ele.

Eu o peguei pelos ombros.

— De baixa? Você entrou para o Exército?

Frankie, um soldado! Eu me contive para não perguntar se ele estava falando sério. Voltei para trás do balcão.

— Isso! — respondeu ele. — A gente vai para o Oriente Médio em duas semanas.

Ao dizer isso, Frankie bateu nos ombros dos caras que tinham se sentado ao lado dele. Contei uns quinze homens, e me preparei. Eles fizeram fila no bar, e eu puxei papo com cada um, tentando não parecer um robô simpático:

— Fort Hood, é? Uau, incrível.

Eu não faço ideia de onde seja isso.

— O que eu sou? Porto-riquenha.

Sou um ser humano. Ah, você quis dizer de que país minha família é?

— Nossa, muito obrigada! Que fofo!

Minha camiseta é bonita mesmo. Principalmente porque meus peitos estão debaixo dela.

Perto do fim da fila estava um homem mais baixo, com aparência jovem, peitoral largo e maçãs do rosto proeminentes. Ele estendeu a mão.

— *Soy* Armando.

— *Soy* Cassandra. Vai beber o quê? — perguntei em meio ao barulho, olhando de relance para o cara ao lado dele.

— Pode ser uma Budweiser — respondeu ele, mas eu já tinha me distraído.

Armando era bonito, todos ali eram, mas o cara ao lado dele tinha ombros largos e cabelo escuro raspado bem rente. Corpo sarado, seco. Cílios compridos, boca carnuda. Pele bronzeada pelo sol, quase da cor da minha.

Quando reparou que eu estava de olho, ele parou de assistir aos melhores momentos do jogo dos Rangers na TV.

— Oi — falei, tendo esgotado minhas expressões mais simpáticas. — O que vai querer?

— Ah, hum. Cerveja não.

Eu ri.

— Que tipo de cerveja não?

— Hum... — Ele olhou a lista atrás de mim e depois as chopeiras à minha direita. — Na verdade, não sei. Desculpa, faz tempo que eu não sou o sóbrio da rodada.

— Do que você gosta?

— Hum...

Ele olhou para o balcão, como se estivesse contemplando o vazio.

— Aqui — indiquei, pegando três copinhos e preparando alguns drinques sem álcool. — Soda com limão e *bitter*, Shirley Temple e *ginger ale* temperada.

Ele tomou um gole de cada um, sempre me olhando por cima do copo. Quando acabou, acenou para os três.

— Gostei. Todos são bons.

— Ah, você já conheceu o Luke! — disse Frankie, se aproximando com o rosto corado. — Luke, Cassie.

Nora se enfiou entre Frankie e Luke e passou por baixo do balcão.

— Essa é minha baixista, Nora — falei para Frankie, apontando para ela com a cabeça enquanto enchia três copos de gelo.

— Oi-lá, Nora — cumprimentou Frankie, já bêbado.

— Nora, oi, uau — disse Armando, mal notando que eu tinha servido a cerveja dele. — Armando, prazer.

— Estou trabalhando — respondeu Nora, abrindo a boca pintada de batom em um sorriso grande e encaixando uma latona de cerveja na dobra do cotovelo.

Armando a acompanhou com o olhar enquanto ela servia as bebidas. Ele se afastou do balcão e foi até um grupo de soldados que dançavam "This Is How We Do It" perto do jukebox. Era sempre assim. Eles não encontrariam nenhuma música lançada depois de 2005 ali.

— Boa sorte — murmurei quando ela olhou para mim.

Nora revirou os olhos.

Luke, notei com uma pontada de prazer, não tinha nem se mexido.

Frankie e eu jogamos conversa fora enquanto eu servia mais uma rodada para os amigos dele. Os olhos de Luke eram de um tom azul-acinzentado, e, quando virei as costas para preparar um *old fashioned* para Frankie, ouvi Luke murmurar alguma coisa.

E então veio a voz de Frankie, alta:

— Cassie? Não, ela é praticamente minha irmã. Mas soldados não fazem muito o tipo dela. Pelo menos não faziam quando a gente era adolescente.

Acendi um fósforo. Minhas orelhas arderam. Meu tipo na adolescência eram os idiotas.

— Não precisamos falar disso.

— *Qual* é o seu tipo? — quis saber Luke.

Eu me virei, encostando o fogo numa tira de casca de laranja.

— Criaturas mitológicas.

— Tem alguma por aqui? — perguntou ele, levantando as sobrancelhas e olhando ao redor.

— Não — falei, sentindo a boca tremer no canto, que nem a dele.

Nora deixou a bandeja no bar.

— Me vê mais uma rodada para a mesinha alta?

Armando tinha voltado, acompanhado de um cara ruivo de óculos e com uma camisa listrada feia.

— Soldados não fazem seu tipo, é? — disse o cara, com a voz arrastada, se largando no bar. — A gente pode lutar para proteger essa sua bundinha, mas não podemos passar a mão?

— Davies — repreendeu Frankie. — Cara.

Respirei fundo. Babaca número 2.375 dos meus dois anos de bartender. Enchi um copo.

— Bebe água, cara.

— Que mané água! — disse o ruivo, e empurrou o copo com força, derramando tudo.

Peguei um pano e sequei a poça, com o rosto ardendo.

— Acho que você já bebeu o suficiente.

— Ah, fala sério — insistiu ele. — Sua amiguinha está sendo uma escrota — acrescentou para Frankie, em voz mais baixa.

Em um segundo, encostei a barriga no balcão, o nariz a centímetros da cara dele.

— Vaza daqui — falei.

Um sorriso torto se abriu no rosto magrelo do soldado. A boca dele estava seca, os olhos marejados e vermelhos.

— Opa, opa, opa... — disse ele, dando um passo para trás com as mãos levantadas e ainda sorrindo, começando a arregalar os olhos. — Foi só... Eu só... sabe.

Todas as minhas veias estavam prestes a estourar.

— Vaza logo ou o segurança vai te botar pra fora — falei, impassível.

Armando segurou o ruivo pela cintura e foi cambaleando com ele até a porta. Peguei mais um copo e fingi secá-lo, esperando meu coração voltar ao ritmo normal. Soprei a mecha escura que tinha caído na minha cara.

— Precisava mesmo disso? — veio uma voz do bar.

Luke.

— Como é que é?

Ele deu de ombros.

— Não precisava expulsar o cara. Ele está prestes a embarcar, precisa espairecer um pouco. Ele corre o risco de morrer.

— Meu Deus — resmunguei. — Eu não pedi para ele se alistar. E ele está indo para uma guerra em que eu nem acredito, então não vou dar trégua nenhuma.

Ele me olhou, ficando sério de repente.

— Não, você não pediu, porque ele se ofereceu como voluntário para defender o nosso país. Um país que inclui você.

— Não é só a gente que precisa ser defendido. Mas deixa pra lá.

Levantei as mãos, me rendendo, e olhei ao redor, procurando Nora. O patriota podia ganhar a discussão. Eu só queria voltar a ganhar minha grana.

Ouvi a voz dele mais de perto, mais intensa. Ele tinha se debruçado no balcão.

— Você sabe o que está rolando naquelas bandas? — perguntou, e eu me virei para ele. — Com o Estado Islâmico?

Se eu sabia o que estava acontecendo com o Estado Islâmico? Como se eu não soubesse ler. Eu não deveria ter dado corda, mas não me aguentei. Ele era arrogante demais.

— O EI é uma resposta fundamentalista aos Estados Unidos acabando com toda aquela região por pura ganância — respondi, e ele ficou boquiaberto, em um momento de choque. — E vocês parecem achar uma boa ideia continuar a entrar lá e provocá-los. É isso que está rolando.

Luke ficou indignado.

— A gente não está indo lá "provocar", Cassie.

O som do meu nome na boca dele me deu um frio na barriga.
— Ah, é, Luke?
— O Exército também constrói estradas, hospitais e escolas. A gente protege civis. A gente protege agentes humanitários.
Levantei as mãos.
— Que bom pra vocês!
Ele ficou tenso, tirou umas notas do bolso e jogou no balcão.
— Você cresceu com o Frankie, né?
Luke apontou com a cabeça para Frankie, que tinha ido até o jukebox.
— Mais ou menos.
Ele se levantou e virou o resto da água.
— Então faz sentido.
— O que faz sentido?
Eu odiava ter que erguer o pescoço para vê-lo. Odiava que, apesar da raiva, eu sentia uma parte de mim sendo puxada para ele.
Luke fez um gesto de desprezo com a mão.
— Tatuagem, adesivo de para-choque, indie rock, blá-blá--blá. Provavelmente dirige um Prius que seus pais compraram pra você.
— Tá. Primeiro, você não me conhece. Segundo, eu não estava falando mal de você especificamente. Nem da sua escolha de fazer o que quer que faça no Exército. Estava só afirmando meu direito de não ser chamada de escrota pelo seu amigo.
Luke retrucou imediatamente.
— Você está certa, a gente não se conhece, e o que sei é que você não deu pra um garoto assustado a oportunidade de ficar sóbrio, se desculpar e passar a noite com os amigos, porque, o quê? Quer paz mundial? — perguntou ele, batendo no balcão. — Correto? Só para entender.
— O que eu sei é como ele agiu aqui, agora, soldado ou não — falei, quase gritando, já ofegante de novo. — E você também pode ir embora.
— Tranquilo — disse ele, se afastando do bar. — Boa sorte aí.
Alguns minutos depois, o grupo todo se foi, aos tropeços, e Frankie saiu meio desanimado. Lá se foi a possibilidade de mais

gorjetas. Tateei o avental. Mesmo depois de servir duas rodadas, o maço de notas e recibos estava fino. Ao cruzar a porta, Frankie fez um tchauzinho triste e desapareceu.

Merda.

Nora se aproximou com um panfleto colorido na mão. Ela olhou para o dinheiro de Luke.

— Vai pegar isso aí?

— Vou. Mas parte de mim não quer nada daquele babaca — falei, esfregando cada centímetro do balcão onde ele tocou. — Pega mais um Gatorade pra mim? — pedi a Nora.

— Pego. Já é qual? O quinto?

Dei de ombros. Eu estava com sede. Vivia com sede.

— Enfim, também não quero isso — disse, e me mostrou o panfleto.

Entre no Exército, dizia. *Aproveite os benefícios.*

— Veio com um pedido de casamento do Armando — acrescentou ela.

— Ele te pediu em casamento? Sério?

— Sério que nem um guerreiro bêbado às vésperas de ir para a batalha.

Enfiei o panfleto no bolso do avental e tirei o maço de recibos.

— Quantas rodadas até a gente conseguir comprar um amplificador novo?

— Muitas — respondeu ela, e suspirou antes de servir dois shots. — Tim-tim!

— Vai trabalhar — falei, levantando o copinho para bater no de Nora, rindo sem vontade.

Virei o copinho e tomei um gole de Gatorade, tentando me livrar da sensação de pavor. Eu não sabia de onde vinha. Talvez fosse por causa daquele soldado, ou talvez porque finalmente tinha caído a ficha de que eu estava desempregada. Eu estava mesmo livre, uma liberdade meio desamparada. Enquanto recolhia do balcão as notinhas, as embalagens de canudo e os porta-copos de papelão encharcados, estiquei a mão de repente, tentando pegar um pedaço de papel que voava no ar. Minha lista no guardanapo, amarrotada e disfarçada, quase tinha ido parar no lixo.

Luke

Acordei no quarto de hóspedes de Frankie, debaixo de um edredom de plumas e do elefante invisível que está sempre sentado no meu peito. A moça que ministrava a terapia em grupo no St. Joseph dizia que essa "sensação do elefante no peito" poderia ser ansiedade. A ideia de sofrer de ansiedade aumentava o aperto no meu peito, então eu a ignorei, mas, sim, o elefante me fazia ter dificuldade com coisas que eram fáceis para a maioria das pessoas. Coisas como ser simpático, comer ou usar certas substâncias em quantidades razoáveis, acreditar no enredo de filmes, dormir, tomar decisões. Nunca consegui pegar o jeito dessas coisas, nem quando era criança, e talvez nunca consiga.

Por outro lado, tenho facilidade com algumas coisas que são difíceis para a maioria das pessoas, como acordar cedo e correr.

Encontrei o quarto de Frankie porque tinha uma placa de carro do Texas que dizia FRNKIE na porta. Eu a entreabri, e ele grunhiu. Analisei as fotos na cômoda.

Frankie e os pais, olhando para o Grand Canyon.

Frankie quando ainda era bebê, com chapéu de caubói.

Frankie e uma menininha da idade dele, talvez uma prima, sentados em um parquinho.

Olhei com mais atenção. A expressão da menininha parecia familiar, as sobrancelhas cheias e a cor da pele um pouco mais escura do que a minha e a de Frankie. Cassie, a garota do bar. *Hum*. Eu não tinha notado que eles eram *tão* íntimos assim.

— Vai correr? — sussurrou Frankie quando falei com ele, amarrando meus tênis verde-acizentados.

— É, deixa a porta dos fundos destrancada, tá? — pedi, saindo do quarto.

Dependendo do calor, eu faria dez ou onze quilômetros.

West Lake Hills era cheia de ladeiras asfaltadas, lisas e escuras, passando por mansões gigantescas e silenciosas.

Eu também era bom em passar muito tempo pensando em coisas que não necessariamente tinham significado. Os pensamentos normalmente começavam com uma frase qualquer que ouvi durante a semana e que apareciam do nada na minha cabeça. *Boa mira, soldado. Boa mira. Boa mira.*

A do dia era: *Que bom pra vocês!*

Que bom para mim. A garota do bar tinha me afetado. Pela primeira vez era bom, para mim e para todo mundo. Lá estávamos Frankie, Davies, Armando e eu, ultrapassando nossos limite, prestes a encarar a morte, e isso não significava nada para ela. Para pessoas como ela.

Notei que estava correndo no meio da rua. Voltei para a calçada.

Por que me incomodava com a opinião de uma amiguinha paz e amor do Frankie, hein? Tinha milhares de Cassies por aí, ainda mais em Austin.

A calçada lisa do bairro rico de Frankie aos poucos deu lugar ao concreto rachado de lojas de móveis, sebos e escolas públicas. Cinco quilômetros.

Sincronizados com o som dos meus passos naquele espaço estreito, já sem ar, meus pensamentos mudaram. Os tons de amarelo e marrom desbotados de Buda surgiram diante de mim, e comecei a ouvir as vozes das pessoas que pareciam correr sempre comigo.

O rosto do meu pai pulsando a cada respiração, sem parar, *seu imbecil, seu imbecil, seu imbecil*. Não consegui deixar de comparar o molho apimentado do jantar dos Cucciolo com as bolinhas de carne que ele jogava numa travessa. Só que elas estavam sempre quentes e vinham na mesma hora, toda noite. Precisão militar: sempre seis da tarde, nem um minuto depois. Hambúrguer e molho no pão de forma, ou nada.

Nada, foi o que eu comecei a dizer ao meu pai aos catorze anos, já saindo pela porta. *Vou comprar um negócio no posto de gasolina.*

No sexto quilômetro, quando o sol já estava alto, pensei em Jake, sentado à mesa sozinho com nosso pai depois de eu ir embora, noite após noite. Pensei na sra. June, no treinador Porter, na professora de história que me reprovou, na vendedora do mercadinho.

Pensei em vê-los, no que eles diriam. *Uau, Morrow, você mudou, tomou jeito.*

Com Jake, não. É dar com a cara na porta. Eu poderia aparecer de limusine depois de virar padre e nem assim ele acreditaria que eu tinha mudado. E, até o momento, ele não tinha mesmo motivo para isso.

Dei meia-volta em direção à casa de Frankie, subindo as ladeiras, passando pelos irrigadores automáticos, por uma mulher de roupa de lycra passeando com um buldogue francês e um golden retriever.

Meus músculos tremiam tentando se desvencilhar do ar grudento, mas estavam dando conta. Semanas carregando vinte quilos de equipamentos, pulando muros e me arrastando por baixo de arame farpado, fazendo horas de flexão, correndo cada vez mais, até vomitar — depois disso, aquilo não era nada.

Arfando, pensei no que falaria para Jake.

Eu não era mais um zé droguinha preguiçoso e solitário que desmaiava no sofá do Johnno. Eu sabia me portar. Pessoas dependiam de mim. Eu sabia me arriscar e priorizar o bem-estar alheio. Sabia afastar o medo e fazer o necessário para cumprir uma tarefa.

Então prove, retrucou a voz dele.

A casa de Frankie, uma construção em estilo espanhol, surgiu à minha frente. Desacelerei o passo e olhei para o relógio, ofegante. Doze quilômetros. Tinha batido meu recorde de tempo por dois segundos. O prazer me queimou inteiro.

Eu voltaria para Buda assim que pudesse.

Cassie

Tocar no Skylark era igual a se apresentar no porão de uma casa assombrada. O lugar era todo pintado de vermelho-escuro. O jogo de luz suave formava padrões no piso inacabado, e canos serpenteavam pelo teto preto. Nora e eu tínhamos economizado as gorjetas para comprar um amplificador usado que não fosse um lixo completo.

A gente estava no Skylark abrindo para a Les RAV, uma oportunidade que surgiu depois que o empresário dos caras viu a gente no Petey's. Já estávamos na penúltima música, a nossa mais nova, a primeira que eu tinha composto para o álbum, e eu não queria que acabasse. Minha mãe estava lá. Sentada no fundo, com a cara fechada, segurando a bolsa no colo com força, mas estava lá.

Quando eu tinha cinco anos, minha mãe me deu de Natal um teclado pequeno de plástico da Casio, que eu não largava de jeito nenhum. Depois de um ano me mandando calar a boca porque estava com dor de cabeça, ela acabou transformando o quarto de costura numa sala de música e me deixou tocar em paz. Minhas cordas vocais potentes devem ser herança da família do meu pai, que é de algum lugar da Europa. A única coisa que eu sabia sobre ele era que tinha crescido em Iowa, tinha sardas e cabelo castanho que nem eu e se apaixonou por Marisol Salazar na fila da biblioteca pública de San Juan. Nada mais. Minha mãe levantou um muro em volta desse assunto e eu não tenho direito de atravessá-lo. E, acredite, eu já pedi, insisti, interroguei.

Nora tocou uma nota quase inaudível, e a multidão gritou como se tivesse acabado, mas, no silêncio, retomamos:

— *Give me too much, give me too much, give me too much.*
Eu me afastei do microfone e comecei a tocar a ponte. As luzes pareciam mais fortes, ardendo nos meus olhos. Olhei de relance para Nora.

— *Uau* — murmurei.

Eu estava sorrindo como nunca.

Até que ficou bom *demais*. Minha barriga deu um pulo de advertência. Senti calafrios percorrerem a minha pele toda. Só que os holofotes estavam muito quentes. Não havia motivo para calafrios.

— *You give me too much* — cantei, voltando ao refrão. — *I didn't ask for it, / You're heavy enough, / I didn't ask for it, / I got big bones, / I'll play you for it.*

Toquei o ré maior, esperei a réplica de Toby. Nora mudou de tom, e eu a acompanhei com um leve atraso, como um eco, com as palavras que tinha escrito no verso de um recibo em uma noite pouco movimentada.

Enquanto as últimas notas se esvaíam, tive que fazer uma pausa de tão exausta. Mal conseguia apertar as teclas.

Merda. Eu não tinha comido nada além de um sanduíche desde a hora do almoço. Devia ser esse o problema. Eu tinha planejado comer a caminho do show, mas me atrasei tentando encaixar o amplificador e o teclado no banco de trás do Subaru.

— Obrigada — falei no microfone, arfando, e me afastei um pouco para segurar o pulso de Nora. — Já volto — disse para ela.

Nora engoliu em seco e se aproximou do microfone ao meu lado.

— A gente está vendendo o nosso EP lá na mesinha. Muito obrigada a Les RAV por nos receber...

Bateu o pânico. Minha visão foi ficando turva quando saí do palco, e tentei me agarrar ao que aparecesse na minha frente para me manter firme enquanto procurava a porta do camarim.

— Tudo bem? — perguntou Toby atrás de mim.

Não respondi. Minhas pernas estavam começando a ceder, então me ajoelhei; caí com força demais e acabei me machucando.

— Opa, opa, opa — disse ele, e o ouvi se aproximar, me segurando pelo ombro. — Tudo bem?

— Não tô bem, não, T — tentei dizer, as palavras emboladas.

Fui engatinhando para perto da parede.

— Chamo sua mãe?

Ele me acompanhou, também ajoelhado. Eu estava suando frio.

— Não, não — falei, abanando a mão, constrangida. — Vai passar. Volta lá.

Abri os olhos — quando tinha fechado? — e vi o rosto de Toby diante do meu, enevoado. *Ele parece o Jesus branco*, pensei. Como eu nunca tinha reparado? Cabelo castanho, barba arruivada, olhos azuis. *Não o Cat Stevens*.

Ele sentiu minha temperatura na testa. Estava com o celular na mão.

— Chamo uma ambulância?

— Não, não, não, não, não — falei.

A sala voltou a girar. *Não tenho dinheiro pra ambulância*.

— Só fica aqui mais um segundo — insisti.

Toby se aproximou mais um pouco.

Do outro lado da parede, ouvi Nora desejar boa noite ao público. O que estava acontecendo? Parecia um problema maior do que só não ter almoçado. Era grave. Tentei controlar a vontade de chorar.

— Vou chamar a ambulância — ouvi Toby dizer.

Minha visão escureceu, senti a cabeça tombar. Não consegui responder.

• • •

Minha mãe me acompanhou. Eu acordei e apaguei várias vezes, até finalmente estar desperta o suficiente para beber um pouco de suco de laranja. A paramédica disse que provavelmente era hipoglicemia. A gente estava no hospital Seton Northwest esperando os médicos me liberarem.

— Você comia tão bem quando era criança.

Minha mãe estava sentada ao meu lado, entre as cortinas azuis da emergência. Ela passou o dedo no meu rosto, sob meus olhos, franzindo a testa.

— Ainda como bem.

Fiquei agradecida por ela não ter visto o pior.

Ela estalou a língua.

— Essa maquiagem te deixa com cara de garota de programa.

— Nossa.

Considerando que minha mãe tinha largado a faculdade para morar com meu pai em Austin antes de casar, ela era três mil vezes menos católica do que a maioria das mães porto-riquenhas, mas ainda era capaz de fazer comentários cruéis.

Ela colocou uma mecha de cabelo atrás da minha orelha.

— Você está ficando doente. Precisa de um emprego estável.

— Quero que a música seja meu emprego. Por isso convidei você para o show.

— Minha nossa. Cass. Sinceramente. Você deveria estar dormindo — disse ela, balançando a cabeça. — Não assim na rua a essa hora da noite. Já são dez e meia.

— É só isso que você tem pra dizer?

Toda a energia boa que senti da plateia e a sensação de gratidão pelo cuidado surpreendente de Toby foram embora.

— Eu me dediquei de corpo e alma no palco, e você não tem mais nada a dizer — continuei.

— *Shh, shh*. Não se agite.

Uma enfermeira se aproximou. Nós duas a olhamos. Ela seguiu caminho. Não era com a gente.

— Foi gentileza seu baterista ligar — disse minha mãe, com um tom suspeito.

— Foi — concordei, depois fiquei calada.

Não valia o estresse. Ela já estava enchendo meu saco por causa da banda. Era melhor explicar depois o que era uma "amizade colorida". Toby e eu já nos metemos em vários tipos de situação, muitas envolvendo camas, mas desmaio era inédito. Ele provavelmente estava surtando. Nora também.

— Você precisa sossegar — disse ela, segurando minha mão, fazendo carinho no meu braço. — Você tem um cérebro. Música é só um hobby. Você não se inscreveu no cursinho, nem apareceu para buscar os livros que eu comprei. Em vez disso, é isso que você fica fazendo, desmaiando por aí. Não consigo deixar de perguntar o *porquê*, Cass.

Eu me desvencilhei e roí a unha, porque, se não fizesse isso, começaria a gritar com ela. Finalmente murmurei:

— Estou tentando *mostrar* o porquê.

— Desculpa — suspirou ela. — Só não entendo por que você não pode cantar bem e ao mesmo tempo fazer a pós.

Eu estava elaborando uma resposta quando uma médica de jaleco branco entrou no quarto.

Minha mãe respirou fundo e retorceu a boca. Peguei a mão dela de novo. Eu e ela não éramos de *guardar* raiva, mas de *sentir* raiva. Aprendemos isso enquanto crescíamos juntas: é difícil continuar com raiva de alguém que também é sua única companhia.

— Cassandra? — perguntou a médica, ajustando os óculos e olhando o prontuário.

— Cassie — corrigi.

— Sou a dra. Mangigian. Então você está aqui hoje porque desmaiou?

— Isso. Comecei a suar frio e apaguei.

— Hum. Entendi. Estou olhando seu prontuário... — disse ela, hesitando, antes de me olhar. — Você sente necessidade de urinar com frequência?

Pensei em momentos no trânsito, ou no ensaio da banda, em que eu precisava ir embora no meio da conversa, praticamente correndo escada acima na casa de Nora.

— Tenho. Sempre tive a bexiga pequena.

— Você sente muita fome e sede?

Lembrei que tinha virado dois Gatorades na outra noite, e que ainda queria um terceiro.

— Às vezes.

Aonde ela estava querendo chegar?

— Você tem histórico de diabetes na família?

Eu e minha mãe nos entreolhamos. Eu não sabia. Ela fez carinho nas minhas costas. O pai dela tinha diabetes, contou à médica. E a irmã dele.

— Bem, ainda estamos esperando o resultado dos exames — disse a médica, nos olhando por trás dos óculos. — Mas acredito que estamos lidando com um quadro de diabetes tipo dois.

Diabetes. Os recados da minha barriga. Olhei para o teto.

— Ok. O que isso quer dizer? — perguntei, tentando conter a agitação no meu peito, as lágrimas ardendo nos olhos.

— Basicamente seu pâncreas não sabe decompor o açúcar no seu sangue, então você pode precisar tomar insulina para ajudar nesse processo. Mas a insulina pode funcionar bem até *demais*. Por isso, precisa cuidar do que come, para não sofrer hipoglicemia. Ou, como pode ter acontecido hoje, desmaiar por causa disso.

— Vai ser...? — comecei, e suspirei, tentando acalmar meu coração acelerado. — Vai ser sempre assim daqui pra frente?

Pensei no meu sorriso para Nora, enquanto batia nas teclas com toda a minha força. Achei que finalmente tinha chegado lá, mas agora estou sendo arrastada de volta.

— O resultado dos exames só deve chegar daqui a um ou dois dias — continuou a dra. Mangigian. — Se for mesmo o caso, vamos começar o tratamento. Com dieta, exercício e a quantidade adequada de insulina, é perfeitamente possível administrar a condição.

Eu não era de "administrar" meu corpo. Desde que ele coubesse na calça jeans, tivesse orgasmos e dormisse de vez em quando, eu deixava quieto. Mas hipoglicemia? Pâncreas? Eu não sabia nem onde ficava o pâncreas. Aquele tempo todo, eu achava que minha barriga era minha amiga, mas ela estava tentando me matar.

— Envolve agulhas?

A médica riu. Nem eu, nem minha mãe rimos com ela.

— Às vezes. Talvez você só precise monitorar a situação. E, como eu disse, ainda não sabemos de fato.

— Mas provavelmente é diabetes mesmo, né? — perguntou minha mãe, com a voz fraca.

A médica assentiu. Minha mãe apertou minha mão.

— A enfermeira vai voltar para te examinar e pegar as informações do seu plano de saúde, e seguiremos a partir daí.

Senti a garganta apertar. Eu não tinha mais plano de saúde. *Meu verdadeiro eu.* Como eu era idiota.

— Eu vou pagar — falei.

Minha mãe suspirou.

— Pode pedir para a enfermeira me dar os documentos. Eu cuido disso.

Eu me levantei na cama, ainda tonta.

— Não, mãe.

— Tudo bem, Cass. Você não tem plano. Qual é a nossa opção?

— Não!

Ela era do tipo que juntava cupons de supermercado. Ainda estava pagando as parcelas do Corolla com o salário de faxineira. Não podia pagar a ambulância e o hospital, assim como eu também não podia.

— Não — insisti.

A médica pigarreou.

— Vou dar um momento para vocês — anunciou e saiu.

— Eu tenho o dinheiro — argumentei, olhando para o teto.

Eu me perguntei se minha mãe sabia que era mentira. Eu tinha o dinheiro da demissão do escritório e o pagamento do show, mas não chegava nem perto do necessário. De qualquer forma, a grana da banda deveria ser usada para pagar o estúdio de gravação. Eu me recostei e fechei os olhos. Tudo em mim fervia. Meu corpo me limitaria dali em diante. Enquanto as lágrimas escorriam pelo meu rosto, senti minha mãe se aproximar para secá-las.

Luke

Continuei dirigindo o Lexus de Frankie a sessenta por hora, mesmo na estrada. Nada de música, nada de ar-condicionado. Queria passar a impressão de que eu não tinha estado ali. Quanto mais rápido eu e Jake conseguíssemos conversar, mais tempo teríamos para nos conhecer melhor antes de eu ter que partir.

Cheguei em Buda e fui para a avenida principal, passando em frente à farmácia. Fiquei impressionado por Tim não estar fumando Newport nos fundos, o colete vermelho do uniforme pendurado no ombro. Era ele quem roubava oxicodona do estoque da farmácia e vendia ao Johnno por um preço fixo. Uma loja da AT&T tinha substituído a locadora, e a placa era nova, mas, de resto, a cidade estava igualzinha. A grama estava toda amarelada por causa da seca, ou dos resquícios de uma seca. Se não fosse pelo cimento e pelos parquímetros, os telhados de telha redonda e os muros de tijolo vermelho poderiam ser o set de um filme de faroeste.

Abri a janela e senti o cheiro de poeira.

A casa de Jake e Hailey ficava bem perto de onde a gente tinha crescido, na rua Arikara, uma construção de apenas um andar, azul-cobalto, atrás de um gramado de buddleia e penstemon, espécies nativas que aprendemos a plantar depois de passar as férias trabalhando com jardinagem na época da escola. Consegui entrever um balanço de marcenaria no quintal dos fundos. Era domingo, e eu sabia que a oficina estaria fechada. A não ser que Jake e Hailey tivessem começado a frequentar a igreja em outras datas além do Natal e da Páscoa, estariam em casa. Ainda assim, eu deveria ter telefonado.

Estacionei e atravessei a rua, subi a calçada e cheguei à porta. Eu tinha feito a barba até ficar com a pele vermelha, e estava usando roupas novas. Nada especial, só uma calça jeans comum e bem passada e uma camisa de botão quadriculada que parecia ter acabado de sair da loja. Na mão, margaridas para Hailey. Debaixo do braço, um kit de Legos de *Star Wars* para JJ. No bolso, a carta para Jake.

Crianças da vizinhança gritavam, brincando com uma mangueira. Um cachorro latiu. Passei a mão no rosto e bati na porta. Nada.

Bati de novo. Ninguém se mexeu lá dentro. Dei um passo para trás, considerando deixar a carta debaixo do capacho, que tinha a forma do logo do Dallas Cowboys. Foi então que ouvi uma gargalhada esganiçada — JJ, animado. Apertei os presentes com mais força e dei a volta na casa, indo atrás do barulho. Quando cheguei à beira do quintal, parei, incapaz de avançar, como se tivesse atingido uma barreira. Uma silhueta azul corria sob o sol, dando voltas. Jacob Júnior. Ele tinha crescido que nem capim.

Hailey corria atrás dele, de vestido cor-de-rosa, o cabelo loiro preso em um rabo de cavalo suado. Tinha engordado um pouco desde o casamento, e seu rosto estava banhado pelo sol. Ao me ver, ela parou.

Levantei o buquê.

— Oi, Hailey.

Ela olhou para a casa, e de volta para mim, com um sorrisinho.

— JJ, vem dar um abraço no seu tio Luke! — gritou.

Ele se aproximou e abraçou minhas pernas. Levei a mão à cabeça platinada do menino. Por um minuto, meus músculos relaxaram.

— Quantos anos você já tem, trinta e cinco? — brinquei.

Ele riu e saiu correndo.

— Quatro e meio!

Hailey sorriu para mim.

— Oi, meu bem. Vem cá.

O corpo dela me abraçando foi como um remédio, aquele calor e a maciez que eu tinha esquecido que existiam.

— Onde você esteve? — perguntou ela, a cabeça encostada no meu ombro.

— Por aí — comecei, mas o som da porta dos fundos se abrindo e fechando me fez hesitar.

Hailey me soltou, não sem antes apertar um pouco meu braço.

Nós dois nos viramos para Jake. A expressão dele mudou para raiva.

— O que está acontecendo, Luke?

O cabelo escuro dele estava preso debaixo do boné dos Cowboys, os ombros queimados de sol expostos pela regata branca e limpa. Um pouco barrigudo, com o cabelo meio cacheado. Ele puxou mais a minha mãe, enquanto eu herdei as feições do meu pai.

— Vim conversar... falar de algumas coisas. Pedir desculpas. Seria ótimo poder sentar um pouco com você e Hailey, se tiverem um minuto.

Jake cruzou os braços no peito.

— Não acho uma boa ideia.

Hailey atravessou o quintal, abaixando a voz.

— Querido, eu acho...

— Ele não deveria estar aqui — argumentou Jake. — Foi isso o que a terapeuta falou. Limites rígidos.

Eles provavelmente estavam se referindo à voluntária da clínica que conversou com eles pouco depois de eu não ter aparecido no casamento deles uns anos antes, quando perceberam a dimensão da minha dependência. Eu deveria ter participado da conversa também.

— Limites rígidos quando ele... — começou Hailey, e se interrompeu para me olhar. — Ela disse que, se você estiver usando, não devemos entrar em contato — explicou, e se voltou para Jake. — Você nem está dando uma chance para ele.

Jake olhou para JJ, que tinha ficado imóvel, escutando a discussão.

— JJ, entra, por favor.
— Mas eu quero...

Ele tinha visto o presente e apontou para a caixa.

— JJ — disse Jake, mais alto —, um, dois...

JJ abaixou a mão com um grunhido de raiva e entrou em casa correndo, batendo a porta ao passar.

Eu me aproximei deles.

— Eu entrei no Exército. Estou sóbrio há quase um ano.

Jake cruzou os braços.

— Então por que ainda vejo aquele bosta na nossa rua todo mês?

Tentei não demonstrar a raiva que senti na hora. Ele devia estar falando de Johnno. Relaxei a mão que apertava as flores e respirei fundo.

— Ele é doido. Não sei por que tem aparecido, porque eu não compro mais dele. Não compro mais de ninguém.

Jake balançou a cabeça.

— Mas você ainda está metido nessa merda, Luke. Pode ter parado de usar, e, se for o caso, parabéns, mas, onde quer que você esteja, aquele cuzão vai atrás. Com minha esposa e meu filho por perto, não posso me envolver nisso.

— Bem... — comecei, e larguei a frase no ar.

Pensei nos telefonemas, nas mensagens de voz, mas não tinha ido até ali falar de Johnno. Isso era outro problema.

— Só posso dizer que estou limpo — continuei —, não posso controlar aonde ele vai. Essa parte não é culpa minha.

— A culpa nunca é sua! — explodiu Jake. — O problema é esse.

Senti minhas entranhas se retorcerem, mas me mantive firme. Levei a mão ao bolso. A carta diria tudo melhor do que eu.

— Posso ler uma coisa para vocês?

Jake fez uma cara de dor, como se eu o tivesse socado.

— Jesus, Luke... não sei, cara.

— Vai levar só um segundo. Não precisa dizer nada, nem me perdoar, nem... nada.

Antes que ele pudesse negar, peguei a carta. O papel estava duro nos vincos, de tanto ser dobrado e desdobrado ao longo do ano anterior. A tinta estava praticamente desbotada. Minhas mãos tremiam.

— Peço desculpas por ter roubado dinheiro da oficina, e de você — comecei e olhei para Jake, que olhava fixamente para o chão.

Depois que eu larguei a faculdade e parei de receber o dinheiro do financiamento estudantil, eu comecei a roubar umas notas de vinte do cofre da Oficina Morrow, enquanto Johnno esperava no Bronco.

— Me desculpe por ter perdido o nascimento do seu filho.

Hailey engravidou quando eles tinham 21 anos, depois de Jake se formar na faculdade — a mesma que eu deveria ter frequentado.

Minha voz já estava tremendo. Segurei o choro.

— Me desculpe por estar drogado no que deveria ser um dos dias mais felizes da sua vida, seu casamento.

Eu me lembrei do celular vibrando na mesa de cabeceira enquanto eu e uma garota chamada Jen cheirávamos oxicodona na bancada do banheiro da quitinete dela. Eu mal tinha chegado a tempo das fotos depois da cerimônia, com a única camisa limpa que tinha, o cabelo comprido imundo e amarelado que nem mijo. O fotógrafo tinha pedido para eu segurar JJ, que na época ainda era um bebê, na foto de família, para que Jake e Hailey pudessem se abraçar.

Meu pai entrou no meio.

Não, dissera. *Não quero que ele encoste no meu neto.*

Quando acabei de ler, engoli em seco, me recompondo. Olhei para Jake, depois para Hailey, e de novo para Jake.

— Eu assumo total responsabilidade por tudo isso. E não quero mais decepcionar vocês.

— Já é um pouco tarde para isso — disse Jake.

Avancei mais um passo, apontando para a casa.

— Podemos só entrar e... conversar, sei lá? Ficar um pouco juntos? Só tenho mais uma semana de licença.

— Não estou pronto — respondeu Jake, imediatamente.

— O que eu posso fazer?

— Nada! — exclamou Jake, levantando a voz. — Eu te acobertei quando você saía para ficar doidão. Não te dedurei. Botei você de padrinho na porra do meu casamento, e você nem apareceu. A gente tentou ajudar, mas você não estava nem aí. Cansei de ficar te dando oportunidades.

Hailey levou a mão às costas de Jake, para acalmá-lo.

— Eu vou ter que concordar, Luke — disse ela, com a voz tranquila.

— Eu juro que Johnno não faz mais parte da minha vida. Posso provar para vocês. Para o papai também.

Jake e Hailey se entreolharam.

— Já falou com o papai? — perguntou ele.

— Ainda não. Não.

Duvidava que falaria. Jake pelo menos tinha me escutado. Se eu chegasse perto do meu pai, não teria nem tempo de cumprimentá-lo antes de ser enfiado no camburão.

Hailey olhou para a casa.

— Vou ver como o JJ está.

Ela entrou, olhando de relance para trás, com um aceno triste de cabeça.

Eu e Jake ficamos sozinhos.

— Vou para o Oriente Médio daqui a uma semana. Então acho que a gente se vê quando eu voltar.

Jake ficou em silêncio. Pela primeira vez naquele dia, senti seu olhar mais atento, que ele estava me vendo como irmão, não como um inimigo. Até que se virou de volta para a casa.

— Eu que vou decidir isso — declarou.

Ele fechou a porta, e fiquei sozinho de novo. Dei a volta na casa e deixei o buquê e a caixa de Legos na entrada.

Mesmo tentando acertar as contas, agir normalmente, não tinha como corrigir o passado. Eu tinha perdido a chance de simplesmente aparecer no quintal deles, falar de futebol e da escola de JJ. Meus agradecimentos e desculpas não seriam suficientes. Eu me debrucei do lado do carona do Lexus.

Alguma coisa estava rachando em mim, bem atrás do esterno, alcançando as minhas entranhas.

O choro saiu em um som horrível de engasgo, fazendo meu corpo dobrar. Eu me lembrei do abraço de Hailey, da esperança que senti, do calor das mãozinhas de JJ. Era quase demais, gentileza demais, e voltei a me dobrar, querendo escapar do sentimento. Queria parar de tentar, para parar de fracassar. Queria que acabasse.

Oxicodona me daria isso. A droga que me fazia esquecer tudo o que estava acontecendo ao meu redor, que fazia parecer que eu estava nas nuvens, distante demais para minhas ações atingirem alguém. Eu podia entrar e sair da vida das pessoas sem deixar rastros.

Era o que eu queria.

Eu me permiti querer. Deixei o desejo me atingir, várias vezes, me esmurrando com mais força do que qualquer soco, as pancadas ultrapassando a pele, entrando nos meus órgãos, nos nervos, nas veias. Esperei passar e dei a volta no carro.

Um Ford Bronco roncou no fim da rua, passou pelo sinal cantando pneu. Não pensei em nada até ele virar, dando meia-volta do nada no fim da quadra, e vir na direção do Lexus.

Meu peito acelerou. *Cacete.* Eu conhecia aquele Bronco.

Eu corri para a frente do Lexus, protegendo a dianteira. O parachoque do Bronco parou com uma freada barulhenta, tocando minha cintura. Johnno saiu do banco do motorista, o corpo pálido e esquelético submerso em uma camiseta enorme do Wu-Tang, acompanhado de Casper, que preferia ser chamado de Kaz, um ruivo enorme que eu encontrei algumas vezes e que pareceria um anjinho de rosto corado se não fosse gigante. Johnno olhou de relance para a SUV e levantou a camiseta para coçar a barriga, revelando uma arma enfiada na cintura da calça. *Sutil.*

— E aí, Morrow?
— E aí — falei.

Meu coração estava martelando nos meus ouvidos. Olhei para a casa de Jake, rezando para não olharem pela janela.

— Fiquei sabendo que você estava de volta — disse Johnno.
— Soube por quem?
— Só soube, mano.

— Alguém te marcou numa foto — disse Kaz.

Johnno fuzilou ele com os olhos. Kaz deu de ombros. Pensei em Frankie. Ele devia ter postado uma foto, falado da licença. *Porra, Frankie.*

— Temos umas coisinhas pra discutir.

Johnno acendeu um Parliament, tragando até as bochechas afundarem. Se eu apertasse os olhos, ele pareceria ter quinze anos.

— Não — falei. — Aqui, não.

Johnno acenou com a cabeça para Kaz. Eu me perguntei o porquê, até vê-lo avançar em minha direção. Um gancho bem na cara, que deslocou meu maxilar, e outra pancada na têmpora, tão rápida que nem senti a dor antes de desmaiar.

Cassie

— Que droga. Cacete, Nora, que droga. Estávamos sentadas no chão do meu apartamento, uma de frente para a outra, com os notebooks abertos no site do sistema de saúde do governo. Nora estava de legging e meias, e, em volta dela, seus lanchinhos: Cheetos apimentado, Oreo com granulado e refrigerante de gengibre. À minha volta, estava meu lanchinho: três tipos de castanha.

— Falei que não precisava fazer isso na sua frente! Também posso comer castanha — disse Nora, olhando para as pontas duplas do cabelo.

— A questão não é a comida.

A questão era em parte a comida. Mas também os formulários. E o telefonema constrangedor para o escritório em que eu trabalhava, pedindo acesso aos meus contracheques. A secretária, Elise, reconheceu minha voz e me perguntou como eu estava. *Podia estar melhor*. Tudo piorou porque precisei dirigir não uma, nem duas, mas três vezes até a xerox, que ficava a dez quilômetros de casa, para imprimir um monte de contracheques. Eu precisava mandar minha renda estimada para a agência responsável pelo plano de saúde, mesmo que a estimativa provavelmente não estivesse correta, já que eu não sabia quais seriam meus rendimentos ao longo do ano seguinte.

— E essa música horrível vai me matar — acrescentei.

Do chão, meu celular emitia uma versão eletrônica de "Young at Heart".

De repente, a música parou. "Pedimos perdão. A espera para o nosso atendimento está maior do que o normal. Por favor, desligue e acesse o nosso site, ou continue na linha, e atenderemos à chamada assim que possí..."

— JÁ ESTAMOS NO SITE — gritei.

Em resposta, mais uma versão emocionante de "Young at Heart".

Nora comeu um salgadinho.

— Seria muito mais fácil se fosse daqui a dois meses — comentou ela. — Aí você não teria que se inscrever no prazo especial.

— Mais um motivo para inventar uma máquina do tempo — resmunguei.

Nora riu, ainda mastigando.

— Ah, você deveria ligar para o Toby — disse ela.

Minha barriga deu um pulo, um recado indecifrável. Por outro lado, ela andava fazendo isso com frequência.

— Por quê?

— Ele acabou de me mandar mensagem.

— Por que não mandou para mim?

E qual é a da preocupação repentina com minha existência fora dos ensaios e da cama? Mas não comentei nada, porque Nora não gostava de saber quando a gente se pegava, por mais raro que fosse.

Nora apontou para o celular, ainda em meio à serenata.

— Provavelmente porque estava ocupado.

— Ah, é. Bem — falei, fingindo costume —, pode dizer a ele como estamos nos divertindo.

Já fazia duas horas que eu estava na linha de espera. Eu havia descoberto que no Texas o período de inscrição no ObamaCare ia do dia primeiro de novembro a trinta e um de janeiro. Era vinte e sete de setembro. No meio-tempo, eu teria que pagar por um plano de saúde particular. E, depois de uma semana, minha inscrição no prazo especial ainda não dera resultado. Nora e eu estávamos ligando para confirmar se tinha sido recebida.

De qualquer modo, não havia dúvida de que eu teria que pagar a ambulância do meu próprio bolso, além do atendimento emergencial e da consulta com Nancy, uma nutricionista especializada em diabetes que era assustadoramente alegre e cujas frases soavam que nem perguntas.

Não parecia que meus níveis de glicose variavam o suficiente para precisar tomar insulina ainda? Então, por enquanto, nos concentraríamos em dieta e exercício? Refeições práticas e úteis eram uma boa? De lanche, Nancy recomendava castanhas? As castanhas não eram tão ruins. Nem Nancy. Ela só estava tentando ajudar. Mas, cacete, comer folhas e grãos tinha triplicado o custo das minhas duas últimas compras do supermercado.

Com o passar do tempo, minha produção de insulina pioraria. Quando a insulina acabasse, precisaria ser substituída para que meus níveis glicêmicos se mantivessem em uma faixa segura. Aí viriam as injeções. Para injeções, precisaria pagar todos os itens da lista que grudei na geladeira para me lembrar por que eu estava comendo só coisas sem graça e sem sabor, tipo lentilhas: frascos de insulina, agulhas, seringas, lencinhos antissépticos, gaze, esparadrapos e coletores de perfurocortantes para descarte adequado das seringas e agulhas.

— Me passa a caneta, Nor.

Ela jogou a caneta. Estava coberta de farelos de Cheetos. Limpei na calça e comecei a anotar.

Meus gastos totais, só ligados à diabetes, chegariam a seiscentos e cinquenta dólares por mês. Além do aluguel. Além das parcelas do financiamento estudantil. No Handle, eu ganhava mais ou menos dois mil por mês, se tivesse a sorte de me colocarem em bons horários.

Eu estava em maus lençóis. Mesmo que conseguisse o auxílio do governo, não sairia do fundo do poço, por causa das dívidas. E, até atingir o ano de carência, teria que pagar centenas de dólares mensais por insulina. Tudo isso só para viver que nem um ser humano normal. Ou nem tão normal assim. Um ser humano vivo o suficiente para pagar as contas.

Eu me larguei no chão e tentei não entrar em pânico. Tinha lido em algum lugar que falar palavrão causava um efeito neurológico químico, aliviando estresse no cérebro.

— Puta que pariu, puta que pariu, puta que pariu, puta que pariu — cantarolei.

Nora se aproximou e se deitou ao meu lado, enquanto o zumbido choroso da música no telefone nos embalava.

Entreguei a ela o papel em que anotei os custos.

Ela falou um palavrão também e amassou o papel antes de jogá-lo no outro canto da sala.

— O que a gente vai fazer?

— Sobre o quê?

— Sobre tudo isso.

Ela apontou para mim, para os notebooks, para meu teclado montado perto da janela.

— A primeira coisa é arrumar um marido rico — comecei, levantando um dedo.

— Entrar de dependente no plano de saúde dele — continuou Nora, e levantamos mais um.

— Depois, transformar um dos cômodos da mansão dele num estúdio de gravação e lançar um disco de sucesso.

— Se eu fosse rica, me casaria com você — declarou Nora.

Bati no pé dela com o meu.

— Eu também.

Ela olhou ao redor.

— Mas você precisaria ser um pouco mais organizada.

— Ei!

O chão estava cheio de poeira. As três camisas largadas no sofá pareciam até almofadas. Revistas velhas estavam empilhadas nas prateleiras, junto às bugigangas. Meu avental do bar estava jogado em cima do teclado, e o conteúdo dos bolsos, caído no chão. Eu precisava mesmo me cuidar melhor. Em todos os sentidos.

— Eu tentaria — acrescentei.

— Queria que a gente tivesse amigos ricos com quem casar só pra entrar no plano de saúde deles — disse Nora.

— Pois é. Precisamos de amigos novos.
Enquanto falávamos, olhei de novo para o avental do bar. Saindo do bolso, vi a ponta de um panfleto colorido.
O panfleto do Exército.

Luke

Abri os olhos e vi o teto do Bronco, minha cabeça latejando. O cheiro dentro do carro era de suor e xarope.

Conheci Johnno em uma festa na casa dele, quatro anos antes. Quando o gim e o uísque acabaram, ele começou a distribuir comprimidos. Era um cara daqueles que vivia pelo campus da faculdade, mas nunca estava em aula nenhuma. Ninguém sabia a idade dele. No dia depois da festa, eu voltei para pedir mais. E no dia seguinte também.

Ele nunca me pedia dinheiro, só que eu fosse com ele à casa de alguém, ou jogasse *Fallout* com ele, ou atendesse a porta se a polícia aparecesse. Nossa amizade começou a azedar quando eu tentei voltar para a faculdade. Ele me mostrava a arma quando eu dizia que precisava ir à aula e, depois de a gente cheirar mais pó, fazia piada com a cena.

Ele era esse tipo de babaca. Puro caos. E eu tinha sido arrastado de volta para essa lama. Me sentei.

Antes que eu percebesse que Johnno estava ao meu lado, no banco de trás, ele me deu mais um soco, dessa vez na nuca. Bati com o nariz no banco à minha frente, manchado de gordura e pó branco. Ele segurou minha cabeça no lugar.

— Achou mesmo que era só ficar esse tempo todo na encolha e se safar de me pagar por todo o bagulho que estragou? Você não atende quando eu ligo — resmungou Johnno, enfiando as unhas compridas no meu pescoço. — Está se achando espertinho, filho da puta?

Não respondi, mesmo quando as unhas dele cortaram minha pele e lágrimas involuntárias surgiram nos meus olhos.

Eu conseguia ver Kaz pelo canto do olho, usando roupas de algodão cor-de-rosa, com uma das mãos no volante e a outra no celular. Ele suspirou, entediado.

Johnno esmagou minha cara com mais força contra o banco.

— Se não abrir a boca, vou te jogar no meio-fio e passar por cima.

Kaz soltou uma espécie de gargalhada, sem deixar de olhar para o celular.

— Eu estava no treinamento — falei, tentando não tremer.

— Numa noite a gente está curtindo, vendo *The Wire*, e na outra você some e se mete num navio para o Afeganistão.

Kaz riu de novo.

— Afeganistão, de navio. Você sabe onde fica o Afeganistão, filho da puta?

— Vai tomar no cu, Kaz — resmungou Johnno, e de repente a boca dele grudou no meu rosto, fedendo a mentol. — Dez.

— É o quê? Não.

— Cinco pelo bagulho que você jogou fora, mais cinco de juros.

Pisquei com a cara grudada no tecido, tentando ignorar a dor nos olhos.

— Quanto Tim quer?

— Você não vai falar com o Tim, não. Vai falar é comigo.

Pelo canto do olho, vi Johnno levar a outra mão ao colo, onde estava a arma.

— Me solta — pedi, o mais calmo possível. — Não vou fazer nada, Johnno.

— Nem ouse se meter comigo — disse Johnno, a voz alta e tensa.

Eu me levantei com as mãos ao alto, perto do ombro. *Nada. Não tenho nada. Não sou uma ameaça.* Uma ideia me ocorreu. *Será que ele me daria um teco? Só para passar por isso.*

Não. Fique aqui. Fique na sua.

— Não tenho essa grana — falei.

— Não me diga. Então tem uma semana para arranjar.

Fechei as mãos em punho.

— Que porra é essa, cara?

— Você quis bancar o certinho enquanto tava chapado até o cu e sumiu com meu bagulho, seu imbecil.

Eu joguei as drogas na privada enquanto ele estava em Orlando. Quando ele voltou para casa, não tinha mais comprimido nenhum, e eu tinha ido embora, só deixei um bilhete vago, tipo *Estou bem, mas não vou voltar nunca mais.*

Johnno socou o banco.

— Alô, Terra chamando.

— Tá, m-mas uma semana? — gaguejei, olhando a arma. — Você não teria vendido aquilo tudo nem em seis meses. O Tim está atrás de você?

— Não te interessa, caralho.

Estava. Essa era a mesma resposta que Johnno deu quando estávamos de zoeira na sala e eu perguntei se ele tinha levado um pé na bunda da Tasha. *Porra, mano, não te interessa,* disse, a boca tremendo.

Ainda assim, a conta não fechava. Abri as mãos de novo, tentando parecer tranquilo.

— Cinco mil não é nada comparado ao que Tim ganha. Por quê a pressa?

Kaz pigarreou, ainda olhando o celular.

Foi então que entendi.

— Você se meteu em alguma outra merda, né?

Tinha alguém atrás dele também. Por isso, ele decidiu terceirizar a carga.

Em vez de responder, Johnno pegou uma garrafa de Sprite no porta-copos e tomou um gole. Johnno sempre bebeu Sprite como se fosse água.

Com um gesto brusco, ele bateu com a garrafa na minha cabeça, jorrando Sprite que nem um chafariz. A dor se espalhou pelos meus nervos, meus dentes, minha coluna.

— Preciso de mais tempo — falei com a voz arrastada, os olhos ardendo com o refrigerante de limão. — Sério. Pode me matar, mas eu não tenho a grana.

— Se não tiver, venho aqui atrás da sua família.

Comecei a suar frio.

— O que você quer que eu faça?

Johnno virou o resto da garrafa.

— Não é problema meu.

— Metade daqui a três meses — falei, piscando para conter as pontadas na cabeça. — Metade quando eu voltar.

— Combinado.

Tentei não tremer. Johnno cuspiu pela janela entreaberta. Kaz apertou um botão para destravar as portas e eu saí cambaleando, cuspindo sangue.

Ouvi uma porta se abrir, rangendo, do outro lado da rua, e perdi o fôlego. Jake saiu de casa. A cabecinha loira de JJ apareceu atrás dele.

Ele me viu e hesitou.

Volta para dentro, ordenei em silêncio. Jake olhou para Johnno, pela janela aberta, e depois para Kaz. O rosto dele endureceu. Eu sabia no que ele estava pensando. O carro estava em fila dupla no meio daquela rua tranquila. Parecia que estávamos metidos em outra merda. Que estávamos chapados. Ele deu meia-volta para entrar de novo com JJ.

O plano não era aquele. O plano era pedir desculpas, mostrar que eu tinha mudado. Mas a impressão era que eu tinha mentido na cara dura. Que eu ainda era o mesmo cuzão de sempre.

Cassie

Eu estava dando voltas em torno do parquinho do bairro, minha camiseta do The Kinks estava encharcada de suor e eu não parava de morder a cutícula do dedão de tanta ansiedade. Depois que Nora foi embora, passei a noite toda inquieta, me planejando, e cheguei uma hora mais cedo para não ter chance de perdê-lo. Precisei voltar em casa porque acabei esquecendo meu celular, parei para resolver outras coisas no caminho e, quando voltei, ainda dei mais uma volta em torno do parquinho antes de estacionar. Eu e Frankie costumávamos nos pendurar nas barras, empurrar um ao outro no balanço e brincar de pega-pega, queimado e pique-bandeira. A gente fingia que a pequena cabine plástica perto do parquinho era nossa casa, e corria por horas em volta dela para protegê-la de ataques alienígenas. Enquanto minha mãe limpava a casa dele, eu ficava de babá de Frankie.

Fiquei parada na calçada, esperando por ele. A ponta dos meus dedos estava doendo, da mesma forma que doía quando eu passava muito tempo tocando piano, mas agora o incômodo tinha sido causado pela agulhada do medidor de glicose.

Eu estava esperando Frankie para propor outro tipo de brincadeira. Eu meio que o pediria em casamento.

Frankie, por favor, seja meu marido de mentirinha.

Frankie, nós dois amamos comer e nós dois somos do Texas. Temos tanto em comum.

Frankie, você se lembra daquela vez que pisou numa formiga e começou a chorar? Eu me lembro. Quem te conhece melhor do que eu?

Antes de perdermos contato, nós dois éramos melhores amigos. Ele começou a andar com o pessoal do time de futebol da escola e, apesar de me ignorar nos corredores, aqui no parquinho estávamos sempre juntos. Ele me falava que eu era melhor do que todos os caras por quem eu me apaixonava, me elogiou quando compus o *medley* de jazz do nosso colégio no primeiro ano e escutava todas as histórias que eu contava de forma exagerada, confirmando cada opinião vaga e intensa que eu dava sobre música.

Foi o que aconteceu por um tempo.

Posso ir aí te ver?, mandei por mensagem.

Claro!!! Tô almoçando com meus pais na rua, mas acabo rapidinho, respondeu.

Meu plano era simples: de acordo com o site do Exército, se eu e Frankie nos casássemos, ele receberia dois mil dólares a mais por mês para auxílio-moradia e outros benefícios.

Cada um ficaria com mil dólares por mês, eu entraria no plano de saúde dele e aumentaria minha carga horária no bar. Tudo isso cobriria as parcelas do financiamento estudantil, as taxas do plano e os exames necessários, e Frankie poderia fazer o que quisesse com a parte dele. Enquanto isso, eu não precisaria arrumar outro emprego. Poderia passar meus dias compondo.

E, o mais importante: se alguma coisa acontecesse, se minha glicose ficasse alta ou baixa demais, aquela carona de mil dólares na ambulância que o plano não cobre e todas as outras contas — a visita hospitalar, o leito — não deixaria nem eu nem minha mãe quebradas.

E tem a outra parte do acordo, a coisa toda de casamento de mentirinha. Mas isso seria tranquilo. Eu e Frankie iríamos ao cartório dizer que nós nos amávamos desde a infância. O que não era bem uma mentira, e, porra, eu sei como é estar apaixonada. Tinha acontecido comigo algumas vezes.

Frankie foi o primeiro, provavelmente, mas era tudo tão inocente. Um beijo na bochecha ou nos lábios antes das lâmpadas dos postes se acenderem. Depois veio Andy, o baixista temperamental da banda de jazz da escola. A gente passava as noites de sábado no banco traseiro do carro dele enquanto um CD do Charles Mingus tocava, convencendo a nós mesmos de que não havia problema colocar as mãos por baixo da calça um do outro enquanto escutamos o melhor baixista temperamental de todos os tempos. Como é que alguém não se apaixona pela primeira pessoa que quer tocar você desse jeito? Eu achava que nós dois éramos magia pura. Dois prodígios do jazz, feitos um para o outro.

Só que nós não éramos prodígio nenhum, só dois jovens mesmo. Especialmente eu. Teve até uma vez que viajei quinhentos quilômetros para assistir a uma apresentação de Andy na faculdade. Em vez de surpreendê-lo, ele me surpreendeu, beijando uma flautista sardenta e magricela nas coxias.

Já passava de uma e meia e Frankie ainda não tinha mandado outra mensagem, o que era estranho, já que ele costumava ser rápido. Pelo menos era assim antigamente.

Sentei no balanço para passar o tempo. A borracha endurecida machucava meus quadris. Que péssima ideia.

Depois de Andy, parei de tocar piano por completo. Acabei me concentrando na música alternativa, escutando No Wave, Kraftwerk, Bauhaus, Joy Division. Eu estava sozinha, e gostava de estar sozinha.

Foi por isso que eu pensei que James era perfeito. James não acreditava no amor, e eu também não. James acreditava no hedonismo racional. Eu acreditava em humanismo secular. A gente "transava feito animais", como ele costumava falar, e usava todas as drogas disponíveis na faculdade até ficarmos completamente exaustos, começarmos uma briga e, então, fazermos as pazes. Nos inscrevíamos nas mesmas disciplinas para poder passar as noites comparando anotações, editando os trabalhos um do outro e discutindo com tanta intensidade que às vezes arrancávamos as roupas ali mesmo, na sala de estudos do quarto andar da biblioteca. Não achávamos que era amor, mas lógico que era.

Arrastei meus pés no chão para desacelerar o balanço. Olhei o celular. Nada.

Depois que me formei, fiquei surpresa por não reencontrar Frankie aqui. Voltei para o apartamento da minha mãe e me candidatei a várias vagas de auxiliar jurídica. Comecei a andar de bicicleta. A cozinhar. A vestir roupas coloridas. Passei horas compondo versões *ragtime* de músicas de Katy Perry e Rihanna. Nos fones de ouvido, escutava Elton John, Billy Joel, Carpenters.

Tyler amava tudo isso em mim. Tyler me disse que queria casar comigo em nosso terceiro encontro, quando fomos ao cinema assistir *Sabrina*. Tyler estudava direito, Tyler levou um buquê de crisântemos quando conheceu minha mãe. Tyler cortava o cabelo com um barbeiro de verdade. Eu comprei brinquedos para o aniversário da sobrinha dele, decorei o apartamento que encontramos em North Loop com vasos grandes cheios de juncos secos. Consegui um emprego e tinha a intenção de entrar na pós quando Tyler passasse no exame da Ordem. Eu tinha vinte e três anos, havia deixado os anos rebeldes para trás e tinha um plano.

Então alguma coisa começou a ruir, mas no bom sentido. Como uma casca se quebrando. Comecei a evitar Tyler indo fazer longas caminhadas, escutando um álbum atrás do outro, de qualquer artista, de qualquer gênero que pudesse encontrar, desde que nunca tivesse ouvido antes.

Eu tinha percebido que só me sentia triste, cansada e inadequada quando estava no trabalho ou naquele apartamento estéril e vazio. Quando eu estava por aí no mundo, sozinha, eu me sentia livre.

Me mudei para o sótão de Rita uma semana depois.

Isso já faz um ano. Eu estava pagando o valor mínimo das parcelas do financiamento estudantil, tentando deixar minha mãe feliz, ensinando a mim mesma a deixar minha voz mais grave para que pudesse ser escutada, colecionando apetrechos de sintetizador, trabalhando de cinquenta a sessenta horas semanais e agora aprendendo a fazer comidas que não iriam me matar.

E com a exceção de trocar uma cantada ou outra com o baterista da minha banda, eu estava fazendo tudo isso completamente, gloriosamente — e, às vezes, terrivelmente — sozinha.

Agora, eu precisava de ajuda.

Finalmente, Frankie mandou mensagem. *Foi maaaaal, tô a caminho.*

Frankie ia entender. Ele era um cara legal. Ele poderia servir no Exército, e eu ficaria ali, e quando ele voltasse, bem, eu teria tido minha chance. Se não estivesse conseguindo viver de música até lá, e se Frankie estivesse pronto para um casamento de verdade com outra pessoa, nós acabaríamos com tudo. Eu voltaria a ter um emprego de merda com um plano de saúde ruim e iria atrás de outra solução. Até lá, poderíamos ser duas pessoas independentes com um acordo mútuo.

Respirei fundo e comecei a caminhar até a casa dele. Minha barriga estava queimando, mas tudo bem. Eu tinha comido quinoa cara no almoço. Isso sempre ajudava.

Olhei para aquela casa enorme e ouvi portas de carro se fechando e risadas.

Na entrada, três pessoas saíram do carro: Frankie, Luke, aquele babaca da outra noite, e uma mulher com um vestido azul-turquesa, talvez a namorada dele.

Cumprimentei a mulher com a cabeça e fingi que Luke não existia.

— Frankie, posso falar com você um segundo? — pedi, segurando o panfleto do Exército como se fosse uma arma, meu sorriso grande e assustado.

— Claro, Cass — respondeu Frankie, franzindo as sobrancelhas. — Já vou — disse ele, e Luke e a mulher entraram na casa.

— Primeiro, oi — eu falei, e ri de nervoso.

— Oi — me cumprimentou Frankie, rindo comigo. — Bom te ver depois daquela noite.

— Ah é, sobre isso...

Eu tinha apertado o panfleto até ele virar um cilindro.

— Desculpa de novo — emendou ele. — Por aquilo. E, por favor, me diga que a gente vai conseguir te ver tocando antes de embarcar!

— Sim! — Engoli em seco. — Quer dizer, não, mas é meio por isso que eu estou aqui.

— O que aconteceu?

— Eu acabei de descobrir que tenho diabetes, e...

O rosto de Frankie se contorceu em uma careta de preocupação, e eu o interrompi.

— Não, fica tranquilo, está tudo bem. Vou ficar bem. Mas me escuta...

— Mas isso é assustador — continuou Frankie, de forma mais tranquila.

— É, pois é. E eu acabei de perder meu emprego. — Antes que Frankie pudesse sentir ainda mais pena de mim, continuei, apressada: — Então, eu estava pensando numa coisa. No contrato com o Exército, tem o lance de que casais ganham dois mil dólares a mais por mês e têm direito à cobertura completa no plano de saúde. Aí, tipo... — Fiz uma pausa, sorrindo com os dentes à mostra, meu estômago embrulhado. — O que você vai fazer amanhã?

Frankie estreitou os olhos, sorrindo. Em seguida, uma expressão de compreensão estampou seu rosto.

— Peraí, você está me pedindo em casamento?

— Não... não é bem assim — repliquei, gaguejando. — Vamos até o cartório. Pegamos um certificado. Eu viro sua esposa legalmente. Dividimos o dinheiro.

— Cassie — disse ele.

Entreguei o panfleto para Frankie. Ele o alisou.

— Seria tão fácil — continuei, quase implorando. — A gente nem precisaria fingir por muito tempo, já que você vai estar longe.

— Auxílio-moradia e benefícios para casais? — Frankie riu, incrédulo. Ele encarou o papel. — Onde você arrumou isso?

— Armando deu para Nora aquela noite no bar.

— Aquele filho da puta. — Ele sacudiu a cabeça. — Cass. Mas, tipo, por quê? Por que você está considerando isso?

Um aperto de arrependimento já estava se formando. Não era assim que eu tinha imaginado a nossa conversa.

— Meu plano de saúde é uma merda, e, se alguma coisa de ruim acontecer por causa da diabetes, eu não vou poder arcar com os custos. Ainda mais com as dívidas da faculdade.

Frankie respirou fundo.

— Por que você só não arruma outro emprego?

Uma risada rasa escapou de mim quando me lembrei do quarto do hospital. *É um ótimo hobby.*

— Você deveria conversar com a minha mãe.

— Precisa ter outro jeito.

— Eu estou vivendo do outro jeito, Frankie — disse. Senti uma pontada de desespero na voz. — É uma bosta. Eu fiz tudo certinho. Fui pra faculdade, paguei minhas contas, me virei bem. Eu tinha uma carreira. Mas mesmo quando eu estava fazendo tudo certo, as coisas davam errado. E vão dar errado de novo, ainda mais agora que estou doente. Então talvez seja melhor eu seguir meu sonho em vez de ficar me matando num trabalho qualquer que não vai me levar a lugar nenhum.

Ele me encarou, abrindo a boca para falar, e em seguida a fechou.

Eu abaixei a voz.

— Você só precisa assinar uns papéis antes de ir. Quando você voltar, pedimos o divórcio, o que você quiser.

Frankie me devolveu o panfleto, cruzando os braços na frente da camiseta do Capitão América que estava usando. Enquanto eu falava, ele olhava para a própria casa, como se tivesse medo de alguém lá dentro.

— Cassie — disse ele, e então soltou o ar pela boca, balançando a cabeça. — Eu quero ajudar você. Quero muito, muito mesmo. Você é tipo família pra mim. Eu faria qualquer coisa por você.

— É isso que as pessoas dizem quando a resposta é não.

Eu conseguia ouvir a rejeição dele no ar. Já estava pensando em formas de fazer o assunto virar brincadeira. Só que se fosse brincadeira, eu não estaria sentindo as lágrimas brotando nos meus olhos. *Droga.* Acabei de pedir para alguém cometer um crime comigo para que eu possa arcar com as consequências de ter uma doença.

— Se as coisas fossem diferentes, eu faria isso — garantiu ele, esticando a mão para tocar no meu braço. — Mas agora eu preciso pensar na Elena.

— Elena? — perguntei, engolindo o caroço na garganta.

— Minha namorada — disse ele.

— Ah, claro!

A mulher de azul.

— Claro — repeti. — Certo.

— Nosso relacionamento é bem sério.

— Faz sentido. Que ótimo — respondi, torcendo para que minha voz soasse como se eu estivesse feliz por ele.

Escutei o som de sapatos de salto alto no asfalto atrás de mim. Vi uma mulher da minha idade, com cabelo preto sedoso arrumado em ondas. Elena. A maquiagem dela era visível, mas de bom gosto, e a cor alegre do vestido lhe caía bem.

— Ei, amor! — disse ela para Frankie, animada, e depois se virou para mim. — Oi, eu sou a Elena.

— Prazer em conhecer você — menti.

Enquanto eu apertava sua mão macia, uma espécie de abismo se abriu sob mim, me puxando para baixo, fazendo meu estômago entrar em espiral, esmagando-o como uma jiboia. Elena parecia tranquila, amorosa, ter a própria vida sob controle, e lógico que Frankie não queria arruinar nada disso. Claro que não.

— Como vocês se conheceram? — perguntei com esforço.

O rosto de Frankie se iluminou.

— Minha mãe que apresentou a gente. Ela veio a trabalho no ano passado. Sempre achei ela bonita — respondeu ele.

— Vamos morar juntos quando Frankie voltar — contou Elena, e os dois trocaram olhares nervosos e apaixonados. — Estamos tão empolgados!

Eu conseguia sentir que estava afundando ainda mais no abismo conforme os dois se abraçavam.

— Que ótimo — repeti. — Parabéns.

— Ei — começou ele. — E se eu te emprestar um dinheiro?

Ela inclinou a cabeça na direção dele, confusa.

— Não, não, de jeito nenhum. — Ergui as mãos, envergonhada, então percebi que ainda estava segurando o panfleto. Enfiei ele na bolsa. — Preciso ir para o trabalho. Eu só... hum... Não foi nada. Vou dar um jeito.

— Ei — disse Frankie novamente, e abriu os braços.

Dei um abraço apertado nele, fechando os olhos com força para espantar as lágrimas.

— Frankie? — sussurrei. — Isso pode ficar só entre nós?

Senti ele fazendo que sim. Nós nos afastamos.

— Foi bom te ver, Cass.

— Você também, Frankie. — Foi mesmo. — Prazer em te conhecer, Elena.

Ela acenou, então saí andando para o parquinho, na direção do meu carro. As lágrimas apareceram, silenciosas e densas, apagando o incêndio do nervosismo que eu estava sentindo mais cedo. Também dissolveram qualquer calor positivo que eu cheguei a sentir, o ardente sentimento de "vamos lá, tente" que tinha me carregado a última semana.

Nada tinha mudado.

Comecei a ver meu futuro. Não era difícil de imaginar, na verdade.

Eu acordaria e faria o teste de glicose.

Iria para o meu turno no Handle, dormiria, acordaria, repetiria tudo.

Continuaria tentando fazer a The Loyal ser uma banda de verdade, até eu ficar cansada demais, ou sem dinheiro, ou as duas coisas.

Se eu tivesse sorte, arranjaria um emprego de secretária ou algo que não me fizesse pensar, e trabalharia ouvindo músicos melhores do que eu.

Talvez, se as coisas melhorassem um pouco, eu adotaria um gato ou cachorro, ou se as coisas piorassem, eu voltaria a morar com minha mãe. Eu provavelmente continuaria pagando minhas dívidas até ficar com o cabelo branco, ou finalmente desistisse e fosse fazer a pós.

E, bem, sem um casamento de mentirinha, ao menos eu não faria nada ilegal. Tudo estava na mesma. Nada de ruim foi feito.

Cheguei ao parquinho, mas não consegui entrar no carro. Olhei para os balanços onde eu costumava pegar impulso até ficar a quase cento e oitenta graus, com a certeza que só uma criança tem de que eu decolaria a qualquer momento e voaria até o céu.

Luke

Nós chegamos à casa dos Cucciolo, e Cassie apareceu usando short jeans e um par de All-Star desamarrados, o cabelo bagunçado e os olhos grudados em Frankie. Ela parecia diferente da mulher que eu tinha conhecido no bar, a que sabia exatamente o que estava fazendo, e, se você não gostasse, que se foda. Ela me lembrava àquela da foto que eu vi no quarto de Frankie na outra noite, uma garotinha usando um maiô de melancia, construindo castelos de areia. Ela estava falando algo sobre "dois mil dólares a mais por mês", e quando os ouvi falarem de dinheiro, não pude evitar: fiquei parado ao lado da porta da garagem escutando.

Eu ainda não sabia como pagaria os cinco mil dólares para Johnno em três meses, e estava perdendo tempo. Pensei em pedir um empréstimo ao banco e apelar ao patriotismo. *Ajudem um pobre soldado a comprar uma casa.* Caramba, eu fingiria estar casado por mil dólares a mais no salário.

Saí correndo atrás dela depois que vi os três se despedindo e Cassie seguindo na direção do parquinho. As palavras dela tinham mexido comigo. Depois de ficar internado, passei meses tentando encontrar um trabalho que pagasse um salário mínimo direito. E, mesmo assim, não era o suficiente para cobrir os custos de vida. Essa era metade da razão pela qual eu tinha me alistado. Eu tinha dois anos de faculdade para pagar por causa do financiamento. E agora precisava considerar essa dívida com Johnno. Quando alcancei Cassie, ela estava esfregando o rosto, os ombros encolhidos, prestes a entrar em um velho Subaru branco.

— Ei!

Ela manteve a cabeça baixa, pegando as chaves com uma das mãos. Com a outra, me mostrou o dedo do meio. Ela deve ter achado que eu estava tentando dar em cima dela.

Recomecei.

— Hum, com licença, Cassie?

Ela me viu, estreitou os olhos e reconheceu meu rosto.

— Ah, oi.

Coloquei a mão no peito.

— Luke.

Ela apoiou os braços tatuados na porta.

— Eu sei — respondeu ela, me olhando de cima a baixo, examinando meu rosto aturdido. — Você veio correndo?

Assenti.

— Eu queria dizer que, hum... — Parei de falar. Agora que conseguia ver o rosto dela com mais clareza, notei que estava chorando. — Desculpa pelo que aconteceu naquela noite. No bar.

— Obrigada — disse ela, olhando para as chaves.

Eu parei para pensar. Por que eu estava ali? O plano dela. Um casamento.

Frankie estava focando nos riscos, nas alternativas. Ele sequer considerou as vantagens. Acho que mil dólares era muito pouco para alguém cujos pais podem pagar a faculdade de direito e cuja casa valia pelo menos um milhão. Não era como se Frankie fosse incapaz de ser compreensivo, mas existe um muro entre uma pessoa que nunca se perguntou como conseguiria comer naquele mês e todas as outras que de fato precisavam se preocupar com isso.

Eu estava do outro lado desse muro e, aparentemente, não estava sozinho.

— Bem — disse ela, fungando enquanto tentava enxugar as lágrimas que restavam. — Tchau. Aproveite a vida de pintar meio-fio e salvar vidas.

— Eu também queria perguntar sobre a sua proposta — falei, rapidamente. — A que você acabou de fazer para o Frankie.

Ela encarou o chão, fechando a cara.

— Você ouviu?

— Um pouco.

Ela olhou para todos os lugares, exceto para mim.

— Foi loucura. Não sei no que eu estava pensando.

Ela suspirou.

— Mas é uma coisa que existe mesmo?

— É o que diz bem aqui nesse lindo folhetinho de propaganda militar.

Cassie me entregou o panfleto do Exército.

— "Propaganda" é meio demais — murmurei, balançando a cabeça ao ver as fotos de bancos de imagens. Não consegui evitar. — Esse negócio é inofensivo.

— Claro, só seria perigoso se fosse comunista — brincou ela.

Eu ergui o olhar e me peguei sorrindo.

— Ha-ha.

Folheei o panfleto, concentrado na parte de benefícios para casais. A cada menção ao dinheiro, me imaginei pagando minha dívida. Vi os faróis do Bronco de Johnno desaparecendo até nunca mais serem vistos. E então Jake, rindo ao meu lado no sofá enquanto assistíamos a um jogo. Meu pai, afundado na poltrona ao nosso lado, com uma sombra de sorriso, orgulhoso. Engoli em seco e devolvi o panfleto, notando, por um instante, como o sol fazia com que os olhos dela brilhassem com faíscas douradas.

— É uma ideia genial.

— Você acha mesmo?

— Se você conseguisse achar a pessoa certa, sim.

Imaginei novamente. *Tchauzinho, Johnno.*

Ficamos em silêncio. Meu coração batia forte. Por fim, ela apontou para mim.

— Você está se oferecendo ou só fazendo afirmações vagas?

Antes que pudesse pensar mais, eu me forcei a falar:

— Acho que sim.

Ela ergueu as sobrancelhas. Saiu de trás da porta do carro e a fechou, os músculos da perna visíveis, desde os tênis até a barra do short.

— Eu estou falando sério.

— Eu também.

Senti meu peito comprimir. Estava falando coisas antes mesmo de compreender o que elas significavam, mas parecia assustador e correto ao mesmo tempo, de uma forma selvagem, primitiva, como correr morro acima, ou acordar de repente de um sono longo e restaurador. Nós dois estávamos encurralados em um canto da vida, ladrando até conseguir escapar.

Ela fechou os olhos, balançar a cabeça.

— Não sei o que pensar.

Eu tentei deixar minha voz mais suave. Queria que ela abrisse os olhos de novo.

— Por que você está tão preocupada?

— Primeiro, porque eu não te conheço. Acho que deixamos isso bem claro na outra noite.

Dã, óbvio, eu me impedi de dizer.

— Nós dois só temos que nos dar bem por alguns poucos dias. Não precisamos gostar um do outro de verdade — argumentei.

Nossos olhares se encontraram.

Ela mordeu a unha.

— Não estou falando disso. Quer dizer. Talvez sim, mas sei lá. Como é que eu sei que você não vai acabar me ferrando?

Tentei resistir à raiva que esquentava minha pele. Sabia que não era raiva dela. A raiva que eu sentia era de uma versão passada de mim mesmo, descendo a rua Arikara correndo com notas de vinte no bolso.

— Como é que *eu* sei que *você* não vai acabar me ferrando?

Ela me olhou como se eu fosse idiota.

— Porque a ideia é minha. Sou eu que estou com problemas de saúde.

— Certo.

Fiz um sinal com a cabeça na direção da casa dos Cucciolo.

— Nós contamos para o Frankie. Ele vai garantir que a gente cumpra o prometido.

— Certo, e depois?

Dei de ombros.

— Aí nós... — Uma imagem de Jake e Hailey do lado de fora da igreja, cumprimentando as pessoas conforme passavam por elas, surgiu em minha mente. — Nós nos casamos.

Cassie estreitou os olhos.

— Espera aí. O que você ganha com isso?

A imagem de Jake e Hailey mais uma vez, o celular vibrando enquanto eu corto um comprimido. Tentei olhá-la nos olhos, para que ela soubesse o quanto eu estava falando sério, o quanto eu precisava daquilo. Menos detalhes e mais da verdade.

— Também estou com um problema. Preciso pagar uma dívida o quanto antes.

— Qual é o problema? — perguntou ela.

Senti meus pulmões apertarem. Será que Cassie entenderia? Duvido. Ela não ia confiar em mim, provavelmente acabaria achando que eu gastaria todo o dinheiro com drogas.

— Não quero falar sobre isso.

— Hum... — Ela estreitou os olhos com um meio-sorriso sarcástico. — Parece meio importante, Luke.

Ergui as mãos, torcendo para não estar suando.

— Acho que você só vai ter que confiar em mim.

— Ótimo.

Ela me lançou um olhar sério.

— Olha — falei, dando um passo para trás, me preparando. — A ideia de fazer um negócio ilegal foi sua. Você que deu as cartas.

— É, e é muito ilegal — disse ela, suspirando. — Se descobrirem, você vai ser julgado pela corte marcial e expulso do Exército. Nós dois podemos ir para a cadeia.

— Eu sei disso.

Eu não sabia disso. Mas se eu puder pagar Johnno antes de descobrirem... Ir para a cadeia era melhor do que Johnno ir atrás da minha família.

Ela se afastou.

— A gente precisaria convencer todo mundo — disse ela, se virando para mim. Meu coração deu um sobressalto. Cassie estava embarcando de novo na ideia.

— Certo.

Eu me aproximei dela. Ficamos um do lado do outro.

— Mas não acho que seria muito difícil — refletiu ela. — Não sou próxima de muita gente, e você está prestes a ir embora. A gente vai até o cartório e não faz nenhuma festa. — Ela começou a falar mais rápido. — Depois você volta e a gente briga. Quer dizer, não de verdade. Só dizemos que temos diferenças irreconciliáveis. Esse tipo de coisa.

— Você poderia me trair ou algo assim — completei, fazendo aspas no ar.

Ela me olhou e franziu a testa.

— E parece que sou do tipo que trai alguém?

Eu me viro para olhar para ela, confuso.

— Não? Eu não sei.

— Eu não traio ninguém — respondeu ela, como se eu tivesse a acusado.

— Está bem, nossa! Era só uma ideia. É um tópico sensível?

Pareceu mais uma provocação do que eu pretendia. Queria só acabar com aquele assunto. Em vez disso, incendiou.

— Ser traída? Sim — retrucou ela.

— Só sugeri porque é um jeito simples de terminar.

— Não vai rolar — disse ela, balançando a cabeça. — Não vou ser a vilã e trair o pobre e íntegro soldado. Na verdade, é melhor você terminar comigo.

— Como é que eu vou trair você? Com alguém da minha equipe? De jeito nenhum.

— Então ninguém trai ninguém — disse ela, bem alto.

Ergui a voz para ficar no mesmo tom que a dela.

— Mas não pode ser do nada. A gente vai precisar de um motivo.

— Para de gritar! — mandou ela.

— Não estou gritando! — gritei. — Não estou — afirmei, mais baixo.

— Por que a gente está falando disso? Estamos colocando o carro na frente dos bois.

Continuamos em silêncio. Duas mulheres passaram por nós, conversando, uma delas empurrando um carrinho. Fiquei de

boca fechada. *Diferenças irreconciliáveis* parecia mais realista do que o casamento. O divórcio seria a parte mais fácil.
— De hoje em diante, prometo que vou me dar bem com você — declarei.
— Hum. Vai precisar se esforçar mais.
Comecei a sentir um aperto no peito de novo. Cassie podia ser hostil com muita facilidade, mas pelo menos eu sempre saberia o que ela estava pensando.
— Beleza — continuou ela. — Quando quer começar?
Fiquei aliviado.
— Você topa, então?
— Sim, cara. Eu não desisto fácil.
Tentei não sorrir demais.
— Amanhã?
— Já?
— Nós vamos ter que fazer um teatrinho antes da viagem. Assim vai parecer que é verdade para todo mundo com quem me alistei.
— É, vamos mesmo. — Ela fez uma careta. — Eu não sou boa atriz.
Cerrei os dentes, puxando o ar.
— Eu também não.
Ela olhou para o celular e suspirou.
— Ok, eu preciso ir. Você conta tudo para o Frankie. Estou livre o dia todo amanhã para ajeitar os últimos detalhes.
— Combinado.
Minha pele formigava, preparada para a ação. Eu estava pronto. Queria que Cassie também estivesse. Ela me entregou o celular e digitei meu número no aparelho. Ela hesitou mais uma vez antes de entrar no carro.
— Espera, qual é o seu sobrenome? — perguntou ela, erguendo a mão para proteger os olhos da luz.
— Morrow — respondi, olhando para ela, meus olhos descendo de suas tatuagens no braço para os CDs no painel, depois para as embalagens de granola no chão. — E o seu?
— Salazar — disse ela, sorrindo contra a luz.

O silêncio era bizarro. Uma brisa chegou a um dos balanços no parquinho atrás dela. Eu sentia algo parecido com gratidão, algo grande, assustador e trêmulo, mas minha cabeça ainda estava sendo esmagada contra o banco do carro de Johnno. E a de Jake também. Enquanto JJ observava tudo.

Não, Cassie iria me ajudar. Ela era irritante, mas corajosa, e iria me ajudar a protegê-los. Eu queria apertar a mão dela, ou abraçá-la. Parecia absurdo que seguiríamos em direções diferentes, como se tivéssemos acabado de conversar sobre o tempo ou algo do tipo.

Mas foi exatamente isso que fizemos. Olhei por cima do ombro e observei o carro dela se afastar. Apesar de não poder ter certeza por conta da luz forte da tarde, vi Cassie olhar para trás, e nossos olhares se encontraram. Eu acenei, e ela ergueu a mão e acenou de volta.

Cassie

Alguém estava batendo na minha porta. Ergui os olhos do teclado: havia restos de três baseados em um pires ao meu lado e cascas de pistache espalhadas sob meus pés. Quando batia a vontade de comer um lanchinho, pistache era um remédio caro mas agradável para o tipo dois. Eu estava andando em círculos, mastigando, pensando e repensando a possibilidade de entrar em contato com Luke e cancelar tudo. De vez em quando, parava para tocar piano, e isso me acalmava.

Olhei pelo olho mágico. Era Rita, a dona da casa.

Hum, nada bom.

Abri uma fresta da porta.

— Pois não?

Rita estava segurando Dante, um cachorro sem fôlego e vesgo. Ela fungou, os olhos rosados e inchados assim como seu robe.

— Notei que as luzes ficaram acesas a noite toda. Queria ver se estava tudo bem com você.

— Sim, sim, tudo bem.

Ela farejou o ar novamente.

— Estava fumando maconha aqui?

Meu pulso acelerou.

— Não.

— Estava, sim.

Eu me preparei para dar uma desculpa, algo sobre ter comprado um incenso com o cheiro errado. Mas então ela perguntou:

— Sobrou um pouco?

Ufa.

— Claro.

Era um acordo tácito entre nós duas: eu podia fazer várias coisas no sótão dela desde que não fossem idiotices. Havia muitos acordos tácitos. Eu não falava nada sobre ela chorar alto, por exemplo, ou sobre as festas ocasionais em que parecia haver uma galera emitindo ruídos animalescos, e ela não falava nada se eu atrasasse um pouco o aluguel, ou sobre como meu alto-falante sacudia a casa inteira quando estava ligado.

— Nada como um trago matinal — disse Rita, se acomodando no sofá.

Trago matinal? Olhei para o celular. Seis da manhã. *Merda*. Não percebi que estava tão tarde. Bem, *cedo*. Era para eu encontrar Luke e Frankie uma hora antes de irmos para o cartório. E eu deveria ter feito um tipo de "biografia" para Luke, uma coleção de fatos sobre a minha vida que ele poderia ter aprendido durante uma semana, para que a gente "se conhecesse o suficiente para se apaixonar". Era uma boa ideia — ele tinha sugerido isso quando conversamos por telefone na noite anterior. Ele estava escrevendo a dele para eu ler também.

Só que, em vez disso, eu comecei a compor uma música. Quando eu sentia uma coisa que não compreendia, como quando estava sufocada por Tyler, ou quando descobri que tinha diabetes, ou agora, por exemplo, eu procurava o sentimento em meio às notas.

Compor uma música é como caminhar por uma floresta em busca de comida. Era bom começar no limite, com um dó ou mi maior, e ver um sinal de cor entre as árvores, talvez um fá sustenido mais eletrônico, mas que não era bem o que estava procurando. Não é a fruta certa a se comer, então é melhor se aventurar, ir mais longe, tentar um mi menor em um vibrafone como se fosse uma folha já conhecida, sentindo sua textura, tocando de forma rápida ou lenta, e ali está. É necessário segurá-la, e só assim começar a escolher mais notas. Acordes de sol com toques de nozes, e de volta ao fá, agora que está maduro.

Eu nunca encontrei as notas certas para "estou me unindo legalmente a uma pessoa que não conheço". Sentia muitas coisas ao mesmo tempo. Incredulidade. Medo. Ceticismo. Mas encontrei as notas para a esperança, uma coisa disforme e iluminada, muito longe no bosque. Foquei nesse sentimento em particular. Apesar de não saber que cara a esperança tinha, era ela que estava me guiando.

Tocar a noite toda foi uma cerimônia antes da cerimônia. Um agradecimento a seja lá qual força que permitiu que eu me apaixonasse por música o suficiente para fazer isso.

Rita me entregou a bituca enquanto Dante farejava as caixas vazias de medidores de glicose e as roupas, em tons variados de jeans e preto, que cobriam todo o cômodo.

— Minha vida vai mudar hoje, Rita — declarei, tragando uma vez.

— É mesmo? — respondeu ela, se levantando e chamando Dante com um assobio. — Bom. É isso que eu digo para mim mesma todas as manhãs.

Uma hora depois, eu estava pronta. Verifiquei os níveis de açúcar no sangue, comi um mexidão de feijão branco com pimenta e batata. Encontrei meu celular em uma pilha de roupas. Até passei rímel e um pouco de batom. Foi só depois que entrei no carro que percebi quais seriam as roupas do meu casamento: a mesma camiseta do The Kinks e short jeans que vesti no dia anterior. Meu cabelo estava preso em um coque que logo se desmontaria. Meus All-Star estavam desamarrados.

Corri de volta para casa e encontrei um vestido preto de algodão, sem mangas, com uma gola-V profunda. Era meio decotado demais e cheirava um pouco a cerveja velha, mas não tinha nenhuma mancha.

— O sapato, o sapato, o sapato — sussurrei para mim mesma.

Então, lembrei que tinha um par antigo de saltos vermelhos de quando me vesti de Marge Simpson no Halloween. Calcei o par e chequei meu reflexo no espelho de corpo inteiro no fundo do meu guarda-roupa. *Beleza, mas sem o coque*, decidi, e soltei o cabelo.

Demorei um segundo para me reconhecer naquela silhueta feminina.

Só então percebi que, naquele vestido, a tatuagem de galhada acima do meu seio esquerdo estava visível, como uma proteção.
Ah, ali estava eu.

Luke

Aparentemente, para a garçonete idosa, com o cabelo cheio de laquê, era completamente normal dois homens de smoking pedirem ovos beneditinos no café da manhã, um deles virando a caixinha de uma aliança de casamento comprada no Walmart, o outro tirando um monte de fotos de seu colega, do cardápio, do anel, da fileira de cabines vazias e da própria garçonete, enquanto ela observava.

Assim que Cassie chegasse, Frankie e eu planejaríamos os detalhes dos nove meses seguintes. Frankie estava registrando tudo como provas, para o caso de, Deus nos livre, a legitimidade do casamento ser questionada pelo tribunal.

— Eles vão esmiuçar cada detalhe — dizia ele, mostrando as legendas com os horários de cada foto. — Como vocês se conheceram, o pedido, tudo. E eu vou ser a testemunha. Faz cara de animado — ordenou ele, apontando a câmera para mim.

Ergui as sobrancelhas, tentando arregalar os olhos.

Frankie examinou o resultado.

— Sua cara de animado parece a de alguém que acabou de levar um cuecão.

— Cala a boca.

— Aí o sorriso.

Ele tirou outra foto. Tirei um caderno de couro da bolsa do Exército e o coloquei ao lado do prato vazio, pronto para trocar minha vida com Cassie. Ou "Cass", como Frankie disse que eu deveria chamá-la. Ainda não parecia certo.

A porta do restaurante abriu e Cassie entrou. Meu olhar ficou preso na tatuagem de galhada no esterno, visível no decote. O cabelo preto em ondas emoldurava o rosto dela, misturando-se perto dos ombros com a silhueta em S do corpo sob o vestido. A beleza dela me deixou nervoso. Pessoas bonitas tinham mentes fechadas. Aprendemos isso na adolescência, quando a aparência começa a importar. Todo mundo sai do caminho de pessoas bonitas, só para ter o prazer de vê-las passar. Nenhuma delas precisa aprender a se contentar ou a encontrar um meio-termo, nem descobrir como encontrar janelas quando as portas se fecham. E o nosso combinado era tipo uma janela.

— Que foi? — perguntou ela, aproximando-se de nós.

Percebi que a estava encarando.

— Nada, não.

Frankie levantou.

— Cass!

Ele beijou as bochechas dela e olhou para mim, indicando alguma coisa com a cabeça.

Também levantei e percebi que era muito mais alto que ela. Eu me inclinei para beijá-la na bochecha. Frankie tirou uma foto.

Nós nos sentamos. Frankie e eu de um lado, Cassie do outro.

— Só café. Preto — disse Cassie para a garçonete. Ela se virou para mim. — É bom não se esquecer disso.

Abri meu caderno, procurando uma página em branco para escrever. De repente, aquilo pareceu ridículo.

— Você acha mesmo que precisamos desse detalhe minúsculo?

— Talvez não, mas você vai precisar desse: eu tenho diabetes, tipo dois — disse ela, se inclinando para frente. — Por isso nosso acordo.

Eu me lembrava disso.

— E o que isso quer dizer? — perguntei. — Se não tiver problema perguntar.

— Bem, basicamente meu pâncreas não sabe metabolizar a glicose do meu sangue. Então preciso tomar cuidado com o que eu como para não ficar com hipoglicemia. Ou, sei lá, desmaiar porque a glicose está baixa. Tipo, depois de comer muitos carboidratos simples. — Ela apontou um pedaço de torta na vitrine. — Ou se eu não comer em intervalos regulares, ou não comer uma refeição inteira, ou esperar tempo demais para comer. — Ela estava erguendo os dedos à medida que enumerava tudo — Ou se beber sem comer nada etc.

— Caramba.

— É muita coisa — disse ela. — Vai levar um tempo pra você se acostumar.

— Você escreveu isso tudo? — perguntei, erguendo meu caderno. — Para as nossas biografias?

Paramos de falar quando a garçonete voltou.

Cassie me lançou um sorriso de desculpas enquanto aceitava a xícara quente. Ela esperou a mulher ir embora para voltar a falar.

— Vou ser sincera. — Ela olhou para Frankie e depois para mim. — Eu não estou nada preparada.

— Como assim, nada preparada?

Coloquei a mão no caderno, onde eu tinha passado uma hora tentando deixar minha caligrafia bonita o suficiente para que fosse legível, repassando todas as minhas memórias e fracassos, tentando decidir o que era relevante e o que não era. Nós havíamos decidido que e-mails não eram uma boa, já que ficariam registrados.

Cassie pareceu envergonhada.

— Eu só meio que não escrevi isso tudo. Desculpa.

Senti um aperto no peito.

— Mas o casamento é hoje. Que outra prioridade você poderia ter?

— Me desculpa! — disse ela, mais alto. — Até, tipo, uma hora atrás eu nem tinha certeza de que ia seguir com o plano.

— Tá — respondi devagar, sentindo meu coração alarmado.

Tentei respirar. Estava ficando irritado, mas isso não iria ajudar em nada.

Frankie pegou um pouco dos ovos e mastigou.

— Vocês dois podem só conversar — disse ele de boca cheia.

— Tipo seres humanos normais.

Cassie e eu trocamos olhares. Ela pareceu ter o mesmo pensamento que eu: *não, muito obrigado.*

— E que tal você ler o que escreveu e eu fazer uma espécie de resposta? Toma — disse ela, gesticulando para a caneta e o caderno. Eu arranquei uma página e entreguei a ela. — Pode começar.

O calor estava começando a melhorar. Pigarrei e comecei a ler.

— Meu nome é Luke Joseph Morrow.

Cassie começou a escrever a resposta conforme enunciava.

— Cassandra Lee Salazar.

— Lee, hein? — disse Frankie. — Não sabia disso.

— Era o nome de solteira da mãe do meu pai, eu acho. — Ela olhou para mim, os olhos castanhos cortantes. — Ah, bem. E eu não tenho pai.

— Você vai manter seu sobrenome, ou...?

Ela franziu as sobrancelhas, olhando para mim.

— Claro que vou ficar com meu sobrenome.

Ergui as mãos.

— Só estou perguntando.

Ela sorriu para mim do outro lado da mesa, sarcástica, os lábios vermelhos apertados.

— Vou fingir que estou casada com você, mas não vou ficar em casa tricotando cobertores até você voltar.

— Eu nunca disse nada sobre tricotar.

— Ele só está sendo cauteloso, Cassie — disse Frankie, em um tom muito mais amigável que o meu.

— E que tal você pegar o meu sobrenome? — murmurou ela.

Não consegui discernir se ela estava falando sério.

— Não quero.

Frankie olhou para o relógio.

— A gente precisa se apressar se não quiser pegar uma fila enorme no cartório.

Continuei lendo.

— Sou um soldado de primeira classe do Sexto Batalhão, 34ª Divisão de Infantaria Cavalo Vermelho, do Exército dos Estados Unidos.

Da frase inteira, vi Cassie escrever apenas a palavra "soldado".

Ela olhou para mim, bebericando o café.

— Eu toco teclado e sou vocalista na The Loyal, uma banda que comecei aqui em Austin.

Ela sorriu de leve, olhando para Frankie antes de escrever tudo isso.

Olhei para minha própria folha.

— Minha comida favorita é torrada com salame.

Ela deu uma risadinha.

— Desculpa. Não sei por que, mas que engraçado. A minha... — disse ela, escrevendo —, é o *tembleque* da minha mãe.

Continuamos falando.

Corro dez quilômetros por dia.

Duas vezes por mês, eu me inscrevo para fazer aulas de ioga e sempre cancelo depois.

Gosto de jogos de RPG. Fallout e coisas do tipo.

Eu gosto de ler teoria crítica e fofocas dos famosos.

Não gosto muito de ler. Não era bom na escola. Gostava só de Aventuras de Huckleberry Finn. *E* Where the Red Fern Grows.

Eu gosto de discos de vinil.

Eu também. Meu pai tinha alguns.

Falamos desde coisas grandes como "minha mãe morreu" até coisas pequenas — que, segundo Cassie, casais devem saber mesmo depois de pouco tempo —, como "durmo só de cueca". Cassie preferia dormir de camiseta e calcinha. Ela mostrou todas as suas tatuagens. No antebraço direito, um tipo de leão com asas. *Uma esfinge. Tradicionalmente feminina nos mitos, símbolo de sabedoria.* Antebraço esquerdo, o ciclo lunar. Braço direito, flores, aparentemente do mesmo tipo que crescia no jardim da mãe dela. Braço esquerdo, uma estrela preta, em homenagem ao David Bowie.

Mostrei a ela a cicatriz na nuca. Disse que foi por causa do meu pai, em um acidente. Não contei mais detalhes.

Decidimos que, quando alguém suspeitasse de alguma coisa, nós começaríamos a agir como se estivéssemos mesmo apaixonados. Nos tocaríamos, riríamos, contaríamos segredos no ouvido um do outro, e isso distrairia qualquer um que fizesse perguntas. Das duas, uma: achariam fofo e entenderiam o porquê de tudo ter acontecido tão rápido, ou achariam meloso demais, o que também seria uma ótima explicação para a nossa pressa.

Conversaríamos pelo Skype a cada duas semanas, torcendo para que fosse no mesmo momento em que outros membros da equipe estivessem presentes, caso precisassem servir de testemunhas também.

Dei a Cassie os formulários do meu plano de saúde para ela assinar. Trocamos endereços de e-mail.

Combinamos que meu salário seria depositado diretamente em uma conta conjunta que abriríamos mais tarde no banco de Austin. Ela sacaria a parte dela no primeiro dia do mês.

A perna de Cassie começou a balançar sob a mesa.

— E agora — disse Frankie, erguendo a câmera —, é a hora perfeita para tirar as fotos do pedido.

Olhei em volta.

— Aqui?

— Por que não? — perguntou Frankie. — É perfeito. E em público. Tem testemunhas, mas ninguém está ouvindo a nossa conversa. E podemos dizer que estavam tão arrebatados pelo amor que insistiram em ir imediatamente para o cartório.

Cassie olhou para a caixinha de veludo falso que Frankie e eu tínhamos escolhido no Walmart perto da rodovia.

— Ah, meu Deus — disse ela, e a pegou nas mãos, abrindo.

— Não! — exclamou Frankie, olhando, amedrontado, para a garçonete. Cassie a colocou de volta na mesa.

Frankie apontou com o queixo para mim, falando com os olhos: *Vai logo*. Imaginei que quanto mais espontâneo, melhor. Não poderíamos ensaiar isso. Olhei para Cassie. Ela franziu o nariz.

Peguei a mão fria dela e a fiz levantar. Me certifiquei de que a garçonete havia parado na frente do balcão e estava observando a cena. *Vamos lá.*

Pigarrei e me abaixei, apoiando um joelho no chão. Cassie riu, uma risada genuína que eu senti percorrer todo seu corpo. Eu também ri.

— Olha nos meus olhos — murmurei.

Ela olhou. Tentei me impedir de sorrir, mas percebi que na verdade não precisava. Eu deveria mesmo estar sorrindo.

— Cassandra Lee Salazar, quer se casar comigo?

Ela disse "sim".

Cassie

O prédio da prefeitura, com seus azulejos marrons e vidros amplos, quebrava a linha do horizonte de Austin em ângulos. Era lá que ficava o cartório. Frankie estacionou na rua, mas só percebi que não estávamos mais em movimento até o rádio ser desligado e o carro ficar em silêncio. Virei o aro dourado, apertado demais, no dedo, tentando me lembrar dos acordes que eu tinha tocado de manhã, um ritmo para meu coração seguir, para que desacelerasse um pouco e parasse de pular.

— Antes de a gente entrar — disse Frankie, nos encarando, os olhos marejados como se a gente fosse um par perfeito no dia da formatura. — Tenho uma ideia. Meus pais fazem isso na terapia de casal.

— Seus pais fazem terapia de casal? — perguntei.

George e Louise Cucciolo eram o casal mais apaixonado que eu já tinha visto. Estavam sempre se beijando na cozinha quando um de nós aparecia para pegar comida. Eles viajavam para a Itália todos os anos só para comemorar o aniversário de casamento.

— Uhum, eles curtem. Ajuda os dois a "crescer", segundo eles.

Luke e eu trocamos olhares e demos de ombros. Eu me perguntei se ele estava pensando o mesmo que eu, que era provavelmente mais fácil "crescer" como casal quando se tinha dinheiro o suficiente para jogar fora com especialistas em casamento e com viagens para a Europa.

— Enfim — continuou Frankie. — Quando eles estão brigando ou sei lá, começam a sessão olhando nos olhos um do outro por trinta segundos.

— Não — disse Luke, bufando. — Nem pensar.
— Frankie — falei, tocando no braço dele. — Agradeço todo o seu esforço, e juro que estou comprometida. Mas a gente só vai entrar lá, assinar uns papéis e tirar umas fotos. Beleza?
— Não vou deixar vocês saírem do carro sem isso. Sério. Elena e eu fazemos e é incrível. A gente consegue conversar sobre qualquer coisa depois.
— Nós não precisamos falar sobre nada, Frankie — murmurou Luke. — Só sobre a parte financeira.
— Como seu futuro advogado...
Eu não consegui evitar e soltei uma risadinha.
— Sério — disse Frankie, e ele começou a erguer a voz, o que não era familiar nem para mim nem para Luke. — Vocês têm que levar isso a sério. Porque se alguma coisa der errado, eles vão levar um especialista em linguagem corporal para o tribunal. Juro por Deus.
Silêncio. A ideia de um tribunal invadiu nossos pensamentos. As consequências que nos esperariam lá. Prisão. Sem dinheiro. Sem futuro.
— Beleza — cedi.
— Luke, pula para o banco de trás com ela.
Eu fiquei observando enquanto Luke dava a volta no carro, o terno preto curto demais nos braços, mas perfeito para acentuar os músculos definidos. Ombros largos e rígidos, cintura de corredor, pernas compridas que ele enfiou atrás do banco da frente. Ele tinha cheiro de madeira úmida e ervas, provavelmente algum perfume de Frankie.
Pelo menos todo mundo entenderia o motivo de eu me sentir atraída por ele.
— E o que é pra gente pensar? — perguntou Luke.
— O que você quiser — disse Frankie.
— Tipo o quê?
Quase falei *sexo* de brincadeira (porém nem tanto), mas mudei de ideia. Afinal, a gente estava no banco de trás, juntos. Era meio engraçado, mas não naquela hora. Estalei os dedos e tentei focar.

— Tá bom — disse Frankie. — Olhem nos olhos um do outro. Não desviem. Não deem risada.

Comecei a rir imediatamente, mas então respirei fundo. *Pelo Frankie. Pela minha mãe. Pela música.*

— Mil e um, mil e dois... — Frankie começou a contar em voz alta, mas então ficou em silêncio.

Mil e três, mil e quatro, mil e cinco...

Olhei para Luke. Eu me lembrava daqueles olhos de quando a gente se conheceu, antes de ele mostrar que era um babaca. Aquele azul misturado com cinza, cílios longos e sobrancelhas delicadas. Ele estava com leves olheiras arroxeadas.

Conseguia sentir seu hálito, pasta de dente de menta e mais alguma coisa, que não era desagradável, só quente. Pulmões, nervos e ossos, era isso que Luke era. Assim como eu, assim como todos os outros.

Ele tinha dito que corria dez quilômetros por dia. Deveria curtir superar limites. Parecia ter aprendido que o *corpo de um homem* deve ser acompanhado de *pensamentos de homem*, que deve ser forte e nunca demonstrar fraqueza. Eu não invejava isso.

Pelo canto dos olhos, vi as mãos dele, palmas largas, dedos grossos e lisos, descansando nas coxas. De vez em quando, ficavam tensos.

Ele tinha feito algo consigo mesmo que estava tentando desfazer, e eu conseguia sentir isso sentada ao lado dele.

Acredite em mim, eu disse silenciosamente encarando seus olhos tristes, *eu te entendo.*

Luke

Mil e vinte e quatro, mil e vinte e cinco, mil e vinte seis. Depois que o pensamento de "isso é uma idiotice" havia flutuado pela minha cabeça algumas vezes, notei que Cassie tinha uma pintinha debaixo do olho esquerdo e que alguns dos pelos na sobrancelha cheia e escura dela ficavam mais claros nas pontas.

A pintinha parecia uma ilha minúscula em seu rosto.

Era estranho o fato de que eu provavelmente poderia passar um ano inteiro "casado" com ela e mesmo assim não notaria aquilo.

Eu a observei piscar e sustentar meu olhar, e, puta merda, Frankie estava certo, acho que passei a confiar um pouco mais na habilidade dela de aguentar a situação depois dessa experiência. Talvez não seja habilidade, mas um desejo de cumprir o plano.

Mais cedo, eu estava pensando em como ela consegue se impor em qualquer situação com facilidade. Mas do jeito que me olhava agora, as pálpebras quase estremecendo com o esforço para se manter no lugar, pude perceber que aquela postura não era ela de verdade. Se ela fosse só o que sua aparência demonstrava, provavelmente não estaria ali, abrindo uma janela. Ela estaria na porta da frente, com quem ela quisesse.

Mas olhar para ela apagava qualquer dúvida da minha cabeça. Ela realmente precisava estar ali.

Cassie

— Acabou o tempo — disse Frankie, e todos os sons da rua e do mundo inundaram meus sentidos.

O feitiço foi quebrado.

Luke pigarreou e pegou a mochila do Exército que carregava.

— Vamos.

Nossos passos ecoaram pelo salão, se misturando a todos os outros passos de pessoas fazendo corres oficiais — buscando documentos, metendo processos, recebendo licenças. Eu entrei no banheiro manchado de alvejante e tirei o medidor de glicose. Não sabia quando teria oportunidade para fazer o teste de novo. Não sabia quanto tempo levava para se casar no cartório. Tive uma visão estranha de que era como na ilha da estátua da Liberdade, com filas quilométricas de mulheres que se pareciam com fotos antigas da minha *abuela*, saias rodadas e cabelo penteado, os braços enganchados em volta dos braços de oficiais sobreviventes do dia D.

Quando saí do banheiro, hesitei, observando Frankie e Luke conversando. Respirei fundo e andei na direção deles. O cartório de Travis County ficava no segundo andar.

Nós dividimos o elevador com uma mulher e um homem da nossa idade, vestidos em roupas formais. Estavam abraçados. A mulher segurava um buquê de margaridas. Ah, meu Deus do céu. Essas pessoas estavam se casando *de verdade*. Luke e eu ficamos parados, nossos ombros mal se tocando. Frankie estava cantarolando baixinho uma versão de "Goodbye Yellow Brick Road". Nós éramos uma farsa.

Conforme as portas do elevador se abriram, a mulher se virou para mim.

— Vocês também vão se casar?

— Uhum! — respondi, abrindo um sorriso enorme. — Esse cara aqui — acrescentei, dando um tapinha nas costas de Luke.

Mas que merda, merda, merda. Será que pessoas que se amam dão tapas nas costas um do outro?

— Sou eu — disse Luke, engolindo de maneira audível. — Sou eu o cara!

— Uma pergunta — começou Frankie, se dirigindo ao casal quando saímos do elevador e nos deparamos com um corredor de painéis de madeira. — Onde fica a sala das cerimônias?

— Vocês já tiraram a licença? — perguntou o homem.

— Claro — disse Luke. Ele me lançou um olhar questionador. — A licença.

— A licença — repeti, encarando-o de volta. *Merda.* — Ainda não. A gente deveria fazer isso.

— Vocês são tão fofos — disse a mulher. — Todos nervosos para o casamento!

— Vocês não podem se casar sem ter uma licença por três dias — disse o homem. — Maggie e eu descobrimos isso da pior forma na semana passada.

Os dois trocaram olhares, dando risadinhas.

— Merda — falei sem querer.

Luke ia embora em dois dias.

As risadinhas do casal se tornaram uma risada nervosa, e então cessaram. A mulher olhou para mim como se eu estivesse sangrando pelos olhos. Ela me mediu de cima a baixo, parando brevemente na tatuagem de galhada, e então encarou Luke.

Agarrei o braço de Frankie. *O pessoal normal viu que tem alguma coisa errada. Eles sabem que a gente não é como eles. Abortar missão, abortar missão.*

— Mas não para os militares, amor — a mulher se corrigiu de repente, olhando a mochila de Luke. — Você está em serviço?

— Sim, senhora — disse Luke, os olhos fixos na mulher, como se estivesse implorando para ela explicar.

— Então — começou ela, olhando para o noivo —, acho que existe uma exceção para a regra das setenta e duas horas para os militares.

— É mesmo? — perguntei.

Aquilo era um alívio, mas parte de mim meio que estava torcendo para que tudo acabasse, que houvesse um obstáculo que nos impedisse de seguir com o combinado. Até então, parecia um plano completamente maluco, só meu, e se não desse certo eu poderia só dar de ombros e seguir em frente, em busca de outra solução. Agora, eu o compartilhava com mais pessoas, como Luke e Frankie, oficiais do cartório e estranhas chamadas Maggie.

— Bem, se nos der licença — disse Frankie, exibindo seu sorriso mais charmoso. — Obrigado pela ajuda.

A parte da licença foi fácil. Espaços em branco para o nome e o número do documento, e uma linha onde assinar. *Cassandra Lee Salazar*.

Fiquei observando enquanto Luke assinava *Luke Joseph Morrow*.

Frankie tirou uma foto de nós dois no balcão, as mãos mal tocando as costas um do outro.

— Bem, é isso — disse para Luke, e ele assentiu, olhando para mim por um instante.

Ele tinha ficado em silêncio o tempo todo. Não parava de olhar o celular e esfregar a nuca, e a única coisa que falava era um monte de "sim, senhora" ou "não, senhor". Parecia que era doloroso para ele estar ali.

— Você não vai nem fingir que está feliz? — perguntei.

Ele deu de ombros.

— Ninguém está olhando.

Abaixei a voz.

— Sim, mas você não fica aliviado por estar quase acabando?

— Não acabou pra mim. Eu estou indo para o Afeganistão, Cassie.

Dei um passo para trás.

— Beleza.

Nosso celebrante era um voluntário, um homem que ou conhecia Deus pessoalmente ou tinha bebido três cafés seguidos de manhã. Parecia um gigante careca pairando sobre Luke, Frankie e eu, usando uma polo laranja e exibindo seus dentes dourados. Frankie ergueu o celular, filmando tudo.

— Tem alguma preferência de reza? — perguntou ele.
— Como? — perguntou Luke.
— Judaica, cristã, muçulmana, pagã, sei todas essas. Católicas também. — Ele contou todas nos dedos, listando-as com seu sotaque carregado como se estivesse nos oferecendo opções de consoles de videogame na loja de eletrônicos. — A oração da serenidade, Ave-Maria, Pai-Nosso, "O Senhor é meu pastor", qualquer um dos salmos, aquele de Coríntios é popular, aquele que fala que "o amor é paciente, o amor é gentil", sabe?

Eu mal podia esperar para contar a Nora sobre esse cara. Só então percebi: como eu ia explicar tudo isso para Nora?

— Também tem a opção sem reza nenhuma, já que estamos em um prédio do governo. Fico feliz só de oficializar essa cerimônia.

— Pode ser isso... — comecei.
— Talvez a oração da serenidade? — disse Luke, a voz falhando um pouco. Ele olhou para mim, pedindo permissão. — Minha mãe gostava dessa.
— Claro. — Eu dei de ombros. Ao meu lado, Frankie me acotovelou. — Quer dizer, claro, amor.

Enquanto o celebrante vasculhava atrás do púlpito em busca da Bíblia, eu me lembrei de Luke falando no restaurante que tinha perdido a mãe. Eu não conseguia imaginar. Bem, acho que conseguiria, considerando que nunca tive pai, mas ele nunca esteve presente para que eu considerasse uma perda. Por um segundo, desejei que minha própria mãe estivesse ali. Fosse um casamento falso ou não, ela sempre quis me ver casar.

— Conforme vocês embarcam nessa jornada do matrimônio... Peraí, vocês vão olhar um para o outro, dar as mãos etc.?

Frankie assentiu, nos encorajando com um aceno de trás do telefone.

Segurei a mão de Luke. Sorri para ele como os casais apaixonados faziam, com os olhos, um sorriso sereno nos lábios, como se eu nunca tivesse tanta certeza de algo na vida. Ele sorriu de volta. Aquilo me assustou, a facilidade da coisa. Como se o amor fosse só enganar a si mesmo até que se tornasse real.

O celebrante pigarreou, fazendo todo um teatro de fechar a Bíblia e então reabrir, como se estivesse começando tudo de novo.

— Conforme vocês embarcam nessa jornada do matrimônio, que Deus conceda a serenidade para aceitar as coisas que não podem mudar, a coragem para mudar as coisas que podem e a sabedoria para discernir uma da outra.

— Não dá pra discordar disso — comentei baixinho.

Luke apertou minha mão. Não consegui discernir se era um aperto amigável ou uma bronca.

— Você, Cassie, aceita Luke como seu parceiro para toda a vida? Promete andar ao lado dele para sempre, amá-lo, ajudá-lo e encorajá-lo em tudo o que fizer?

Abri a boca para dizer "sim", mas o celebrante continuou.

— Promete dedicar um tempo para conversar com ele, escutá-lo e cuidar dele? Você compartilhará de suas risadas, de suas lágrimas, como sua parceira, amante e melhor amiga?

Ergui meu queixo, esperando. Aquilo parecia um grande acúmulo de funções para uma única pessoa. Se a coisa real um dia aparecesse para mim, eu seria boa em uns dois trabalhos desses, no máximo.

— Você o aceita como seu marido, agora e para sempre? — O celebrante olhou para mim na expectativa.

— Sim — declarei.

Enquanto o homem fazia as mesmas perguntas para Luke, eu o observei, os olhos virados para baixo, os cílios roçando na bochecha.

— Sim — respondeu Luke quando o celebrante terminou.

— Pelo poder a mim concedido pelo estado do Texas, eu vos declaro marido e mulher.

Por um longo segundo, nós nos encaramos, como fizemos dentro do carro, mas dessa vez sabíamos bem o que o outro estava pensando. *Merda.*

— Pode beijar a noiva, filho!

O celebrante estava direcionando Luke para um beijo, como se eu fosse propriedade dele. Que merda. Peguei o rosto de Luke nas mãos e o puxei em direção à minha boca, esperando que ele tomasse a iniciativa depois. Um selinho demorado ou um beijo de verdade? De língua?

Algo no meio, como foi o caso. Os lábios dele eram bem macios, e cederam ao meu toque.

Depois de um tempo, ele tentou se afastar, mas meu cabelo tinha se enganchado em um dos botões do terno dele. O resultado foi um puxão dolorido na minha cabeça inteira.

— Ai! — gritei. — Porra!

— Que foi? — perguntou Luke, me tocando de uma forma genuína pela primeira vez naquele dia.

— Meu cabelo! Que está preso na minha cabeça! — reclamei.

— Espera, fica parada — pediu ele, tentando desenganchar a mecha, mas puxando com força demais.

— Cuidado — reclamei.

— Desculpa! — retrucou ele.

Frankie abaixou a câmera com um suspiro. O próximo casal e seus amigos se aglomeraram na entrada da sala de cerimônias, curiosos. Ouvi sussurros e franzi a testa.

Tinha certeza de que era um sinal. Nosso casamento estava fadado ao fracasso. Ou isso, ou era hora de eu cortar o cabelo.

Luke

Nós saímos do salão do cartório, seguimos para o elevador — que tinha o cheiro do perfume de várias outras pessoas —, passamos finalmente pelas portas da frente e chegamos à calçada. O vento chicoteava os prédios do centro de Austin, lançando a gravata contra o meu rosto e bagunçando o cabelo de Cassie, que estava enroscando nos brincos. Ninguém disse nada. Devia ter uma tempestade vindo.

Cassie e eu trocamos olhares, não hostis, mas também não amigáveis. Parecia que só estávamos checando se o outro ainda estava ali.

Não conseguia parar de pensar em um vizinho que eu tinha quando era criança. Não conseguia lembrar o nome dele, já que nós tínhamos muitos vizinhos e eles sempre apareciam para brincar comigo e com Jake no verão enquanto meu pai estava na oficina. Talvez Mitch ou Mark, sei lá, mas precisávamos tomar cuidado com o que falávamos perto dele. Ele escolheria qualquer palavra nossa e a reviraria até parecer a coisa mais burra que alguém já tinha dito. Jake e eu nunca podíamos dizer que amávamos alguma coisa, tipo Power Rangers, nosso pai ou biscoitos, sem o vizinho retrucar "Ah, é? Se você ama tanto, por que não se casa com ele?"

Não era esse tipo de amor, Jake e eu sempre respondíamos. Nós não amávamos biscoitos da mesma forma que amávamos as pessoas com quem iríamos nos casar.

E ali estava eu, casado, e quando chegasse a hora de falar para Cassie que eu a "amava", pelo bem do casamento, haveria uma parte de mim que tropeçaria naquela palavra, esperando ser zombado apenas por dizê-la.

E também haveria um pedacinho de mim que gostaria de dizer isso para alguém tão linda quanto ela estava naquele instante, afastando o cabelo do rosto, e finalmente responder a provocação. *Bem, eu me casei com ela, caralho. Viram? Eu me casei.*

Cassie

A casa dos Florien não precisava de faxina, mas ali estávamos nós. Mamãe era toda natureba, o que significava que usava óleo de melaleuca, sabão natural e vinagre nas mesas e privadas de executivos da Dell e da IBM que decidiram que seus filhos não deveriam inalar Lysoform. Eu tinha ido até lá para conversar com ela sobre Luke, mas não parecia existir uma boa hora para isso. Como eu contaria que tinha casado enquanto estava ajoelhada ao lado de um vaso sanitário?

Meu celular vibrou. Toby, de novo. Eu ignorei a ligação.

E como eu diria para o meu peguete que havia me casado? Não, melhor: *será* que eu precisava falar qualquer coisa sobre esse assunto para Toby? Acho que não. E por que Toby estava me ligando no meio do dia? Será que ele estava tentando incrementar a parte sexual da equação de *parceiro sexual* para incluir uma rapidinha durante a tarde? Será que ele estava só tentando aumentar a parte de *parceria* e excluir a parte *sexual*? Eu não fazia ideia e não queria descobrir. Já estava lidando com muita coisa.

— Cassie — chamou minha mãe. — Alô. Ficou doida?

Ergui o olhar. Percebi que estava esfregando o mesmo lugar na pia fazia vários minutos.

— Ops.

Ela ficou parada ao meu lado na cozinha, olhando pela janela acima da bancada para o quintal extenso dos Florien. Lá, havia uma mesa de ferro fundido e cadeiras combinando sob a sombra do freixo. Depois da árvore, uma enorme piscina.

— Como está sua glicose? — perguntou. Ela colocou um par de luvas de borracha azuis.

— Cheguei de manhã, como eu faço todo dia — respondi.

Estava começando a ficar instintivo, uma única coisa organizada entre o caos. Verificar a glicose do sangue. Preparar uma refeição saudável. Colocar um despertador para me lembrar de comer um lanchinho. Caminhar pelo menos trinta minutos todos os dias. Não que minha mãe confiasse em mim para cuidar de tudo isso.

— Você já começou a estudar para o exame de admissão da pós?

— Estive ocupada.

Tirei um fiapo da esponja.

— Com o quê?

Casamento.

— Música — respondi.

Havia mais formulários para preencher. Formulários de imposto, formulários do banco, e Luke havia me ligado mais cedo para falar sobre mais papelada do Exército. O casamento aconteceu e pronto. Não havia maletas com fundo falso ou apertos de mão secretos. A não ser que nossa "viagem de lua de mel" para o Chili's naquela noite na verdade fosse virar um caso tipo de *Intriga Internacional* com alguém confundindo nossa identidade, tudo estava estranhamente fácil demais.

Mamãe pegou uma garrafa de limpa-vidros e seguiu para a mesa da copa.

— Se você vai ficar só parada aí, aproveita para polir a prataria.

Peguei um garfo da pilha perto da pia.

— A gente deve tocar de novo na Skylark.

Ela suspirou e subiu no banco para alcançar a janela alta.

— Quando eu tinha sua idade, fiquei fazendo a mesma coisa: indo em bares com a cara maquiada, indo para um lugar diferente a cada dia, marcando encontros, tentando achar outro pai pra você. E olha só no que deu.

Esfreguei uma faca de manteiga, tensa.

— Não é a mesma coisa.

— São noites no bar procurando uma coisa que não está lá.
— Mas *está* lá — respondi. — Você já ouviu. E é minha paixão.
Mamãe balançou a cabeça, rindo enquanto fazia movimentos circulares no vidro.
— Como assim, paixão?
— Fazer qualquer coisa que não seja música parece um inferno para mim. Isso é paixão.
Ela desceu do banco, empurrou-o mais para a esquerda e então subiu nele de novo.
— A vida é um inferno, Cassie. A gente faz o possível para ser tolerável, e aí acordamos e fazemos tudo de novo.
— Que horror.
— Eu sei. É por isso que você não pode só dizer "eu quero, eu quero, eu quero" e esperar que alguma coisa aconteça. Não se perde tempo seguindo as coisas. Você precisa arrumar um jeito de não precisar *seguir* nada.
— Mas você não está "seguindo"? — perguntei. — Quer dizer, é isso aqui que você quer fazer?
Peguei o pano de polir no balcão, sacudindo-o na direção dela.
Ela esfregou uma das bochechas rosadas com a parte externa do pulso e continuou limpando.
— Quero ganhar meu dinheirinho, ir pra casa, colocar meus pés pra cima, ler e rir de piadas com a MiMi.
— Só? — insisti.
Se minha mãe e a irmã dela morassem a uma distância razoável uma da outra, elas seriam inseparáveis. Agora só compram planos de internet melhores pelo prazer de tagarelar sobre livros da Rosario Ferré, jardins e as várias vezes que o clima destruiu os planos de minha mãe.
Ela desceu do banco.
— Vai ser difícil fazer essa pergunta a mim mesma até eu saber que minha única filha está segura.
Lá no fundo, eu sempre soube disso. Mamãe sequer pensava em procurar outro emprego, voltar para a escola e para San Juan até que não precisasse mais ser a responsável por segu-

rar as pontas caso eu fracassasse. Se eu estivesse sem grana ou doente, ainda contava com ela. Só que não mais. Luke e eu estávamos casados agora. Esquema ou não, eu tinha um salário extra e um plano de saúde. E talvez isso fosse algo que ela precisasse ouvir.

— Não surte — comecei, baixinho, como se fosse criança de novo. — Mas talvez agora eu esteja. Segura.

— Como assim?

Engoli em seco e ergui as mãos.

— Eu me casei.

— Quê?

Eu me vi dando um passo para trás, assustada, apesar de o topo do cabelo preto armado dela só chegar até meu queixo. As bochechas de mamãe estavam vermelhas.

— Com quem?

Eu tropecei nas palavras.

— O nome dele é Luke Morrow. É um soldado. Nós não estamos apaixonados, fizemos isso pelos benefícios do governo.

O queixo dela caiu.

— É sério? Há quanto tempo está planejando isso?

— Uma semana. — Aumentei um pouco o tempo, apesar de uma semana ainda não ser razoável.

— Uma semana — repetiu ela, congelada por um instante, encarando o chão.

Depois, ela começou a tirar as luvas.

— São mil dólares a mais por mês e um plano de saúde grátis! Você viu o preço da conta do hospital depois do exame.

Mais silêncio. Ela começou a descer as mangas enroladas da camisa. Meu estômago estava embrulhado.

— Uau, Cassie. — Ela me lançou um sorriso sem mostrar dentes, virando-se de costas. — Uau. Você me surpreende todos os dias.

— Desculpa por não convidar você. Foi ontem, e meio rápido.

Ela jogou as luvas no lixo e fechou a tampa com força. Eu dei um pulo.

— No que você estava pensando?

— Estou fazendo isso por você, pra não precisar ficar me ajudando.

— O que você pode fazer por mim é conseguir um emprego normal.

— É um plano de saúde e dinheiro extra no mês. E já está rolando. Você sabe quanto tempo demorou para eu conseguir aquele emprego no escritório? E depois ainda precisei de três meses pra receber os benefícios.

— Mas Cassie, você está mentindo para o Exército!

— Casais fazem isso o tempo todo. A gente criou uma história...

Ela deu uma risada amarga.

— O que você fez, encontrou ele na rua?

— Ele é amigo do Frankie.

Mamãe deu um passo na minha direção novamente, dizendo, entredentes:

— Frankie *Cucciolo*?

Eu assenti.

— George e Louise sabem disso?

Mamãe ainda saía para jantar com os pais de Frankie de vez em quando. Eu estava tentada a responder que sim. Talvez se Louise aprovasse a ideia, mamãe pegaria leve comigo, mas eu não podia mentir.

— Por que eu contaria a George e Louise?

— Graças a Deus.

Comecei a falar com ela da mesma forma que a médica falou comigo quando recebi meu diagnóstico. Como se estivesse tentando convencer alguém que está no topo de um prédio a descer e voltar para um local seguro.

— É temporário. A gente tem um cronograma. Temos uma conta conjunta. Vamos nos divorciar quando ele voltar.

Só que parecia que *eu* era a pessoa que estava no topo do prédio, tentando convencer minha mãe de que era uma boa ideia pular ali do alto. Ela nunca tinha reagido daquela forma. Nem quando eu contei que iria para a faculdade na Califórnia, nem quando falei o valor do empréstimo que peguei, nem quando eu disse que iria voltar a morar com ela e que não conseguiria contribuir com nada a não ser com uma amargura profunda pós-faculdade e um diploma de bacharel.

Ela se sentou na mesa da cozinha.

— Isso é loucura.

— Bem, também é loucura viver sufocada por dívidas — disse, tentando me afastar. — Mesmo quando eu trabalhava de auxiliar jurídica. Mesmo quando não estava doente. Você não pode me culpar por tentar algo diferente.

Mamãe balançou a cabeça, respirando fundo, como se estivesse tentando se limpar do que acabou de ouvir.

— Não se você for parar na cadeia.

— Isso não vai acontecer. — Joguei o pano na mesa, percebendo que eu o havia apertado até virar uma corda. — Eu só preciso de ajuda agora. Não quero perder essa oportunidade, mãe. Eu vou conseguir. Só preciso de um pouco de apoio para chegar lá.

— Eu não vou apoiar isso de jeito nenhum. — Ela enterrou o rosto nas mãos e ergueu o olhar para mim. — Você ficou louca. Precisa voltar para a realidade.

Tensionei a mandíbula.

— Ok, mas já está feito.

Ela revirou os olhos e ficou em pé.

— Bom, então você vai precisar se dar mal sozinha.

— Eu não vou me dar mal — repliquei, engolindo em seco. Torcendo para que eu mesma pudesse acreditar. — Não precisa fazer todo esse drama — acrescentei, apesar de não saber se ela conseguia me ouvir.

Ela abriu a porta de correr de vidro que levava ao quintal, passou por ela e a fechou. Fiquei observando enquanto ela acionava o spray e depois a limpava em movimentos circulares grandes.

Coloquei as mãos ao redor da boca, pressionando-as contra o vidro.

— Como posso provar pra você que não estou louca?

Ela semicerrou os olhos, a resposta abafada.

— Só Deus sabe.

Continuei observando enquanto ela trabalhava, lembrando daqueles dias em-busca-de-um-homem que ela havia mencionado. Eu era muito nova. Me lembrava do cheiro de xixi de gato da casa da nossa vizinha, a sra. Klein. De chorar até cair no sono, acordar no meio da noite e então chorar de novo até que a vizinha exausta e mal-humorada me entregasse uma caixinha de suco empoeirada e um punhado de biscoitos velhos.

Eu me lembro do alívio quando era minha mãe quem me acordava naqueles dias. Mamãe, com as covinhas e o colo grande e macio, e os estalos constantes e silenciosos da língua, como um trem desacelerando. Ela usava um perfume da Lancôme, de uma linda garrafa com letras douradas que dizia *La vie est belle*. Eu costumava ficar sentada no quarto dela, traçando aquelas letras com o dedo.

Mamãe bateu no vidro. "Olha", ela disse, mexendo apenas os lábios, apontando para a cerca alta de madeira em volta da piscina dos Florien.

No canto mais distante, estava um pássaro grande de cabeça verde e peito branco.

Mamãe deslizou a porta para abrir, deixando o ar úmido e quente entrar.

— É um socó-mirim — disse ela, a voz alegre, uma ponta de raiva ainda presente. — A única vantagem de trabalhar para pessoas com piscina.

Eu também não sabia exatamente o que estava dizendo quando falei sobre sonhos e paixão. Era como buscar notas em uma floresta. Sempre *isso não, aquilo não. Não a vida da minha mãe. Não a faculdade de direito.* Mas era como se eu nunca conseguisse dizer, *isso, pronto, é isso*. Por um momento, depois que tocamos na Skylark, eu consegui. Naquela noite, eu soube.

Eu experimentaria aquela sensação de novo.

Apontei para o socó, cutucando o ombro da minha mãe.

— Talvez seja um bom sinal.

— Não seja estúpida, Cass — disse ela, limpando a testa com a mão manchada da borracha azul das luvas enquanto continuava olhando. — É só um pássaro.

Luke

— Chili's, jura? — perguntou Cassie ao nos aproximarmos da porta cercada por cactos. — Estamos em uma das cidades com a melhor comida dos Estados Unidos. Por que seus amigos escolheram o Chili's?

— Eles não ligam pra gastronomia, Cassie. Só estão com fome.

Desde que eu tinha entrado no carro dela, ouvi uma crítica atrás da outra durante todo o trajeto pelos subúrbios de Austin. Eram, segundo ela, "só curiosidades". *Por que você não me disse que era pra me arrumar? Todas as esposas dos soldados vão parecer Jackie Kennedy, não vão? Vocês acham que os drones de bombardeio estão roubando seus empregos ou são a favor deles? Eu também tenho que bater continência?* Eu tentava responder da melhor maneira possível, sentindo a irritação apertando o meu peito: disse a ela que não tinha percebido que enfiar minha camisa para dentro da calça era "me arrumar", que não sabia nada sobre drones de bombardeio (eu era da infantaria) e não, pelo amor de Deus, não bata continência. Prometi que ficaríamos pouco tempo; depois, seguiríamos todos até o hotel que Frankie havia reservado para nós e outros casais perto do aeroporto, e fim.

O Chili's estava lotado e barulhento, o ar cheio de fumaça da carne grelhada das fajitas. Uma recepcionista adolescente com um headset grande demais nos cumprimentou e ergueu um dedo — *só um segundinho.* Assentimos.

Cassie se inclinou para perto de mim e murmurou:

— Só estou dizendo, por que não um churrasco?

Espirrei em resposta.

— Você está ficando resfriado?

— Não, seu perfume faz meu nariz coçar. — O carro dela cheirava como um campo de ervas em chamas. Não era um cheiro desagradável, só *forte*.

— Eu não uso perfume, lembra? Disse pra você na lanchonete.

Eu não lembrava. Provavelmente estava ocupado demais me irritando com todas as coisas que ela esquecia.

— Certo, então o cheiro do seu carro faz meu nariz coçar.

— Você é alérgico ao meu cheiro?

— Não!

Cassie começou a rir.

— Desculpa — disse ela. — Mas a cara que você fez agora...

Percebi que tinha trincado os dentes. Tentei relaxar a mandíbula, respirei fundo e disse em voz baixa:

— Você consegue lidar com isso?

— Lidar com o quê?

— Essa é a última impressão que as pessoas da minha companhia vão ter de nós. É, tipo, o nosso momento *Exército*. Para um casamento do *Exército*. Então...

— Então?

Eu estava a ponto de deixá-la irritada. Como sempre.

— Então. Você sabe.

— O quê?

— Só não faça perguntas sobre drones de bombardeio.

Cassie me deu um joinha relaxado.

— Cara, eu já tive relacionamentos. Mantenha a postura, abra um sorrisão, ria das piadas. Sou uma profissional.

— E finja que gosta de mim — acrescentei.

Meu estômago deu uma cambalhota. Já tinha ouvido casais dizerem isso uns aos outros, mas geralmente eles estavam brincando.

— É óbvio — replicou Cassie.

Ela ficou em silêncio, mordiscando o polegar enquanto encarava distraidamente um daqueles pôsteres bregas em preto e branco de Marilyn Monroe, atrás do balcão da recepcionista. A realidade estava batendo. Sentia o nervosismo dela.

Cutuquei-a no ombro.

— Só finja que eu sou aquele músico bonitão. Do Bon Iver.

Ela estreitou os olhos.

— Você não parece nada com ele...

— Então Father Jack Misty — tentei.

— É Father John Misty.

— Father John Misty. Vestido como David Bowie. Tocando um violão.

— Agora você só está tentando me agradar — retrucou ela, sorrindo.

Seguimos a recepcionista em direção ao fundo do restaurante, até o salão depois das portas de vidro. Ouvi uma explosão de risadas e então avistei Armando — com uns quilinhos a mais desde o fim do treinamento —, Gomez, de batom, e Clark, com uma barba ruiva que ele teria que raspar antes de seguirmos para a missão. Hill, um cabo que eu mal conhecia, também estava lá com a esposa, e Frankie e Elena, parecendo um daqueles casais de anúncios de imobiliária prestes a comprar uma casa em um condomínio caro. Sobre a mesa, havia copos vazios de cerveja; entramos no meio de uma explosão de risadas.

— Ninguém contou pra ele que o treino tinha terminado! — dizia Armando, sem fôlego e apontando para Frankie.

Clark reparou em nós e se levantou, apoiando a mão pesada no meu ombro.

— Oi, pessoal — cumprimentei, com Cassie ao meu lado.

— Morrow! E quem é essa?

A sala caiu em silêncio.

— Meu nome é Cassie, sou a esposa do Luke.

— *Esposa*? — exclamou Gomez, seus olhos se arregalando de surpresa.

Cassie abraçou minha cintura. Eu não tinha pensado nessa parte. Estava pronto para comer uns petiscos, apoiar meu braço no encosto da cadeira dela, apontar e me referir a Cassie como "essa aqui", como já tinha visto pais de amigos fazerem. Não estava pronto para o choque que a situação provocaria — nem para a desconfiança deles. *Você vai estragar tudo. E ninguém vai ligar. Nenhuma dessas pessoas te conhece ou liga pra você. Elas vão te entregar.* Oxicodona ajudaria muito a amenizar aquele drama, mas afastei esse pensamento.

— Quando vocês se casaram? — perguntou Gomez, com um tom de surpresa.

Senti o sangue disparar nas minhas veias. Cassie virou-se para mim, estreitou os olhos e me encarou. *Ai.* Engoli em seco.

— Alguns dias atrás.

— Foi amor à primeira vista — acrescentou Cassie, com uma risada alta. Nem parecia a sua voz.

— Que maravilha! — replicou Gomez.

Os olhos de Armando percorreram todo o corpo de Cassie e ele deu de ombros. Lancei a ele um olhar de advertência.

Levei Cassie para o extremo oposto da mesa, longe de Armando. Quando nos sentamos, ela se inclinou para perto, seu hálito em meu ouvido.

— Foque no plano.

Certo. O plano. Sempre que alguém parecesse cético, deveríamos agir como se estivéssemos apaixonados.

— Não podemos começar a nos pegar logo de cara — sussurrei de volta. — É esquisito.

Cassie se inclinou mais para perto, esfregando a mão na minha coxa.

— Sabe o que mais vai ser esquisito? A cadeia. — Senti uma torrente quente de sangue descer da minha cabeça em direção a um lugar aonde não deveria ir. Não naquele momento.

— Que seja — respondi, fazendo questão de segurar a mão dela e colocar em cima da mesa, onde todos podiam ver.

Nosso garçom, um jovem magro com alargadores nas orelhas, gritou acima do tumulto:

— O que vocês vão querer beber?

— Água pra mim — respondi.

— Pra mim também — disse Cassie.

— Sério? — Hill, o cabo, estava olhando para nós, as sobrancelhas loiras erguidas em surpresa. — Água, soldado?

— Vamos, Morrow — disse Armando, erguendo sua cerveja. — Última noite de liberdade!

Uma dose viria mesmo a calhar, pensei de novo. O mesmo pensamento, como um disco quebrado. Afastei a ideia mais uma vez e olhei para Cassie como se buscasse a aprovação dela.

— Você tem que acordar cedo, amor — disse ela, soando alegre e sem a menor naturalidade.

— Todos nós temos, docinho — retrucou o cabo Hill. — Deixa disso.

Vi os lábios de Cassie se retorcerem.

— Estou bem, senhor, obrigado — afirmei, tentando parecer sincero.

Nesse momento, o marido de Gomez derrubou um copo, e o estrondo desviou a atenção de Hill.

Uma rodada já foi, não pude deixar de pensar. Éramos duas pessoas entre onze; não tinha chance de sermos o centro das atenções por muito tempo. Ao meu lado, Cassie ouvia a esposa de Clark contar sobre a lua de mel, soltando *aaahs* e *uaus* enquanto escutava a descrição de mosquiteiros. Embaixo da mesa, ela balançava a perna inquieta.

O resto do grupo pediu outra rodada.

— Por que você está fazendo essa voz? — perguntei a ela.

— Que voz?

Encarei-a como quem diz *Você sabe o que quero dizer.*

— Achei que era uma voz simpática... voz de esposa.

Quase cuspi minha água, rindo.

Ela se encolheu, parecendo em pânico.

— Que foi? Ah, sei lá, né.

— É fofo — expliquei.

Ela revirou os olhos.

— Nem começa.

— Não, sério, é fofo, tipo o som de uma caixa de música num filme de terror.

— Aff.

De repente, ouvi meu nome na outra ponta da mesa. *Merda*. Outro desafio à vista. Cassie endireitou as costas.

— E aqui temos Morrow, o rei do romance. — Armando estava gesticulando para mim, balançando a cabeça. — Cassie — continuou ele, e ela ficou tensa ao meu lado. — É Cassie, né?

— Isso — respondeu ela, a voz tensa.

— Mas que caralho — disse Armando, tropeçando nas palavras. — Como vocês foram de brigar sobre o David caindo de bêbado a se casar?

Todas as outras conversas na mesa morreram. Cassie pigarreou. Senti o olhar de Frankie em mim, nos impelindo a continuar. A história. Era a hora. A história resolveria tudo. Tínhamos conversado sobre isso. Alguma coisa sobre uma caminhada junto ao rio.

— Eu a levei para andar na margem do rio — comecei.

— Ele só... — continuou Cassie, e Armando assobiou alto, interrompendo-a. — ... voltou para o bar e me chamou pra sair — emendou ela, tentando manter a voz leve.

— Exatamente — confirmei, num tom que parecia ter acabado de lembrar a resposta certa num programa de auditório.

— E, bem... — gaguejou Cassie.

Sentia que ela estava tentando com todas as forças salvar a situação depois que eu estragara o clima. Com a mão perto do peito, para dar ênfase, como numa novela, continuou:

— Como ele ia embora em breve, queríamos ter certeza de que teríamos um ao outro quando ele voltasse. Eu sou a fortaleza dele.

Não tínhamos combinado nada sobre fortalezas.

— Ela é minha fortaleza — repeti, tentando parecer natural, como se não fosse uma pergunta.

Eu nem conseguia olhar para Cassie, mas precisava encará-la. *O plano*. A ponta da língua dela apareceu entre os lábios, esperando. Eu sabia o que tinha que fazer. Contive uma risada nervosa, me inclinei e encostei minha boca aberta na dela, que estava fechada. Foi menos um beijo e mais um toque *molhado*

— e que errou o alvo. Tínhamos feito um trabalho muito melhor na prefeitura.

— Uou! Devagar aí — disse Armando. — Não, continuem, só vou assistir.

Clark pigarreou.

— Mas ainda é hilário — comentou.

— O quê? — Ouvi Gomez perguntando enquanto nos separávamos.

— Vocês dois quase se matando numa noite e casando no dia seguinte. — A expressão de Clark era desconfiada. *Merda.*

— Quer dizer que temos química, não? — sugeri.

— Claro. — Clark deu de ombros. — Tanto faz.

Cassie pôs a mão sobre a minha; eu me inclinei e dei um beijo em sua bochecha. Pude sentir a mandíbula dela enrijecer. Tínhamos arruinado completamente aquela conversa. Imaginei que Frankie devia estar se segurando para não nos chutar por debaixo da mesa.

A comida chegou. Repetimos a história. Demos outro beijo, e foi melhor.

Elena se levantou com sua taça de vinho branco e a atenção de todos se voltou para ela. Cassie e eu soltamos o ar ao mesmo tempo. Estava quase acabando. Tínhamos quase escapado.

— Pessoal, gostaria de dizer uma coisa rapidinho — anunciou Elena.

— Ih, rapaz — disse Gomez, revirando os olhos para o marido. — Lá vêm os brindes.

— Só uma coisinha — continuou Elena, sorrindo para o grupo com nervosismo. — Queria dizer que nós, esposas e namoradas...

— E maridos — acrescentou Gomez, apoiando a mão na nuca do marido.

— E maridos, claro. Vamos sentir muita saudade de vocês. Vamos contar os dias até que voltem a salvo. Sempre apoiaremos vocês cem por cento, com a esperança de que cumpram sua missão, que é manter nosso país a salvo. Deus abençoe os Estados Unidos.

— Deus abençoe os Estados Unidos! — repetiu o grupo, erguendo as cervejas. Eles comemoraram, batendo os copos na mesa, orgulhosos. Fiz o mesmo.

— Hooah! — gritou Armando.

— Hooah! — repetimos.

Cassie me lançou um olhar irônico. Retribuí com um olhar afiado. Ela estava prestes a fazer uma piada, mas balancei a cabeça.

Hill se levantou e puxou uma cadência de marcha:

— *As cores do Exército, as cores são azuis...*

— *... Para mostrar ao mundo que somos fiéis!* — completamos.

— *As cores do Exército, as cores são brancas...*

Frankie sorria para mim.

— *Para mostrar ao mundo que vamos lutar!*

Para cada olhar de esguelha que Cassie me dava, eu respondia ao chamado da marcha mais alto. Meu coração se aliviou. Essa era a cadência que puxava o nosso ritmo na pista de corrida toda manhã no campo de treinamento. Foi cantando essa música que percebi, pela primeira vez, o que era se sentir realizado, o que era sonhar com alguma coisa.

Quando acabou, Hill ergueu a taça e rosnou:

— Vamos lá bombardear uns árabes filhos da puta!

— Hooah! — Todo mundo bebeu.

— Mas que merda — soltou Cassie. Tentei encará-la. Talvez ela não tivesse percebido o que tinha dito. — É sério isso?

Meus colegas se viraram para mim em silêncio. Minha boca estava seca.

— O que foi? — perguntei.

— Isso é muito errado — respondeu ela, agora mais alto.

Hill sentou-se de novo à cabeceira da mesa, descansando as costas na cadeira.

— Ah, pronto, chegou a polícia do politicamente correto.

— Só estou tentando digerir o fato de que vocês estão celebrando tirar vidas. Vocês sempre fazem isso?

Agora ela estava olhando para mim.

— Hã...

— E cadê os vivas para construir estradas e escolas? — Ela estava enojada e obviamente zombando de mim. — Sem falar que tudo isso é absurdamente racista.

Meu rosto ardeu.

Hill colocou o braço sobre a cadeira da esposa, com um sorriso conspiratório crescendo no rosto enquanto olhava para mim, suspirando. *Mulheres, certo?*

— Não vamos discutir isso agora — falei, implorando com os olhos. *Estamos quase livres.* Ela desviou o olhar e afastou a minha mão.

— Ei, docinho — disse Hill, soando pretensamente gentil.

Ela inclinou a cabeça.

— Meu nome é Cassie — disse ela. — O que foi?

— Talvez você não saiba, mas esse é o nosso trabalho. É difícil de engolir, mas você vai ter que aceitar. — Ainda segurando a cerveja, ele apontou com o queixo em direção à esposa, que encarava a mesa. — Não é fácil ser mulher de soldado. Pergunte pra Jessica.

— Eu não sou a porra de uma "mulher de soldado" — replicou Cassie, sarcástica, apertando os lábios assim que as palavras saíram de sua boca.

Senti um aperto no meu estômago. Tínhamos passado a noite tentando provar uma única coisa, o único motivo pelo qual estávamos ali — e aí ela simplesmente havia jogado a verdade na mesa.

— Cassie... — comecei, engasgado. Gesticulei para ela, confuso, e para Hill. — Cabo, ela não quis dizer isso...

Os únicos sons eram o tilintar de garfos em pratos, a melodia de músicas do Top 40 nos alto-falantes, e alguém, provavelmente o marido de Gomez, dizendo: "Caramba." Na ponta da mesa, Frankie, imóvel, encarava Cassie. Mas não estava indignado, nem mesmo ofendido ou surpreso. Parecia triste. Pesaroso.

Cassie se levantou, pôs a cadeira no lugar, dobrou seu guardanapo e arrumou-o no centro do prato. Também me levantei, as mãos em punho. De pé, encaramos a mesa; todos pareciam prender a respiração. Cassie abriu a boca, fechou-a com um sorriso sereno e foi embora.

— Com licença — disse, engolindo em seco.

Eu me obriguei a segui-la, desejando apenas revirar os olhos e vê-la partir. Enquanto fechava a porta, consegui ouvir as vozes aliviadas dos meus amigos por termos ido embora.

Cassie

Dirigi até um motel, enquanto Luke, olhando distraído para as concessionárias e os postos de gasolina que passavam pela janela do carona, parecia não notar o quanto eu estava furiosa. *Polícia do politicamente correto.* Claro, dane-se como queriam me chamar.

Eu tinha praticamente exposto a farsa. E valeria a pena? Depende. Será que estar perto daqueles caras xenofóbicos valia mil dólares por mês? Será que valia a pena jogar fora um plano de saúde para desafiar esse mesmo bando de babacas nacionalistas? De qualquer forma, minha mãe tinha razão: aquilo era uma loucura. *E graças a Deus está quase acabando.*

— Bem, você vai entrar ou quer pôr um fim nisso de uma vez? — perguntou Luke enquanto eu estacionava.

Em vez de responder, o segui em direção aos quartos.

— É o 201 — disse ele, por cima do ombro e dos rangidos da escada de metal que levava até o segundo andar.

O quarto parecia um cinzeiro sujo, com um tapete mofado e paredes pontilhadas por aquarelas borradas de Thomas Kinkade.

Luke se sentou na cama e desamarrou os cadarços.

A cama. No singular. Não havia nada no nosso acordo sobre dividir um edredom.

— Por que diabos você pegou uma cama *queen*? — perguntei.

Ele puxou a camisa para fora da calça, e senti meu corpo queimar de vergonha, além da pontada estranha de alguma coisa parecida com tesão, que odiei.

— Frankie disse que era o único disponível — murmurou ele.

— Ah, é, com certeza. — Tirei o anel do Walmart e o joguei na mesa ao lado do telefone de 1992, finalmente conseguindo sentir meu dedo.

Ele chutou as botas para longe.

— Sim, eu sou o cara que faz tudo errado. A culpa é minha.

Descalcei os tênis e as meias, desliguei a luz e entrei embaixo das cobertas. Ele fez o mesmo. Era estranho sentir seu peso ao meu lado, seu hálito na minha nuca.

Depois de um momento, Luke disse:

— Tudo estava indo bem até você dar uma de… justiceira do politicamente correto.

— Eu não sou justiceira de coisa nenhuma. — Me contorci para tirar a calça jeans, tentando manter o edredom no lugar. — Sou uma pessoa sã que fica assustada perto de gritos de guerra violentos.

Ele não disse nada. Dava para ouvir seu cérebro formando uma opinião.

— Você não é o único que está envolvido nisso, sabia?

Ele se ergueu atrás de mim, apoiando-se no braço.

— Não é a mesma coisa, Cassie — replicou.

— Como não é a mesma coisa?

Silêncio. Senti a palma das minhas mãos pegajosa de suor e o meu coração bater mais forte.

— Me fala qual é a diferença. Se formos pegos, nós dois estamos ferrados — retruquei.

Ele engoliu em seco.

— Você vai estar segura, em casa.

Eu me virei para ele.

— Eu não chamaria a diabetes de "segurança". E isso não é uma resposta.

Ele se sentou, sem camisa.

— Posso ter um pouco de respeito da sua parte?

Quando me sentei, seus olhos percorreram minhas pernas nuas. Não me importei.

— Falando sobre matar *uns árabes filhos da puta*? Acho que eu e você temos uma definição diferente de respeito.

— Eu não disse essas coisas — sibilou ele, enfatizando cada sílaba e aproximando o rosto do meu.

Eu o imitei.

— Mas deixou que outros falassem.

— Existe toda uma cultura, Cassie. Sou eu que vou para o exterior com essas pessoas. — Então Luke continuou, num murmúrio: — E você pode ficar em casa e receber os benefícios. Então um "obrigada" seria legal.

Ok. *Chega.* Segurei o rosto dele.

— Ah, Luke, obrigada, cara.

— Para com isso — disse ele, empurrando minhas mãos para longe.

Juntei as mãos numa prece falsa.

— *Por tudo que você faz para todo mundo. Muito obrigada.*

Ele ficou calado. A pele do seu peito e estômago brilhava do neon do motel. Percebi que, quando Luke ficava parado, como ontem e naquele momento, eu conseguia vê-lo bem o suficiente para apreciar sua beleza. Como era fácil esquecer tudo na luz e na escuridão que brincavam em seus olhos, na linha reta do seu nariz, que dava no centro dos lábios tristes. Muito mais simples do que qualquer discussão, muito mais fácil do que lembrar que estávamos presos naquilo, não importava quem vencesse a briga.

Antes que um de nós falasse, eu o beijei. Com força. Esperei que ele me empurrasse para longe.

Mas ele não me empurrou. Uma corrente viajou dos meus lábios para outro lugar, deixando minha pele em chamas. Quando parei, vislumbrei o indício minúsculo de um sorriso. Era diferente de todas as expressões que já tinha visto Luke fazer.

— O que foi isso?

Olhei para os lábios dele de novo.

— Não sei.

Dessa vez, ele me beijou.

Enquanto nossas bocas ainda estavam coladas, eu o empurrei de costas, separando ainda mais os lábios para ele e apoiando a mão em sua barriga.

Ele agarrou minha perna e me puxou até eu estar em cima dele. Sua pele tinha o mesmo cheiro da casa de Frankie: sabão em pó caro, o mesmo cheiro do porão frio e escuro onde eles lavavam as roupas.

Ele agarrou meu corpo e eu deixei — mas quando suas mãos começaram a descer até meus quadris, ergui os braços dele acima da cabeça. Nossos olhares se encontraram de novo. Senti seu corpo se enrijecer embaixo de mim. Entre minhas pernas, os músculos do seu estômago se contraíram. Ele poderia me virar como uma panqueca, se quisesse.

Mas Luke não se moveu.

— Você gosta disso, né? — eu me ouvi dizer.

Ele ergueu as sobrancelhas.

— E você não?

Soltei as mãos dele. Sua língua encontrou a minha. Senti o gosto de água e sal, seus braços firmes; movi minhas mãos pelo peito dele, descendo por sua barriga. Enquanto nos beijávamos, a linha que os dedos de Luke traçava nas minhas coxas alcançou o tecido da minha calcinha. Enganchei os dedos no elástico e senti os dele seguirem os meus.

Recuei, centímetro por centímetro, até que ambos pudéssemos ver o botão de cobre da sua calça jeans. O zíper.

Ele subiu a mão direita devagar por baixo da minha camisa até meu seio esquerdo, enfiando-se sob o sutiã, acariciando meu mamilo com o dedão calejado.

— Foda-se — um de nós disse.

Ele começou a desabotoar minha camisa enquanto eu puxava o cós da calça dele para baixo. Quando ergui os olhos, vi Luke se sentando e me puxando para o seu colo, a boca na minha, sem conseguir esperar. Com as costas dele contra a cabeceira, ergui os quadris para encontrar os seus e, embora nós dois soubéssemos o que estava por vir, nos encaramos, maravilhados.

Luke

Acordei no silêncio, o que era mais desorientador que despertar com qualquer som. Meu cérebro simplesmente ligou, como uma geladeira velha que começa a funcionar no meio da noite. Meus braços estavam ao redor de Cassie, o cabelo preto e espesso dela solto sobre meu peito, sob meu queixo, e sua mão apoiada na minha barriga. As horas desde que deixamos o Chili's serpentearam pelo teto escuro; o silêncio no carro, eu perdendo a paciência, e então a cama, os olhos dela nos meus enquanto ela segurava minhas mãos acima da cabeça sobre o edredom áspero do motel.

A visão dela em cima de mim, abrindo o sutiã.

Olhar para a tatuagem em seu peito, erguê-la pela cintura.

Minha boca na curva do seu pescoço, sentindo seu gosto, apoiando-a na pia do banheiro enquanto eu encontrava o espaço entre suas pernas.

Por um momento, fiquei em paz enquanto lembrava. Aí, o elefante da ansiedade sentou em meu peito. Implacável, o som de nada pulsando alto. Com o coração e o cérebro em sincronia, era difícil demais ouvir ou pensar — agulhas perfuravam meus olhos, sentia a língua amarga e estranha.

Que horas seriam?

Pulei da cama e catei as roupas do chão, para largá-las um instante depois ao perceber que não eram as minhas. Encontrei minha calça jeans e meu celular sem bateria.

Eram seis da manhã no relógio do motel, mas eu não confiava nele. E se estivesse parado? Tinha que estar no aeroporto às oito.

Cassie se remexeu.

— Cadê seu celular? — perguntei num sibilo, agarrando a jaqueta e a bolsa dela.

— Bolsa — murmurou ela, rouca.

Procurei entre isqueiros, garrafas de água, blocos de notas, canetas. Até que encontrei o aparelho: eram seis e um. Tudo bem. Chegaria a tempo se saísse naquele momento. Digitei *táxi austin* no Google com as mãos trêmulas. Nós tínhamos dormido exatamente por três horas.

— O que você está fazendo? — perguntou ela, bocejando.

— Chamando um táxi. Eu devia ter saído uma hora atrás — respondi, ouvindo o clique e a voz brusca do operador depois de dois toques.

Cassie abriu as cortinas, a luz branca do sol invadindo o quarto encardido, a poeira se erguendo dos móveis onde tínhamos nos lançado na noite anterior, famintos um pelo outro, nos esquecendo de tudo.

Seria por um triz, mas a segurança do aeroporto me deixaria passar rapidamente se vissem que eu estava de serviço. Entrei no banheiro e lavei as mãos e o rosto, desejando poder fazer um buraco na cabeça para esvaziá-la dos pensamentos que inundavam minha mente. *Você está atrasado. Vai perder o voo. Vai ter uma recaída e usar de novo. Essa mulher te odeia. Ela está envergonhada.*

Cassie apareceu atrás de mim, completamente vestida mas descabelada, os olhos ainda inchados de sono.

Uma imagem me atingiu: ela abrindo minha calça. Senti na boca do estômago uma pontada que era metade tesão, metade náusea.

O que havia acontecido não era parte do nosso acordo.

De quem foi a ideia? Quem tinha dado o primeiro passo? Ela? Ou eu?

A gente nem se dava bem.

Talvez fosse isso: estávamos tentando transar até gostarmos um do outro.

— Quer que eu te leve até o aeroporto? — perguntou ela, bocejando de novo.

— Não — respondi, e acrescentei: — Obrigado.

— Não é nada de mais — começou ela, encontrando meus olhos no espelho.

Eu os evitei.

— Quero ir sozinho.

— Quando o táxi vai chegar?

— Em vinte minutos.

— Eu posso te levar... — Ela fingiu conferir um relógio invisível. — Literalmente agora.

Eu ri contra minha vontade. Fazia muito mais sentido. E tranquilizaria dois dos milhares de pensamentos circulando na minha cabeça:

Eu não chegaria atrasado.

Ela não me odiava.

— Obrigado. Talvez seja melhor para manter as aparências.

Enxaguei a boca com um antisséptico bucal.

— Então... — começou Cassie, enquanto eu bochechava. — ... ontem à noite...

Balancei a cabeça, mantendo o líquido na boca mais tempo do que precisava, torcendo para ela deixar o assunto para lá. Ainda havia muitos pensamentos ruins na minha cabeça, e eu não conseguiria encontrar os bons nem se quisesse. *Todo mundo sabe que você está fingindo. Você não é um deles. Não vai ter ninguém. Vai ficar sozinho. Vai morrer. Vai morrer sozinho.* O líquido queimava minhas gengivas.

Cuspi.

— Eu não estou desconfortável — continuou ela, encostada no batente. — Quer dizer, somos casados. Pessoas casadas fazem isso às vezes.

— Certo.

Passei por ela, ainda sentindo o cheiro de pepino do seu xampu. Afastei o pensamento. Achei um bloco de anotações na gaveta da mesa de cabeceira e botei a mochila nas costas.

— Beleza — disse ela, pegando a bolsa e abrindo um sorriso largo. — Vamos de silêncio desconfortável, então.

— Eu não estou desconfortável. Só estou concentrado.

— Entendo — replicou ela. — Quer dizer, não *perfeitamente* como deve ser, mas entendo.

Fechei a porta e descemos as escadas. Cassie correu para jogar a chave na caixa perto da recepção.

Entramos no carro.

— Olha só — comentei, enquanto afivelávamos os cintos de segurança. Entreguei a ela uma folha do bloco do motel onde tinha escrito o número de Jacob. — Agora você é o meu contato para emergências.

Ela encarou o papel.

— Eu sei.

Cassie guardou o papel no bolso.

— Se alguma coisa acontecer comigo, eles vão falar com você.

Ela inspirou fundo, trêmula, enquanto saía do estacionamento.

— Certo. É, faz sentido.

A luz da manhã brilhava através do para-brisa. Tanta preparação para a partida, tanto treinamento para esse dia, e ele tinha finalmente chegado. Não havia volta. Se eu era ou não um covarde, se merecia ou não melhorar minha vida, isso já estava decidido por mim. Ou eu sobreviveria aos nove meses seguintes, ou não. Começando naquele momento.

No embarque, Frankie e Armando esperavam, inspecionando ansiosamente todos os carros que passavam. Quando nos viram chegar, correram até nós.

— Cacete, Morrow! — exclamou Armando, enquanto eu descia do carro. — Achamos que você ia perder o voo.

— Vamos, cara — disse Frankie.

Cassie permaneceu encostada na porta do motorista, o carro em ponto morto.

— Salazar, vem cá — chamou Frankie.

Cassie foi até o outro lado do veículo e eles se abraçaram, falando em voz baixa um com o outro. Quando se separaram, Frankie e Armando foram até a calçada e ficaram ali, esperando.

Tirei a mochila do porta-malas e, quando passei por Cassie, toquei o seu ombro.

— Bem... — comecei a dizer.

— Então, o seu irmão, Jacob — comentou Cassie, tocando o bolso. — Imagino que você deixou tudo arranjado com ele no caso de, hã, uma emergência?

Assenti, apertando as alças da mochila.

— Jake vai cuidar das coisas.

— Jacob Morrow — confirmou ela. — Em Buda, certo?

— Certo. — Me aproximei dela e sussurrei no seu ouvido: — Você pode contar a ele sobre nós. Só invente uma história para o meu pai.

Ela assentiu.

— Skype em algumas semanas?

— Se tivermos internet, sim.

Um carro atrás de Cassie buzinou. Nós o ignoramos. Um pombo desceu até pousar aos pés dela. Ambos olhamos para baixo e, quando erguemos os olhos, percebemos que Armando e Frankie ainda estavam nos observando. Até onde Armando sabia, éramos marido e mulher. Não só estávamos casados, como essa seria a última vez que nos veríamos por quase um ano. E estávamos apaixonados. Cassie respirou fundo. *Mais uma vez.*

Eu me inclinei, fechei os olhos e não errei o alvo dessa vez. Seus lábios eram macios. Ela envolveu meu rosto com as mãos. Fechei os dedos em torno da cintura dela. Por um momento, o mundo ficou em silêncio. Minha respiração se misturou à dela.

Fiquei ali até Frankie gritar. Quando dei um passo para trás, ainda não conseguia deixá-la ir, nem quando ela entrou no carro e foi embora. Nem quando embarquei e vi o Texas e todo o mundo que eu conhecia desaparecer.

Cassie

Eu estava andando de um lado para o outro na frente da casa de Nora, comendo punhados de lascas de amêndoas de um saco plástico, envolta num xale de franjas e usando longas botas pretas de salto alto. Hora do choque de realidade: cada detalhe dos últimos dois dias era muito real e, mesmo assim, não se encaixavam, como peças de quebra-cabeças diferentes. Luke e eu estávamos casados (a aliança), tínhamos consumado o matrimônio (a chave do hotel) e eu tinha um papel com a letra dele no bolso caso esquecesse seu sobrenome. Tínhamos acordado (seus ombros nus), ido até o aeroporto (o avião), e eu o tinha beijado na frente de todos os seus amigos, que nem a enfermeira naquela foto da Segunda Guerra Mundial, só que com as costas menos curvadas. Agora passaríamos mais tempo separados, a milhares de quilômetros de distância um do outro, do que já tínhamos passado juntos. Aonde tudo isso levaria? Eu só sabia que era a Sexta da Stevie e que meu primeiro depósito de mil dólares cairia em duas semanas.

— Qual é, Nor — murmurei, conferindo o celular.

Eu havia pedido a ela que me encontrasse mais cedo naquela noite, antes do ensaio, para poder me certificar de que não tinha inventado tudo isso devido a algum episódio psicótico causado pela glicemia baixa. Precisava que ela me dissesse que tudo ia ficar bem.

Ela abriu a porta de tela que fazia um barulho de peido; usava a túnica de sempre para as Sextas da Stevie, o longo cabelo preto desfiado sob a cartola. Passei correndo por ela e fui para o porão.

Ela veio atrás de mim usando botas de plataforma, com o delineador na mão.

— O que houve, Cass?

Parei no meio do cômodo, com as mãos na cintura.

— Eu fiz aquilo mesmo.

— Fez o quê? — Nora ainda descia a escada, devagar e de lado por causa das botas.

Respirei fundo.

— Casei com um cara do Exército.

Ela parou no meio dos degraus.

— Espera. O quê?

— "Entre no Exército"? "Aproveite os benefícios"? — repeti os termos do panfleto. — Lembra quando aquele cara, Armando, te pediu em casamento?

— Sim, mas...

— Eu também pedi.

Nora desceu o resto das escadas, furiosa.

— Você se casou com *aquele Armando*?

Ergui as mãos.

— Não, ele não!

— Graças a Deus.

— Com aquele outro cara. O Luke. O amigo do Frankie. O cretino do bar.

Nora sentou-se no último degrau com os olhos arregalados. Abriu a boca para falar, mas nada saiu. Eu não conseguia dizer se ela estava brava, confusa ou admirada — ou as três coisas ao mesmo tempo. Depois de colocar o delineador ao seu lado, ela uniu as mãos.

— Só que ele não é um cretino de verdade — continuei. — É maluquice. Nem eu acredito que fiz isso.

— Então está feito? — perguntou ela. — Você está legalmente casada?

Ergui o dedo.

— O anel do Walmart está em casa, mas sim.

Meu estômago se revirou quando olhei para ela. Ela me encarou de volta. Nora geralmente era a pessoa na minha vida que dizia *porra, sim*. Quando eu a convidei para tomar algo na noite que nos conhecemos num show do Father John Misty — *porra, sim*. Quando terminei com Tyler, ouvi um *porra, sim* bem alto. Quando perguntei se ela queria formar uma banda — *porra, sim*. Mesmo quando eu contei a ela que Toby e eu transamos atrás de uma pilha de feno no Harvest Festival logo depois que ele começou a tocar com a gente, ela soltou um *porra, sim* baixinho. Mas, até aquele momento, eu ainda não tinha ouvido *porra, sim*.

— Bom... — Ela deu de ombros. — Você é doida.

Isso elevava o placar de pessoas importantes na minha vida me chamando de doida para duas.

— Sou?

— Por outro lado... — Ela ergueu um dedo. — Pensando bem, foi meio que ideia minha. Lembra quando estávamos no meu apartamento falando sobre pessoas ricas com quem casaríamos pelos benefícios? Essa é uma situação meio LuAnn falando da margarita Skinnygirl da Bethenny Frankel.

Eu não sabia do que ela estava falando, mas tinha quase certeza de que era alguma referência a reality shows. E depois de tudo o que aconteceu nos últimos dias, estava pronta para ouvi-la falar sobre reality shows o quanto quisesse. Minha melhor amiga estava do meu lado. Queria chorar de alívio.

— Claro, Nor. Foi sua ideia.

— Certo — afirmou ela, concentrando-se. — Onde vocês se casaram, como se casaram, por que você não me ligou e o que vai fazer agora? Fala!

Ainda jogando amêndoas na boca, contei tudo para ela — desde o momento em que tive a ideia, depois que ela saiu da minha casa, até o pedido vergonhoso na casa de Frankie, a proposta chocante de Luke, o dia na prefeitura e o desastre no Chili's. Quando cheguei na noite anterior, parei.

Tentei deixar minha voz casual.

— Então, agora ele foi embora e vamos conversar por Skype de vez em quando. É isso.

Ela se levantou e se aproximou de mim, estreitando os olhos, e sorriu. Tinha cheiro de pétalas de rosas.

— Você transou com ele, né?

Engasguei com um punhado de amêndoas, tossi, depois ri, depois tossi mais um pouco. Nora riu comigo, batendo nas minhas costas. Quando me recuperei, com os olhos marejados, perguntei:

— Você lê mentes, por acaso?

— Eu vi vocês dois juntos, Cass. Rolava *química* ali, amiga. — Olhei para ela, de repente confusa. — Uma paixão real — murmurou ela, tirando o celular do bolso para usar como espelho para o delineador. — Não era só raiva.

— Assim... — comecei, me lembrando da noite anterior, dos meus gritos de prazer enquanto ele me empurrava contra a parede. — Achei que ele era bonitinho, mas... — Pensando naquela manhã, em como nossos lábios se separaram lentamente. — Ah, não importa. A gente fica tão desconfortável juntos, irritando um ao outro o tempo todo. Ele é, tipo, um daqueles machões conservadores. Talvez eu tenha uma queda por machões.

— Você não tem que se justificar pra mim! — Ela jogou o delineador na minha direção, que passou reto e caiu no chão.

Certo. Tinha sido ideia dela. Mais ou menos.

Mas Luke, especificamente, não tinha sido ideia dela. E em qualquer outra circunstância, eu jamais o teria encontrado novamente depois daquela noite no bar. Talvez em alguma ocasião por causa de Frankie, mas nunca teríamos lembrado o nome um do outro. E agora estávamos interligados. Outra peça do quebra-cabeça que não se encaixava: os olhos azul-acinzentados de Luke.

Ouvi a porta se abrir e fechar lá em cima. Toby. Hora de ensaiar. Fiquei ansiosa.

— Ok, Nor, isso é um segredo de Estado absoluto.

— Rá! — Ela se abaixou perto da escada para pegar o baixo, abrindo as fivelas na tampa. — É óbvio.

— Jure.

Ela começou a recitar a Declaração de Independência dos Estados Unidos.

— "Consideramos estas verdades evidentes por si mesmas" e eu juro solenemente não revelar essas informações confidenciais.

Toby desceu as escadas, usando uma camisa branca fantasticamente bem passada sobre os ombros largos, uma bandana vermelha e o cabelo castanho preso num rabo de cavalo.

— Um Mick Fleetwood muito festivo, Toby — cumprimentei.

Ele abriu um sorriso largo.

— Quanto tempo, Cass.

— Desculpa — disse eu.

Enquanto preparávamos os instrumentos, Toby se aproximou de onde eu estava curvada e tocou algumas notas no teclado.

— Ah, aliás...

Ergui os olhos. Em suas mãos havia um livro de receitas veganas novinho em folha.

— Eu vi isso e estava pensando em você hoje, então...

Nora tossiu alto. Olhei para ela, que estava inocentemente plugando o baixo. Não tinha certeza, mas podia jurar que a ouvi murmurar:

— Péssimo *timing*.

Luke

Meu pequeno notebook estava apoiado na mesinha de metal verde que também era o lugar para jogar cartas, cortar unhas, comer chocolate, deixar o pote de hidratante usado nas bolhas por conta do manuseio de armas pesadas o dia todo e apoiar o espelho para fazer a barba. Nosso alojamento no Acampamento Leatherneck tinha mais ou menos metade do tamanho do dormitório em Fort Hood, com painéis de madeira falsos e canos expostos que não nos protegiam do frio à noite.

Estávamos na Província de Helmand, no Afeganistão, um país de clima temperado. Os dias quentes eram ruins, mas as noites frias eram piores.

Estávamos em três: eu, Frankie e Sam Adels — um garoto da divisão que não conhecíamos muito bem e o único outro ruivo além de Davies. Todo mundo o chamava de Galo.

Frankie e Galo estavam na sala comunitária, alguém tocando R&B no baixo e fazendo tremer as paredes finas; era meio inútil falar com Cassie por Skype, já que não havia ninguém a quem enganar.

Mas tínhamos dito duas semanas, então lá estava eu, on-line.

De muitos modos, aquele lugar era bom para mim. A sobriedade era uma dádiva diária. Clareza. O sol ofuscante. Tudo que eu tinha que temer estava fora de mim, e a maneira como eu lutaria já era conhecida e inquestionável.

Eu acordava, comia e me curvava ao lado de Clark sobre um enorme motor, repetindo suas palavras, anotando partes e desenhando diagramas, seguindo seu exemplo.

Depois, carregávamos as coisas nos jipes e partíamos pelas estradas precárias ao longo da represa de Kajaki até os vilarejos, negociando com o ENA, o Exército Nacional Afegão, nos pontos de controle. Os anciãos dos vilarejos falavam com os intérpretes, os intérpretes, com os capitães. Entregávamos cobertores às mulheres e alcaçuz às crianças, passando por rebanhos de cabras e jogos de vôlei. Mesmo assim, vivíamos em estado constante de alerta.

Esperei o nome de Cassie ficar verde na janela do Skype. Olhei com mais atenção para o ícone que ela havia escolhido como foto de perfil. Um homem usando vestes vermelhas e douradas, sorrindo e apontando. Percebi que era o Dalai Lama. O porta-voz da paz mundial. Hilário, Cass.

— Oi! — disse ela, quando a ligação completou. — Alô?

Um leve atraso. Esperei o vídeo carregar.

— Oi. Estou sozinho, aliás.

— Entendi — respondeu.

Observei o rosto dela. Parecia diferente. O cabelo estava batendo no queixo, emoldurando seu rosto em ondas espessas e escuras.

— Você cortou o cabelo?

— Cortei — disse ela, a voz soando um pouco metálica pelo alto-falante. — Estou idêntica à minha mãe agora.

Eu ri.

— Ah, aliás — disse ela, suspirando. — Contei a Nora sobre nós.

Senti meus olhos se arregalarem.

— Tudo?

— Sim.

Percebi que estava prendendo o fôlego e soltei o ar.

— Certo. Hum... Por quê?

Ela evitou olhar para a tela.

— É só que... eu não podia deixar de contar à minha mãe nem à minha melhor amiga que me casei. — Ela ergueu os olhos com firmeza.

— Tudo bem. Mas talvez seja melhor... Você sabe, manter as coisas o mais simples possível. Hum, então. — Ela estava usando o vestido de casamento, aquele que deixava a tatuagem à mostra. — Você pôs um vestido?

— O que posso dizer? É uma ocasião especial — respondeu Cassie, dando uma piscadinha exagerada.

Tossi, tentando disfarçar o calor que sentia subir pelo pescoço.
— Sério?
— Não, eu vou sair.

Com um homem?, quis perguntar.

— Então o dinheiro chegou como esperado?
— Sim, obrigada — agradeceu, mordiscando a unha do polegar.

Pigarreei.
— E de resto, tudo bem?

Ela assentiu, abrindo um sorriso genuíno. Estava usando batom. Talvez realmente tivesse um encontro.

— Está tudo bem, sim. Tenho outro show semana que vem.
— Que ótimo.
— E como vão as coisas aí?
— Tudo bem. — Olhei para trás, gesticulando para o alojamento. — Nossas acomodações são incríveis.

Ela segurou uma risada.

— Vivendo a vida de Exército. Já foi promovido a general?

Respondi com o mesmo sarcasmo.

— Em breve. Só preciso conseguir minha medalha de lobinho.

Nós rimos.

Quando o riso morreu, ela começou a se remexer. Peguei um baralho e comecei a misturar as cartas, passando entre as mãos. Abaixei a voz caso alguém conseguisse nos ouvir.

— Eu não sei bem do que falar. Com você. Fora fingir que estamos casados.

Cassie mordeu o lábio.

— É, devíamos ter pensado nisso na reunião na lanchonete, né?
— E se tentarmos agora?

Vozes se aproximaram pelo corredor. Frankie e Galo estavam voltando.

Cassie disse depressa:

— Me manda um e-mail. Fale de coisas que são importantes sobre a sua vida, como se fosse alguma conversa que estamos retomando. Só toma cuidado para não escrever nada que possa ser usado como prova de que a gente não se conhece.

Eu me vi sorrindo, surpreso com as tramoias dela. Cassie me deu um sorriso nervoso de volta, encolhendo os ombros.

— Certo — concordei, e inclinei a cabeça na direção da porta improvisada.

Ela entendeu e pigarreou. Frankie e Galo entraram rindo.

— Só se eu não for primeiro, cara — dizia Frankie.

Galo passou atrás de mim e viu a tela do notebook.

— Então te vejo em duas semanas, amor? — perguntou ela, inclinando-se para a frente e fazendo um biquinho.

Minha mente ficou em branco, e tentei parecer casual. Eu havia elaborado uma lista mental de coisas "de casado" para dizer — na verdade, o de sempre mas com a palavra "amor" no final.

— Eu... Eu não quero esperar todo esse tempo também. Amor.

— Oh-oh, estamos interrompendo? — perguntou Galo, erguendo as sobrancelhas e se inclinando sobre meu ombro.

— Oi, meu nome é Cassie — disse ela, com sua voz estridente de esposa.

— Minha esposa — confirmei, apontando a tela como se ele já não a visse. *Mas que idiota.*

— Oi, Cass! — disse Frankie, parando ao lado do meu outro ombro.

Quando viu seu rosto, Cassie abandonou o personagem por um segundo.

— Frankie! Você está bem?

Frankie soprou um beijo para ela.

— Nunca estive melhor!

Minha pressão aumentou.

— Bem, Cassie tem que desligar. Estamos aqui faz uma hora.

— Noite das garotas! — exclamou ela, acenando com as duas mãos.

— Tchau, tchau — disse eu.

Frankie pigarreou, murmurando algo que parecia "amo".
— Espera! — soltei, erguendo as mãos instintivamente. *Ai, Deus.* Olhei para a esquerda, esperando que para Galo parecesse que eu estava encarando Cassie, apaixonado. — Te amo.

Nossos olhos se encontraram. Os dela estavam meio arregalados, em pânico, como os meus, seus lábios tentando conter o riso.

— Também te amo! — disse ela, e a chamada terminou.

Soltei um suspiro lento e baixo de alívio enquanto Galo ia pegar algo na mala.

Ao meu lado, ouvi Frankie dar uma risadinha.

— Muito bem.

Cassie

Desliguei a chamada com Luke e imediatamente peguei o celular para cancelar meus planos com Toby. Depois que ele tinha me dado o livro de receitas, surgiu o convite para sairmos para beber alguma coisa, e, de alguma forma, acabei dizendo sim. Mas como eu poderia dizer "Te amo" para o meu marido de mentira e depois ir para um encontro que talvez não fosse um encontro? Só que, quando achei o nome dele no celular, reli nossa conversa de novo.

O que acha?

Depois que tínhamos transado da primeira vez, foi Toby quem disse que não queria nada sério. Respondi que para mim não seria um problema, e desde então tínhamos um acordo tácito que nos veríamos de vez em quando depois do ensaio.

Por que a predileção súbita por um romance tradicional?

Ele respondeu na mesma hora: *Faz um tempo que estou querendo ver você.*

Ver?

Te encontrar? Sair num encontro?

Se eu aceitar, o que acontece? Eu tinha percebido que isso podia ser lido como uma tática de flerte. Mas também estava sendo sincera. Já tinha lidado com figuras masculinas ambíguas o suficiente na vida. Eu estava enrolando.

Eu diria: vamos quinta à noite?

Ele tinha praticamente salvado a minha vida. Eu não sentia que lhe devia um encontro, porque isso era meio nojento, mas estava curiosa de verdade. Sobre o que a gente falaria? O álbum? Nora? A situação do país? Além disso, nós já tínhamos transa-

do, mas nunca falamos sobre o assunto. Eu duvidava que a situação pudesse ser mais constrangedora do que já era. *Ok*, digitei.
Show.
Show, eu havia repetido, sem saber se estava tirando sarro dele.
Te pego às sete, ele tinha enviado. *Pensei que a gente podia comer uns três bifes cada e aí tirar um cochilo, que tal?*
Eu ri, como da primeira vez que tinha lido a mensagem. *Parece perfeito. Carne e cochilo. Você sabe mesmo como me conquistar.*
Eu não ia a um encontro fazia um tempo. Meio que tinha esquecido como fazer isso. Quando Nora e eu tínhamos "encontros", geralmente passávamos o tempo todo falando de boca cheia no Mai Thai, fantasiando sobre jeitos de matar o John Mayer.
Liguei para Nora. Ela atendeu no primeiro toque.
Quando contei sobre o encontro, ela gritou.
— Toby Masters? Nosso jovem baterista?
Suspirei.
— É.
— Mas por quê?
Pensei no cabelo comprido dele, o sorriso com os dentes da frente separados, seus elogios efusivos após os shows.
— Ele é legal. Engraçado.
— Assim como muitos seres humanos.
— Mas a maioria deles não me convida para sair.
Ela riu.
— Provavelmente porque você passa o tempo todo tocando piano e enganando o Exército para conseguir benefícios.
— É, o *timing* não é ideal... — comecei.
— É, não é — disse Nora, seca. — Você se casa de mentira e de repente quer namorar seu pau amigo? Isso é alguma doença contagiosa com que eu deva me preocupar?
— Não, não! — respondi, com uma risada forçada.
Fiquei calada, tentando apagar o fogo no estômago com um gole de vinho. Claro que Luke era um fator a se considerar.
Talvez eu esteja tentando ver como seria um relacionamento normal e usar a experiência para enganar a polícia do Exército.

Era isso que eu estava fazendo mesmo? Não. E se eu me machucasse de verdade? Mudei de assunto.

— Que tipo de perguntas eu faço? Tipo, qual a cor preferida dele? Ou, sei lá, como é o relacionamento dele com a mãe?

— Peça pra ele acelerar o ritmo depois do refrão em "Too Much".

— Sério, Nora.

— Sério, Cassie — repetiu ela. — Faça o que quiser. Você é uma rainha. Toby tem sorte de ter você.

Eu sorri.

— Ele não "me tem" ainda. Mas, sim. Faz um tempo desde que alguém gostou de mim. Tipo, gostou de verdade.

— Aww...

— Estou experimentando — interrompi, sentindo o rosto queimar.

— Certo. Bem, boa sorte, dr. Kinsey. Não faça joguinhos com nosso baterista. Sério, Cass. A banda vem primeiro.

— Eu sei.

— Jura?

— Juro.

Então nos despedimos e desligamos.

Conferi o batom na câmera. Medi a glicemia para me certificar de que não aconteceria nada como no camarim do Skylark. Coloquei "Favorite" para tocar. Enquanto cantava o rap junto com Nicki Minaj, Toby mandou uma mensagem avisando que estava lá embaixo. Desliguei a música.

Abri a porta e ele me lançou um sorriso largo.

— Oi, que bom ver você.

— Bom te ver também.

Calcei meus tênis e esperei. Ainda parado na porta, ele respirou fundo.

— Isso é esquisito.

Eu ri, disfarçando um suspiro de alívio.

— Não é tão esquisito, mas, sim, é.

— A gente improvisa. Eu devia, tipo, te presentear com algo do meu povo, certo?

— Depois que a gente cantar a música de acasalamento cerimonial, sim.

— Foda-se, vamos comer.

• • •

Uma hora depois, estávamos sentados no meio-fio em frente ao Lulu B's, falando com a boca cheia de *bahn mi*. Depois do jantar, iríamos a um show no Swan Dive.

Ele contou uma história sobre a vez em que o gerente de uma sala de shows no Tennessee acidentalmente agendou duas bandas para a mesma noite, e a antiga banda dele acabou marcada para tocar na mesma hora que uma banda de rock cristão.

— Fizemos a única coisa que podíamos: tocamos.

— Vocês arrasaram com eles? — perguntei, rindo.

— Não.

— O que fizeram, então?

— Nada radical... Na verdade, é meio vergonhoso — disse ele, desviando o olhar com um sorriso.

— Ninguém disse que tinha que ser radical.

— Bem, eles eram uma banda de rock cristão, nós éramos uma banda de rock, então decidimos tocar as músicas que ambos conhecíamos.

— Que eram?

— Do Creed.

Quase cuspi o que tinha na boca. O sucesso do Creed era um mistério para qualquer um no meio musical, talvez até para a própria banda. O som deles era basicamente a mistura entre um Kurt Cobain com dor de barriga com um padre da Pastoral da Juventude tentando ser descolado.

— Desculpa, desculpa — disse eu, tentando me controlar. — Estou rindo *com* você.

— Ninguém quer admitir que sabe a letra de "Arms Wide Open".

Imitei Scott Stapp, o vocalista da banda, e foi a vez dele de cuspir o sanduíche.

Olhei para ele, tentando conciliar o pau amigo que eu conhecia com o cara que ainda precisava conhecer: aquele que tinha me levado para um encontro surpreendentemente bom. Toby tinha crescido ouvindo música country no Arkansas. O pai era caminhoneiro e a mãe, garçonete; ele havia praticamente se criado sozinho. Nunca tinha ido para a faculdade, optando por se tornar aprendiz de um escultor renomado. Acabou virando baterista quando um dos colegas que trabalhava com ele na cozinha de uma lanchonete decidiu montar uma banda. O nome do seu carro era Sergio, que Toby pronunciava "Sãrdiã".

Coisas a seu favor:

Ele não me perguntou se tinha problema nos acomodarmos no meio-fio; só se sentou com os nossos sanduíches gordurosos em embalagens de papel, um em cada mão.

Ficava bem pra caralho usando calça jeans boca de sino.

Sabia bastante de música. Como estávamos sempre ensaiando ou fazendo *outras* coisas, eu não tinha muita noção daquilo.

— ... Bem, não é que eu seja contra a sobriedade do Jeff Tweedy, é só que não sei se alguém poderia criar outra obra-prima como *Yankee Hotel Foxtrot* sem estar completamente doidão. Quer dizer, pensa, até as músicas em si pareciam bêbadas: lentas, divagantes e cheias de uma eletricidade que não existe nas canções country mais comedidas e racionais de *Sky Blue Sky*...

— Saquei — repliquei para o meu sanduíche.

A questão era: ele estava certo. Ou melhor, eu concordava com ele. Nunca teríamos outro *Yankee Hotel Foxtrot* de Jeff Tweedy. O mundo era diferente naquela época. O rock alternativo vinha clamando por algo com substância depois do Nirvana.

E ele sabia discutir, detalhadamente, o *Roseland NYC Live* do Portishead, que estava entre os cinquenta e sete melhores minutos de música já gravados.

— ... Mas o truque foi a orquestra. Quer dizer, teria sido ótimo só com a banda, mas, cara, quando eles afinam no começo...

— Eu fico arrepiada.

— Eu também.

Fiz um gesto para ele continuar; podia esperar para dar minha opinião quando voltássemos a falar do Portishead. Ou da Björk.

Eu não estava obcecada em alinhar minhas opiniões com as dele, ou mesmo provar nada, porque ele me conhecia. Não havia necessidade de interpretar um papel. A única coisa que eu tinha que provar a qualquer pessoa viria na forma das músicas que estávamos escrevendo. The Loyal tinha tocado toda noite nas últimas duas semanas, e tínhamos começado a gravar demos das nossas músicas no GarageBand.

— Pronta? — perguntou Toby, amassando o papel do sanduíche. — Vai ser doido.

— Não vejo a hora — respondi.

Quando nos levantamos, ele tomou meu braço como se fôssemos aristocratas ingleses, e nós dois rimos.

Quando estacionamos na Red River Street, já dava para ouvir o show pulsando desde a entrada.

A dupla se chamava Hella e tocava um rock mais barulhento do que eu gostava, mas tinha o dinamismo de uma banda de seis integrantes. Fechei os olhos, me balançando para frente e para trás com a potência da bateria. O baterista me levou à floresta e, em vez buscar notas, novas plantas brotavam à minha frente, folhas e pétalas em chamas com cores por toda parte.

Me virei para olhar para Toby, cujos olhos também estavam fechados, o cabelo castanho atrás das orelhas, alheio a qualquer coisa além da música. Por um segundo, pensei em Luke e no jeito como às vezes ele olhava para o nada, seus pensamentos em um lugar distante. Eu me perguntei no que ele pensava nesses momentos.

— Isso é divertido — disse no ouvido de Toby, acima do barulho. — Por que não fizemos isso antes?

Ele pareceu se divertir com a ideia e puxou minha mão para sua boca, beijando-a. Depois, se inclinou para o meu pescoço, seu hálito quente arrepiando minha pele.

— Me diz você.

Luke

À s vezes, quando estávamos no alto das colinas, onde as estradas terminavam, eu corria na frente, meus pés afundando no chão por causa dos vinte e dois quilos extras de munição nas costas. O terreno era principalmente composto de arbustos e rochas, mas, quando você percorre a paisagem o suficiente, começa a notar a diferença entre marrom-claro, marrom-escuro e marrom-avermelhado, entre ópio e algodão, a diferença entre trinta e oito e quarenta graus. Fora da cidade, víamos campos de tabaco, beterraba ou papoula. Passávamos por burros e camelos na estrada, ou outros veículos cujas buzinas tocavam uma musiquinha toda vez que eram apertadas. Dependendo de quem estava dirigindo e quem estava no veículo, parávamos na hora das preces. Nosso intérprete Malik saía e se virava para o leste enquanto abaixava a cabeça na estrada.

É difícil correr quando você tem que levar equipamentos para quase todo lugar que vá, mas eu dava um jeito. Comecei a acordar antes que o calor aumentasse para usar a pista improvisada na base, que alguns maratonistas mais experientes haviam traçado no terreno. Alguns deles faziam algo chamado "corrida simultânea", onde mediam o seu tempo de acordo com o mesmo número de quilômetros que costumavam fazer nos Estados Unidos. Eles tinham camisetas, postos de água e tudo mais.

Eu preferia correr sozinho. A maioria dos dias era longa e difícil, quente ou fria demais, e passávamos várias horas esperando decisões dos superiores. Sozinho, correndo, era a única hora em que o controle era meu. Podia correr por quanto tempo quisesse. Podia devanear à vontade.

Eu ficava me imaginando de volta em casa, no Texas, correndo na pista da minha escola em Buda. Listava empregos que eu poderia ter, tão improváveis quanto eu quisesse. Bombeiro. Professor de academia. DJ de rádio. Na minha cabeça, escrevia cartas para meu irmão, sua esposa e meu sobrinho, depois tentava me lembrar delas enquanto as escrevia no meu caderno, e então as enviava. Escrevia cartas para Cassie na cabeça, e aí ficava nervoso quando ia passá-las para o papel. Mas logo faria isso.

Quando voltava ao meu quarto, encontrava Frankie no Skype com Elena ou na sala comunitária jogando videogames com Galo, ou então fazíamos um briefing antes de uma missão e ele trazia torradas e uma garrafa empoeirada de água morna caso eu não tivesse tempo de comer antes de sairmos.

Às vezes, a gente se irritava bastante. Quando Galo roncava, por exemplo, jogávamos travesseiros nele. E Frankie vivia insistindo para que eu lavasse minhas roupas porque não havia ventilação suficiente para aguentar o cheiro de suor.

Mas fazíamos tudo juntos. Pegamos a mesma intoxicação alimentar, caíamos no chão na mesma hora se havia uma explosão próxima, e íamos ao barbeiro hindu juntos em Lashkar Gah, onde assistíamos a vídeos de Bollywood no mudo enquanto fazíamos a barba.

Era como ter irmãos. Amigos. Era como ter uma vida.

Cassie

Atrás de mim, Toby tocava um compasso 7/8. Nora e eu nos aproximamos dos microfones, preparadas, marcando o ritmo, olhando uma para a outra, esperando para entrar. Ele fez uma pausa, desceu para 6/8 e entramos na floresta, tocando o arpejo de sol menor, alternando-nos como pássaros, até eu abrir os olhos e atingirmos o fá com tanta força que quase perdi o fôlego. Estávamos trabalhando essa técnica havia um mês, e, quando chegou a hora de botá-la em prática, foi tão fácil quanto beber água. Era outubro, quatro semanas depois do nosso último show, e estávamos de volta ao Skylark, dividindo a programação com outra banda.

Os dias se repetiam:

Eu acordava e me picava para conferir a glicemia.

Preparava algo para comer que não me mataria. Quebrava um ovo e misturava com uma colher de chá de leite. Salpicava um pouco de alho em pó e pimenta.

Uma fatia de torrada integral com margarina light e uma ameixa.

Uma tigelinha de cereal com meia xícara de leite desnatado (às vezes eu usava leite de amêndoas ou de soja sem açúcar, que tinha menos carboidratos e calorias por porção do que o leite normal).

Completava os cereais com frutas vermelhas frescas, se eu não tivesse gastado demais com discos.

Caminhava pelo menos três quilômetros até o shopping ou a universidade, às vezes com Toby, a maioria do tempo sozinha, ouvindo playlists.

No meio da manhã, conferia a glicemia.
Tocava e compunha.
Na hora do almoço, conferia a glicemia.
Misturava quinoa cozida, feijões brancos, pimentão fatiado, cenouras e brócolis para fazer uma salada. Jogava um pouco de azeite, suco de limão, sal e pimenta.
Ou atum enlatado, maionese light, aipo em cubos, suco de limão e pimenta recém-moída.
Ou uma tortilha de trigo com frango, homus, tomates secos, queijo feta e verduras.
Ou um ovo cozido, com um pêssego se a glicemia permitisse, talvez algumas tiras de queijo e cinco — isso mesmo — *cinco* bolachas de trigo integrais.
Tocava e compunha.
No meio da tarde, conferia a glicemia.
Antes do trabalho, conferia a glicemia. Dirigia até o trabalho. Preparava bebidas. Reparava como não estava cansada à meia-noite. Reparava como não me irritava com os clientes. Como meu carro estava mais limpo. Como eu estava começando a ganhar calos em cima de calos nos dedos em que a agulha picava.
Toby sempre me ajudava a lembrar da diabetes antes de eu dormir. Às vezes aparecia com amêndoas ou uma nectarina nos ensaios, caso eu esquecesse. Era bem carinhoso.
Naquela noite, o set do The Loyal era tão curto que mal tínhamos tempo para falar com a plateia entre as músicas, partindo para novos estilos e tangentes sem explicar que isso era "algo novo que estávamos testando", sem tentar fazê-los gostar de nós, só tocando o som que vivia em nossas cabeças feito um animal faminto. As pessoas estavam próximas do palco, quase em cima dos amplificadores. Éramos uma banda completamente diferente.
— Dancem! — gritou Nora num *downbeat*, e entramos de novo no 6/8.
Como um milagre, eles obedeceram. As sombras se sacudiram, se contorceram e balançaram as cabeças, borrifando suor e derrubando suas bebidas. Olhei de volta para Toby, e ele estava

em êxtase, subindo e descendo os ombros enquanto tocava, os olhos por todo canto, feito um cristão falando em línguas. Sinalizei para que ele voltasse à última parte do refrão de novo. Ele me entendeu, instintivamente reduzindo para que eu pudesse estender as notas e rosnar o verso final outra vez. *Sim. Exatamente o que eu queria.*

Os corpos marcavam o ritmo, e nós agradecemos. Eles gritaram em aprovação.

No camarim, caímos num abraço suado e fedido.

— Que porra foi essa, gente? — perguntou Nora, sem fôlego. — Que caralhos a gente fez com a plateia?

— Arrasamos — disse Toby, seu braço deslizando ao redor da minha cintura enquanto encostávamos as testas.

— Sim — disse eu, beijando a bochecha dele. — E com o que provavelmente vai ser o nosso álbum.

— Sim — concordou Toby, me puxando para mais perto. — Sim, sim, sim.

— E Cass sobreviveu ao show! — brincou Nora.

A gente riu. Nora foi pegar uma cerveja para comemorar. Toby correu para enfiar a cabeça pela porta e ver se a plateia tinha se dispersado o suficiente para pegarmos nossos instrumentos.

Desabei em um dos sofás surrados do camarim e absorvi tudo aquilo. Eu *tinha* sobrevivido. Não houve um segundo em que estivesse cansada ou moída demais. Tinha começado a pensar na minha diabetes como uma das minhas plantas mais exigentes — uma daquelas flores caras e raras com a qual você tinha que falar, regar e pôr e tirar da sombra, exceto que eu não tinha escolha, porque ela vivia dentro de mim.

Toby praticamente desabou em cima de mim, com metade do corpo sobre as almofadas, e nós nos beijamos, a adrenalina do show ainda zumbindo em nossos ouvidos. Quando nos separamos, rimos um pouco. Toby tirou um fio de cabelo da minha camisa, subitamente tímido. Demonstrar afeto em público ainda era novo. Mas era tão bom. Pensei nos longos braços dele marcando o ritmo, atraindo os olhares de cada mulher na fileira da frente. Eu o beijei de novo.

— Acho que estava lotado, hein — comentei.

Toby assentiu, erguendo o rosto, feliz demais para dizer qualquer coisa. Tínhamos lotado o Skylark. Minha diabetes não era um monstro. Tudo estava dando certo. Eu não via a hora de contar a Luke.

Para: Cassie Salazar
De: Luke Morrow
Assunto: Oi

Oi, Cassie
Pensei em testar esse negócio. Não sei por que a mensagem não seria enviada, mas parece doido que eu possa escrever isso de um notebook no meio de [CENSURADO], pra você ver como eu sou bom com a internet. Nem queira saber quanto tempo levei para instalar isso aqui. Daqui a pouco eu vou estar gritando para você sair do meu jardim.

Mas você pode falar comigo por aqui e a gente pode marcar encontros por skype. Fica à vontade pra me mandar nudes também. Ou coisas do tipo você vestida de Tartaruga Ninja, de Fonz de *Dias Felizes*, você sabe do que eu gosto. Brincadeira. Mas você é minha esposa, então pense a respeito. Mas sério, é brincadeira.

Então, lembra que eu estava te contando sobre como meu tempo de corrida vai cair muito quando voltar pra casa porque vou estar acostumado com a altitude aqui? Já está abaixando aqui, mesmo que eu não tenha corrido nas primeiras semanas porque a gente estava se acostumando. Deve ser a comida. E por comida quero dizer a falta de comida.

Aposto que meu ritmo vai estar ótimo quando eu voltar pra casa. Talvez eu treine para uma maratona. Talvez eu faça você treinar comigo. :)

Luke

• • •

Para: Luke Morrow
De: Cassie Salazar
Assunto: Saudades!

Luke, sou eu, sua esposa dedicada. As coisas estão normais por aqui. The Loyal tocou outro show no Skylark e a gente arrasou. ESGOTAMOS os ingressos, todo mundo estava curtindo, e eu nem consigo descrever a sensação pra você. Imagine que é como correr um quilômetro em dois minutos, isso por uns cinquenta quilômetros, com todo mundo que você conhece te incentivando o tempo todo. Foi tipo isso. (Maratonas são assim? Porque, se forem, tudo bem, eu corro uma com você.) Todas as concessões que fizemos nesse nosso casamento curto (mas muito apaixonado) estão valendo a pena. Obrigada por me apoiar. Seu apoio em palavras e gestos e o fato de você *realmente* saber o quanto isso significa para mim tem sido muito importante. :)

Pensei em comprar uma bicicleta para acrescentar a essa vida muito empolgante que eu tenho agora, de comer direito e fazer exercícios. Você definitivamente teria rido de mim na loja. Uma vendedora pegou uma para eu "testar", mas era MUITO alta e eu não conseguia me equilibrar e caí pro lado como se alguém tivesse empurrado uma estátua ou algo assim. Meu amigo Toby e eu (você lembra dele, o baterista da banda) rimos muito, e eu fiquei tão envergonhada que nem testei outra, só fui embora.

Todo mundo está com saudades, incluindo Marisol (sei que você odeia chamá-la de mãe). Espero que esteja bem e saudável.

Eu te amo muito, meu querido marido.

Cassie

• • •

Para: Cassie Salazar
De: Luke Morrow
Assunto: RE: Saudades!

Oi cassie! Fiquei tão feliz de saber sobre o seu show! Não vejo a hora de ver um quando voltar. Eu não vou num show ao vivo desde que estava no colégio e achava que death metal era legal. Lembra que contei pra você da minha fase death metal? Acho que foi quando estávamos passeando ali perto do rio e tal. Enfim, nunca falei isso, mas durou uma semana porque eu estourei meu tímpano num show de metal que eu tinha fugido pra assistir, então menti pro meu pai que tinha entrado numa briga e quando ele me perguntou com quem, inventei um nome porque sou um idiota.

O nome era Rick Richardson. Richard. Richardson. Estou rindo só de pensar. Durante todo o ensino médio, meu pai pensou que eu tinha uma rivalidade com um cara durão obviamente inventado chamado Rick Richardson. Eu chegava em casa e ele perguntava, tipo, aquele garoto Richardson implicou com você? E eu falava, tipo, não pai ele não mexe mais comigo. Uma vez meu pai até pediu para eu "apontar o menino" quando estávamos no jogo de futebol americano do Jake, e eu apontei pra um garoto aleatório e tive que impedir meu pai de atravessar o estádio pra gritar com os pais dele. Tipo, imagina esse militar enorme na sua cara apontando pro seu filho, cujo nome definitivamente não é Rick Richardson, e falando tipo, RICK RICHARDSON, NÃO SE METE COM O MEU FILHO.

E tudo porque eu não queria admitir que estourei meu tímpano num show de metal. E você pensa que é idiota por cair de bicicleta. Bem, mais ou menos. Nós dois somos. Acho que isso está bem claro a essa altura no nosso casamento. Enfim, eu me lembro daquela noite em que eu te contei da minha fase metal, a noite que passeamos perto rio, como se fosse ontem. Foi o dia que eu soube que ia me casar com você. :)

As coisas estão bem aqui. Fiquei meio resfriado quando cheguei, mas Frankie estava bem pior. Ficou com uma caganeira péssima. Ele adora falar disso (tipo, sério, ele gosta de falar sobre isso bem mais que a maioria das pessoas gosta de falar sobre merda), então me faça um favor e não pergunta sobre o assunto pra ele da próxima vez que falarmos por Skype. Já ouvi o bastante.

Desculpa pela gramática, aliás. Não aprendi muita coisa na faculdade, a não ser que inventar um monte de enterros de parentes para não precisar assistir aula conte como alguma coisa.

Um beijo do seu marido,
Luke

• • •

Para: Luke Morrow
De: Cassie Salazar
Assunto: RE: RE: Saudades!

Oi, Rick,
Você não existe, mas é real para mim.

A esposa do seu arqui-inimigo,
Cassandra Salazar

PS: Te vejo no Skype semana que vem, terça, às 11h, no seu horário? Aí te atualizo sobre tudo.

Luke

Jogávamos vôlei todos os dias. Todos adoravam vôlei. Futebol também, mas o vôlei atraía mais gente. Desde crianças de seis anos vestindo camisas do Mickey jogando por cima de uma corda amarrada a duas hastes, passando por oficiais superiores do ENA com barbas bem aparadas, até idosos com rugas profundas — todos jogavam em quadras que estavam ali desde os anos 1980. Qualquer espaço plano o suficiente com uma rede era perfeito para uma partida de vôlei.

Nosso time de sempre era eu, Frankie e Ahmad, um menino desengonçado de oito anos, contra Majeed, outro jovem intérprete, Randall, um capitão britânico, e Franson, uma das mulheres da unidade de engenharia civil da Força Aérea que eu tinha conhecido por meio de Frankie. Ela jogava vôlei no ensino médio, então seu time sempre levava a melhor.

Naquele dia, ela havia se oferecido para trocar de lugar comigo, Majeed ou Frankie. Ahmad não entendia muito bem inglês, então Franson deslizou os óculos de praia para o topo da cabeça e sorriu para ele, apontando para ela própria e depois para mim, fazendo um movimento giratório com a mão.

Majeed interpretou a intenção dela.

De pé entre Frankie e eu, Ahmad sorriu e se agarrou a nossos uniformes, balançando a cabeça.

— Não, não, não, não.

Então, ele se dirigiu a Majeed, que respondeu:

— Ahmad gosta de jogar no mesmo time de Frank e Luke.

Com os olhos protegidos por óculos de sol, Frankie e eu demos de ombros. Ahmad e eu trocamos um *high five*.

— Podemos não ser bons, mas somos divertidos — comentou Frankie.

— Isso é porque vocês sempre deixam Ahmad sacar — brincou Franson, indo para sua posição e jogando a bola.

Majeed riu.

— É, Morrow e Cucciolo não sabem sacar, de qualquer forma — disse Randall.

— Que seja, cara — retrucou Frankie, dobrando os joelhos em preparação. — Cuidado com a língua ou Luke vai quebrar seu nariz.

— Está bem, está bem — concordou Franson, colocando-se atrás da linha.

Ela sacou. A bola foi com tudo para a extremidade direita da quadra, e eu me lancei debaixo dela, levantando-a para trás para Frankie, que a arremessou por cima da rede. Randall recebeu o lance e repassou para Franson, que cravou de volta com força bem nos pulsos de Frankie. A bola saiu voando em um arco amplo em direção à base operacional. Frankie e eu a observamos até perceber que Ahmad tinha corrido atrás dela, seu *perahan* cinza quase desaparecendo em contraste com a poeira e a claridade.

— Olha ele indo atrás da bola! — exclamou Frankie.

— Vai, Ahmad! — incentivei.

Ele voltou sorrindo, mas com um ar de derrota e com a bola nas mãos. Frankie deu um tapinha nas costas dele.

Ahmad murmurou algo e apontou para os próprios olhos.

Majeed explicou:

— Ahmad disse que quase pegou a bola, mas o sol na cara dele atrapalhou.

Sem pensar duas vezes, Frankie tirou os óculos e os ofereceu a Ahmad. O garoto os colocou, e tive que conter uma risada, porque as lentes cobriam a maior parte do rosto dele. Mas Ahmad apenas jogou a bola para cima e a pegou em seguida, dando um tapa nela, pronto para prosseguir.

— Agora está melhor — comentou Frankie, dando uma piscadela para mim.

Franson sacou de novo, mas foi bola fora. Era a nossa hora de sacar.

— De quem é a vez? — questionou Frankie de maneira enfática, erguendo as mãos em uma curiosidade exagerada.

Era com certeza minha vez ou a de Frankie. Franson estava certa, Ahmad tinha mesmo sacado todas as vezes.

— Hum, não é a minha — respondi.

— Nem a minha — garantiu Frankie.

Era possível ver Franson e Majeed sorrindo por cima da rede, balançando a cabeça. Randall bufou.

— É a vez do Ahmad, com certeza — disse, jogando a bola para o menino.

Ele correu até a linha, segurando os óculos para não caírem, e o jogo continuou.

Cassie

— É *ba-da-da-ba-da-da ba dã-dã-dã bi-dam bi-dam* e aí eu entro — dizia Nora a Toby.

— Não, não. — Toby sacudiu a baqueta como se fosse um dedo.

Gargalhei. Nora não achou engraçado.

Toby continuou:

— É *ba-dada-ba-dada ba dã-dã bi-dum bi-DAM*, você entra no *DAM*.

— Cassie, fala para ele. — Nora olhou para mim, girando a palheta entre os dedos.

— Hum. — Dei de ombros. Toby estava certo. Mas só daquela vez, e eu não queria que Nora achasse que eu estava do lado dele. — Vamos só tocar de novo e descobrir!

Começamos a tocar nossa música nova, "Merlin", e adentrei a floresta. A música não era tanto sobre explorar a floresta; era mais sobre capinar a vegetação rasteira. Ritmo fácil, influência da bossa nova. Toby era o coração daquela canção, impulsionando uma batida contínua, mas mantendo leve o clima da música como um todo. Se fosse produzida do jeito errado, poderia parecer o tema de *Os Jetsons*, mas estava em boas mãos.

Nora parou de novo.

— Pra mim não está rolando, Toby. Não consigo pegar o ritmo. Tenho que entrar *depois* de *bi-dam*.

— Hum — murmurou Toby e tocou uma *train beat* rápida. — Tudo bem. Vamos parar por aqui. Cassie e eu queríamos mesmo pegar um cinema.

— Vocês querem que eu aprenda ou não? — insistiu Nora, revezando o olhar entre Toby e eu.

Evitei o olhar dela e abri uma lata de água com gás.

— Eu quero, mas estou cansado — respondeu Toby devagar.

Nora murmurou algo como "coitadinho". Então se voltou para mim:

— Cass? Sério?

— Por mim tudo bem fazer uma pausa. É quinta-feira — retruquei.

— E que diferença faz ser quinta-feira, inferno? — Nora verificou o celular. — São sete e meia! Só estamos aqui há uma hora. Não podemos encerrar o ensaio agora.

— Faço o que a Cassie quiser fazer — disse Toby, mas ele já estava se levantando, guardando as baquetas no estojo.

— Hum. — Considerei as opções. Queríamos chegar a tempo da exibição de *Tombstone* no parque. — Nunca vi *Tombstone*, e queríamos pegar um cobertor e um garrafa de qualquer coisa. Vamos fingir que estamos em Paris — brinquei.

Desliguei o teclado.

Toby passou por cima do equipamento dele e colocou os braços ao redor da minha cintura.

— Além disso, cito falas do filme o tempo todo...

Cobri as mãos dele com as minhas, então acariciando seus antebraços firmes.

— E nunca sei se ele está fazendo isso ou apenas dizendo coisas sem sentido. — Ergui o rosto para ele. Ele me deu a língua. Eu ri. — Podemos continuar no fim de semana, Nor. Prometo. É que foi uma semana longa.

Toby olhou para Nora.

— Você pode vir, se quiser.

— Prefiro morrer sufocada no meu próprio vômito, obrigada — respondeu.

Ela passou a correia do baixo por cima da cabeça.

— Não, vem! — Afastei-me de Toby e entrelacei o braço no de Nora.

— Nah — disse ela, e abriu um sorrisinho, afastando o braço do meu para guardar o baixo.

Meu coração apertou. Podia sentir o julgamento emanando dela como ondas de calor. Talvez eu não estivesse passando muito tempo com ela. Talvez ela estivesse se sentindo excluída. Antes, éramos Nora e eu fugindo dos ensaios.

— Cassita! — chamou Toby, pegando as chaves da picape.

— Um segundo — respondi.

— Ok, vou parar a caminhonete ali na frente — anunciou ele antes de subir as escadas. Ele hesitou no topo, desceu correndo de volta e inclinou o rosto para perto do meu. Dei um beijo nele e senti meu rosto ficar vermelho diante dos olhos de Nora. — Agora sim. — Ele subiu de novo.

— Desculpa — falei para ela. — Ele é fofo, mas exagera.

Ela balançou a cabeça na direção em que Toby tinha ido.

— Então vocês estão, o quê, namorando sério agora? Tipo, indo a parques, andando de mãos dadas e se pegando em público?

Senti um sorriso brotar nos lábios. Além dos ensaios e dos ocasionais gracejos cômicos de Luke, encontrar Toby era o ponto alto da minha semana.

— Isso.

— Hum — murmurou Nora com a expressão confusa.

Então ela ficou em silêncio. Soltou o rabo de cavalo, deixando a cortina de cabelo pender livremente, e recolheu algumas latas vazias do chão.

— O quê? — perguntei.

O que havia de confuso naquilo? Digo, além do fato de nenhuma de nós duas ter imaginado que um dia eu fosse chamar Toby de namorado.

Ela endireitou as costas, erguendo as sobrancelhas.

— Não sei — retrucou ela com sarcasmo. — É comum que esposas de militares fiquem se agarrando com hipsters no tempo livre?

Ela estava certa. Do ponto de vista técnico, legal, eu estava traindo Luke.

— Já pensei nisso — afirmei.

Era óbvio que eu tinha considerado esse fato. Ao longo de alguns poucos minutos entre me vestir, me despir, verificar o nível de açúcar no sangue e todas as outras merdas que tinha que fazer, havia pensado que provavelmente eu deveria ter mais cuidado. Então pensei na conversa que Luke e eu tivemos antes de ele ser convocado para o exterior e ponderei se aquilo contribuiria para o divórcio parecer mais real quando ele voltasse. Se havia uma forma de reverter a situação a nosso favor se fôssemos pegos.

— Então você sabe que se alguém que conhece você e Luke te vir com outro homem, as perguntas vão começar a surgir.

Engoli em seco, a boca ressecada de repente.

— Eu sei.

— E as perguntas vão levar a conversas, e as conversas vão levar a uma denúncia...

— Mas Luke e eu não conhecemos as mesmas pessoas — argumentei.

Disse a ela para se lembrar do Chili's e como era improvável que nossos círculos sociais se cruzassem.

Nora deu de ombros.

— Sempre tem alguém de olho. Nunca viu *House of Cards*?

Dei uma risada, em parte porque tinha sido engraçado, em parte porque ela estava me dando nos nervos. Eu não queria ficar nervosa. Queria me deitar em um cobertor no parque e ouvir Toby falar junto com Val Kilmer e Kurt Russell daquele jeito rouco típico de quem nasceu no Arkansas.

— Entendo o que você está dizendo — respondi, concordando com a cabeça e tentando franzir as sobrancelhas para parecer séria. — Com certeza vou ter cuidado.

Senti o celular vibrando no bolso. Provavelmente era Toby, esperando na caminhonete. Tínhamos que parar em uma loja de bebidas antes de ir ao parque. E quando estávamos juntos, sempre demorávamos duas vezes mais para fazer qualquer coisa. Estávamos sempre gargalhando, nos provocando ou nos esquecendo do porquê tínhamos entrado nos lugares. Comecei a ir em direção à porta.

Nora me seguiu.

— Você vai ao parque de qualquer forma, né? — resmungou ela ao meu lado enquanto subíamos as escadas.

— Vou. — Suspirei. Ela me conhecia como a palma da mão. — Só estou me divertindo.

— Ah, Cassie — disse Nora em um tom resignado. Então deu um tapinha nas minhas costas. — Ninguém pode dizer que você tem medo do fogo.

Luke

Usar o Skype tinha se tornado bem mais fácil. Eu estava contando a Cassie uma história engraçada sobre JJ que Hailey havia relatado por carta, de como ele tinha se metido em encrenca por levar a tartaruga de pelúcia, chamada Franklin, para a creche, remover o casco do brinquedo e então dizer para todo mundo que Franklin estava "pelado". Cassie insistiu que não deveriam ter brigado com ele por conta daquilo, pois JJ só disse a verdade.

— É uma creche presbiteriana em Buda, no Texas — disse a ela enquanto remendava um buraco em uma de minhas meias. — E ele não ficou encrencado de verdade. A professora só repassou o que aconteceu para Jake e Hailey.

— Mesmo assim. Nem devia ter sido um problema.

Perto do Dia de Ação de Graças, depois de eu ter enviado três cartas e não ter recebido resposta, Hailey finalmente havia escrito de volta. A primeira carta tinha chegado na semana anterior. Nela, Hailey dizia que Jake sabia que os dois estavam se comunicando, que ele estava grato, mas ainda não se sentia pronto para responder. Mas ela queria manter contato, assim poderiam ao menos se certificar de que eu estava em segurança.

Enquanto nos falávamos, Galo estava atrás de mim, usando creme de barbear para limpar a arma. Cassie teve que se controlar para não olhar fixamente a cena com um medo abjeto. Quando ele acionou a trava de segurança, ela pulou de susto e soltou um gritinho alto o bastante para se ouvir lá de Austin.

Não consegui segurar o riso. Depois de um instante, ela começou a rir também.

— O que mais? — perguntou ela.

Fazia três semanas desde a última vez que tínhamos conversado. Contei sobre o vôlei.

Eu havia até começado a escrever uma carta para o meu pai. Não tinha avançado muito além de "Querido pai, sinto muito" antes de rabiscar tudo, mas nos rascunhos anteriores tinha algo do tipo "Tenho aprendido muito, estou me tornando um homem melhor. Como os Cowboys estão nesta temporada?"

Tornei a olhar para Galo, que tinha terminado de limpar a arma e naquele momento fazia abdominais bem no ângulo de visão da câmera do notebook, óbvio. Era um quarto pequeno, mas ele não precisava grunhir daquele jeito.

Olhei de volta para Cassie. Nós dois tentávamos não rir.

— Então — murmurei, checando minhas anotações. — Savages? A banda?

— Ah, ótimos. É. São tão subestimados. Eles vão estourar, juro por Deus — respondeu ela.

Enquanto Cassie falava, comecei a querer um pouco mais — saber como era a música dela. Depois de uma pausa em sua descrição do relacionamento de "amor e ódio" com alguma coisa chamada Pitchfork, perguntei a respeito.

— E você? Como anda sua música?

— Ótima.

— Posso ouvir alguma?

Ela pareceu surpresa, depois, feliz.

— Sim, pode. Com certeza. Já volto.

Mesmo não sendo um especialista, eu era um ser humano. Todo mundo gostava de música. Eu gostava da estação de rádio que tocava rock clássico que meu pai ouvia em uma caixa de som na garagem. Led Zeppelin. David Bowie. Doobie Brothers. Moody Blues. The Doors. Janis Joplin. A imprudente fase do metal.

Suspirei, exasperado, ao pensar no e-mail em que eu havia contado a ela sobre Rick Richardson. Nunca tinha imaginado que contaria aquilo para alguém — nem pensava no assunto depois que aconteceu. Não me arrependia de nada do que eu conversava com Cassie por vídeo ou por cartas, mas aquilo despertava partes de mim das quais tinha me esquecido.

Cassie voltou, cantarolando para si mesma, e colocou um caderno aberto ao seu lado no sofá.

Enquanto ela preparava o teclado, percebi que eu queria contar a Cassie sobre a época em que ouvia rock clássico na garagem. Quando eu era criança, sabia o quanto meu pai amava a canção "Spirit in the Sky", de Norman Greenbaum, então eu ligava para a estação de rádio e pedia para tocarem a música. Foram tantas vezes que eles começaram a reconhecer nosso número no identificador de chamadas e passaram a atender sempre dizendo: "Oi, Luke. 'Spirit in the Sky'?"

— Está pronto? — perguntou Cassie. — Ainda estou trabalhando nessa, mas vou chegar lá.

— Vai lá — incentivei.

Eu tinha percebido que Galo havia parado com os abdominais e naquele momento estava deitado de costas no chão, ouvindo a conversa.

— O nome desta é "Green Heron" — contou ela, tocando um acorde. — Imagine a música com baixo e bateria ao fundo.

— Tudo bem — respondi.

— Tudo bem — repetiu Galo do chão.

— *When I saw you, you were on the fence* — cantou ela, dedilhando o teclado. — *They said you weren't a sign from God. I didn't know what that meant. But when I walked to you, you didn't fly away.*

Depois da introdução, ela engatou em um trecho ritmado, quase folk. Toda vez que eu pensava que tinha me familiarizado com a batida, ela se transformava em outra, mas logo depois lá estava ela. Não era mirabolante nem complexa, como o jazz. Fazia sentido de um jeito próprio.

A letra falava da mãe dela, de estar perdida, de perdoar a si mesma por não saber o que fazer, e a voz de Cassie era dramática e arrebatadora, uma mistura de Billie Holiday — se a voz de Billie Holiday fosse uma oitava mais baixa — e Freddie Mercury. Ela parecia pular a vergonha e ir direto ao perdão. Eu nunca tinha aprendido a fazer aquilo.

— Cara, que música boa! — me peguei dizendo quando a música terminou.

— Foi muito, muito bom — opinou Galo do chão. — Quase chorei.

— O que ele falou? — perguntou ela enquanto recuperava o fôlego, abrindo um sorriso enorme.

Cassie tinha prendido o cabelo em um curto rabo de cavalo no alto da cabeça, e, naquele momento, estava quase todo desfeito, as mechas tendo se soltado enquanto ela tocava, movimentando-se em harmonia.

— Ele disse que chorou um pouco.

— Quase! — corrigiu Galo.

— Uau. Bom trabalho. A música é ótima. Ótima mesmo. Amor — adicionei, olhando de esguelha para Galo.

— Obrigada — respondeu Cassie, com as bochechas vermelhas. Ela estava corando? Ou só vermelha por causa do esforço de tocar? — Bem, é melhor eu ir. Tenho que trabalhar.

— Tudo bem, nos falamos depois.

— Obrigada por me pedir pra tocar pra você, Luke. Amor — comentou ela, coçando a cabeça, envergonhada.

— De nada. — Engoli em seco.

Pronto, tinha chegado. O momento em que dizíamos aquelas palavras. Antes que eu pudesse começar, Cassie estava escrevendo algo em um papel, então o ergueu. *Acho que fomos muito bem hoje.*

Usei meu caderno para responder. *Eu também. Continue mandando os e-mails.*

— Estão mostrando as partes íntimas um para o outro? — perguntou Galo, ainda do chão. — Quero jogar paciência on-line, e o Skype consome a internet toda.

— Tá bem, tá bem — concordei. Revirei os olhos para Cassie ver. — Te amo, amor. — Daquela vez, a frase saiu com mais facilidade.

Um dos cantos da boca de Cassie se ergueu, em um sorriso cúmplice.

— Também te amo, amor.

Também soou mais natural na voz dela. Então Cassie fez uma careta, mostrando a língua.

Quando encerramos a chamada e me afastei da mesa verde, percebi que estava sorrindo.

Para: Luke Morrow
De: Cassie Salazar
Assunto: O que você achou DE VERDADE?

Então, sei que estava tentando ser legal com sua esposinha na frente do seu colega de alojamento sobre minha nova música, mas estou curiosa para saber o que você achou de verdade, considerando que você e Galo dos Abdominais são as primeiras pessoas (não integrantes da banda) a ouvirem. Nora disse que é uma das minhas melhores, e Toby também disse que é boa. Sua opinião importa porque você não é só meu marido, é alguém que não ouve muita música contemporânea, e se você gostou DE VERDADE, vou querer criar mais coisas do tipo, porque não quero só ficar tocando músicas que agradam às pessoas sombrias do Pitchfork (aquele site de que eu te falei).

Então, quando tiver um tempinho entre as partidas de vôlei, me mande um e-mail.

Com amor, C

PS: Por favor, por favor, POR FAVOR, diz que você usa lycra quando joga e, se sim, mande fotos, pois só acredito vendo.

• • •

Para: Cassie Salazar
De: Luke Morrow
Assunto: Re: O que você achou DE VERDADE?

Foi uma das melhores músicas que já ouvi. O tempo todo eu estava pensando comigo mesmo que sua voz parecia uma mistura de Billie Holiday com Freddie Mercury. Também adoro como a música muda na metade, rápida e devagar, rápida e devagar, mas sem parecer muito irregular. Foi um som natural. Não dê ouvidos ao Toby, a música é mais do que boa.

Vamos sair em uma missão de reconhecimento, então não vou conseguir falar por Skype por um tempo, mas para te ajudar a aguentar até lá, segue uma foto minha junto com Frankie e Ahmad, que tem um dos melhores saques do mundo inteiro. Desculpe pela imagem granulada. É do celular de Majeed. #selfie <<< Eu fiz isto certo?

Com amor do seu marido,
Luke

Cassie

Meu turno no Handle tinha terminado mais cedo, então pedi a Toby para me encontrar no Tucci's do outro lado da rua. Comemos pão de alho e fingimos que entendíamos alguma coisa de vinho.

Toby fez sinal ao garçom pedindo mais vinho, depois apontou para minha taça vazia.

— Vai me acompanhar?

Assenti, olhando para a taça.

— Então, estou pensando que a The Loyal precisa sair em turnê logo. Se eu conseguir encontrar uma forma de tirar mais ou menos um mês de férias do trabalho.

— Estou pronto quando você estiver. — Ele segurou uma mecha do meu cabelo, acariciando-a entre os dedos.

Meu cabelo tinha crescido, alcançando o meio do pescoço. Dizem que o cabelo e as unhas crescem mais rápido quando se está apaixonada.

Ah, Deus, aquilo era ridículo. Eu não estava apaixonada.

— Vamos ver como nos saímos no próximo show — respondi, segurando a mão dele.

Ele sorriu para mim, tranquilo, e fui tomada por uma sensação acolhedora.

Mas eu também não estava não apaixonada.

Meu namorado *entendia*. Ele me conhecia desde o início daquela pequena banda; já havia estado em turnê e estava pronto para largar tudo e sair em turnê de novo. Toby tinha passado por coisas como entrar em brigas de bar e tocar em grupos de igreja; ser largado no meio da estrada e aceitar comida como pagamento. Qualquer coisa para conseguir continuar tocando. Ele entendia o que a música significava para mim, porque ele sentia o mesmo.

Toby tinha até conseguido para nós a chance de tocar no Sahara Lounge. E daquela vez, não estávamos dividindo os letreiros com mais ninguém. Era apenas a The Loyal, por uma hora, tocando as músicas novas do álbum.

— Quero te levar pra casa — disse ele, estendendo a mão para acariciar minha bochecha.

— Minha casa ou a sua? — perguntei, já sentindo a tensão nervosa nas coxas.

Meu celular vibrou na bolsa. Alcancei-o no fundo e desliguei a vibração, imaginando ser minha mãe ou Nora. Elas poderiam esperar até de manhã.

— Devo trazer a conta? — perguntou o garçom vestido de preto.

— Sim, senhor — respondeu Toby, colocando o cartão de crédito na mesa.

— Podemos dividir? — sugeri.

Ele balançou a cabeça, pressionando os lábios por cima do adorável espaço que tinha entre os dentes, sorrindo com os olhos.

O celular vibrou de novo. Outra ligação. Retirei o aparelho da bolsa e notei que era uma chamada internacional, ou ao menos parecia ser.

— Melhor eu atender — falei para Toby enquanto nos levantávamos.

— Ok, vou ao banheiro rapidinho — anunciou ele, afastando-se.

Atendi.

— Cassandra Salazar? — disse uma mulher depressa.

— Sim.

— Aqui é a capitã Grayson, da 34ª Divisão de Infantaria Cavalo Vermelho. Senhora, estou ligando porque seu marido, Luke Morrow, foi ferido em combate.

Parei de respirar. Pisquei uma, duas vezes, de forma lenta e mecânica.

— Senhora, ainda está aí?
— Sim.
Ferido?
— Seu marido foi enviado para uma instalação militar na Alemanha. Em dois dias, ele será transferido para o Brooke Army Medical Center, em San Antonio. Sinto muito por ter que lhe dar esta notícia, senhora.

Destravei a mandíbula, voltei a me sentar à mesa, sentindo meus olhos se encherem de lágrimas.

— Ele vai ficar bem?
— Ele se encontra é estável, mas é uma lesão grave. Projéteis romperam a tíbia e a patela dele. Ele deve estar pronto para a transferência muito em breve.
— Certo.
— Vamos mantê-la informada do estado dele.
— Obrigada — respondi, porque foi tudo no que consegui pensar para dizer. Então: — Ele pode falar? Quem… Para quem devo ligar para ter notícias?
— Ele está impossibilitado de falar no momento. Entraremos em contato assim que possível. Até logo, senhora, e que Deus lhe abençoe. — A ligação foi encerrada.

Meu coração batia tão forte que minha visão ficou turva. Ele tinha me dito no e-mail que sairia em missão. E aquilo quase o tinha matado. Meu Deus, e Frankie? Será que estava bem? Eu deveria ter perguntado. Deveria ter perguntado mais sobre eles dois.

Me lembrei do quarto de hotel mal iluminado. Luke tinha me dado o papel com um número rabiscado. *Seu marido*, ela havia dito. Meu marido.

Toby voltou do banheiro assoviando, com as mãos nos bolsos. Quando ele viu minha expressão, parou.

— Preciso ir pra casa — anunciei.

Ele me levou, embora eu não conseguisse responder à sua série de "Cassie, você pode me contar. Vou te ajudar. Só me diz se está tudo bem. Cassie?".

Onde estava o papel? Onde estava a porra daquele papel maldito? Eu tinha colocado na gaveta de cacarecos da cozinha. A conta da internet do mês anterior. A conta de luz do mês anterior. Um papel menor e mais claro. Era aquilo? Não. Era a merda de um recibo de comida para viagem. Por que eu tinha guardado aquilo?

Despejei todo o conteúdo da gaveta no chão da cozinha.

A chave de uma trava de bicicleta que eu nunca tinha usado. Trocados. Tampinhas de garrafa que eu havia guardado para a sobrinha de Nora levar para um evento beneficente da escola. Mais trocados. Moedas. Uma bolsinha de presentes de quando um dos clientes de minha mãe presenteou a equipe com "chocolates de Feliz Natal". Não havia mais nenhum outro papel.

Fui até o quarto, procurando na gaveta da mesa de cabeceira.

Um diário de couro no qual eu tinha escrito duas linhas. Um pacote de camisinhas. Uma palheta de guitarra que Nora e eu suspeitávamos ser a mesma que Jack White usou para tocar com o White Stripes no The Moody Theater.

Procurei por três horas, revirando o apartamento, sem encontrar nada. Eram duas da manhã quando me sentei no sofá. O silêncio estava mais silencioso do que o normal. Olhei para o teclado, considerando tocar alguma coisa para aliviar a ansiedade, mas percebi que nem conseguia encostar nas teclas.

Ouvi uma suave batida à porta, passos na escada. Espiei pelo buraco da fechadura. Era Rita, segurando Dante, que parecia estar meio adormecido. Abri a porta.

— Está trocando móveis de lugar? — perguntou ela, vestindo um roupão rosa por cima de uma camiseta larga demais com os dizeres SÓ ME DIZ ONDE ESTÁ O CHOCOLATE E NINGUÉM SE MACHUCA.

— Não. — Suspirei. — Só estava procurando um papel com os dados de uma pessoa. Dados que eu preciso pra caramba, tipo, agora.

— Dados de uma pessoa?

— É, tipo o número de telefone. Enfim. Desculpa te incomodar.

— Quer fumar?

— Não tenho nada.

Eu tinha parado de comprar quando descobri a doença. Cada centavo que eu ganhava ia para contas, remédios ou música desde então.

— Não perguntei se tinha — contrapôs ela, tirando um baseado de trás da orelha.

— Graças a Deus — murmurei.

Ocupamos os lugares de sempre, sem precisar conversar, passando o baseado de uma para outra, deixando que a maconha criasse uma névoa no cômodo revirado. Coloquei Donovan para tocar.

Depois de um tempo, Rita repetiu:

— Dados de uma pessoa. Hum.

— É.

— Tentou o Google? Para achar o número? — sugeriu Rita, tossindo um pouco ao exalar fumaça.

A nitidez retornou. Google. *É claro*, porra. O pânico tinha ferrado meu cérebro. Óbvio que eu deveria procurar no Google.

— Rita, você é um gênio.

— Diz isso para o meu chefe. Acabei de ser demitida.

— Que merda, Rita. Sinto muito.

Ela deu de ombros, alongando o corpo ao se levantar.

— Todo mundo está sendo mandado embora hoje em dia.

Peguei o laptop do chão. Morrow, Morrow, Morrow. E aí, qual era o primeiro nome dele? Os e-mails. Os e-mails de Luke com as perguntas que eu deveria fazer durante nossas chamadas de Skype — Luke tinha escrito o nome ali.

— Me avise se eu puder ajudar com alguma coisa.

— Só continue pagando o aluguel em dia — respondeu ela enquanto abria a porta. — Te vejo depois. Vamos, Dante.

Ouvi as patinhas de Dante batucando no chão.

Quando a porta se fechou, comecei a digitar. Ali estava. *Oficina Morrow, Buda, TX.* Se eu ligasse àquela hora, ninguém atenderia. Se eu saísse dentro de uma hora, chegaria lá ao amanhecer.

Luke

Cucciolo, eu dizia. *Cucciolo*. Mas eu estava deitado e havia três sóis e minha boca parecia ser feita de borracha. Frankie não se virava. Ele precisava se virar, porque estavam atirando em nós. Tínhamos nos abaixado atrás do jipe e eles estavam atirando. Galo estava caído.

Os tiros não eram de balas, e, sim, bipes. *Bip bip bip*.

Mas então, por alguma razão, estávamos de volta à garagem do meu pai. Por que estavam atirando? Tirem essa gente da garagem do meu pai! Era hora do almoço. Não era hora de pessoas estarem atirando no meu pai e no meu irmão. Eu tinha que me levantar daquela cama. Tinha que protegê-los.

Galo estava debaixo do jipe, tirando um cochilo. *Como ele consegue dormir numa hora dessas*?

Eu não conseguia me levantar, porque a parte inferior do meu corpo era uma árvore. Estava crescendo, despedaçando minha pele, um casco feito de facas, me apunhalando.

Gritei porque doeu. *Alguém corta esta árvore!*, berrei.

Os três sóis eram muito intensos. As pessoas falavam de um jeito estranho. Eu também. *Cucciolo*. Só que ninguém me ouvia.

Colocaram um pedaço de borracha no meu rosto.

Azul e branco e azul e branco.

A árvore cresceu de novo.

Gritei.

— Bonm, bonm — diziam eles. — Esse ser bonm sinal.

— Não é bonm — respondi. — Frankie.

Frankie. Não é bom. Alguém corta esta árvore.

Frankie.

Cassie

Pais e eu não nos misturamos. Não tive, nunca quis e nunca precisei de um. Não gostava deles quando gritavam com os árbitros nos jogos de futebol quando eu estava na quarta série, não gostava deles quando bebiam demais em festas de quinze anos, não gostava de como se sentavam em suas poltronas reclináveis e reviravam os olhos quando meus amigos contavam o que estudariam na faculdade.

Pais e eu definitivamente não nos misturávamos quando eu estava funcionando na base de zero horas de sono, três pedaços de frango *tikka masala* e um baseado compartilhado com a proprietária do meu apartamento. Desci pela rua principal de Buda, o combustível quase no fim, passando pelas lojinhas de bairro e caminhonetes estacionadas em frente a elas, quase do tamanho das próprias construções, embalagens de fast-food se amontoando perto do meio-fio. Analisei os prédios em busca da placa vermelha e branca que tinha visto no site.

Quando a identifiquei, saí do carro, pronta para bater à porta e me deparar com o irmão de Luke. Um irmão que eu tinha imaginado que seria uma versão mais agradável de Luke. Um cara mais jovem vestindo um macacão e parecendo ser integrante do elenco de *Grease*. Um bebê angelical estaria agarrado à perna dele, e a esposa, ex-integrante de uma fraternidade universitária, o ajudaria a me conduzir até um escritório com poltronas de couro. Eles ouviriam o que eu tinha a dizer e me diriam o que fazer.

Em vez disso, a oficina estava fechada. *Voltamos em cinco minutos. Se for urgente, estou na Morts pegando um café*, revelava um aviso escrito a mão.

Então esperei. Por cinco minutos, depois por mais cinco. Telefonei para o número de onde haviam me ligado na noite anterior na esperança de conseguir alguma notícia sobre o estado de Luke, mas nem chamou. Amontoei o vestido ao redor das pernas e me sentei no meio de um quadrado de cimento cercado por ervas daninhas, observando os carros passarem a trinta quilômetros por hora. Mães empurravam carrinhos de bebês, soprando a fumaça do cigarro para longe dos pulmões das crianças enquanto reclamavam ao celular sobre alguém. Mandei uma mensagem para Toby, pedindo desculpas e avisando que ligaria para ele em breve.

Então o pai de Luke surgiu na calçada segurando um copo plástico de café para viagem. Dois metros de perna, mandíbula marcada, cabelo branco como a neve e costas curvadas. Inconfundível.

Considerei me levantar e ir embora. Luke tinha falado sobre o irmão dele trabalhar na oficina da família, então eu tinha imaginado que o veria primeiro. Pensei que o pai estaria ocupado fazendo algo nos fundos, talvez cuidando da contabilidade.

Lembrei que Luke tinha me dado o número do irmão e avisado para falar com ele primeiro.

— Como posso ajudar, senhora? — perguntou o pai, tirando as chaves do bolso.

As mãos dele eram grossas e fortes, cobertas por pelos brancos eriçados.

Como ele poderia me ajudar?

— Hum. Bem. — Levantei-me, limpando a roupa. — Então...
— comecei.

Ele pressionou uma alavanca na lateral da porta, abrindo uma grande garagem.

— Aquele carro é seu? — perguntou ele, apontando para meu Subaru estacionado em uma longa fila de automóveis na rua.

Inclinei a cabeça.

— Como adivinhou?

— Buda é uma cidade pequena — respondeu o homem, virando-se e indo em direção ao meu carro.

— Senhor — comecei de novo, seguindo-o. — Senhor, não vim aqui para consertar o carro.

— Ah, é? — Ele já estava abrindo o capô. — Então por que está esperando do lado de fora da minha oficina?

A forma de caminhar casual dele me lembrava o jeito como Luke andava de um lado para o outro em um cômodo, como se não houvesse mais ninguém ali, como se estivesse sozinho numa floresta. Mas ele não era hostil. Tinha um ar agressivo, mas sem a raiva. Era apenas objetivo demais, agarrava qualquer coisa para ter com o que mexer, como uma criança pegando um brinquedo esquecido na mesa.

Deixei que ele desenroscasse uma coisa ou outra, fazendo sons contemplativos. Então respirei fundo.

— Senhor, sou casada com seu filho Luke.

Ele se sobressaltou, batendo a cabeça no capô.

— Senhora? — murmurou ele, carrancudo, dobrando o braço cheio de veias azuis para apertar a nuca.

— Meu nome é Cassie Salazar, sou esposa do seu filho e ele foi ferido no exterior — disse, de uma maneira bem resumida. Outra coisa excelente sobre não ter um pai é não ter medo de pais.

Ele deixou a mão pender, abandonando a atitude *como posso ajudar?* e dando um passo em minha direção.

— No exterior no sentido de no serviço militar? Luke Morrow?

Fiquei ciente das minhas tatuagens de repente, do meu cabelo embaraçado e dos olhos vermelhos. Coloquei as mãos na cintura.

— Sim, senhor. Ele levou um tiro no joelho no Afeganistão.

Por um segundo, ele não disse nada. Pensei ter visto um tremor na mandíbula dele, mas não tinha certeza.

— Ele está voltando para casa?

— Amanhã.

O homem olhou para a oficina, sem nenhum cliente, e tirou um celular Nokia tijolão do bolso, cuspindo no chão.

— Aquele filho da puta.

Luke

Existem três tipos de dor. Existe a dor súbita, que vem em doses intensas. Não há ritmo nela. Apenas a punhalada furiosa quando lhe convém. É o tipo de dor que senti em flashes na viagem até Munique, vendo as sombras de paramédicos cruzando as luzes da cabine.

Quando Frankie e eu saímos de trás do jipe, a dor se anunciou, latejante e em um fluxo de sangue. Os tiros haviam massacrado meu joelho e a canela até minha perna se tornar um pedaço de carne inútil, mas a dor me fez avançar, segurar a arma com mais firmeza, usar a perna que me restava para endireitar a postura.

— Eles estão atirando da colina a noroeste! — disse Clark entre recargas de munição.

Estava tudo muito silencioso antes. O vento lançava a bandeira da OTAN contra o capô.

— Vamos recuar e conseguir uma posição melhor.

— Não podemos — respondeu Clark. — Provavelmente tem minas mais à frente.

A respiração de todo mundo estava pesada. Em sincronia, em harmonia, mesmo naquele momento. Minhas meias estavam molhadas, grudentas, apertadas dentro da bota. Eu não deveria ter olhado para baixo. A bota de alguém tinha saído do pé, manchada de vermelho. Dois outros pares de bota, junto a dois corpos no chão; os rostos escondidos.

Eles tinham começado a atirar de novo.

Então havia aquela dor persistente que me assolou quando acordei no corredor do Brooke Army Medical Center, nos Estados Unidos. A sensação me cobria como uma manta, embalando meu sono e me guiando para um propósito maior, sussurrando com a voz doce: "Você não precisa mais se preocupar, seu trabalho é sofrer, só isso. Não se levante, não lute, tudo o que precisa fazer é aguentar."

Eu havia escutado fortes sotaques texanos falando ao telefone. Tinha visto a mão de alguém segurando minha maca, cada unha pintada com um pequeno Papai Noel.

Entre a dor súbita e a persistente — ou acima delas, ou talvez as envolvendo por completo — está o terceiro tipo. Imagino que se possa chamar de dor emocional ou mental, mas isto implicaria que o sentimento é reconhecível, que pode ser rotulado e guardado em algum lugar do cérebro, que poderíamos apenas continuar vivendo com ele.

Não. Cada pensamento, desde *Meu braço está coçando* até *O que eu vou fazer agora?*, estava suspenso por ganchos acima de um oceano escuro. Havia o presente, o que estava acontecendo naquele momento, mas, de repente, minha mente era submersa em alguma memória do que tinha acontecido naquele dia.

O que estava acontecendo: na tarde anterior, trinta pinos de aço foram colocados na minha perna. Uma estada indefinida. A visão do estacionamento.

O que tinha acontecido: *naquela manhã, Gomez mostrou aos oficiais britânicos que eles não estavam lavando a louça direito. Eles acabaram espirrando sabão uns nos outros.*

Talvez eu andasse de novo, talvez não. Mais duas pessoas usando roupas cirúrgicas tinham olhado para a prancheta do médico quando ele disse aquilo ontem, depois olhado para a minha perna, e então para a prancheta de novo.

Nosso quarto com painéis de madeira podres, um espelho para se barbear na mesa verde, os canos expostos e os cobertores dobrados no canto em que os havíamos deixado estaria vazio.

Frankie tinha morrido.

Uma enfermeira militar na Alemanha tinha me dito que ele estava morto. Houve uma batida à porta.

Galo também tinha morrido. O time de vôlei precisaria de novos jogadores.

A porta estava sempre aberta. Só por via das dúvidas.

Ahmad, o menino de oito anos que adorava sacar e mergulhar atrás de lances ferozes, se perguntaria onde estaríamos hoje.

— Soldado Morrow?

Virei a cabeça no travesseiro. Um homem grisalho estava parado à porta.

— Sim, senhor.

— Tenente-coronel Ray Yarvis, Corpo de Serviços Médicos. Bem-vindo a Brooke.

Ergui o braço rígido em continência. Ele fez o mesmo.

— Um assistente social é designado para todo paciente novo, e eu sou o seu.

Ele se sentou, curvando-se, e analisou o estrago. Rugas profundas cercavam sua boca e seus olhos, que eram de um azul-piscina cintilante. Sua voz era a de quem fumava dois maços por dia, igual à do cara que comandava a loteria na Mort's, a mercearia em Buda. Era a primeira pessoa ali a me olhar nos olhos.

— Faço este trabalho porque já estive no seu lugar. Servi em duas missões no Vietnã, agora ando com um pé de titânio. — Ele pontou para a tíbia esquerda. — Qualquer coisa que sentir que não pode perguntar aos médicos, pode me falar. Está irritado com o exército? Me fala. Sou seu amortecedor.

Tentei produzir alguma umidade dentro da boca.

— Eles te disseram se vou conseguir andar de novo?

— Acho que você vai.

— É, mas...

Ele ergueu a mão rechonchuda.

— Se eles disseram "talvez", é só pra tirarem o deles da reta. A julgar pelos outros homens que vi usando pinos, aposto que estará de pé em algumas semanas.

Por um minuto, consegui desanuviar os pensamentos.

— Que bom.

— Vamos conversar mais, mas tem pessoas lá fora esperando pra te ver.

— Que pessoas?

Uma esperança tênue e estúpida surgiu em mim. Alguém da minha unidade. Capitã Grayson. Frankie ainda vivo.

— Seu pessoal. — Ele indicou a porta com a cabeça. — Seu irmão e outros familiares.

— Ah, sim.

— Tem certeza de que quer que eles entrem? Posso dizer a eles que você apertou o botão da morfina com muita força.

Deixei sair uma risada.

— Não. Obrigado, senhor.

Ele se levantou, grunhindo.

— Está bem, Morrows — chamou ele, erguendo a voz. — Vocês podem entrar.

Os primeiros a entrar foram Hailey e JJ. Ele usava tênis que acendiam e estava se equilibrando em cima dos pés da mãe. Então Jake, passando por ela com uma garrafa de Dr Pepper e uma revista de esportes nas mãos.

Eu não sabia se deveria ficar eufórico ou apenas fingir que estava dormindo. Não me sentia pronto. Ainda estava mergulhado até os joelhos na areia movediça do Afeganistão, nos olhos mortos de Frankie e no bando de pica-paus talhando minha perna.

— Trouxe um refrigerante pra você — disse Jake. — Era esse ou Fanta Laranja.

Jake tinha comprado um refrigerante para mim. Ele não só havia dirigido de Buda a San Antonio junto com a esposa e o filho como também tinha passado na máquina de venda automática. Eu me perguntava se aquilo era pena, um desejo por reconciliação, ou ambos. De qualquer maneira, meu olhar sustentou o dele enquanto eu aceitava a garrafa gelada, abrindo-a e descobrindo que era o melhor Dr Pepper que eu já tinha tomado.

— Obrigado, Jake — respondi, torcendo para que o que quer que eu estivesse fazendo com o rosto parecesse um sorriso. — É tão bom ver vocês.

— Quase não te reconheço. Merda, eles acabaram com você, hein? — comentou Jake.

— Passei por outra cirurgia ontem — expliquei.
Eu quase tinha perdido metade da minha perna. O que a salvou foi uma placa de metal e cinco parafusos que mantinham meu joelho inteiro.

Então notei Cassie deslizando próxima à parede, olhando para baixo, apertando tanto a bolsa que os dedos haviam perdido a cor. Ela se aproximou da cama, debruçando-se por cima de mim para me dar um beijo suave na bochecha, o peito dela pressionado ao meu.

— Sinto muito — sussurrou ela.

Quando ela se afastou da cama, percebi outra figura.

Ali, entre Jake e Hailey, estava meu pai. A julgar pelo pedido de desculpas, adivinhei que Cassie tivesse entrado em contato com ele. Por que diabos ela havia decidido fazer aquilo, eu não sabia. Tentei pensar em algo para dizer, ponderando se ele estaria apenas fazendo hora antes de me lembrar que eu devia dinheiro a ele.

Meu pai parecia mais magro e mais pálido do que da última vez em que o vi. Ele mascava sementes de girassol, cuspindo as cascas em um copo de papel. Eu já estava começando a me sentir inadequado e estúpido outra vez, frágil e tolo com aquela roupa de hospital branca fina e a perna retalhada.

— Oi, pai — As palavras pareciam cola na minha boca.

— Luke — cumprimentou ele, olhando para mim por um milissegundo antes de desviar o olhar de volta para a televisão em cima da minha cama.

— Então, conhecemos sua... — Hailey tirou a mão da cabeça de JJ para gesticular na direção de Cassie — ... esposa.

— É — assentiu Cassie com a voz falsamente alegre, encostada na parede. — Que bom finalmente poder conhecer todo mundo. Luke me falou muito de vocês.

— Não sabemos porra nenhuma de você — revelou Jake com um meio-sorriso.

— Amor! — ralhou Hailey.

— Quê? — Jake deu de ombros, olhando para mim com uma expressão de *que porra é essa?* no rosto. — Acho que de todas as pessoas que conheço, faz muito sentido mesmo Luke ser o cara que resolve casar às pressas. Ele sempre foi impulsivo *pra* caralho.

Cassie e eu nos entreolhamos.

— Às vezes o coração simplesmente sabe. — Cassie olhou para Hailey, inclinando a cabeça como se transbordasse de adoração. — Né?

Então Cassie virou a cabeça em minha direção, me incentivando com um olhar que só eu podia ver. *Frases românticas, frases românticas, frases românticas*. Não conseguia pensar em nenhuma. Quer dizer, Jesus, as últimas quarenta e oito horas tinham sido um inferno. Não estava com muita vontade de agir como um galã de novela. Foda-se. Senti as mãos começarem a suar.

Peguei o refrigerante da mesa lateral e me virei para ela com o olhar mais doce que consegui fazer.

— Quer um gole, amor?

— Obrigada, meu bem — respondeu ela, e quase pude ouvi-la trincando os dentes.

É, desculpe, tentei dizer a ela com os olhos. *Eu poderia ter feito melhor*.

Ela deu um gole minúsculo, quase não bebeu. Então me lembrei. *A diabetes, seu estúpido*.

— Bem, ainda estou bastante exausto — declarei.

Por mais que eu quisesse conversar com Jake, estava cansado demais para embarcar no fingimento com Cassie naquele momento. Parecia que o combustível dela também estava acabando.

— Vamos deixar você descansar — decretou Hailey, então ela e Jake se viraram para a porta.

Meu pai cuspiu outra casca e saiu do quarto sem nem um aceno de cabeça. Mas ele tinha aparecido. Aquilo dizia muita coisa.

— Vocês vão… — comecei, e Jake parou. — Vocês vão voltar?

Hailey olhou para Jake.

— Eu adoraria que voltassem — reforcei, tentando não parecer desesperado.

— Ok, mas não vamos ser bonzinhos — avisou Jake, franzindo as sobrancelhas e olhando para Cassie. — Não vou, tipo, trocar sua roupa de cama.

— Não esperava que fizesse isso — respondi.
— Então, vamos, vamos voltar — afirmou ele. Hailey assentiu. — O fato de que você quase se foi... — Ele fez uma pausa, engolindo em seco. — Isso coloca muita coisa em perspectiva, né?

À porta, Hailey sussurrou algo no ouvido de JJ.

— Obrigado pelos Legos! — exclamou ele.

Meu coração ainda batia acelerado quando eles saíram, mas eu me sentia energizado, esperançoso.

Cassie ainda estava encostada na parede, inclinada para frente, mas os lábios estavam curvados para cima, observando-os enquanto saíam.

Ela arrastou uma cadeira para perto da cama.

— Alguma notícia do Frankie? — perguntou.

Nossos sorrisos morreram um após o outro.

Cassie

Eu tinha voltado de San Antonio alguns dias antes, depois de passar o mínimo de tempo possível com a família de Luke. Não foi muito difícil. Eu ainda não sabia bem qual era a deles, mas parecia que ninguém conversava de verdade, de qualquer modo.

Frankie morreu. Aquilo era tudo em que eu conseguia pensar. Quando eu me esquecia, algo me fazia lembrar de novo. Naquele exato momento, foi o cheiro de batatas chips. Aquilo acontecia toda hora. Em um momento eu estava bem, feliz, até, e no outro eu caía no choro. Frankie sempre teve cheiro de batata chips porque a mãe dele as colocava na lancheira dele todo dia, e em vez de comer tudo de uma vez, ele gostava de carregá-las em um saquinho plástico, e fazia aquele negócio de colocar as batatas dentro da boca e fingir que tinha um bico de pato. *Cassie, olha*, dizia ele, e eu desviava o olhar do castelo de areia que estava construindo. *Hahaha*, eu respondia, revirando os olhos, porque ele fazia aquilo todos os dias.

E ele não existia mais. Toda vez que eu me lembrava daquilo, sentia o choque todo de novo, como se meu corpo despencasse sobre um tapete de tachinhas.

Enxuguei os olhos na manga do enorme moletom de Toby. Estava deitada no chão do quarto dele.

— Ei! Ei. — Toby abaixou o rosto para olhar para mim. — Você está bem?

— Só pensando — respondi, engolindo o restante das lágrimas.

— Problema de família de novo?

— Mais ou menos isso.

Eu não tinha descoberto uma maneira de contar qualquer coisa para Toby. Parecia que contar sobre Frankie significava contar sobre Luke, e aquilo parecia muito pequeno em comparação a todo o resto. Eu sabia que deveria sentir culpa por mentir para Toby, mas estava consumida pelo luto. Não havia perdido ninguém antes de Frankie.

— Bem. Levanta. Deixe eu te animar.

Funguei e me sentei.

Um som estranho tomou o apartamento de Toby. Ele olhou para mim. Meu celular.

— Achei que tivesse deixado em casa de novo — murmurei, atravessando o corredor.

Encontrei o aparelho próximo à porta da frente, na mesa onde ele mantinha as chaves. Um número que eu não conhecia aparecia na tela. *Aconteceu alguma coisa com Luke.* Senti meu estômago embrulhar.

— Alô — atendi, cerrando os punhos.

— Cassie? — Era a voz de um homem, desconhecido.

— Sou eu — respondi, a mente imaginando o pior cenário.

— Aqui é Josh van Ritter, da Wolf Records.

Wolf Records? Meu cérebro tentou acompanhar. Nada a ver com Luke. Nada ruim. Era bom. Muito bom.

— Ah, oi! — saudei, tentando manter a voz normal.

— Isso, você conhece a gente?

Se eu conhecia uma das maiores gravadoras independentes do momento? Hum. Sim.

— Com certeza. Digo, sou uma grande fã — respondi, caminhando o mais depressa possível até o quarto de Toby, apontando para o celular, a boca aberta em um grito silencioso exultante.

Coloquei a chamada no viva-voz.

— Então, Todd Barker, o gerente da Les RAV, me mandou o perfil de vocês na Bandcamp e estou interessado em ver no que mais estão trabalhando.

Toby se sentou e escorregou, meio atrapalhado, para a beirada da cama, prestando total atenção.

Ele olhou para mim e disse, alto:

— Oi, Toby Masters aqui, outro integrante da The Loyal. Espero que não se importe de a Cassie ter te colocado no viva-voz.

— Oi, Toby. Então, vi que vocês liberaram alguns *singles*. Também têm um EP completo?

— Mais ou menos isso, mas também temos coisas novas — expliquei, falando depressa assim como ele e andando de um lado para o outro no quarto de Toby. — Posso te mandar nosso primeiro EP e provavelmente vamos ter mais músicas depois do Ano-Novo.

— Vamos fazer o seguinte, estou com a agenda lotada até o fim do ano e é meio crucial que nossas bandas façam turnês, então adoraria ver vocês ao vivo. Em março vou viajar para assistir ao show de vocês no...

— Sahara Lounge — completou Toby.

— Isso. Se vocês tocarem umas músicas para um álbum inteiro, nós conversamos. O que acham?

Depois de trocar nossos contatos, encerramos a ligação, felizes. Minha cabeça girava, e eu refletia sobre quais das novas músicas tocar, o coração vibrando, meu corpo mais flutuando do que andando até a cozinha.

Toby me seguiu.

— Era a Wolf Records — falei para Toby, extasiada. — No telefone.

Toby ergueu a voz:

— Cassie. Era a Wolf Records, tipo a *Wolf Records*. Puta merda, cara.

— Essa mesma. — Sorri, a cabeça balançando por conta própria, em choque.

Ele gargalhou e começou a falar sobre a logística da coisa.

De repente, como tinha acontecido várias vezes nos últimos dois dias, meus pensamentos deram de cara com a parede. Mal conseguia me movimentar de um cômodo a outro, que dirá pensar em tocar um instrumento para uma plateia.

Funguei, tentando me livrar do nó na garganta.

— Preciso de um segundo.

— Está bem, sem problemas — respondeu ele, distraído, ainda vasculhando os discos. — Só estou procurando um negócio rapidinho.

Ele ergueu o álbum, um pastor com uma Bíblia.

— Sabe quantas bandas *matariam* para serem consideradas pela Wolf Records?

Suspirei, levando as mangas até os olhos, desejando que o moletom enorme me engolisse por inteira para que eu pudesse me esconder na escuridão e no conforto.

— Sim. Eu sei disso — respondi.

— Ela é uma das únicas gravadoras independentes a lançar coisas no nível da *Billboard*. Eles estão produzindo coisas incríveis! E eles querem a gente!

— Eu sei! — gritei. — Eu sei, porra!

Ele olhou para mim, boquiaberto. As lágrimas apareceriam em breve. Encolhi a barriga, contendo-as. Eu odiava me sentir como uma criança, como uma pirralha que tinha passado mal em uma festa do pijama e estava sendo uma estraga-prazeres. Abri a boca e respirei fundo, contendo o mar agitado que tomava meu estômago toda vez que eu pensava nos dias anteriores.

Toby abriu os braços. Fui até ele. Lorraine, a gata de Toby, pareceu compreender. Ela se esfregou em torno de nossos tornozelos, ronronando.

— Lembra daquele meu amigo que estava no exército?

— Lembro — respondeu ele, e pude senti-lo tenso contra mim.

— Bem, Frankie morreu.

— Ah, meu Deus. Sinto muito, Cass — sussurrou ele. — Eu não sabia.

— A gente era amigo desde criança.

Toby não disse nada, aguardando, acariciando meu cabelo. Me permiti lembrar de Frankie na última vez que eu o tinha visto, no aeroporto, olhando para Elena com total devoção. Me permiti lembrar dele na primeira vez que eu o tinha encontrado, usando a camisa dos Power Rangers com sua barriguinha escapando por baixo.

Respirei de novo, sem conseguir me conter. Naquele momento, o presente (a noite, o chão, a gata e a sensação da camisa de Toby contra minha bochecha) era a única coisa tangível. Abracei-o com mais força e me permiti chorar.

Luke

Alguém estava sentado ao lado da minha cama. O barulho da cadeira arrastando no chão do hospital tinha me acordado, e eu podia sentir um calor humano perto da minha perna. Entreabri os olhos, permitindo a passagem de um feixe de luz, mas não consegui discernir quem era. Devia ser o horário de visitação. Se fosse minha enfermeira, Tara, ela estaria empurrando o cobertor para o lado, erguendo minhas pernas com as mãos magras e geladas, falando sobre o filho, os pés, o carro, o que quer que viesse à mente para me distrair do fato de que ela estaria colocando uma comadre debaixo da minha bunda.

Aquela pessoa estava calada, imóvel, talvez dormindo.

Ponderei se era meu pai. Ele conseguia fazer aquilo: apenas se sentar em uma cadeira e fechar os olhos. Trabalhar por muitas horas na oficina e cuidar de dois meninos sozinho exauria uma pessoa, eu supunha.

Mantive os olhos fechados. Quem cederia primeiro?

Não "fazíamos perguntas". Você deveria simplesmente *saber*. Você deveria simplesmente *saber* como trocar a fralda de seu irmão, por que o céu é azul, como escovar os dentes, se fantasmas existem, como trocar a lâmpada que queimou em seu quarto, como pré-aquecer o forno, o quanto de xampu era demais, quem era o arremessador do Rangers, como fazer a barba, como passar a marcha, por que sua mãe morreu.

E se não soubesse, calava a porra da boca e ouvia até saber.

A pessoa na cadeira se mexeu, soltando um suspiro.

Pedidos de desculpas também não aconteciam. Se quebrasse algo, você não deveria chorar e pedir perdão; você consertava ou encontrava uma maneira de substituir o que tinha quebrado. Se não pudesse substituir — como eu não consegui substituir a estatueta da deusa que ele tinha comprado no Vietnã para minha mãe, depois de derrubá-la treinando caratê —, você caía fora por um tempo.

O perdão assumia a forma de "o Rangers está jogando" ou de uma lição improvisada sobre como usar um pé de cabra para afugentar um invasor se ele não estivesse em casa: você corre para dentro de um cômodo e espera próximo à porta, e, quando o invasor entrar, você o atinge no saco. Ele deixou que Jake e eu praticássemos nele com travesseiros. Provavelmente uma das cinco vezes na vida que eu o tinha visto rir.

Ele nunca encostou um dedo nem em Jake nem em mim. Assinava as autorizações para passeios escolares. Ia aos jogos de futebol, às reuniões de professores, nos levava às festas de aniversário.

Talvez fosse a hora.

Talvez eu pudesse dizer a ele que eu tinha mudado, que eu estava sóbrio, que tinha largado as drogas mais pesadas e passado a tomar Tramadol, mesmo quando os médicos disseram que havia o risco de eu danificar a coluna graças aos muitos sinais de dor.

Talvez ficar sentado ali fosse o equivalente de ele me perdoar depois de alguns dias, abrindo uma cerveja, ligando a televisão, pedindo para que eu aumentasse o volume para que ele conseguisse ouvir os locutores.

Pai, eu diria. Simples. Indo com calma. *Como tem passado?*

Abri os olhos e me engasguei ao arfar, desejando tê-los mantido fechados.

Johnno se virou, estalando o queixo. Os dentes manchados pelo tabaco surgiram em um crescente sorriso.

— Morrow! Bom dia, cara.

Merda.

Ele se levantou, a jaqueta corta-vento zunindo, o cheiro que exalava dele fazendo de mim um fumante passivo. Pude sentir meu coração ressoando nos ouvidos.

— Bem-vindo de volta, soldado. Feliz Ano-Novo. Publicaram um artigo sobre você no *Buda Times*. Limpei a bunda com ele.

— Por que está aqui? — perguntei, as palavras enroladas por ter acabado de acordar.

Ele semicerrou os olhos.

— Por que será? Para receber minha grana.

Desejei ter saliva o suficiente na boca para cuspir nele. Depois do choque inicial, o medo tinha acabado.

— Eu te paguei. Mandei o banco te pagar.

— Você pagou metade.

— Combinamos a outra metade em nove meses.

— Combinamos a outra metade quando você voltasse.

— Não vou ter o dinheiro até receber a indenização. Só daqui a alguns meses.

— Foda-se.

Apontei para a perna.

— O que quer que eu faça?

— Você tem dinheiro, sei que tem. Você deu um jeito antes. Não sei o que fez, mas faça de novo.

Estendi a mão na direção dele, e por pouco não alcancei a jaqueta. Ele deu um passo para trás, rindo.

Então Johnno olhou para a porta aberta atrás dele, foi até lá e, com calma, a fechou.

— Porra, se você tentar alguma coisa, eu juro por Deus... — comecei, cerrando os dentes.

Mas meus reflexos estavam lentos. Com uma das mãos, ele tirou o botão de emergência do meu alcance e, com a outra, apertou minha perna. Primeiro com suavidade, depois com mais força, até que uma dor dilacerante ofuscou qualquer outra sensação. Tentei alcançá-lo de novo, mas ele tinha ido para a beirada da cama, as mãos subindo para minha canela.

— Você vai me pagar metade do que falta em um mês e a outra metade no mês seguinte.

— Ahhhhh! — gritei, sentindo meus olhos se encherem de lágrimas.

Johnno parou por um segundo, olhando por cima dos ombros. Ninguém havia aberto a porta. Ele apertou de novo, mais forte. A dor me apunhalando, queimando. Não sabia mais se meus olhos estavam abertos, minha visão estava completamente turva.

Ele soltou minha perna. Era como ter jatos de água batendo nas minhas terminações nervosas. Voltei a enxergar. Johnno havia tirado um jornal da jaqueta e estreitava os olhos para o papel, ainda pairando sobre mim como a morte.

— "Ferido durante combate na fronteira paquistanesa junto da 34ª Divisão de Infantaria Cavalo Vermelho" — leu ele em voz alta. — "Morrow receberá o Coração Púrpura pelo seu sacrifício às Forças Armadas dos Estados Unidos." — Ele fez uma pausa, abrindo um sorriso amarelo piegas. — Parabéns, soldado Morrow!

— Sai daqui, caralho! — retruquei, ainda me recuperando da dor.

— Mas sabe o que mais diz no artigo? Que você tem uma esposa. Uma porto-riquenha. Estou pensando em fazer uma visita.

Eu não tinha energia para responder. Só fechei os olhos, torcendo para que ele sumisse, como um pesadelo. Quando tornei a abri-los, ele tinha ido embora, mas ainda sentia minha perna sendo triturada, sem piedade. Uma dor ao mesmo tempo súbita e persistente.

Ele estava certo, eu imaginava. Eu receberia o Coração Púrpura. Para sempre me lembrar do momento no jipe, de puxar o corpo de Frankie em direção ao meu, deixando um rastro de sangue na estrada. A terceira dor, sempre ali, sempre me levando de volta.

Tara apareceu vestindo roupas cirúrgicas rosa-choque, o permanente recém-feito na franja, usando as luvas de látex e começando a contar uma história sobre o soldado no fim do corredor.

— Ei, Tara — murmurei, engolindo em seco, tentando bloquear da mente o semicírculo de rostos que eu tinha visto na minha última reunião dos Narcóticos Anônimos na Igreja Universalista de Austin, sorrindo para mim com os olhos brilhando.

Me incentivando a *aguentar firme*.

— O que foi, querido? — perguntou ela, dobrando minha perna boa.

— O Tramadol não está funcionando. Preciso de uma medicação mais forte.

Cassie

George e Louise Cucciolo organizaram o funeral de Frankie debaixo dos arcos de mais de trinta metros de altura da catedral St. Mary's, que se agigantava sobre os cinquenta convidados. Luke podia ficar de pé com a ajuda de enfermeiros, mas mal conseguia colocar peso na perna, e a única entrada acessível para cadeira de rodas na catedral era por uma porta dos fundos, passando por uma rampa de madeira barulhenta. Eu o havia buscado em San Antonio naquela manhã, e tínhamos ido até a catedral em silêncio. Era como se não soubéssemos o que dizer naquele momento. Na verdade, eu não havia parado para pensar em como seria quando ele voltasse para casa. Certamente não havia imaginado algo como aquilo.

Enquanto passávamos pela rampa barulhenta, percebemos que a porta não levava aos fundos da igreja, por onde todos entravam, e sim para a área atrás do púlpito. Tínhamos entrado bem no meio de uma reprodução operística de "Ave-Maria". Foi preciso dar a volta no caixão e em uma foto ampliada de Frankie enquanto os convidados chorosos nos observavam, confusos. Frankie teria achado tudo aquilo hilário, provavelmente.

• • •

Quando voltamos à van, Luke removeu o imobilizador de joelho que tinha que usar em determinados intervalos de tempo durante o dia e me pediu para entregar a ele o frasco de analgésicos. Era a segunda dose dele, pelo menos desde que eu o havia encontrado mais cedo.

— Tem certeza de que deveria tomar duas doses tão próximas uma da outra?

— Diz aqui "conforme a necessidade", não diz? — respondeu Luke.

— Acho que sim — repliquei, verificando o frasco.

— Bem, é isso.

— Tentando dopar a dor? — A piada foi fraca.

— Da minha perna, sim — respondeu Luke, olhando para fora.

— Ok — murmurei.

Já tínhamos feito brincadeiras em outros momentos sérios. Era meio que uma das únicas formas que conseguíamos nos comunicar. Mas ele havia ignorado a tentativa.

— Mas sério — retomei. — Você está bem?

Parte da razão de eu ter perguntado era para conseguir compreender meus próprios sentimentos.

Frankie havia sido responsável por nos unir. Precisava conversar com a única outra pessoa que sabia a sensação de perdê-lo. Queria me certificar de que ainda havia algo em comum entre nós, mesmo que nosso elo não estivesse mais ali.

Olhei para Luke. Estava com o queixo apoiado na mão, os olhos distantes.

— Luke.

— Hum? — Ele piscou algumas vezes. — Ah. Foi triste.

Foi triste?

— Só isso?

A raiva transformou o rosto de Luke de imediato. Ele parecia mais irritado do que o normal.

— O que foi? Quer que eu chore? Não posso simplesmente ligar e desligar a emoção. Não é assim que o luto funciona.

— Eu sei. Mas Frankie era meu amigo também. Quer dizer... Eu sei como é. Acredite.

Ele voltou a olhar pela janela.

— Não sabe, não. Você não estava lá.

Aquilo me atingiu em cheio. É óbvio que eu não estava lá. Mas estive em espírito, o escutando, escrevendo para ele. Servindo de testemunha. Se não era uma esposa de verdade, era ao menos uma espécie de amiga.

Abri a boca para responder, mas desisti. Aquilo era maior do que aquele momento. Eu entendia. Ele podia se remoer, ficar magoado. Mesmo que eu só quisesse ajudar, ele podia sentir raiva de mim por ora. Mas não para sempre.

Depois de a procissão atravessar Austin, Frankie foi enterrado no cemitério estadual do Texas, sob o sol tênue de janeiro. Ao meu lado, Luke havia permanecido com a mandíbula retesada, em seu uniforme azul. Quando os oficiais do Exército deram as salvas de tiros fúnebres, ele se contorceu na cadeira.

Elena deixou dentro do túmulo um colar turquesa que Frankie tinha dado a ela antes de ir embora. Louise, uma placa escrita FRNKIE e três rosas brancas. George jogou um monte de gibis da Marvel. Os três se abraçaram e choraram.

O Natal tinha sido na semana anterior. Pensei em falar com alguns dos outros amigos de Frankie, contar uma das muitas histórias que tínhamos vivido quando crianças, mas nenhuma delas funcionava sozinha — se eu fosse contar aquela do carro da Barbie, teria que começar com o Natal de 1995 para contextualizar, e se contasse do Natal de 1995, teria que comparar com o Natal anterior àquele, no qual minha mãe tinha nos flagrado vestindo as roupas dos pais dele.

O enfermeiro que nos levou ao funeral aguardava na van, prendendo e desprendendo Luke ao assento do carro feito uma criança, enquanto mastigava punhados de milho torrado. Pensei tê-lo visto sorrir enquanto eu lutava para empurrar a cadeira de rodas pelo gramado do cemitério.

— Babaca — sussurrei.

Luke ou não me ouviu ou fingiu não ter me escutado.

Duas horas depois, o tenente-coronel Yarvis nos cumprimentou na entrada do Brooke Army Medical Center, acenando friamente com a cabeça para o enfermeiro enquanto ele descia a cadeira de rodas de Luke do carro.

— Aquele cara é um babaca — comentou Yarvis assim que estávamos longe, indo em direção ao quarto de Luke.

Decidi que gostava dele.

— Então — murmurou Yarvis, ofegando um pouco enquanto se acomodava na nossa frente. — Vocês são casados há quanto tempo?

— Quatro meses — respondi.

— Cinco meses — afirmou Luke ao mesmo tempo.

— Casamos no meio de agosto — contrapus, segurando a mão de Luke, cravando as unhas na pele dele.

Aquilo pareceu despertar Luke. *Acho bom, seu cretino. Estou triste também, mas temos um trabalho a fazer.* Ele pigarreou.

Yarvis olhou de mim para Luke, e para mim de novo.

— Bem, imagino que a separação não tenha sido fácil. Sei que minha esposa e eu não aguentávamos a distância no primeiro ano, mas parece que Cassie tem te ajudado bastante.

— Venho quando posso — expliquei, torcendo para que ele mudasse de assunto logo.

A verdade era que eu tinha visitado Luke apenas algumas vezes. Uma hora e quarenta e cinco minutos era um longo tempo de viagem e, quando eu chegava lá, ficávamos em silêncio enquanto Luke assistia a um jogo do Dallas Mavericks na televisão e eu mixava músicas no GarageBand.

Luke e eu tentamos sorrir um para o outro. Pareceu mais como se nós dois estivéssemos com dor de cabeça ao mesmo tempo.

Yarvis checou a prancheta.

— Você teve um progresso significativo, soldado Morrow, e os médicos disseram que está pronto para ir para casa.

Ficamos em silêncio.

Casa. Certo. Demorou um pouco para que o significado daquilo ficasse claro. Luke não tinha uma residência, então "casa" queria dizer a *minha* casa. O que mais poderia significar? Éramos casados. Era por isso que pessoas se casavam. Não para enganar o governo americano e arrancar dinheiro deles. A maior parte das pessoas se casava porque gostava da outra o suficiente para compartilhar uma casa.

O silêncio durou até Luke pigarrear.

— Uau, estamos obviamente sem palavras aqui.

— Yay! — falei em seguida, erguendo nossas mãos unidas em uma comemoração patética.

— Mais ou menos uma vez por semana vou checar como você está — anunciou Yarvis — e, óbvio, você vai precisar fazer fisioterapia, mas por enquanto está livre para ir.

— Ótimo! — exclamou Luke.

— A alta ainda vai demorar uns dias — completou ele. — Vamos conversar sobre sua situação primeiro, te dar a chance de fazer a transição.

— Entendido — respondeu Luke, embora os olhos dele parecessem vidrados.

— Vou deixar vocês e avisar ao médico.

Assim que Yarvis fechou a porta, Luke soltou minha mão, levando-a até a testa.

— Merda — murmurou ele.

Meu estômago se revirava.

— É.

— Posso ficar com meu irmão — sugeriu ele, mas balancei a cabeça.

Nós dois sabíamos que aquilo pareceria muito estranho, a menos que eu ficasse lá com ele, e evidentemente não poderia fazer aquilo. Eu tinha que trabalhar em Austin.

— Além disso, não é uma boa ideia morar perto do seu pai, considerando que ele é um *antigo agente da polícia do exército*. Quando você ia me contar isso?

Eu havia escutado por acaso o pai dele e Yarvis falando sobre o Vietnã. Yarvis tinha perguntado ao pai de Luke qual era o posto dele. Os membros da Divisão de Investigação Criminal nada mais eram do que as pessoas responsáveis por identificar atividades ilegais dentro das forças armadas. Violações de direitos, de protocolo, coisas como *a porra de um casamento de mentira*.

— Sinceramente, me esqueci — respondeu ele, dando de ombros.

Suspirei, apertando o alto do nariz.

— O que vamos fazer?

Luke pressionou o punho de uma das mãos na outra.

— Esperamos que minha perna fique boa, então consigo uma dispensa honrosa e bolamos um plano para seguir caminhos diferentes. Podemos lidar com isso.

Por um minuto, ele pareceu estar mais presente. Pareceu que estávamos no mesmo planeta. No mesmo lugar seguindo em direção a um abismo.

Então me lembrei de Toby. O adorável Toby, que passava horas em meu apartamento mergulhado na banheira, cozinhava espaguete sem graça e estava vivendo uma fase intensa de amor pelo hip-hop do início dos anos 1990.

— O quê? — perguntou Luke, analisando minha expressão.

— Então, enquanto você estava fora, eu meio que comecei a sair com uma pessoa.

Ele cruzou os braços.

— Você tem um namorado?

— Está com ciúmes? — repliquei por instinto.

Mas nossa última noite juntos me veio à mente por um momento. Senti as bochechas queimarem.

Ele não respondeu, então tentei amenizar o clima, dando um empurrão no braço dele. Seus músculos estavam rígidos como pedra.

Ele olhou para o ponto onde eu o havia tocado e revirou os olhos.

— Não, não estou com ciúmes, mas se as pessoas virem que você tem um namorado, e depois que você tem um marido, vão começar a fazer perguntas.

— É, eu sei. — Engoli em seco. — Mas não é como se você e eu fôssemos frequentar os mesmos lugares que vou com Toby.

— Toby? Parece nome de cachorro.

— Não seja maldoso.

Ele pigarreou, recostando-se.

— Então o namoro é sério.

É! Estava prestes a confirmar, mas parecia um pouco estranho. Como se eu estivesse forçando a barra.

Optei por:

— Sério o suficiente para eu não querer terminar com ele porque tenho um marido de mentira na minha cama.

Luke ergueu as mãos.

— Hum, vou dormir no sofá, obrigado.

Corei.

— Não, quis dizer que você pode ficar com a cama. Considerando sua perna e tal.

— Vamos decidir no cara ou coroa.

Jogamos a moeda. Luke perdeu. Eu me senti mal por um minuto, então me lembrei dele comparando Toby a um cachorro. Ficamos ali sentados, sem dizer nada, provavelmente pensando a mesma coisa. Compartilhar um banheiro. Dividir uma vida. Seria diferente. Aquilo era real. Era compartilhar o oxigênio, recursos e o tempo que eu geralmente passava com minha banda, com meu namorado de verdade. E o que quer que fosse que Luke faria durante o dia. Eu não sabia se conseguiria lidar com aquilo. Se Luke continuasse agindo como naquele dia, como se a gente nem se conhecesse, eu definitivamente não conseguiria.

Luke rompeu o silêncio:

— Você vai contar pra ele?

Inspiração profunda, expiração profunda.

— Talvez quando for a hora certa. Só vamos ter que evitar meu apartamento por um tempo.

— Porra, Cassie — murmurou Luke, alcançando o frasco de analgésicos, a boca formando um meio-sorriso. — O que você vai dizer?

Luke

No dia em que recebi alta, me sentei ao lado de Cassie sob as luzes fluorescentes do refeitório, com algumas xícaras de café sobre a mesa. De mãos dadas, olhamos para Yarvis, que respirava com chiados baixos, para meu médico, dr. Rosen, e para Fern, uma mulher jovem de óculos e dreads que trabalhava em uma organização de apoio a famílias de soldados feridos.

Eu tinha tomado oxicodona de manhã e resistia à vontade de mais, apesar da imensa dor na perna causada pela fisioterapia. Eu queria conseguir escutar, prestar atenção. Mas o jeito do médico falar estava dificultando, e as palavras *terço distal da tíbia*, *fíbula* e *fratura da patela* passavam por mim como uma névoa confusa.

— Já que conseguimos consolidar a patela, nossa preocupação será apenas evitar uma lesão no nervo, a atrofia do quadríceps e possivelmente que a cartilagem consolide seu joelho em posição rígida. Mas, ao que parece, sua flexibilidade tem melhorado muito, então o risco não deve ser tão alto.

A última parte eu entendi.

— Que ótimo — murmurou Yarvis.

— Agora que sua patela começou a melhorar, vamos parar com os exercícios de quadríceps estáticos que você tem feito para flexão de joelho. A ideia é que você consiga suportar seu peso parcialmente, com apoio, e, quando seu raio-x mostrar menos calo periosteal, vamos aumentando gradualmente a sua capacidade de sustentar seu corpo.

— Calo per...? — perguntei, desejando ter prestado mais atenção quando me mostraram as radiografias.

— Uma massa que se forma no ponto da fratura para estabelecer continuidade entre os pontos fragmentados. Basicamente, uma cola gosmenta que junta seus ossos. Queremos que ela comece a desaparecer conforme você se recupera.

— E aí eu vou poder sair da cadeira de rodas?

— Depende.

Tudo dependia.

— Primeiro — continuou a explicar o médico —, vamos tentar fazer com que você fique de pé aos poucos com o auxílio de uma bengala, depois, você estará pronto para fazer isso cem por cento sozinho.

Bengala? Igual a um velho. Pelo menos eu conseguiria me locomover sozinho.

— Quanto tempo isso deve demorar?

— A princípio estamos pensando em doze semanas, ainda mais se considerarmos que não é apenas a tíbia e a fíbula, mas a patela também. Você chegou quando, depois do dia de Ação de Graças? Estamos o quê, na sexta semana? Provavelmente mais umas oito de fisioterapia, só por garantia. Tenha em mente que, se você for diabético ou fumante, o processo pode ser mais lento, mas... — disse o médico, olhando de relance para o meu prontuário. — Não parece ser o caso, certo?

— Eu parei — falei, evitando o olhar dele.

— E eu sou a única diabética da casa — disse Cassie, com um sorriso sarcástico.

O médico ignorou a piada.

— Ótimo. Já deixei isso tudo por escrito, mas vou falar também porque é importante. A tendência é que seu joelho se desloque às vezes, por isso, durante o processo de recuperação, temos que manter as partes separadas o mais unidas possível. Para impedir esse deslocamento, não coloque mais pressão na pisada do que é previsto na fisioterapia. Se houver pressão inesperada, você vai sentir mais dor — disse o dr. Rosen, dando um tapinha na mesa. — E, falando nisso: use a oxicodona na quantidade recomendada, não mais do que o que prescrevemos.

— Claro — afirmei, rápido.

O médico me deu uma olhada. Senti um aperto no estômago. Talvez minha resposta tivesse sido rápida demais.

— Não só pelo risco de dependência, mas porque você precisa saber qual é seu limite para a dor. A dor é seu sistema de alerta.

A dor era o sistema de alerta para tudo. Acordar: *Que merda.* Se mexer: *Putz, isso também é uma merda.* Pensar: *Nossa, continua uma merda.*

— Entendido. Obrigado, senhor.

Ele se despediu com um aperto de mão e nos desejou boa sorte. Nos viramos para Yarvis e Fern, os dois cochichando debruçados em uma pilha de papéis.

Yarvis assentiu para Fern e ela começou a falar. Muito rápido.

— Bem, deixa eu explicar um pouco do nosso trabalho. Depois que a família completa a inscrição, um processo rápido que inclui assinar formulários, fornecer informações de contato para o assistente do caso no departamento...

— É o senhor? — interrompeu Cassie, olhando para Yarvis.

— Não, eu trabalho para o hospital. Vocês precisam se inscrever para encontrar o assistente.

— Isso — continuou Fern. — Enfim, aí analisaremos a situação financeira de vocês. Em seguida, determinamos uma pessoa responsável para coordenar o caso, e ela vai entrar em contato com o cuidador da família para entender e acompanhar sua situação.

— Vocês têm algum cuidador previsto? — perguntou Yarvis.

Cassie e eu nos entreolhamos.

— Tipo um enfermeiro? — perguntou Cassie.

— Não — respondi. — Não temos.

— Ainda não — acrescentou Cassie.

— Mas tudo isso parece ótimo. — Engoli em seco, esperando que fosse a resposta correta.

Fern assentiu.

— Em seguida, arrecadamos recursos disponíveis de organizações governamentais, comunitárias e sem fins lucrativos. O coordenador entra em contato com a fonte do recurso, descreve a situação da família, confirma a disponibilidade da solução e serve como intermediário contínuo até ela ser entregue.

Eu queria que ela falasse mais devagar.

— E quanto tempo leva até a gente conseguir se inscrever? — perguntou Cassie.

— Depende da velocidade de resposta do recurso. Mas o prazo em San Antonio é muito bom. Um mês, pelo menos.

Um mês? Eu ainda estaria precisando de um cuidador depois desse tempo todo?

— Ah. Nós vamos estar em Austin — disse Cassie. — Tem problema?

Fern olhou para Yarvis.

— De modo algum. Vou imprimir uma lista de organizações em Austin.

Fern atravessou o corredor e foi até a pequena área onde deixavam computadores e impressoras à disposição dos pacientes. Respirei fundo e olhei para Cassie com uma expressão que eu torcia que fosse tranquilizadora. Ela franziu a boca em um leve sorriso. Talvez a mulher estivesse exagerando o prazo, só por segurança. Talvez fosse tudo rápido e simples. Fern voltou com um sorriso enorme, segurando alguns papéis, e se despediu.

— Estarei no escritório até as duas, depois tenho outra visita — disse Yarvis. — Se precisarem de mim, é só gritar. Posso ajudar vocês, sabem... a lidar com isso.

Ele se levantou, tomou um gole do café e foi embora, mancando.

Cassie pegou a lista de organizações e, depois de um momento, passou a folha para mim. Notei que as unhas dela estavam pintadas com um esmalte vermelho forte e pareciam mais compridas — exceto a do polegar. Essa estava toda roída, e o dano parecia recente. Fazia sentido.

— Um mês. E até lá a gente só... aguenta?

Eu dei de ombros.

— E aí? — perguntou ela, apontando para os papéis.

Comecei a ler:

A Million Thanks
Able Forces — Empregos Executivos

Associação Afro-Americana da Síndrome de Estresse Pós-Traumático
After Deployment
Aggie Veterans — Universidade A&M do Texas
Air Compassion for Veterans
Associação de Sargentos da Força Aérea, Divisão Centro-Sul
Airlift Hope

Li os *B*s, os *C*s, até o fim da lista.
— A maioria dessas nem vale pra mim — comentei.
Cassie suspirou.
— O que... — comecei, mas me interrompi.
Eu ia perguntar "O que a gente faz?", mas vi os olhos de Cassie lendo a lista, confusa, a perna tremendo debaixo da mesa. Ao fechar aquele acordo comigo, ela não tinha se oferecido para ser minha enfermeira, nem fornecer traslado para um hospital em Austin para minha fisioterapia.
— O que você acha que eu devo fazer? — perguntei, por fim.
Ela deu de ombros, roendo a unha.
— Você é o veterano aqui.
— É, mas a casa é sua.
— Apartamento — corrigiu.
— Isso.
Estava torcendo para que o apartamento tivesse espaço suficiente para a cadeira de rodas. Queria perguntar, mas não ia fazer diferença. A gente moraria lá de qualquer jeito.
Ela deu uma olhada na lista e me encarou.
— Acho que você não vai gostar da minha resposta.
— Que é...?
Ela aproximou a cadeira da minha. Dava para sentir o cheiro do seu xampu.
— Sugiro que a gente evite ao máximo essa papelada toda — declarou ela, em voz mais baixa.
— Prossiga — falei.
Ela olhou para trás de relance antes de continuar.

— Assim: se você aceitar, posso te ajudar no que precisar até você conseguir se virar sozinho. No prontuário tem todos os exercícios que você tem que fazer.

Comecei a considerar a ideia.

— E a gente fica fora do radar deles.

— Exato — disse ela, com o olhar atento. — Desse jeito a gente não vai ter que lidar com mais papelada na hora do divórcio. Sabe os formulários que ela mencionou? Eu estaria registrada como sua esposa em todos.

Ela fez um gesto com a mão para deixar aquilo de lado, mas minha barriga ainda dava um pulo sempre que alguém, até a própria Cassie, se referia a nós dois como casados. Ela também tinha ficado um pouco corada.

— E, se a gente passar por todo esse processo, vai ter alguém lá em casa o tempo inteiro. Vai ser mais uma pessoa pra enganar. Sem contar que corre o risco de você perder o direito de participar de alguns desses programas se fechar agora com um deles — argumentou, mostrando a lista.

— Além do mais, talvez eu já tenha até voltado a andar quando a gente conseguir se inscrever — acrescentei, colocando em palavras o que tinha pensado antes.

— Verdade — disse ela. — Então acho que é melhor a gente ligar o foda-se. Vamos aguentar um ou dois meses até sua alta, pedir o divórcio, e depois, se você ainda precisar de ajuda, pode se inscrever.

Concordei com a cabeça, refletindo. Foi bom não ter tomado mais remédios, senão teria ficado confuso e não teria entendido nada...

— Tem razão, por que envolver mais pessoas e instituições na nossa mentira?

— Bingo — disse Cassie, se recostando na cadeira com um sorriso satisfeito. — Fico feliz que a gente esteja alinhado.

O sorriso dela se transformou em uma expressão de dúvida.

— Até que você é um bom ouvinte — declarou. — Quando quer.

Tentei não me permitir sorrir, para não entregar a piada.

— Nunca ouvi isso antes.

— Bem, talvez seja porque você não escutava tão be... — começou Cassie, até que entendeu a brincadeira.

Ela deu um soquinho no meu braço e ficou em pé. Por instinto, meus músculos tentaram imitar o movimento dela, como se eu pudesse me levantar também. Por um minuto, quase me esqueci de que estava machucado.

— Você é um idiota.

— Se você diz, *amor* — provoquei.

Ela detestava esse apelido, mais do que todos os outros que a gente usava. Mas, naquele momento, apenas sorriu.

— "Amor" não me constrange mais. Nada mais me constrange. Fala sério, eu já vi sua tíbia.

Não pude conter um sorriso.

Cassie

Luke e eu saímos do refeitório. Ele faria a última sessão de fisioterapia antes de receber alta, e a sala ficava no terceiro andar, do outro lado do hospital. Alguns minutos depois, quando a gente já tinha parado de se zoar, ele começou a sentir dificuldade pelo esforço. Só quando ficou sem ar foi que parou de tentar levar a cadeira sozinho. Em silêncio, fui para trás dele e o ajudei a empurrar.

Ele estava quieto quando entramos no elevador, sendo que minutos antes parecia bem. Era outra oscilação brusca de humor. Estava virando um padrão.

— Você não precisa ir comigo — murmurou ele, assim que as portas se abriram.

— Mas é melhor eu ir — respondi. — Para ver como são seus exercícios, caso eu precise ajudar.

Ele não respondeu. *Ele corria*, lembrei. *Deve detestar não conseguir se mexer como antes.*

Eu queria dizer que ele não estava tão desamparado quanto pensava. Antes de se cansar, Luke conduziu a cadeira de rodas com certa destreza, fazendo curvas com rapidez e avançando no mesmo ritmo de alguém que anda. E, apesar do rosto um pouco magro, ele ainda mantinha a postura e estava bronzeado, então seguia bonito como sempre.

Jake nos aguardava no terceiro andar; ele tinha se oferecido para ajudar.

— Boa noite, soldado — disse ele, com as mãos na cintura. Estava com uma calça jeans manchada de graxa e uma camiseta do Bruce Springsteen.

Eram os detalhes que denunciavam o parentesco — as articulações, as sobrancelhas —, mas Jake era mais delicado, tinha bochechas redondas, coxas e torso grossos, e seu cabelo era cacheado.

Pus a mão no ombro de Luke. Senti ele relaxar. Notei que quanto mais simpático Jake era com ele, mais feliz ele ficava.

— E aí, Juke? — cumprimentou Luke.

Jake riu, com um olhar constrangido para mim.

— Faz um tempão que não escuto esse apelido — comentou.

— Hailey foi buscar um negócio no carro, já está vindo.

Continuamos andando pelo corredor, passando pela fileira de janelas por onde se viam pacientes com todos os tipos de problemas sentados em bolas de ginástica, equilibrando-se em traves ou alongando os ombros com faixas elásticas.

— Bem, talvez seja porque faz tempo que você não faz um *juke* — retrucou Luke.

— O que é *juke*? — perguntei.

— Um drible que era especialidade de Jake — disse Luke, olhando para trás. — Amor — acrescentou, alto o bastante para Jake ouvir.

Luke foi recebido por uma fisioterapeuta de uniforme, cabelo curtinho e tênis New Balance, que o levou para dentro e mostrou alguns alongamentos. A perna esquerda dele estava dois centímetros menor que a direita, o médico tinha explicado, mas ele recobraria plena mobilidade se mantivesse a rotina de exercícios. Jake e eu assistimos à sessão pelo vidro.

— Vocês resolveram tudo com o assistente social? — perguntou ele.

A mulher fez Luke se sentar no chão, dobrar e esticar a perna. Eu precisava desviar o rosto sempre que via a cara dele se contorcendo de dor. Ele estava tendo muita dificuldade para dobrar o joelho.

— No geral, sim — respondi, evasiva.

— Adoraria dizer que eu e Hailey vamos ajudar, mas... — começou ele, mas parou, com um suspiro. — Não estou pronto. Temos JJ em casa. E Luke tem mais questões do que só a cadeira de rodas, como você sabe.

Ele me lançou um olhar camarada, como se dissesse: *Não é?* Congelei. Ele até poderia estar certo, mas eu não tinha ideia do que ele queria dizer com aquilo. Mas provavelmente era algo que eu *deveria* saber. E não era como se Luke e eu tivéssemos a desculpa de que só nos conhecíamos havia uma semana. Se passaram cinco meses, quase seis. Por isso, respondi com o mesmo olhar, levantando as sobrancelhas, como se dissesse: *Nem me fala!*

— Mas ele nem sempre foi assim.

— Mal-humorado? — perguntei, chutando a característica de Luke da qual tinha mais certeza.

— Ah, não, ele sempre foi mal-humorado, igual nosso pai. Mas o bom humor também durava mais, era mais frequente. Só que ele precisou assumir muitas responsabilidades depois que nossa mãe morreu. Nosso pai basicamente se desligou. Luke praticamente me criou.

— Ele não me contou isso.

Ao ouvir aquelas palavras, uma parte dura em mim derreteu, a irritação se dissolvendo com imagens de Luke, ainda menino, segurando a mão do irmão para atravessar a rua.

— A gente ainda tem muita história pra contar — acrescentei.

— Vocês dois estão num turbilhão de… — disse Jake, sem saber bem como dizer, girando as mãos. — *Mandar bala?* Né?

— Isso — confirmei, forçando um olhar carinhoso quando a fisioterapeuta ajudou Luke a se levantar com o apoio de uma trave, o rosto tenso pelo esforço.

— Ele parece feliz com você — comentou Jake, acompanhando meu olhar.

— Parece?

Notei o tom de surpresa na voz um pouco tarde demais. Por sorte, Jake pareceu não reparar.

— Olha só — disse Jake, apontando para Luke, que tinha levantado o queixo para a gente e erguido a mão com um sorriso relaxado, indicando *cinco minutos*. — Obrigado por cuidar dele.

— É meu trabalho — respondi, dando de ombros. — E um prazer, lógico — acrescentei, depressa.

Meu coração começou a bater mais rápido. Pensei no nosso plano de passar os meses seguintes juntos.

Ser bartender é tipo ser enfermeira, pensei. *Todo aquele vômito, né? Estou acostumada com os horários difíceis e com gente exigente cheia de pedidos esquisitos.*

Só que, ao olhar para Luke, com o rosto contorcido de dor e a perna vermelha cheia de cicatrizes, me perguntei que surpresas nos esperavam.

Luke

Depois de Cassie ir embora, Jake e Hailey se prepararam para me empurrar rumo à liberdade. Eu tinha enfiado o frasco de remédios na mochila pouco antes de ouvir as vozes no corredor do meu quarto. Graças a quem quer que cuidasse do céu, o comprimido da noite me amortecia naquele momento como uma nuvem fofa.

— Guardei minhas coisas aqui — expliquei, apontando para minha mochila do exército. — Se puderem pegar pra mim, penduro na cadeira.

— Eu levo — ofereceu Hailey, pendurando a mochila no ombro.

— Ah, legal. Obrigado — respondi, tentando soar casual.

E se eles encontrassem o frasco e achassem que eu estava usando de novo? Tomar analgésico para a dor não era o mesmo que usar drogas. Mas Hailey e Jake contavam com minha sobriedade, e era sobriedade total. Bem, não tínhamos falado disso explicitamente, mas eu imaginava que era isso que eles esperavam, considerando o fato de que estavam falando comigo.

No entanto, se eu ficasse completamente sóbrio, sem remédio, sem nada, eu não conseguiria falar, pensar ou me mexer sem sentir minha perna sendo espremida que nem uma esponja e meu rosto se contorcendo involuntariamente. E a expressão deles, o olhar triste de pena que eu tinha visto enquanto estava na fisioterapia... não dava para aguentar. Com a oxicodona, as coisas pareciam mais fáceis de lidar. Até Yarvis tinha dito que era uma boa tomar os comprimidos.

Uma coisa de cada vez, dizia ele quando eu saía da sala da fisioterapia, coberto de suor. Sem oxi, era tudo de uma vez só.

Johnno vai me matar, Cassie vai me odiar, meu pai já me odeia, Frankie morreu. A oxicodona deixava tudo mais simples. Uma coisa de cada vez.

Cortar o cabelo.
Entrar na van.
Encontrar um canto na casa de Cassie.
Voltar a andar. Voltar a correr. Ser uma nova pessoa.
Uma coisa de cada vez.

Eu chamava de "estar fora de órbita". Quando eu estava fora de órbita, ficava despreocupado, bobo, doce feito uma criança; não queria muitos detalhes, sabia que ia ficar tudo bem. Quando eu estava consciente, não conseguia fazer isso; eu me agarrava a tudo que poderia dar errado e atacava como forma de defesa. Eu precisava estar fora de órbita nos momentos difíceis, para parecerem mais simples e agradáveis do que eram de fato, para eu suportá-los sem me preocupar. E nos momentos em que eu menos me preocupava as pessoas pareciam gostar mais de mim.

— Então, quando será que você volta a andar? — perguntou Jake.

Eu não gostava dessa pergunta quando estava consciente, porque não sabia a resposta. Dependia do efeito da fisioterapia em casa. Mas eu estava fora de órbita, então me manifestei.

— Espero que logo. Já me deram a bengala, pra quando eu estiver pronto para sair da cadeira.

— Que boa notícia, cara — disse Jake.

— Talvez. Quem sabe eu consiga até jogar bola em breve.

— Veremos.

Hailey trouxe de casa uma máquina de barbear e começou a aparar meu cabelo. Eu me permiti aproveitar o toque dos dedos dela na minha cabeça. A resposta de Jake não foi negativa, e eu estava cortando o cabelo, como queria. Ficar fora de órbita estava funcionando.

Foi assim que aconteceu antes. Esse foi meu erro. Foi por isso que acabei me viciando. Porque queria viver *apenas* fora de órbita. Mas não se vive assim. Não podemos viver despreocupados *demais*, senão paramos de nos preocupar de forma geral e não conseguimos cuidar de quem amamos. Eu amava meu irmão e minha cunhada. Amava meu sobrinho, JJ. Amava até meu pai. Ainda precisava estar fora de órbita para ficar feliz, mas não deixaria isso me dominar.

Quando éramos crianças, Jake e eu ficávamos quicando nossa bola de basquete na quadra da escola, que tinha ar-condicionado, tentando fazer cesta. Eu nunca fui muito bom, mas ele era ótimo, então eu inscrevia Jake em todas as escolinhas de basquete. Ficávamos na quadra até nos refrescarmos o suficiente para jogarmos na rua. Dava para escapar e ficar tranquilo na nossa cidadezinha, sem ninguém esperar nada da gente além de voltarmos para casa às seis para a janta de sempre. Estar fora de órbita lembrava aquilo. E também correr. Nenhum lugar específico aonde ir, só me mover pelo mundo. Um pé atrás do outro. Simples. Nada ótimo, nada ruim, só ok.

— Animado pra brincar de casinha com sua esposa? — perguntou Hailey.

Se eu estivesse consciente, teria ficado nervoso com a menção a Cassie, porque ela fingia melhor do que eu. Se eu estivesse consciente, não saberia o que dizer.

— Claro, ela é ótima — disse. — Ela é cantora.

— Ah, nossa! Eu não sabia. Ela sempre me pareceu tão tímida.

— Ela é muito criativa.

Jake me empurrou pela porta automática até a van que me levaria à casa de Cassie.

Comecei a entrar em pânico.

— A gente se vê daqui a umas duas semanas? — perguntei.

Jake estava indo embora de novo. Não conseguimos conversar e eu não pude contar meu plano para a vida pós-acidente. Ou, melhor, contar que precisava de um plano, porque ainda não tinha um. Acho que estive contando com a inspiração de nove meses no deserto.

— Podem me levar num jogo dos Bears quando o campeonato voltar? — arrisquei.

Os Bears eram o time da nossa antiga escola; eles jogavam onde Jake e eu treinávamos.

— Não temos lugar para a cadeira de rodas no Honda — respondeu Jake, desconfortável.

— Quem sabe a gente não aluga uma van? — sugeriu Hailey.

Tentei dizer a mim mesmo que ficaria tudo bem. Mas eu não conseguia deixar de me preocupar com o fato de ficar sozinho no apartamento de Cassie, em um bairro desconhecido, sem poder contar a ninguém onde estava, pois precisaria justificar a situação.

— Não, logo, logo vou estar de pé — garanti, esperando estar certo.

— Se cuida — disse Jake.

Eu me despedi dele com um aperto de mão. Hailey se abaixou para me abraçar.

Da janela da van, acenei para os dois.

• • •

Quando acordei, estávamos em East Austin, e o efeito do remédio tinha passado, deixando dor de cabeça e cansaço. Comecei a remexer minha mochila em busca de mais um comprimido, mas, antes de achar o frasco, Cassie abriu a porta da van.

— Oi — disse ela, com o cabelo preso em um rabo de cavalo curto. — Vamos te instalar aqui.

Meu enfermeiro babaca deu a volta pela frente da van, analisando a casinha branca enquanto ativava a plataforma do veículo. Tinha duas portas de entrada, uma com um *A* vermelho pintado, e, a outra, com um *B*.

— Você mora no térreo? — perguntou ele a Cassie.

— Hum, não. No segundo andar — disse ela, incerta.

— Segundo, tipo, subindo a escada? — perguntei.

Eu mal conseguia caminhar por cinco minutos sem desabar de dor, muito menos subir escadas. Cassie não tinha comentado aquilo. Senti meu maxilar travar. Seria necessário todo o meu controle para não perder a paciência com ela.

— Isso — disse ela. — Eu te falei.

Ah. Talvez eu não estivesse plenamente presente na conversa. *Merda*.

O enfermeiro apontou com a cabeça para o primeiro andar.

— Precisa da minha ajuda para subir com ele?

— Não, a gente se vira — respondi.

— Como quiser — disse ele, e puxou a alavanca para recolher a plataforma.

Cassie, incrédula, olhou de mim para o enfermeiro, mas ele logo fechou a porta da van, ligou o veículo e foi embora.

Cassie jogou as mãos ao alto.

— Como assim "a gente se vira"?

Eu não queria que ele pusesse as mãos em mim e me carregasse que nem uma criança. E talvez fosse daquilo que eu precisasse para começar a andar. Sem escolhas. Um pontapé à força.

— Vai ser tranquilo. Você me viu hoje. Provavelmente consigo sozinho.

Ela me empurrou pela calçada, carregando minha mochila.

— Tá de brincadeira? — Cassie hesitou, amolecendo ao ver meu rosto, e se aproximou da porta. Ela apontou para o próprio corpo, talvez dois terços do tamanho do meu. — Olha bem pra mim — acrescentou, antes de se virar para as portas e bater na A. — Vou pedir ajuda mesmo assim.

— Espera, Cassie...

Agarrei as rodas, furioso.

Uma mulher de meia-idade abriu a porta, os cachinhos louros sujos emoldurando seu rosto inchado e bondoso. Ela estava de legging de oncinha e uma camiseta que dizia "Me acorde quando acabar".

É isso aí, senhora. Ela me olhou, curiosa. Eu a cumprimentei com um aceno.

— Oi, Rita — disse Cassie, com um sorrisão. — Esse é o Luke, meu marido.

A escada engoliu toda a minha concentração. No mínimo dez minutos depois ainda estávamos na metade, e eu tinha ficado encharcado de suor com o esforço. A cadeira de rodas tinha ficado dobrada lá embaixo, junto da minha mochila, ambas protegidas por um cachorro barulhento.

— Um, dois, três — contaram elas, ofegantes, e eu botei o máximo de pressão possível na perna saudável, enquanto elas me impulsionavam para cima e para a frente, até eu pisar no degrau seguinte, quase derrapando por um milímetro.

Minha perna machucada veio arrastada, inútil, formigando a cada movimento.

Ainda faltavam seis degraus.

— Que péssima ideia — comentei pela quinta vez. — Liga para o hospital. Tenho que voltar.

No espelho da sala de fisioterapia, me vi movendo a perna ferida, envolta pelo imobilizador de joelho robótico, apenas com um movimento do quadril ou das mãos, como se fosse uma tora de madeira, um objeto que não me pertencia. Às vezes eu conseguia botar peso nela, mas, naquele momento, com menos de dez quilos de pressão, a dor já era lancinante a ponto de praticamente me nocautear. Menos de vinte e cinco por cento do peso corporal, sem dúvida.

Cassie e o enfermeiro estavam certos, e eu os odiava por isso. Eu não daria conta daquilo sozinho.

— Vamos conseguir — disse Cassie, o suor escorrendo por seu rosto vermelho.

— Eu ajudo — assegurou Rita. — Faz vinte anos que não fico tão perto de um homem de menos de cinquenta todo suado.

Cada degrau era mais difícil do que o anterior. Quando chegamos, dava para ver lágrimas misturadas ao suor de Cassie. Eu caí com todo o meu peso no pé dela mais de uma vez.

Eu me sentei no topo da escada e esperei Cassie e Rita irem buscar a cadeira de rodas.

Minha perna estava tremendo, meu estômago, pesado, meu rosto, ardendo de vergonha. Elas não deveriam precisar fazer aquilo. Eu não deveria precisar fazer aquilo. Se aquele era um sinal do que estava por vir, ou eu ficaria preso na casa de Cassie, completamente imóvel, ou viraria um bebezão de noventa quilos que fazia birra sempre que precisava sair do carrinho.

Elas mantiveram a cadeira firme, e eu arrastei meu tronco até o assento, me agarrando a qualquer apoio disponível que nem uma criatura feroz e desesperada, deslizando até me sentar.

— Tchau — disse Rita, segurando um cubo de gelo na testa. — Obrigada por servir ao nosso país.

Não consegui responder. Ver a minha perna fina e de pele clara imobilizada me dava vontade de vomitar.

— Conseguimos! — exclamou Cassie. — Quer água, ou outra coisa para beber?

Minha boca estava seca, mas eu não queria que ela me servisse de jeito nenhum.

— Não, obrigado.

— Coragem, cara — disse ela. — Escrevi minha rotina pra você, pra gente se organizar.

Enquanto Cassie estava na cozinha, levei a cadeira até onde ela havia deixado minha mochila, e a puxei para o colo com dedos ávidos.

Sobre o sofá azul-claro, que eu imaginava que seria minha cama no futuro próximo, ela havia deixado uma manta dobrada e um travesseiro, em cima do qual estava um papel escrito à mão: *Rotina da Cassie*.

Consegui ler de longe a lista escrita na letra inclinada dela: *9h acordar e tocar por duas horas, foi mal, vou tocar as mesmas músicas sem parar. Médico dia 9. Ensaio da banda toda terça e quinta.*

Tomei um comprimido e fechei os olhos. Torci para que, até a hora de ela sair, eu já tivesse apagado.

Cassie

— É basicamente dividir apartamento com um amigo — expliquei para Toby.

Sentada no chão com as pernas cruzadas, apontei a agulha para a carne do polegar e esperei a picada. Fui para o apartamento de Toby tentar relaxar um pouco e pedi para Luke me mandar uma mensagem caso acordasse e precisasse de alguma coisa. Quando cheguei lá, tomei um banho e tentei me lembrar dos motivos que me fizeram passar o dia inteiro carregando o corpo suado de Luke pelo apartamento. Quando Toby me perguntou o que eu tinha feito naquele dia, não consegui mentir. Pensei na The Loyal. Eu estava fazendo tudo aquilo pela The Loyal. Toby, além de ser meu parceiro de fato, era o único integrante da banda que ainda não sabia a verdade.

Eu já estava me acostumando a contar a história — e quase esquecia o motivo de ter que contá-la. Tinha se tornado banal. Casual. Uma história sobre plano de saúde e burocracias. Era um relacionamento de mentira. Mas, de qualquer forma, em algum momento eu iria para minha casa e abraçaria outro homem, nem que fosse só pelas aparências.

Toby estava andando em círculos pela sala, passando os dedos pelo longo cabelo castanho, e Lorraine o seguia que nem uma sombra. Ele jogou as mãos para o alto.

— Ah, claro, um amigo soldado gostosão que também é seu marido!

Apertei o dedo no medidor e esperei. Oitenta. Que bom. Já estava fazendo aquilo havia alguns meses, mas ainda esperava cada resultado de glicose como se fossem os números da loteria. Mas era mais como se a maioria dos números ganhassem e eu morresse de medo de perder.

— Não, não, não, gostosão, não — tranquilizei Toby.

Pensei em como Luke estava antes de eu sair, com a cabeça largada no ombro, dormindo. Eu tinha empurrado a cadeira suavemente até a parede e posto uma das almofadas velhas da minha mãe atrás do pescoço dele. Eu o teria colocado no sofá, mas não conseguiria fazer isso sem acordá-lo.

— Além do mais, a gente mal se conhece — acrescentei.

Pensei em nossos e-mails e conversas pelo Skype e me perguntei se tudo aquilo foi verdadeiro. E teve a noite antes de ele ir embora... Por outro lado, eu não conhecia o Luke que voltou, o homem que passava horas olhando pela janela, em silêncio, que sempre se irritava com minhas tentativas de aproximação.

— Então por que você confiou nele? Foi isso que não entendi.

— Desespero. Você viu o que rola quando tenho hipoglicemia. Pode acontecer de novo, e não tenho como pagar outra internação, nem... — mostrei o medidor — nada disso sozinha.

Ele parou, pegando Lorraine e batucando nas costas dela.

— É — disse ele, olhando para o nada. — É, eu lembro.

— Acho que ele também precisa da grana. Na real, não sei bem.

— Como assim, não sabe? — retrucou Toby.

— Achei melhor não fazer muitas perguntas sobre a situação dele. Mas tudo isso — comecei, levantando um dedo porque Toby estava prestes a protestar — foi antes de saber que eu ia ter que morar com ele.

Ele me lançou um olhar irritado, franzindo as sobrancelhas.

— Então você não *planejou* morar com ele.

— Não! Não, Toby. A gente só precisa manter essa farsa até ele ser oficialmente colocado na reserva. Estou fazendo isso por você e pela Nora tanto quanto por mim — acrescentei.

— Porque assim você pode usar o tempo livre pra se dedicar ao álbum? — perguntou Toby.

— Exato.

— Sei lá, Cassie — disse ele, e voltou a andar mais devagar. — Nossa relação é séria, né?

— É. E eu gosto muito dela assim.

Ele sorriu. Eu sabia que ele gostaria de ouvir aquilo.

— Mas, de verdade, me diz uma coisa — continuou ele, pondo Lorraine no chão.

— De verdade — repeti, indo mais para a frente no sofá, dando minha total atenção a ele.

Ao menos era o que eu podia oferecer. E parecia ser o que ele queria. Era fofo, quase infantil.

— Você aceitou se casar com ele — começou, levantando um dedo, e depois mais um. — E agora esse cara está dormindo no seu sofá, na sua casa. Você espera mesmo que eu acredite que não está rolando nada entre vocês?

Senti um aperto no peito. Eu e Luke transamos uma vez, mas, desde então, fomos juntos ao médico várias vezes e brigamos no enterro do nosso melhor amigo. Não dava para rolar alguma coisa nem se a gente quisesse.

— Sim. Não temos nada, juro. Quer que eu te explique melhor?

— Isso, me explica — pediu ele, parado na minha frente. — Por favor. Antes que eu comece a imaginar que estou espancando a cara dele.

— Não é complicado — garanti, mesmo que fosse.

Não havia como explicar de uma forma que Toby entendesse. Engoli em seco.

— Eu quero você, e pronto — declarei, sabendo como soava vago, e me levantei para abraçá-lo pelo pescoço, o beijando com força o suficiente para ele deixar aquela história de lado.

Luke

Eu estava correndo colina acima, seguindo uma trilha circular de terra batida. Subindo, descendo, subindo, descendo, e Jake estava em um dos vales, deitado com Hailey e JJ em uma manta. A voz distante deles me incentivava: *Isso, vai, isso, vai.*

De repente, Jake gritou, e eu o escutei melhor.

— Vão nos buscar na colina noroeste.

Qual é a noroeste?, gritei.

Uma arma disparou bem ao lado do meu ouvido.

Abri os olhos.

Estava no sofá de Cassie.

Ainda estava escuro. Estiquei a mão para a mesa ao lado do sofá, tateando pelo cinzeiro, pelas piteiras, pelas palhetas e pelos embrulhos de bala dietética até chegar na base da luminária, procurando o fio.

Eu precisava me distrair. Precisava desacelerar o peito.

Cassie tinha empilhado as revistas que assinava ao meu lado no chão. *SPIN*, com uma garota dentuça de trança na capa — já tinha lido. *Rolling Stone* de setembro, agosto, julho e junho — já tinha lido também. Sabia mais sobre a carreira de David Bowie do que gostaria.

Segurei o encosto do sofá para me ajudar a sentar, passando a perna machucada para o lado. Eu já estava ali fazia mais ou menos uma semana, e todo dia tentava passar sozinho para a cadeira. No geral, dava certo.

Puxei a cadeira para a frente das pernas e travei as rodas. As cicatrizes me olharam. Pareciam hematomas feios que nunca sumiriam, com buracos escuros onde enfiaram os pinos. Segurei o encosto da cadeira e fiz força com a outra perna, subindo, subindo e subindo, e por um segundo parecia que eu conseguiria.

Até que, ao mais leve tremor do meu tornozelo, a dor voltou com tudo. De repente, senti as balas de novo. Punhaladas me perfurando.

Eu estava no chão, rolando. Rosto molhado. A dor perfurante, pela sola do meu pé e pelos lados, meus ossos feitos de dor. Um disparo soou perto da minha orelha.

Não é verdade.

Passos.

Cassie se ajoelhou e se curvou sobre mim, o cabelo no meu rosto, cheirando a sono.

— Você caiu da cama?

— Não — respondi, e queria explicar exatamente o que tinha acontecido, mas a sensação perfurante dominava meus pensamentos.

Os pontinhos vermelhos na areia. Um par de botas. Eu as puxei para mim.

Não.

Abra os olhos.

— Um, dois, três — sussurrou ela, e eu acabei me sentando no chão, na pilha de revistas velhas.

Os olhos dela ainda estavam pesados, a regata virada do avesso e ao contrário, uma alça caindo do ombro.

— Você consegue voltar para o sofá daqui?

— Não — declarei, evitando olhá-la.

Ela passou as mãos pelas minhas axilas, a pele de seu peito no meu rosto. Virei a cara, meu sangue subindo à cabeça.

Apoiei as mãos na beirada do sofá, pronto para me impulsionar.

— Teve um pesadelo? — perguntou ela.

— Não.

Se eu contasse o que vi, ela poderia achar que era pior do que realmente era. Aquilo era só um pesadelo que por acaso vinha quando eu estava meio dormindo, meio acordado, às vezes totalmente acordado, mas na maioria das vezes completamente adormecido.

— Sei — murmurou ela. — Tá. Um, dois, três.

Quando voltei às almofadas velhas, Cassie se endireitou, abriu um sorriso fraco e se sentou no chão.

— Já pode voltar a dormir — falei.

Ela esfregou os olhos.

— Não posso, não.

— Por quê?

Ela me olhou, confusa e um pouco magoada. Devia ser por causa do meu tom de voz. *Droga*. Não queria soar tão amargo. Quando a oxicodona não fazia efeito, parecia que a dor filtrava tudo que eu dizia, tornando tudo mais seco, mais afiado.

Ela deu de ombros.

— Não consigo voltar a dormir quando meu cérebro liga. Era para eu ficar sonolenta por causa da metformina, mas nunca funciona. Nossa, espero que o remédio esteja fazendo efeito de verdade — comentou.

Metformina era um dos comprimidos que ela tomava para diabetes. Eu tinha dado uma olhada no armário de remédios quando lavei as mãos na quarta-feira. Ela tomava sete. Mesmo com meu plano de saúde, era muita coisa. Muita coisa para pagar e muita coisa para engolir.

Eu queria ser mais gentil.

— Desculpa por ter te acordado.

— Você... Eu notei essa semana — começou ela e parou, escolhendo as palavras. — Luke, você faz muito barulho enquanto dorme. Tipo, você grita — continuou, devagar, cada palavra fazendo eu me sentir menor. — Será que não é melhor repensar o plano? Talvez chamar alguém pra ajudar?

Na mesma hora, minha gentileza se foi. Parecia que eu estava sob um holofote. Como era possível me sentir tão exposto sob o olhar de uma só pessoa? Os olhos dela ainda estavam sonolentos, suaves, mas, se aquela era sua versão de gentileza, eu não queria. Estava perto demais da pena.

Tentei manter a voz tranquila. Não deu certo.

— Eu pedi desculpas por te acordar. Não sei mais o que dizer. Se quiser dar pra trás, aí é problema seu.

— Ei, peraí — disse Cassie, se levantando. — Foi só uma sugestão.

— É só mandar que eu faço.

— Bem — começou ela, pegando a almofada que caiu no chão e a jogando ao meu lado. — Eu não sou sua chefe, nem sua mãe, nem ninguém. Só estava tentando dizer que talvez tenha algo errado.

O olhar dela queimava. Tudo o que eu queria dizer subia e descia ao meu redor sem parar, como as colinas do meu sonho, e eu não conseguia decidir quais palavras usar. Estava cada vez mais perto da raiva, porque era o mais fácil. Mas não era a única coisa que sentia. Todo o resto estava enterrado sob meu pesadelo.

Jake, com Hailey e JJ, deitado na manta. *Por que Jake não me ligou? Será que Johnno tinha aparecido de novo? Era por isso que Jake não tinha ligado?*

Correr. *Não, deslizar. Mancar.*

O disparo no meu ouvido, parecendo de verdade. *As botas de Frankie no chão ensanguentado.*

— Não quero falar disso agora.

— Maravilha — declarou ela, sem se virar. — Vou para o meu quarto ficar acordada. Valeu.

— Merda — falei, enfiando o rosto nas mãos.

Era o mais perto que eu chegaria de outro pedido de desculpas. Precisava condensar tudo em uma coisa só. Queria estar fora de órbita, mas a dor tinha diminuído. Tecnicamente, eu não precisava do remédio.

Ainda assim, o peguei.

Cassie

— Tá, tipo, quando George Harrison estava com Pattie Boyd, ele escreveu "Something", escreveu "If Not for You"... — dizia para Nora, sentada atrás do piano no porão dela, esticando a mão para pedir o baseado.

Toby estava sentado perto de mim. Nora me passou o baseado, balançando a cabeça enquanto prendia a respiração.

— Não, não — corrigiu. — "If Not for You" é do Bob Dylan. George foi só o intérprete.

— Ela está certa — avisou Toby.

— Lógico que estou — disse Nora, sem olhá-lo.

Dei um trago, assistindo à franja do colete de Nora balançar quando ela se levantou para pegar a guitarra. Era Sexta da Stevie, mas eu e Toby tínhamos esquecido. Então lá estava ela, belíssima, e eu com o moletom dos Longhorns que peguei emprestado de Toby. Eu nunca tinha esquecido a Sexta da Stevie, mesmo antes de Toby entrar na banda.

Estava começando a notar que não era coincidência Nora ter mencionado a história de músicos que eram engolidos pelos seus relacionamentos e esqueciam sua arte.

Esquecer uma Sexta da Stevie não transformava Toby em Yoko. Além do mais, eu queria lembrar a Nora, Yoko não se importava o suficiente com os Beatles para acabar com eles. Yoko só queria fazer sua arte conceitual maneira sobre nuvens e gritar no microfone. Eu e Toby gostávamos demais da banda para deixar o relacionamento atrapalhar.

E, cacete, quem acabava com minha energia era Luke. A briga da noite anterior tinha me deixado abalada. Acordar com os gritos dele. A raiva por trás de cada palavra. Eu sabia que nem tudo era minha culpa, não deveria ter que lidar com aquela reação. Eu não disse nada para ele antes de ir para o ensaio. Precisei me esforçar, considerando que eu tinha que literalmente segurá-lo e levá-lo para todos os lugares, inclusive para o banheiro.

Toby apertou minha coxa de leve.

— Foi uma *collab* entre George e Dylan — repliquei, tossindo. — E, enfim, a questão é a criatividade. A criatividade não mudou.

— Ainda mais se o artista tem, hum — disse Toby, pigarreando —, um parceiro na mesma banda. Eles melhoram um ao outro. Sabe?

— Me fala uma mulher — começou Nora, voltando a se sentar no amplificador —, uma cantora, que não foi engolida pelo relacionamento. Olha só o que aconteceu com a Joanna Newsom quando ela namorou aquele cara lá. Ou, beleza, não são músicos, mas Frida Kahlo e Diego Rivera.

Olhando para o cartaz da Patti Smith na parede, a única decoração que permitíamos no espaço de ensaio, pensei: *A porcaria do problema é o Luke. Não o Toby. E Luke é culpa minha.* Estava na ponta da língua, mas me segurei.

— Que tal Kathleen Hanna e Adam Horovitz? — sugeriu Toby. — A Bikini Kill só ficou *melhor*, mesmo depois de ela ir morar com o cara dos Beastie Boys.

— Alguns talvez digam que foi *apesar* disso — retrucou Nora, voltando os olhos delineados para Toby.

— Vamos tocar "Rhiannon" — declarei, esperando que a discussão tivesse acabado.

— Tá, vou dizer mais uma coisa — anunciou Nora, levantando um dos dedos cheios de anéis. — Artistas que namoram outros artistas são um desastre comprovado, especialmente se a mulher for mais talentosa que o homem. Ele vai tentar... — disse, com um gesto de quem se esganava — te prender e te transformar na musa dele.

A tensão na sala cresceu.

— Você está dizendo que somos mais talentosas que o Toby, é isso? — perguntei, por fim.

Nora respondeu mais alto:

— Quis dizer que The Loyal era a nossa banda... — Ela fez uma pausa. — E agora que a coisa está ficando boa, vocês decidiram complicar — acrescentou, e olhou para Toby. — Eu só queria que você não tivesse chamado ela para sair.

Toby olhou para Nora com um sorriso de desculpas.

— A gente não pode fazer nada se gosta um do outro.

— Sem ofensa, Toby — disse Nora, mas querendo *ofender* —, vocês podem se gostar como quiserem, mas, se por acaso terminarem e a gente não puder fazer o show mais importante da nossa vida, vou matar os dois.

— Por que não falou antes que era um problema? — perguntou Toby.

— Quer mesmo saber?

Ela olhou para mim, depois para Toby, e mais uma vez para mim, o rabo de cavalo balançando. Não respondemos.

— Porque não achei que Cassie fosse levar essa coisa com você tão a sério — explicou. — Considerando tudo.

— Como assim? — perguntou Toby.

Senti o sangue subir ao rosto, a barriga latejar.

— Toby está cem por cento dedicado desde que fez o teste pra entrar na banda, desde antes de a gente... sei lá. O que você quer fazer, expulsar ele pra gente poder ficar juntos?

— E eu agora também estou envolvido com a banda, Nora. Independentemente do que aconteça com a Cassie — disse Toby, me olhando de relance.

— Tá bom — replicou Nora.

Ela fechou a boca com força e me olhou por vários segundos, sem piscar. Nora me apoiou quando terminei com Tyler, quando me reconectei com a música, quando concluí que queria formar a The Loyal com ela. *Preciso construir meu próprio espaço do zero*, eu tinha dito. Namorar o baterista, ainda mais enquanto o meu marido de mentira estava dormindo no meu sofá, não era exatamente construir meu próprio espaço.

Ela começou a arrumar os instrumentos.

— E, só para deixar claro, eu falei, *sim*, para a Cassie que era um problema. Desde o começo.

— E por que você não me disse nada? — perguntou Toby.

— Porque não somos amigos íntimos — disse Nora.

Ela abriu um sorriso amarelo. Toby levantou as mãos, se rendendo.

Nora estava sendo paranoica. A gente tinha repetido *música em primeiro lugar, música em primeiro lugar* tantas vezes que ela estava tendo dificuldade para perceber que outra coisa, ou outra pessoa, também poderiam ser importantes. Havia espaço para tudo, não?

— A gente fala disso depois, Nor.

Toquei os primeiros acordes de "Green Heron" e suspirei.

— E me desculpa por esquecer a Sexta da Stevie — acrescentei.

Nora não estava olhando para nenhum de nós, concentrada em aprontar o baixo.

— Tranquilo. Vamos tocar.

— Vamos de "Green Heron". Toby anda treinando comigo aquela virada brusca depois do refrão.

— Não duvido nada — retrucou Nora, dedilhando o baixo.

Toby se sentou atrás da bateria e tocou um pouco, rindo baixinho.

— Fala sério, Nor. Não adianta ficar especulando o que pode dar errado. Vamos curtir um pouco.

— Vamos ver se você mantém o ritmo dessa vez — disse ela.

— Só me garantam que não vão terminar antes do Sahara.

Toby me olhou, com uma piscadela.

— De jeito nenhum — murmurou, baixo.

Meu estômago revirou, na defensiva. Joguei meu isqueiro em Nora com um pouco de força demais.

Luke

Depois de duas semanas, eu estava sentado ao lado de Rita, na minha cadeira, quicando uma bola de tênis na parede à direita. Era para estarmos procurando emprego, mas toda vaga que Rita encontrava na internet exigia diploma universitário, o que eu não tinha, ou a capacidade de se movimentar e carregar peso, o que eu também não tinha.

Johnno não parava de me ligar, mesmo depois de eu atender e dizer que ainda não havia recebido o dinheiro. Por isso, eu tinha desligado o celular. Aprendi a ver o sol avançar pelo chão, e decorei seu trajeto. Quando o sol entrava pelo banheiro, batendo no tapete, indicava que eram quase oito horas.

Com o celular desligado, eu não sentia tanto o medo violento causado pelo nome dele na tela. Pelo menos, eu dizia para mim mesmo, ele não sabia onde Cassie morava. Assim, ela não precisava carregar essa parte do meu fardo.

Eu arrisquei carregar o celular e ligar para Jake algumas vezes. Mas ele ligou de volta e deixou recado enquanto o meu estava desligado. A desvantagem de ficar longe do celular era que eu talvez estivesse perdendo outras ligações, mas todos os sentimentos — a culpa, a dor, o medo — iam embora depois que eu tomava os comprimidos. Só naquele dia eu tinha tomado quatro.

Quando o sol batia do outro lado, chegando ao sofá, indicava mais ou menos três da tarde. No momento, estava perto da parede, brilhando diretamente nas plantas.

— Rita, agora são exatamente 11h58. Olha o relógio.
— Ah, 11h52. Quase.
— Droga.

Rita, que estava desempregada, foi contratada para "dar uma olhadinha em mim" por cem dólares por semana. Era mais barato e fácil que uma enfermeira, e assim Cassie não precisava ficar se preocupando comigo nos dias em que tinha que trabalhar até tarde, ou ir à casa do namorado, onde ficava cada vez mais, já que eu me irritava sempre que ela tentava me ajudar. Quando a dor diminuía o suficiente para eu falar como uma pessoa normal, eu contava a Rita sobre Jake ou JJ, desejando estar conversando com Cassie, até me sentir culpado e tomar mais um comprimido.

Rita e eu conversávamos sobre o filho dela, que tinha mais ou menos a minha idade, morava na Louisiana e queria ser chef, e passávamos horas vendo *Hell's Kitchen* em silêncio. Ela sempre comprava frango empanado com molho de gergelim e brócolis, e não me obrigava a fazer exercício nenhum, então eu não precisava desperdiçar o tempo piorando a dor, que, sinceramente, era tudo que a fisioterapia parecia fazer. Eu sempre dava um jeito de me convencer de que o comprimido tornaria o ato de me levantar um pouco mais suportável, mas não. *Tive um deslocamento*, eu pensava enquanto tentava colocar peso na perna. *Exercícios pioram o deslocamento*.

Rita voltou da cozinha, onde tinha esquentado o frango.

— Cadê o seu? — perguntei.

— Já enjoei de comida chinesa.

Passos na escada.

Cassie entrou, chutando os tênis e meias para longe, cantarolando o que ouvia nos fones de ouvido e cheirando a ar fresco. Eu me perguntei se estava animado por ser Cassie ou porque era a coisa mais animadora que acontecia desde que matei uma mosca mais cedo.

Eu estava fora de órbita, sentindo a língua solta.

— Quer frango com gergelim? — ofereci.

Cassie parou no caminho do quarto e me olhou, surpresa.

— Oi?

Ela tirou os fones de ouvido e reparei, pela milionésima vez, que tudo tinha ficado mais difícil. Pensei nos nossos e-mails, nas piadas. Em falar em código, se cutucar, mas parar quando doía.

— Ah, eu perguntei se você quer almoçar. Sobrou um pouco — expliquei.

— Não posso comer essa merda — resmungou ela, e continuou a andar.

Verdade. Eu sempre me esquecia. Mas como eu poderia saber? *Sei lá, imbecil, pesquisa.*

— Bem, é melhor eu ir — comentou Rita. — Vou deixar vocês a sós.

— Não, não vai... — comecei.

— Não, Rita, pode ficar — disse Cassie ao mesmo tempo.

— Não, preciso ir, vou sair com o Dante — avisou Rita, e fez um sinal da paz. — Até mais, campeão.

Quando ela fechou a porta, o cômodo ficou em silêncio. Ouvi a música vindo dos fones de Cassie do outro lado. Ela os pendurou no pescoço, pausou a música e foi para a cozinha sem dizer nada.

Enquanto comia, a ouvi tirar alguma coisa da geladeira, os sons da faca na tábua. Desde que passamos a morar juntos, era como se eu sentisse a vibração de Cassie.

Ou eu tinha passado a conhecê-la. Passos comedidos, água para o chá, cantarolando: ela havia acabado de ensaiar, ou de transar com Toby — algo em que eu detestava pensar. Passos rápidos e jogar a bolsa eram sinal de que ela estava atrasada, ou puta, ou procurando alguma coisa perdida, o que era muito frequente; ela esquecia o celular na mesa de cabeceira dia sim, dia não. Passos lentos indicavam que ela estava cansada, ou pensando demais, ou prestes a se sentar para compor.

O prato vazio, sujo de molho de gergelim, ficou no meu colo. Eu estava prestes a deixá-lo na mesa, mas não queria que Cassie pensasse que era para ela lavar. Rita normalmente cuidava da louça. *Bem, hoje, não*, disse a mim mesmo. Eu estava fora de órbita e senti que deveria provar que não era apenas um inútil que só comia e dormia.

Mas você é apenas um inútil que só come e dorme, pensei quando recobrei a consciência. *Você não conseguiu proteger*

Frankie. Não conseguiu se proteger. O que faz você pensar que não vai estragar isso tudo?

Com a perna boa, levei a cadeira para a cozinha, segurando o prato e o garfo. *Vai nessa, tenta. Vê o que acontece.*

Cassie estava cortando tomates, de olho na tarefa. *Corta. Corta. Corta.*

A cozinha dela pareceu encolher. Eu estava com dificuldade de guiar a cadeira na direção correta sem usar as duas mãos. Comecei a suar, sem saber se era de esforço ou frustração. Parei no meio do caminho, a menos de meio metro de Cassie, com os olhos na altura da bunda dela. *Maravilha.*

Eu teria que esperá-la terminar de cortar ou pedir licença para chegar à pia.

Meus pensamentos estavam lentos. Aquele era o problema da função "singular" da oxicodona. Parecia levar três minutos para passar de uma ideia à outra.

Tentei permanecer fora de órbita e soar educado.

— Posso passar aqui, por favor?

Ela se virou, olhando para o prato e o garfo.

— É só me dar — falou, esticando a mão.

— Não, não, tudo bem — respondi, afastando a louça.

— Luke, você não alcança a pia... — começou ela, tentando pegar a louça de novo, e o movimento me fez soltar tudo.

O prato caiu no chão, partindo-se ao meio.

— Merda — falamos ao mesmo tempo.

Ela se abaixou para pegar.

— Por favor, deixa eu pegar — pedi.

A cozinha pareceu se expandir, voltando ao tamanho normal, mas rápido demais, quase me deixando sem fôlego. Escutei disparos — nada em particular me fez lembrar disso, mas ainda assim eu os ouvia, assim como ouvia a bandeira fustigante. *Vão nos buscar na colina noroeste.* Minha voz estava distorcida de novo, trêmula, por outra emoção além da raiva. Uma emoção que vinha do mesmo lugar no meu estômago.

Como se tivesse percebido, Cassie se levantou e se afastou.

Eu me debrucei na cadeira, dobrando o tronco o máximo que dava para pegar os cacos de prato.

Por que aquelas coisinhas mexiam assim com meu cérebro? Por que eu não podia simplesmente deixar a vida passar? E, lógico, como eu nunca saía do apartamento dela, Cassie estava por perto sempre que aquilo acontecia.

Me aproximei do balcão e deixei os cacos do lado de um abacate.

— Quer que eu jogue no lixo?

— Aí está ótimo, obrigada — disse ela, passando por mim. — Você precisa usar o banheiro? Vou tomar um banho.

Fiquei olhando para a parede, mas sentia o movimento dela pelo cômodo. *Mandou bem pra caralho, Morrow.* Aquele era o problema de estar consciente. Estar consciente era pior. Estar consciente me fazia ter pesadelos durante o dia. Decidi que ficaria fora de órbita e assim cuidaria da maioria das interações dali em diante. *E sei o que você está pensando*, pensei. *Acha que é porque gosto de oxi. Não. Não é isso.*

— Luke? — chamou Cassie. — Você me ouviu?

— Não preciso ir ao banheiro, não — respondi.

Eu tinha que derrotar meus próprios pensamentos. Podia ser uma nova versão do velho Luke.

— Quer dizer, não, obrigado — me corrigi, pegando outro comprimido.

Cassie

Demorei mais do que o normal no chuveiro, deixando a água quente esfolar minha pele. Luke estava sempre ali, sofrendo em silêncio, uma nuvem cinza na casa. Eu me sentia mal por empurrá-lo para Rita, mas, depois de duas semanas na mesma casa, o humor dele estava começando a afetar o meu. Eu tinha começado a escrever músicas mais tristes, que não se encaixavam tão bem com as outras. Pelo amor de Deus, eu estava tendo a oportunidade de gravar um disco. Deveria estar compondo hits, ou pelo menos músicas alegres, dançantes, daquelas que nos fazem achar que tudo é possível. Eu estava até me irritando com Toby, como se ele fosse um saco de pancadas para minha frustração com Luke.

Minha mãe saberia o que dizer para me animar, mas ela não tinha pena de mim. Quando eu ligava, a voz dela ficava tensa, com um tom amigável e frio, que nem o "bom dia, tudo bem?" que falamos para o carteiro. Ela só sabia que Luke estava na minha casa, ferido, e sempre arranjava uma desculpa para desligar antes que eu pudesse falar muito dele. Ela não fazia ideia de como a situação estava ruim. Eu tinha me metido sozinha naquela encrenca, quase a escutava dizer, e poderia me virar sozinha também.

Os músculos das minhas costas e dos meus braços estavam doendo de tanto carregar o peso de Luke. Naquela altura, ele já deveria conseguir botar mais peso na perna, mas ainda precisava de ajuda para entrar no banheiro, onde a cadeira de rodas não cabia. Naquela manhã, eu escorreguei no chão molhado e por muito pouco não bati a cabeça na pia. Precisava tomar mais cuidado.

Pensei no prato quebrado. Ele também precisava tomar mais cuidado. A dúvida invadia meus pensamentos todos os dias, mas eu a empurrava para longe. Se era tão difícil cuidar um do outro sem ninguém por perto, imagina se tivéssemos que fingir que somos um casal na presença de um enfermeiro.

Além do mais, eu ainda precisava do plano de saúde dele e dos mil dólares a mais por mês.

Pensei em como era estranho que, depois de duas semanas, ele não tivesse me pedido nada. Ele comia qualquer coisa que colocassem em seu prato. Fazia questão de não estar usando meu notebook quando eu chegava em casa. Não pedia nenhuma comida específica, roupas novas, alguma coisa que quisesse buscar em Buda.

Talvez o problema fosse aquele.

Ele tinha apenas o espaço que eu tinha montado. Meus livros, meus discos, as lembrancinhas poeirentas de viagens que eu tinha feito com minha mãe. Minha rotina, meus braços nada atléticos para segurá-lo. *Eu deveria arranjar uma planta para ele, alguma coisa assim*, pensei. *Uma coisa viva para fazer companhia além de mim e de Rita.*

Saí do banheiro olhando para onde ele estava, perto da janela. Ele se virou para mim, mas desviou o rosto na mesma hora, apertando uma bola de tênis no punho. Eu me troquei no quarto e me arrumei para o trabalho. Tinha combinado de chegar cedo para cuidar do inventário das bebidas e fazer hora extra.

Saindo do quarto, notei uma coisa estranha no travesseiro. Dois pontinhos de cor laranja que eu nunca tinha visto. Olhei mais de perto, peguei na mão. Eram pequenos, cilíndricos, de espuma. Tampões de ouvido.

Eu sorri.

Luke tinha comprado tampões de ouvido para mim. Ou, melhor, pedido a Rita para comprar, para eu poder dormir a noite toda, sem acordar com o barulho dele resmungando através da parede fina.

A frieza que eu sentia por ele se dissipou. A dor não era culpa dele.

Na saída, notei que a cabeça dele tinha desabado. Devia ter pegado no sono.

— Luke? — chamei.

Ele não respondeu.

Eu me aproximei, tocando seu ombro. Os músculos perto do pescoço ainda estavam rígidos por ficar o dia todo empurrando a cadeira. Notei que seu cabelo raspado estava crescendo, adquirindo um tom ruivo escuro. Ele precisava de um corte.

Talvez eu pudesse ajudá-lo a exercitar a perna por alguns minutos.

— Luke — sussurrei, e o cutuquei.

Ele não se mexeu.

O medo tomou conta de mim, vários *e ses* surgiram na minha cabeça. *E se ele tiver tomado remédio demais sem querer?* O pensamento seguinte quase me fez chorar: *E se tiver tomado de propósito?*

— Luke — chamei mais alto, sacudindo o ombro dele.

Ele acordou de sobressalto, virando o pescoço para me olhar.

— O que foi? — perguntou, o olhar duro.

— Ah, hum.

Dei um passo para trás, inundada de alívio. *Fiquei preocupada com você*, queria dizer.

— Só queria agradecer pelos tampões de ouvido — falei.

— Legal — disse ele, apoiando a testa na mão.

— Desculpa por não ser tão presente.

Ele virou os olhos sonolentos para mim.

— Não precisa se desculpar.

— Eu sei, mas...

Eu queria que ele soubesse que eu sabia que tinha alguma coisa errada. Talvez ele precisasse conversar. Rita não era exatamente a interlocutora ideal.

— Então, hum, como está a fisioterapia? — perguntei.

— Muito bem, Cassie, obrigado — respondeu ele.

Qual era a daquele tom educado esquisito? Eu quase preferia que ele estivesse emburrado. Pelo menos era mais sincero.

Resisti ao impulso de me curvar e puxar a cadeira para ele ficar de frente para mim.

— Rita tem ajudado, ou seria melhor se nós duas ajudássemos?

Ele quicou a bolinha de tênis.

— Está tudo bem.

— Então você fez hoje?

Ele ficou quieto.

— Fiz.

— Conseguiu falar com seu irmão?

— Umas duas vezes. Mas não quis convidar ele para sua casa.

— Pode convidar, se quiser.

Luke suspirou, como se estivesse cansado de falar.

— Certo, obrigado.

Minha compaixão já estava se esgotando. Eu estava me esforçando, falando bastante, facilitando a conversa, e ele não parava de me afastar.

— Tem alguma coisa errada?

— Nada de errado. Obrigado.

De novo isso. Parecia uma tela. Tentei mais uma vez.

— É dinheiro?

— Não — respondeu ele, quase rápido demais.

Não era como se fôssemos melhores amigos ou algo do tipo, mas ele estava muito diferente do Luke com quem eu havia conversado por Skype, que tinha histórias a contar, e até do Luke se sentado ao meu lado no refeitório do hospital, que me ouvia com avidez e que fazia eu sentir que minhas ideias eram mágicas.

— Beleza, o que está rolando?

Ele não respondeu, então falei mais alto:

— Do que você *precisa*?

Ele grunhiu, se virando bruscamente para mim.

— Preciso não estar nessa situação. Que tal?

— Bem, com isso não posso ajudar.

Peguei minha bolsa do sofá, a caminho da porta. Precisava sair daquele poço de tristeza que um dia tinha sido meu porto seguro. Onde aparentemente eu tinha virado uma "questão".

— Não estava falando de você — avisou ele.
— Saquei.
Antes de bater a porta, escapou da minha boca:
— Divirta-se definhando.
Enquanto eu descia a escada, batendo os pés, não sabia se a culpa em mim era porque foi cruel da minha parte dizer aquilo, mais cruel que o silêncio dele, ou por saber que, o que quer que eu dissesse, se ele respondesse com raiva ou só me ignorasse, a vantagem seria sempre minha. Seria sempre eu a seguir com meu dia, a tentar esquecer e ir embora, a bater a porta, bater os pés, entrar no carro e sair. Porque eu podia.

Luke

Cassie estava ensaiando aquela música de novo. Ela não parava de empacar em uma parte específica, quando as notas pulavam de grave para agudas. Era difícil me concentrar no que Yarvis dizia, sentado no sofá à minha frente, com os pés apoiados onde, menos de oito horas antes, eu tinha me mijado.

— Chegou a ver um pouco do jogo? — perguntou ele.

Bum bum bum be dun, ba ding. Ba DING. Ba ding ding DING.

— Cacete — dava para ouvir a frustração na voz dela.

Não sabia de que jogo ele estava falando. Não tinha televisão na casa de Cassie, e a internet era ruim. Mesmo se eu conseguisse assistir a um jogo, ficaria irritado vendo pessoas correndo e pulando como se não fosse nada.

— Hum, não.

Yarvis tinha aparecido para uma visita que deveria ter acontecido três semanas antes. Ele nos avisou com uma hora de antecedência, e esse foi o tempo que tivemos para tirar os travesseiros e lençóis do sofá, esconder minha mala e jogar fora a calça de moletom em que eu tinha mijado por não conseguir chegar a tempo no banheiro. Eu já deveria ser capaz de suportar certa porcentagem do meu peso, mas não estava fazendo os exercícios. Por isso caí. Era em momentos assim que eu odiava estar fora de órbita. Eu sabia que só deveria ter gritado para Cassie me ajudar. Mas eu não estava consciente, era de madrugada, achei que ficaria tudo bem.

Bum bum be dun dun.

Não ficou nada bem. Eu tinha mijado no chão.

Ba ding DING ding.

— Porra!
— Cassie, você vai se juntar à gente ou não? — gritei para o outro cômodo, a voz mais ríspida do que planejava.
— Um segundinho! — gritou ela de volta.
Ela saiu usando a mesma camiseta de banda do dia anterior, o cabelo escapando do rabo de cavalo.
— Oi — falou, respirando fundo, como se estivesse se preparando para dar um salto perigoso. — Desculpa a demora. Bom te ver.
Yarvis olhou de mim para Cassie e abriu um pouco de espaço para ela no sofá, confuso.
— Como estão?
Por obrigação, peguei a mão de Cassie.
— Bem — respondi.
— Ótimos! — disse Cassie, com pouco entusiasmo.
— Bom, que bom — continuou Yarvis, com um sorriso de quem achava graça. — Vim conferir o progresso de Luke. E — acrescentou, pegando uma pasta da mochila — trazer a próxima etapa do plano de fisioterapia dele, já que parece que não tiveram tempo de ir ao Centro de Veteranos.
Cassie se remexeu no sofá, soltando minha mão para roer a unha. Evitei o olhar dela.
— Vocês encontraram ajuda em outro lugar?
— Sim — falei, engolindo em seco e esperando que ele não tivesse muita curiosidade.
Cassie tirou o dedo da boca, franzindo a testa.
— É, assim, estamos fazendo o possível. A gente ficou meio perdido quando você não apareceu na primeira semana.
Yarvis suspirou.
— E eu peço desculpas por isso. Somos só dois para cuidar de centenas de famílias.
Cassie se inclinou para a frente.
— *Dois* assistentes sociais? Em um hospital daquele tamanho?
Vendo a expressão surpresa de Yarvis, Cassie ficou tensa. Ela se controlou. Levou a mão de volta à minha.

— Os recursos são limitados — continuou Yarvis. — Já falei, e repito: estou do lado de vocês. Veteranos precisam ser prioridade. Há repercussões de saúde física e mental graves em gerações inteiras se não receberem a ajuda necessária — disse, se inclinando para dar ênfase. — Mas vocês têm no mínimo que *tentar*.

Eu me virei para Cassie, que tinha estreitado os olhos para Yarvis.

— Eu ganho um salário mínimo, tenho que conferir minha glicose oito vezes ao dia e nem eu nem Luke temos dinheiro para comprar ou alugar um carro que possa levá-lo ao, hum, como é mesmo? Centro de Veteranos em South Congress. Então...

Ela perdeu o fôlego. Respirou fundo, tentando se acalmar, e abriu um sorriso tenso.

— O que recomenda, como tentativa? — perguntou. — Senhor? — acrescentou, sarcástica, depois de um momento.

Alguma memória enterrada do ano de treinamento militar empurrou as palavras pela minha boca antes de eu notar o que dizia:

— Chega, Cass.

— Obrigada, soldado — retrucou ela, irritada.

Apertei a mão dela. Ela apertou de volta. Cassie não estava apenas desrespeitando a única pessoa que tentava nos ajudar, como também expondo nossa fraude. Não estávamos agindo que nem um casal que discutia um pouco. Ela estava no limite.

— Tudo bem, Luke — disse Yarvis, e olhou para Cassie. — Desculpa. Sei que deve ser difícil. Não queria passar sermão.

O olhar de Cassie se suavizou, mas ela ainda estava ofegante.

— É difícil.

Ele se virou para mim.

— Você tem pelo menos feito a fisioterapia básica em casa?

— Tenho — menti.

Senti o olhar dela em mim, dividida quanto a me questionar. *Não insista. Por favor. Temos que fingir para ele ir embora.*

— Ainda estou me acostumando — acrescentei, resistindo ao impulso de olhar para ela.

— Pois é — disse Cassie, pressentindo o que eu pensava. — Vamos colocar ele de pé logo, logo.

— Coitados — soltou Yarvis. — Vocês dois estão com umas baitas olheiras. Vai ficar mais fácil.

— Já volto — disse Cassie, e abanou as mãos para nós dois. — Querem alguma coisa para beber? Amor?

— Não, obrigado — respondeu Yarvis.

Balancei a cabeça, mas queria mesmo era um comprimido. Aquilo era demais. Comecei a descer a mão para o bolso do moletom, onde eu deixava o frasco.

— Ei — chamou Yarvis, se aproximando e estalando os dedos, e eu me virei para seus olhos azul-piscina. — Qual é o seu problema?

— Nada, senhor. Estou cansado.

Meu coração acelerou.

— Suas pupilas estão minúsculas — disse ele, a voz rouca e severa. — Está tomando opiáceo?

Engoli em seco, puxando a mão do bolso para o joelho.

— Para a dor.

Ele levantou as sobrancelhas grossas.

— E de acordo com a recomendação médica?

— De acordo com a recomendação médica — repeti, rouco.

De repente, me lembrei do que o médico tinha dito. *A dor é meu sistema de alerta.* Talvez eu tivesse caído por causa de um deslocamento e não havia notado.

— Já vi jovens em situação melhor que a sua seguirem por um mau caminho. Não faça isso — aconselhou ele, apontando bem entre meus olhos. — Se não acreditar que vai se recuperar plenamente, não vai mesmo. Faça isso por ela — completou, apontando para a cozinha.

Quase ri. Até parece que Cassie ia querer que eu fizesse qualquer coisa por ela, muito menos agir como um cachorro adestrado. Eu tinha certeza de que tudo que Cassie queria era uma máquina do tempo, para avançar até o dia em que eu iria embora.

Cassie voltou, bebendo água. Yarvis se recostou na cadeira, sorrindo.

— Sabe do que vocês precisam?

— De um enfermeiro? — perguntou Cassie.

— De um cachorro.

Cassie riu. Quando Yarvis se levantou para ir ao banheiro, tirei um comprimido do bolso e engoli enquanto Cassie estava distraída. Yarvis tinha razão a meu respeito, mas já era tarde. Eu já estava no mau caminho. Ficaria tudo bem. Eu descobriria o que havia do outro lado assim que saísse dali.

O resto da entrevista seria muito mais agradável para todo mundo se eu estivesse fora de órbita. Era melhor aguentar, sorrindo. Virar um móvel.

— Hum — disse Yarvis, olhando a rua por uma das janelas de Cassie. — O que será que aquele Bronco está fazendo?

— Quê? — perguntei, quase num sussurro.

Queria que a oxicodona batesse mais forte, desacelerasse meus batimentos.

— Ah, é que quando entrei tinha um carro ali, parado, ligado, e ainda não foi embora — murmurou Yarvis.

Cassie foi à janela também.

— Nunca vi esse carro.

Johnno. Ele tinha encontrado a casa dela. Eu não tinha o dinheiro. Por que ele não entendia isso? Eu não tinha agora, mas pagaria quando tivesse. Só que fatos não eram importantes para Johnno. Eu não enxergava pela janela, mas imaginava o rosto dele, tremendo em meio a uma névoa de mentol, pronto para pular do carro, Kaz vindo logo atrás, em busca de briga.

Ele poderia subir a qualquer hora. Poderia machucar Cassie.

— Está indo embora — disse Yarvis, a voz distante.

Eu me agarrei às rodas, os punhos impulsionando minhas pernas inúteis. Se ele voltasse, subisse e tentasse me machucar — tentasse machucar Cassie —, eu só poderia assistir.

Cassie

— Humm. — Toby beijou meu pescoço enquanto eu tentava acertar os acordes. — Você precisa mesmo praticar? Já ensaiamos o suficiente.

— Claro que preciso — respondi. — Você sabe que eu preciso mais do que qualquer um.

Depois que Yarvis foi embora, Luke começou a empurrar a cadeira pelo apartamento com o celular no colo, murmurando para si mesmo. Todas as vezes que ele me via, parecia apreensivo. Pensei em falar com a minha mãe, pedir para jantar na casa dela, mas acabei ligando para Toby.

— Você gosta mais do seu teclado do que de mim? — provocou, percorrendo uma trilha até meu ombro com a boca, as pontas do cabelo roçando minha pele. — Estou brincando — acrescentou ele, entre beijos.

Não consegui não pensar: *então por que me perguntou isso?*

— É que está difícil conseguir tocar lá em casa.

— Você deveria vir morar aqui — disse Toby, ficando em pé. Sorri.

— Aham, até parece.

— É sério. A gente está junto faz pouco tempo, mas já se conhece há quase dois anos — continuou ele, abrindo um sorrisinho.

Eu o olhei, sem conseguir disfarçar a surpresa.

Ele deu de ombros, obviamente tentando fazer parecer um convite casual.

— A gente poderia tocar juntos o tempo todo. O quanto você quisesse. Seria bem divertido.

De repente, a sala pareceu pequena.

— Aqui é ótimo, e eu gosto muito de você — respondi, com cautela, enquanto Toby esfregava meu pescoço. — Mas não posso me mudar agora, você sabe disso.

Ele ficou em silêncio, mas continuou fazendo a massagem. Magoei ele. Eu sempre magoava alguém. *Essa sou eu! Cassie, a cruel.* E Toby sempre foi tão gentil comigo. Sei que ele só estava tentando me apoiar, mas me lembrei do olhar de Nora, seu recado silencioso.

As mãos de Toby me apertaram com mais força, e desceram até os meus ombros. Eu me desvencilhei do toque e fiquei em pé.

— Qual é, Toby. Não é como se eu pudesse ficar de boa aqui.

Ele ergueu as mãos e saiu do cômodo. Respirei fundo.

— Me desculpa — falei alto para que ele pudesse ouvir. — Você sabe que eu preciso manter as aparências com Luke.

— Claro. Precisa manter as aparências com Luke. Seu marido.

Ouvi um barulho na cozinha. Suspirei e fui até lá. Quando me viu, ele franziu ainda mais a testa.

Parei no batente.

— Eu estou dando tudo de mim pra construir uma carreira. Isso já não é fácil, então não consigo lidar com mais nada agora.

— Se você não quer se comprometer comigo, beleza, mas não finja que sou eu o problema — disse ele, virando um fio de azeite de oliva na panela. — Eu sou uma coisa boa na sua vida. Não essa mentira que você precisa manter com Luke. Eu sou real.

Dei um passo na direção dele.

— Não estou falando que não somos bons juntos. Eu só...

A questão não era só continuar com a mentira. Estava preocupada com Luke. Ele estava diferente. E aquilo não deveria me incomodar, mas me incomodava, sim. Não queria criar um abismo maior entre nós dois do que o que já existia. Luke e eu precisávamos superar isso juntos. Ou ao menos tentar.

— Eu gosto de como as coisas estão entre nós.

— Não entendo você — replicou ele, jogando alho na panela. — Você sempre diz que está fazendo isso por mim e pela banda, mas quando me ofereço para tornar as coisas mais fáceis, você se recusa.

Eu me lembrei das mãos de Nora na Sexta da Stevie, a menção de me esganar. *Ele vai tentar te prender.*

— Não quero que ninguém me "ofereça" nada. Prefiro conseguir as coisas sozinha, valeu.

Ele acendeu o fogo, encarando as chamas que dançavam sob a panela.

— Ok, boa sorte com isso aí.

Eu estava sobrecarregada. Luke, Yarvis, a banda, o trabalho, minha saúde, mamãe, tudo isso. Toby tinha uma parcela da minha atenção, mas ele queria mais, e isso era algo que eu não poderia dar. Já não tinha mais nada.

— Essas escolhas são minhas.

— Mas eu não estava... — começou Toby, mas eu já tinha voltado para a sala e colocado meu teclado no estojo.

Eu tinha uma música para aprender.

— Tenho que ir — avisei.

Conseguia ouvir o azeite chiando. Ele não me seguiu.

Luke

Cassie irrompeu pela porta, falando no celular, os passos apressados. A porta bateu conforme ela chutava os All-Star para longe, o estojo do teclado nas costas. Ela olhou para mim, e provavelmente sabia que eu estava na mesma posição de quando saiu.

Tudo que eu estava fazendo era sentir. Estava sentado ali, pensando em quando fechei os olhos de Frankie. Pensando na minha mãe. Na silhueta dela. Em tudo, em todas as coisas que eu havia perdido.

E agora Johnno tinha voltado. Poderia ser outra pessoa, sim, mas eu sabia que era ele. Johnno não apenas não sabia o que *rescisão* significava, como também não conseguia enfiar na cabeça que eu não poderia dar a ele a quantia que ele pediu até minha dispensa no final do ano. O tempo não importava para Johnno. A vida de outras pessoas não importava para Johnno, a não ser que ele estivesse no centro. E agora ele estava ameaçando a minha vida e a de Cassie.

— Só estou dizendo que talvez você esteja certa sobre Toby! — exclamou Cassie ao telefone, diminuindo o tom de voz ao me ver. — Eu não sei o que vamos fazer sobre o show no Sahara. É aquele em que o cara da Wolf Records vai aparecer. Quer dizer, jogo tudo isso pela janela só porque estou puta?

A voz da amiga de Cassie saiu abafada do outro lado da linha.

— Claro — disse ela, tirando a bolsa por cima da cabeça e colocando-a no chão. — Certo. — Ela jogou as chaves na mesa. — Ótimo. Te amo, Nora. Tchau.

Ela desligou.

Eu a ouvi começar a arrumar o teclado no quarto.

O efeito que a última dose causou foi glorioso. Eu estava em outro nível. E Cassie havia brigado com Toby. Não sabia porque isso me deixava feliz, só sabia que deixava.

— Está tudo bem entre você e o Toby? — perguntei.

Cassie colocou a cabeça para fora do quarto.

— Ei, Luke? — A voz dela parecia contida. — Posso ter um momento para mim? Sem alguém me pedindo alguma coisa?

— Não preciso de nada — respondi. — Só achei que talvez você quisesse conversar.

— Ah, então de repente você é o Senhor Sensível. Me esquece.

Ela deu uma risada sarcástica.

Senti o arrependimento crescer. As palavras continuaram vindo.

— Também não queria ter agido daquela forma.

Ela saiu do quarto. A luz do fim da tarde iluminou as pontas do seu cabelo e dos seus olhos castanhos dourados.

— Desculpa — soltei.

— Bem — disse ela, por fim, baixinho. — É melhor você saber mesmo. Toby me chamou pra ir morar com ele.

— E o que você respondeu?

As palavras pareciam distantes ao sair da minha boca, como se fosse outra pessoa falando. Tentei me assegurar de que era a coisa certa a dizer.

Cassie olhou para mim, os olhos vermelhos pelas lágrimas. Ela era tão *linda*.

— Eu disse "nem fodendo".

— Você não precisava fazer isso por minha causa.

— Aqui é a minha casa.

— Eu sei.

Ela voltou para o quarto e começou a tocar escalas. *A casa dela*.

Meu Deus, e se Johnno invadisse o sótão? E se ele a machucasse? Minha mente voltou ao meu corpo. *Você não conseguiria impedi-lo se ele fizesse isso. Você é um inútil.*

— Cassie! — chamei. Minhas palavras estavam arrastadas. Não liguei. — Vem aqui, por favor? É só um segundo, depois eu deixo você em paz.

Pensamentos começaram a surgir. Levei a cadeira até o quarto dela e parei.

E se eu nunca tivesse conhecido Cassie? E se eu nunca tivesse escutado a conversa em que ela pediu Frankie em casamento? E se eu nunca tivesse conhecido Frankie? Se eu nunca tivesse conhecido Frankie, ele teria dividido o quarto com outra pessoa, alguém que talvez tivesse mandado todo mundo ficar no jipe — e Frankie e Galo ainda estariam vivos.

E se eu nunca tivesse me alistado?

E se eu nunca tivesse ficado fora de órbita?

E se eu nunca tivesse encontrado essa sensação, para começo de conversa?

E se eu nunca tivesse precisado dela?

O que estava lá antes das drogas?

Antes, quando eu aprendi a trocar as fraldas do meu irmão sozinho e a me perguntar por que o céu era azul e se fantasmas eram reais. Quando eu ligava para a rádio e pedia para tocarem "Spirit in the Sky" para o meu pai. Quando eu tinha uma mãe. Quando eu sabia como desejar algo, como amar. Quando eu sabia fazer coisas para as pessoas, em vez de odiar a mim mesmo por não fazê-las.

Cassie finalmente saiu do quarto, passando as mãos pelo cabelo. Estava quase nos ombros. Nós nos conhecíamos havia tempo o suficiente para notar que o cabelo do outro tinha crescido.

Ela se sentou, o calor e a presença aconchegantes faziam eu me sentir menos solitário.

— Quero ser melhor — comecei, tentando não tropeçar nas palavras. — Quero ajudar por aqui.

Cassie manteve os olhos fixos em mim e respirou fundo. Ela colocou a mão nas minhas costas. Tentei endireitar a postura. Minha visão estava desfocada.

Apesar de saber que ela estava sentada ao meu lado, eu ouvi a voz dela de uma distância considerável.

— Você pode resolver a sua vida.

Eu poderia. Poderia ser um amigo de verdade para Cassie. Poderia proteger a casa dela. Poderia me livrar de Johnno. Poderia proteger meu irmão e a família dele. Só que eu não conseguia levantar. Tudo que eu conseguia fazer era pensar e me perder em memórias.

Vamos lá. Levanta. Você consegue. Pessoas que não pensam em nada também conseguem fazer as coisas. Vamos lá. Eu estava cansado de mim mesmo. Cansado de me manter fora de órbita, cansado de estar consciente, cansado de ter inventado essas coisas. Porque era só isto que elas eram: pensamentos.

Um, dois, três.

Levanta.

Cassie

Na manhã seguinte, quando entrei na sala, Luke estava de pé.

Seu cabelo estava encharcado de suor, a calça de moletom estava caindo, mas ele estava em pé, usando as costas do sofá como apoio, indo de um lado para o outro, murmurando para si mesmo como a esposa de Macbeth.

No começo, eu não disse nada.

Era assim que eu e Luke preferíamos fazer as coisas, certo? Sem reconhecer a presença um do outro. Ao menos, tinha sido assim até a noite anterior.

Não era como se eu estivesse fazendo tudo aquilo por bondade. Eu ainda estava usando o plano de saúde dele. Eu ainda ganharia metade da rescisão dele, então era melhor manter tudo da forma mais prática. Eu entregava a ele toalhas úmidas e cheias de sabão pela porta do banheiro para que ele pudesse se limpar. Ele desviava o olhar quando eu saía do banho. Tudo isso era parte do acordo.

Porém, às vezes, a dor dele era tão nítida que eu sentia em mim também. Pelo menos uma vez por dia, uma dor que dominava a casa. Quando ele esticava a mão para ajustar o travesseiro. Quando se curvava para pegar alguma coisa que tinha caído no chão. Quando ainda estava acordando de um pesadelo, engasgado em um grito.

Então, vendo-o ali em pé daquele jeito, não pude evitar. Comecei a aplaudir.

Luke

Eu estava arfando, mas não me importava. Apoiado no sofá, dei um passo. Mexi os dedos dos pés, provando que conseguia sentir o chão de madeira. Eu poderia pôr meu peso sobre ele. Eu estava travado e não conseguia andar sozinho, mas poderia usar os músculos.

— Não acredito que você conseguiu se levantar sozinho — disse Cassie, o sorriso tomando conta do rosto dela.

Ela me examinou de cima a baixo, provavelmente desacostumada a me ver em pé.

Outro passo cuidadoso. O chão se manteve sólido.

A dor era como um beliscão, em vez de uma facada. Beliscão e cutucão, pequenos, secretos, como os que Jake e eu costumávamos trocar na fila do mercado, já que não podíamos nos empurrar em público.

— Caramba — soltei, engolindo o nó na minha garganta.

Houve uma grande agitação dentro de mim quando acordei naquela manhã, a luz do sol nos meus olhos, minha boca seca por ter desmaiado. Estiquei a mão para pegar o copo de água, mas percebi que tinha deixado na estante onde estavam os discos de vinil, do outro lado da sala. Um refrão de *cacete, cacete, cacete* ecoou em meus ouvidos, mais alto do que o normal, alimentado pela raiva do meu corpo inútil, que usava a mesma calça de moletom fazia quinze dias, que não conseguia sequer pegar a porra de um copo.

Senti meu estômago embrulhar. Pisei com tanta força que eu queria que o chão desaparecesse. A dor estava lá, mas eu mandei ela se foder.

Vai se foder, eu disse em voz alta na segunda tentativa e me apoiei na mesa de centro, onde quase tropecei.

Tensionei os quadríceps como costumava fazer quando treinava para jogar futebol americano e senti meus músculos estremecerem. Quando achei que estava prestes a cair, fiquei em pé.

Eu estava em pé, eu estava em pé, e Cassie esticou a mão e pegou meu braço, de alguma forma sabendo que eu queria andar em círculos, várias vezes, me afastando do sofá. Aquele cômodo era meu pequeno império.

Os passos dela acompanhados dos meus eram fortes e lentos. Ela abriu um sorriso. Meu peito parecia rasgado, aberto.

— Não precisa ficar se não quiser — comentei. — Você não tem que ir pra outro lugar?

— Não, vou ficar aqui — declarou ela, me levando na direção do rádio. — Vamos colocar uma música. O que você quer ouvir?

Eu não sabia o que responder, mas então senti o cheiro de óleo de motor, vi as mãos do meu pai tamborilando no capô de um carro enquanto ele examinava um motor.

— Tenho um pedido — disse, e dei outro passo com Cassie, os braços dela ao redor da minha cintura. — "Spirit in the Sky", do Norman Greenbaum.

Cassie

O tempo estava fresco e ensolarado, então abri as janelas do apartamento e coloquei "Rock and Roll Suicide", do David Bowie, para tocar, no volume máximo. Decidi esperar até a minha agenda coincidir com a da minha mãe para contar pessoalmente para ela as novidades da banda, e tinha uma boa sensação sobre aquela data. Já fazia alguns dias que Luke estava conseguindo ficar de pé sozinho, e agora estava lá fora com Rita, dando voltas no jardim.

Eu estava a nove dias e um show de trinta minutos de conseguir um contrato com uma gravadora. Mal podia esperar para contar as boas-novas: eu era uma artista, e tinha como provar.

Quando ela apareceu, eu a vi sair do seu Camry usando óculos escuros comprados em uma farmácia e com um livro de Rosario Ferré debaixo do braço. Abri um sorriso e abaixei o volume da música enquanto ela subia as escadas.

— Quem está cortando sua grama? — perguntou ela assim que abri a porta. — Parece uma selva lá fora.

— Ah, é a Rita que faz isso — respondi, me esticando para dar um beijo na bochecha dela.

— E você está usando uma camiseta suja e a mesma calça jeans já faz dias. *Estas flaca.*

Apertei os lábios, me segurando para não retrucar, lembrando a mim mesma que aquele deveria ser um dia bom. Para consertar as coisas entre nós. Ainda assim, eu achava que poderia contar a ela que tinha acabado de ganhar um Nobel e ouviria "É bom você ter certeza de que não vão usar aquela foto sua de adolescente gótica" como resposta.

Só que isso tudo estava prestes a mudar.

— Enfim, mãe, eu...

— E onde é para eu sentar?

Ela estava olhando para o sofá, que estava com o travesseiro e o cobertor de Luke e provavelmente cheirava a suor.

Meu rosto ardeu.

Ela pegou o cobertor e começou a dobrá-lo.

— Uma enfermeira vem até aqui?

— A Rita vem. A do andar de baixo. Nas noites em que preciso trabalhar no bar ou ensaiar.

Ela colocou o cobertor dobrado no sofá, pegando o travesseiro para afofá-lo.

— Hum. E ela vai continuar trabalhando sem pagamento até quando?

Eu fiquei observando enquanto ela trabalhava, tentando encontrar as palavras certas.

— Bem, tem isso, mas com sorte logo Luke estará melhor. E mãe, tem uma coisa que preciso te contar.

— Diga — disse ela, jogando o travesseiro, um sorriso crescendo no rosto.

Meu estômago se embrulhou. Meu coração acelerou. Ela ficaria orgulhosa de mim. Certo?

— Não acho que é bem o que você quer ouvir, mas é uma coisa boa.

Ela tirou uma mecha de cabelo da minha boca.

— Ah, tem alguma coisa a ver com esse negócio de tocar piano?

Foi como um soco no estômago.

— Negócio de tocar piano? Mãe, eu tenho vontade de morrer quando você fala assim. *Morrer.*

— Do que você chamaria?

— De carreira.

— Carreira...

Quando olhei de novo para minha mãe, ela estava massageando as têmporas, como se minha incapacidade de compreensão estivesse causando dor de cabeça nela.

— Tudo que eu já falei, tudo que eu já te dei, tudo isso jogado fora.

— Ok, esquece isso. Esquece.

Segurei as lágrimas, indo até a cozinha.

— Quer almoçar? Não vou mais conversar com você sobre isso.

— Por que não?

Parei, balançando a cabeça.

— Porque você não gosta do que eu tenho a dizer — disse ela.

Eu me virei para encará-la.

— Não, porque eu convidei você aqui pra contar a melhor notícia que eu já recebi e sei que você não vai nem ligar, já que não se encaixa na sua ideia do que minha vida deveria ser.

Ela ficou em silêncio.

— Então acho que você não vai me dizer que vai entrar na pós.

Soltei o ar com força, quase dando uma risada.

— Não. Nem fodendo.

— Olha a boca, eu sou sua mãe.

— Talvez eu assine com uma gravadora. Wolf Records. Você sabe o que isso significa?

Ficamos em silêncio. Ela suspirou.

— Imagino que significa que você está colocando a música acima da sua estabilidade.

Sem parabéns. Lógico que não. Sem reconhecimento. Ela sequer conseguia fingir.

Tentei impedir minha voz de estremecer:

— Significa que talvez eu faça uma turnê com a banda, receba dinheiro, tudo isso.

Por um minuto, ela pareceu assustada. Então, soltou uma respiração forçada e pesada.

— Que Deus te ajude. E que Deus ajude Luke também.

— Sabe de uma coisa, mãe? — comecei, recolhendo as roupas de Luke espalhadas pelo chão, enfiando cada item dentro da mala dele. — Por que você não tenta, sei lá, abrir a cabeça, em vez de ficar planejando minha vida por mim no seu apartamentozinho?

— Eu te alimentei e te criei naquele apartamentozinho, mas agora você quer jogar fora toda sua educação para ficar viajando por aí de carro.

— Viajando de carro? Dá um tempo, porra.

Ela fazia eu me sentir como uma adolescente de novo, como se eu estivesse trancada no meu quarto gritando com ela.

— E deixar Luke pra trás, se virando sozinho. O que ele pensa disso?

— Luke. Ele... ele não... ele não liga.

Eu não sabia dizer o que Luke pensava sobre a banda, mas essa não era a questão. Minha mãe sequer conseguia ficar orgulhosa ou feliz por mim antes de começar a questionar tudo e deslegitimar minhas escolhas.

— Não é ficar viajando de carro. Não vou tocar música na calçada, com um chapéu pedindo gorjetas. Eu toquei a vida toda, você sabe disso.

— Eu sei — disse ela, baixinho.

— Por que você menospreza todas as minhas conquistas? — gritei, alto o suficiente para que o bando de pássaros no freixo ao lado da janela se espalhasse.

— Porque eu fico com medo!

Ela apontou para o meu estômago, para minhas entranhas adoecidas. Para os comprimidos de Luke na mesinha de cabeceira, nossa casinha imunda. De repente, consegui enxergar a sujeira, e meu rosto ardeu de vergonha.

— Não sei como você vai fazer isso durar.

— Seu medo é problema seu!

— Não é só problema meu. O que o exército vai dizer? O que Luke vai fazer?

— Luke tem a rescisão pra receber, além dos benefícios da reserva pra quando quiser estudar. Há meses eu não tenho uma crise, mãe. Estou estável. Cozinho. Cuido de mim mesma. Do meu jeito.

— Ainda assim fico preocupada. Tenho o direito de ficar preocupada.

— Não mais.

Atravessei a sala, abrindo a porta da frente. Era um convite. Ela suspirou.

— Nunca vou conseguir convencer você a não fazer isso, né?
Gesticulei em direção à porta.

— Você nunca mais vai falar comigo, ponto-final — declarei.

— Não até respeitar minhas escolhas.

— Então vou embora.

Eu estava tentando ignorar o pânico em meu estômago, dizendo que nunca havíamos nos despedido assim, com tamanha hostilidade a ponto de não falarmos nada.

Ela pegou o livro, os óculos escuros e passou por mim, um sorriso triste no rosto. Eu sabia que ela também estava ardendo por dentro. Ela queria estar certa. Eu queria ser legal. Mas tinha cansado. E ela nunca deixaria de querer estar certa.

Mi hija, ela dizia. *Mi hija*. Não só uma filha, mas *minha* filha. Ela pensava que era minha dona. Não mais.

Luke

Começou como a maioria das coisas começava ultimamente: na cadeira. Para o exercício que eu tinha em mente, tudo que eu precisava fazer era manter as pernas retas e erguê-las, mas não havia espaço suficiente no apartamento de Cassie para dobrar minha perna boa e esticar as mãos para conseguir me manter equilibrado. Então pedi a Rita para me ajudar a descer as escadas e a ficar de olho do quintal, caso a dor ficasse forte demais.

Bem lentamente, desci até lá.

Quando cheguei, minha respiração estava curta, mas pelo menos eu tinha espaço. Podia ver o todo. Estava consciente. *Só um*, eu disse a mim mesmo. *Uma vez, e aí acabou.*

Imaginei minha perna como a árvore, como o tronco de uma árvore derrubada, da mesma forma que eu tinha imaginado no hospital quando meus pensamentos estavam eclipsados pela dor. Eu estava de volta a Buda, ainda jovem e feliz, trabalhando com paisagismo com meu irmão. Vislumbrei Jake segurando a outra ponta do tronco, levantando-o. *Vamos tirar isso do caminho*, disse para ele. *Um, dois, três.*

Subiu cinco centímetros e depois desceu.

A dor estava lá, mas era um movimento tranquilo de ondas, indo e vindo, calmamente. Conectar os movimentos que eu fazia no jardim a objetos que não estavam lá, a momentos de paz, estava me ajudando.

Na minha cabeça, eu estava parado na oficina improvisada, minhas mãos descansando na porta de um jipe, escutando enquanto Clark testava o motor.

Na minha cabeça, eu estava correndo.

Cassie

Depois que minha mãe foi embora, comecei a andar em círculos. Aquela era minha casa. Eu era responsável por ela e gostava disso. Assim como eu gostava de vestir as mesmas roupas, de deixar as revistas espalhadas pelo chão, do despertador que tocava "Sugar, Sugar", da The Archies, para me lembrar de checar meus níveis de glicose.

E, sim, era um apartamento bem pequeno que eu pagava com o dinheiro que recebia fazendo drinques e enganando o exército dos Estados Unidos, mas era meu, e as pilhas espalhadas pelo chão estavam, sim, organizadas.

Havia a pilha de roupas pretas. A pilha de roupas coloridas. A pilha de roupas de Luke. A pilha de discos de vinil. A pilha de coisas que Luke tinha usado ou usaria no futuro, sendo que algumas eram lixo, beleza, mas era conveniente porque ele conseguia pegar tudo aquilo sentado no sofá.

É, pensei, *realmente está um cheiro esquisito aqui.* Era cheiro de suor — o que, aliás, não era um grande problema para mim, mas uma pessoa não deveria viver no fedor de outra.

Certo. Certo! Eu *cuidaria de mim mesma*, mas só para provar que era possível. Eu usaria o alvejante mais tóxico da marca mais escrota enquanto escutava os discos de Yoko Ono.

Coloquei nossas roupas e o cobertor de Luke na máquina. Tirei as pilhas de lixo da sala e da cozinha, varri e passei pano no chão, esfreguei a pia e a banheira. Passei pano nos azulejos do banheiro, limpei o fogão, abri as janelas, tirei o pó dos parapeitos. Até lavei o cabelo, depilei as pernas e a virilha e fiz as sobrancelhas.

Luke abriu a porta e deu um sorriso sutil. Ele estava usando uma calça de moletom velha e uma camiseta dos Buda Bears com manchas visíveis. Todo o esforço que ele havia feito nos últimos dias resultou em um fedor masculino em volta dele. Desde que tinha começado a morar comigo, Luke não tomava banho direito.

Bem, agora ele iria tomar, assim que eu o arrastasse até o banheiro.

E foi assim que eu acabei tentando não olhar para o corpo nu de Luke enquanto ele se agarrava à laterais da banheira, as mãos firmes dos dois lados, se abaixando para entrar na água quente. Pensamos em usar o chuveiro, mas ficamos com medo de ele escorregar, e nenhuma das minhas cadeiras cabia no meu banheiro. O problema era que eu precisava segurá-lo pelo torso e me certificar de que a perna boa não escorregaria e espalharia água pelo chão, e a perna machucada não bateria na lateral da porcelana.

— Ai, ai, ai, porra.

Minhas mãos estavam escorregando pelo peitoral dele.

— Que foi?

— Vai mais devagar.

— Estou tentando.

Segui a linha da água conforme chegava ao topo das coxas dele, as linhas do músculo delineando a pélvis.

Meu deus, Cassie. Que pervertida, dizia minha mente.

Não conseguia evitar.

Alguma parte oculta do meu cérebro começou a relembrar quando ele estava dentro de mim no banheiro do motel, e de novo na cama. E de novo naquela poltrona ao lado da cama. *PARE COM ISSO.*

Lembre-se de que esse homem fez xixi nas calças e no seu chão.

Por fim, ele estava sentado.

E, ah. Ele estava com uma ereção. Eu não tinha notado, estava ocupada demais tentando não me excitar.

— Tá — falei, sentindo o rosto corar.

— É — disse Luke, se cobrindo com as mãos. — Desculpa. É que faz um tempo que não fico pelado na frente de uma mulher, sabe?

Eu dei um passo para o lado, procurando algo para que ele pudesse se esfregar.

— É só biologia — comentei, minha voz fazendo aquela coisa que faz sempre quando não sei o que falar.

Sem olhar, arremessei uma esponja na água e me levantei, indo na direção da porta. Algo estava se retorcendo dentro de mim, e eu não tinha desculpa. Não fazia muito tempo que eu tinha ficado pelada na frente de um homem.

— Tem sabão? — perguntou ele atrás de mim.

— Na estante, pendurada na torneira.

Um segundo depois, ele gritou:

— Porra. — Ele suspirou. — Eu não consigo alcançar.

— Mas está bem atrás de você — comentei, olhando para a parede.

— Não consigo.

Eu me virei e ajoelhei, vendo o rosto dele se contorcer conforme fazia o esforço de se virar. Para conseguir alcançar, ele precisava pressionar a perna contra a lateral da banheira.

— Deixa que eu faço isso — comentei.

Conforme eu enchia a esponja de sabão, ele descansou a cabeça no encosto da banheira, a respiração ofegante. Luke estava exausto, ainda gemendo a cada poucos segundos. Por instinto, eu o empurrei para a frente de leve e passei a esponja em suas costas, nas partes que seriam difíceis de ele alcançar.

— Onde mais? — perguntei.

Ele abriu os olhos.

— Hum?

— Onde mais você não alcança?

— Não. — Ele ergueu a mão para pegar a esponja. — Não preciso que você faça isso.

— Só me deixa fazer.

Eu apertei a esponja, e aquela sensação repuxou ainda mais meu corpo, mas graças a Deus ele não conseguia ver isso — e graças a Deus estávamos sozinhos ali, sem ninguém para questionar porque eu achei que aquilo fosse uma boa ideia.

Ele de fato me deixou continuar. Comecei pelas costas, subindo pela nuca, atrás das orelhas. Foi esquisito, a princípio, mas depois só ficou... agradável. Era bom vê-lo sem dor e, sim, era bom tocar nele, como foi naquela noite seis meses antes. E talvez melhor ainda, já que nenhum dos dois estava bêbado, irritado ou se sentindo mal.

— Obrigado — disse ele, embalado, os olhos azul-acizentados desaparecendo por trás das pálpebras cansadas. — Isso... — começou ele, com um leve calafrio quando cheguei debaixo dos braços. — Ajuda muito.

— De nada — respondi, esfregando as coxas dele, atrás dos joelhos, a parte de trás da batata da perna.

De repente, "Sugar, Sugar" começou a tocar no meu bolso. Luke estremeceu na água, me atingindo com respingos. Eu ri e me levantei, pegando o medidor e as tiras reagentes do armário de remédio, as agulhas da prateleira acima da privada.

— Tudo bem se eu fizer isso agora? — perguntei, erguendo o medidor.

— Claro — respondeu ele, me olhando nos olhos. — Na verdade, sempre tive curiosidade.

— Bem, não é nada tão empolgante assim. — respondi, lavando as mãos.

Peguei a agulha e fiz um furo na lateral do dedo indicador. Apareceu a gotinha de sangue. Olhei para Luke. Ele parecia encantado. Sorri.

— Agora — comecei, erguendo o dedo que sangrava. — Eu coloco o dedo aqui e nós esperamos.

O ar estava pesado e silencioso por causa do vapor. Coloquei um algodão na ponta do dedo.

— Perto de 3,6. É um pouco baixo. — Peguei um tablete de glicose e o enfiei na boca. — Eu mastigo esse negócio quando não é uma emergência — disse, apontando para o potinho. — Os sachês são para emergência.

Apontei para a caixa.

— Por que sachês?

Hesitei, me perguntando como explicar sem assustá-lo.

— Caso eu esteja apagada demais para conseguir engolir.

Eu o escutei se mexer de novo, a água espirrando por todos os lados. Abri o armário outra vez, pegando o caderninho e a caneta que guardava ali para registrar os números.

— Você anota a glicose num caderno? — perguntou Luke.

Assenti.

— Eu também faço isso. Com meus tempos de corrida, no caso. — Ele pigarreou. — Ou pelo menos fazia. Enfim, sabe qual a boa notícia? — perguntou ele. — Vou começar a fisioterapia amanhã de verdade. Vou voltar a correr nem que seja a última coisa que eu faça.

Joguei a esponja de volta na água, soltando a respiração.

— Ah, é mesmo?

— É.

Olhei para a perna dele. A parte que tinha sido machucada estava cheia de cicatrizes, amarronzada. Logo abaixo do joelho direito havia uma cicatriz mais escura, do tamanho de uma bala.

— Espera, você não acredita em mim? — perguntou ele, pegando a esponja e jogando água em mim.

Joguei água de volta nele, ficando em pé.

— Na verdade, acredito sim.

Luke

Jake ainda não tinha aparecido, e eu estava começando a ficar preocupado. Não ficaria surpreso se ele desistisse. Nós tínhamos conversado havia uma semana, e eu até deixei meu celular ligado para o caso de ele responder, mas não recebi nenhuma notícia desde então. Também não tive notícias de Johnno, o que me fez pensar que talvez meu celular não estivesse funcionando ou algo do tipo. O ar do lado de fora da casa de Cassie estava fresco. A grama, seca, a calçada, molhada, já que Rita tinha regado as plantas. Os carros que passavam levantavam poeira e os pássaros voavam no céu. Estava tudo normal, mas depois de semanas enfurnado no apartamento de Cassie, o mundo parecia maior de alguma forma, parecia uma versão mais brilhante de si.

Eu estava em pé, andando em círculos pelo apartamento, havia dias, mas aquela era a primeira vez que tentava descer as escadas sozinho, usando a bengala que recebi no hospital.

Mesmo assim, minhas pernas estavam praticamente coçando para voltar a correr. Acabei me lembrando da última vez, o dia antes de Frankie, Galo e eu descobrirmos que iríamos até a fronteira do Paquistão. Eu tinha chegado na pista ao amanhecer, deixado Galo e Frankie dormindo naquele quartinho de paredes de madeira, o ar intocado em meus pulmões, sabendo duas verdades absolutas vindo a tona: tudo era difícil, e tudo ficaria bem.

Só que não tinha ficado nada bem.

As lembranças voltaram. Se não tivéssemos entrado no jipe, se eu tivesse impedido Frankie, *se*, *se*, *se*. O desejo diário de estar fora de órbita crescia, e eu só queria apagar tudo aquilo. Afastei a vontade. *Aqui não, aqui não, não agora.* Só tinha tomado um comprimido de manhã.

Eu tinha deixado Rita responsável por meus remédios, e instrui ela a me dar apenas dois por dia, não importava o quanto eu pedisse. Ela entendia.

Nem um segundo depois, como se para me recompensar, Jake apareceu na rua de Cassie com o carro dele.

— Precisa de uma mãozinha pra entrar? — perguntou ele pela janela aberta.

Manquei na direção dele.

— Não, está tudo bem.

— Olha só pra você — disse ele.

Fomos a viagem toda até Buda praticamente em silêncio, apenas escutando o programa de rádio que analisava o pré-jogo. Era o campeonato de basquete, estavam dizendo. Os Bears eram os favoritos da partida.

Nós estávamos atrasados. Justo quando coloquei a bengala na primeira fileira de arquibancadas, arrastando a perna machucada como se fosse um saco de batatas, o diretor da banda acertou o palanque com o bastão. Todos ficaram de pé e em silêncio, as mãos sobre o coração, preparados para cantar o hino nacional.

Bam. Eu estava concentrado em me erguer até o próximo degrau, sem notar que as conversas tinham diminuído. *Ba-bam.*

Todos os olhos se voltaram na direção do som.

— Coitado — disse alguém. — É o filho do Morrow. Veterano.

Como bom patriota, o diretor da banda esperou até que eu me virasse lentamente, como um frango de padaria, para ficar de frente para a bandeira.

As vozes começaram a cantar o hino ao meu redor.

— Levanta, Carl. Ofereça o seu lugar — comentou outra pessoa.

Jake e eu mantivemos nossos olhares fixos em frente. Não queria o lugar de ninguém. Tudo que eu fiz foi levar um tiro, voltar para casa e ficar sentado no sofá de uma estranha engolindo comprimidos. Eu não merecia o lugar de ninguém. Pela milésima vez naquele dia, desejei estar fora de mim. *Não.*

Mais ou menos na metade do primeiro tempo, Jake e eu tínhamos finalmente conseguido chegar aos únicos assentos disponíveis na terceira fileira.

— Tudo bem, cara? — perguntou ele, me ajudando a me sentar.

— Uhum — confirmei. — Só não me peça pra buscar um lanchinho.

Jake soltou uma risada, e me senti meio aliviado.

Um dos jogadores do Bears tinha acabado de mergulhar para pegar a bola. Fora. O apito soou.

— Que confusão — comentei.

— É, eles estão meio ruins esse ano — respondeu Jake.

O jogo continuou.

Eu não conseguia me lembrar do que tinha dito na outra noite, quando chamei Cassie para me ver ficar em pé. Mas eu sabia o que queria. Queria ser melhor. Jake não iria iniciar uma conversa. Esse era meu trabalho, e eu teria que fazer isso sozinho.

— Você se lembra... — Engoli. — É difícil acreditar que esse é o mesmo lugar em que eu te trouxe para participar do acampamento de basquete.

— É, penso nisso às vezes. Quando venho aqui.

— Você era bem bom.

— Eu era ok. Mas papai precisava de ajuda na oficina.

Balancei a cabeça, me lembrando de Jake voltando para casa com nosso pai quando ele tinha apenas quinze anos, nos dias raros em que eu não estava por aí me drogando, a roupa dele toda suja de óleo de motor.

— Você amadureceu rápido demais.

— Nós dois.

O árbitro marcou uma falta contra os Bears. Jake ergueu as mãos, grunhindo com o resto da multidão.

— Ah, qual é!

— Eu, não. Eu só fiz merda.

— Sim, mas antes disso. — Jake desviou o olhar do jogo e encarou as mãos cruzadas nos joelhos. — Depois que a mamãe morreu.

— Como você se lembra disso?
Ele era só um bebê.
— Como você não se lembra? — A voz dele ficou mais alta, mais aguda. — Quer dizer, eu não me lembro muito dela. Mas me lembro de você e do papai me levando pra creche. Voltando comigo pra casa.
Eu o ajudava a se vestir. Quase sempre com as minhas camisetas velhas. Minha camiseta do Batman, que na época eu tinha ficado com raiva por não me servir mais. Eu tinha me esquecido disso tudo; já fazia muito tempo. Dei de ombros.
— A creche era logo ali, só descer a rua.
Os Mountain Lions erraram o arremesso livre. A multidão aplaudiu. Jake se inclinou para trás, começando a sorrir.
— Depois que a gente chegava em casa, você gostava de subir no banquinho e pegar biscoitos em cima da geladeira. E a gente ficava ali sentado assistindo aos *Power Rangers* até o papai voltar pra casa.
— E aí a gente ia brincar de ser Power Ranger lá fora — completei. — Enquanto ele fazia um daqueles hambúrgueres horríveis.
Jake riu.
— Você me disse que a Power Ranger Rosa era máscula. Que era a cor mais máscula que tinha. Lembra?
— Nossa. — Ri junto com ele. — Que progressistas!
— Falo isso para o JJ também — disse Jake, me acotovelando. — Falo que rosa é uma cor ótima. O que ele quiser usar está bom. Hailey ama isso.
— Aposto que sim.
Os times pediram tempo. As memórias vieram como ondas, nos inundando.
— Sabe, Luke — começou Jake, sendo interrompido por duas pessoas que se levantaram para ir até a lanchonete, murmurando sobre o preço de uma lata de refrigerante. — Você era a única pessoa que eu tinha quando a gente era criança. Era isso que eu queria dizer. Papai estava lá, mas eu não sei se ele algum dia quis ser pai. Ele fez o melhor que podia. Mas você estava lá.

Senti a garganta apertar. Olhei para baixo. O jogo começou de novo.

— E quando você começou a se afastar e fazer todas aquelas merdas, foi como perder um pai.

A força do que ele estava dizendo estava prestes a me derrubar. Eu tinha duas opções. Poderia tentar escapar por outra rota, por outro sentimento, ou poderia encarar aquilo. Eu me lembro de bater na porta de Johnno um dia depois de ter tomado oxicodona pela primeira vez. Quase me afastei antes de ele abrir. Quase evitei tudo isso.

Eu me virei e encarei meu irmão. Nos olhos dele, via os da minha mãe.

— Eu acho... — Me interrompi, escolhendo as palavras. — Isso não é uma desculpa, mas acho que a morte da mamãe mexeu comigo mais tarde. Me deixou perturbado.

— Eu sei que sim — disse Jake, olhando para o jogo.

Por um instante, ele colocou uma das mãos nas minhas costas.

Meu alívio tinha peso e forma.

— Não vou fazer isso com você de novo — afirmei, minha voz trêmula.

Dez segundos até o primeiro tempo acabar. Os Bears estavam atrás por apenas dois pontos.

— Acho bom mesmo — murmurou Jake. — E não inventa de se alistar de novo depois que a sua perna melhorar, sr. Coração Púrpura.

Olhei para Jake. Ele provavelmente tinha visto aquilo no jornal. Meu pai também. Eu não tinha me aprofundado naquele assunto com ninguém. Toda vez que pensava no meu Coração Púrpura, eu via as botas ensanguentadas de Frankie. Não parecia real.

— Vamos ver.

— Qual é, defesa! — gritou Jake. — Vamos!

Faltando apenas poucos segundos, o armador principal roubou um passe e seguiu pela quadra em um ímpeto. Todo mundo ao nosso redor ficou em pé, gritando:

— Vai! Vai! Vai!

Jake também ficou em pé. Eu me apoiei na bengala, tentando me erguer, minha perna protestando com a dor. Não, eu não iria me alistar de novo, pensei. Precisava focar em outras coisas. Ficar sóbrio, ir para a faculdade.

Quando finalmente me levantei e consegui ver o que estava acontecendo, o jogador já tinha marcado o ponto. Com dificuldade, me sentei novamente. Em vez de ficar frustrado, sorri para Jake, que me ajudou a vencer aqueles últimos centímetros.

— Então vocês arrumaram uma enfermeira? — perguntou ele.

Apertei a bengala, pressionando os lábios.

— A gente deveria ter arrumado uma.

Jake balançou a cabeça para mim.

— Você obrigou Cassie a fazer tudo sozinha?

— A vizinha ajuda. Foi uma decisão que tomamos juntos.

— Caramba. — Jake assentiu, admirado.

— Eu sei. Ela é boa.

Pensei no rosto de Cassie sorridente quando comecei a andar no outro dia, ela segurando meu braço enquanto dávamos voltas pela sala. Eu tinha agradecido a ela por aquilo?

— Ela é incrível — acrescentei, com sinceridade.

Mesmo quando a gente brigava, ela ainda assim apertava o corpo contra o meu, ainda fumegando de raiva.

— Aposto que ela reclama. Eu reclamaria o tempo todo se fosse ela.

— Não muito — respondi. — Ao menos não pra mim.

— Ela é uma das boas, Luke — disse Jake, desviando o olhar do jogo para mim por um instante. — Você escolheu uma das boas.

O apito soou, sinalizando o intervalo. Jake ficou em pé, se esticando.

— Quer alguma coisa?

De repente, um cara com uma camiseta laranja berrante apareceu na quadra, segurando um microfone sem fio.

— E aí, pessoal? Quem está pronto pra ganhar uma pizza do Gino's?

A multidão rugiu.

— Ué, o que é isso? — perguntei a Jake, rindo.

Antes que ele pudesse responder, uma mulher loira vestindo uma camiseta laranja idêntica apareceu, segurando uma bacia transparente com pedaços de papel vermelho dentro.

— Todos os ingressos foram colocados *nessa bacia*. O assento que eu sortear vai ganhar um ano de pizza grátis se fizer uma cesta de dois pontos!

— Ai, que merda — disse Jake, virando-se para olhar para mim, as sobrancelhas erguidas. Revirei os olhos.

— E o sortudo é... — A mulher tirou um pedaço de papel da bacia. — Fileira C, número 11!

O pessoal ao nosso redor olhou de um lado para o outro, e então, lentamente, todos me encararam. Olhei para minha cadeira. Era a minha. Fileira C, número 11. *Puta merda.*

Pela segunda vez naquele dia, todos estavam me observando. Ex-namoradas, professores de inglês e sociologia que quiseram me reprovar, treinadores de futebol que não haviam conseguido me impedir de dar respostas sarcásticas, amigos e pais de amigos que me viram bêbado de vodca roubada dos armários deles. Todos esperando para ver o que eu faria.

Ergui a bengala, balançando a cabeça, sentindo a humilhação subir ao estômago, quente e espessa. Jake tentou afastá-los, sorrindo de forma educada.

— Chega, gente, por favor — pediu ele, cerrando os dentes. — Ele não quer fazer isso.

— Jake — disse eu de repente, sentindo as bochechas quentes. — Você precisa ir lá.

— Quê?

— É sério? Você fez essa cesta umas cem vezes.

Ele conseguia marcar antes da linha de três pontos mesmo quando era criança.

Apontei para Jake e, eu não sei o que me tomou naquele instante, comecei a falar o nome dele. Talvez fosse o homem do exército em mim, a pessoa que adorava se mexer em uníssono, que ficava para trás para correr com os cadetes que não eram tão rápidos, para respirar com eles, gritar com eles, fazendo-os cruzarem a linha de chegada.

— Jacob! Jacob! Jacob! — gritei.

Todos começaram a me acompanhar.

— Jacob! Jacob! — O ginásio inteiro acompanhou.

O rosto de Jake ficou vermelho e ele ergueu as mãos.

— Tá bom!

Eu o vi descer as arquibancadas dois degraus por vez. Não senti raiva ou fiquei tenso pelo fato de que eu só conseguiria alcançar metade daquela velocidade quando fôssemos embora, que a dor acabaria comigo, que eu gostaria de tomar um comprimido quando chegasse em casa para fazer toda aquela sensação desaparecer.

Jake pegou o passe que o homem de camiseta laranja fez. *Não vou fazer isso com você de novo*, eu tinha dito a ele. Dessa vez, eu sabia que o horror voltaria e que a tentação de deixar as drogas me entorpecerem também voltaria. Mas eu também sabia que a dor de ceder à minha dependência seria muito maior.

Jake olhou para mim. Fiz uma pose de Power Rangers. Ele bateu a bola baixinho até a linha do arremesso livre e a lançou no ar.

Cassie

Luke estava no banco dianteiro do Subaru, a bengala apoiada na porta. Coloquei a mão entre as pernas dele para pegar e jogar fora as garrafas de água vazias e as embalagens de barrinhas de cereal que tinham se acumulado no chão. E por "jogar fora" quero dizer jogar no banco de trás.

— Desculpa — falei, reprimindo um bocejo.

— Está tudo bem — respondeu ele, olhando para as pilhas de caixinhas de CDs vazias espalhadas no painel. Queen, Natalie Cole, David Bowie, Patsy Cline.

Ele queria ir até o rio, para que pudesse continuar com a fisioterapia ao ar livre. Claro que eu topei e me ofereci para buscá-lo mais tarde, mas por algum motivo eu estava nervosa. Luke tinha ficado muito tempo dentro de casa, protegido do caos do mundo lá fora, vulnerável e indefeso. Eu sentia como se estivesse libertando um leãozinho machucado de volta na savana.

Quando girei a chave na ignição, Portishead começou a tocar no máximo. Abaixei o volume, lançando um olhar de "ops" para Luke enquanto dava marcha a ré.

— Não estou acostumada a ter gente no meu carro.

Exceto Toby. Quando eu não deixava o volume no máximo, Toby ficava falando sobre a música em vez de só escutá-la. Eu descobri que era por isso que eu achava tão divertido ir com ele a shows de bandas que tocavam alto demais.

Luke abaixou o vidro.

— Pode deixar alto — disse ele, contente em deixar o rosto ser agraciado pela brisa.

Tá, Cassie, calma. Ele não era um bebê com ouvidos sensíveis. Aumentei o som e cantei junto de Beth Gibbons, porque era exatamente o que eu faria se estivesse sozinha. Luke balançou a cabeça junto, perdido nos próprios pensamentos.

Quando chegamos ao rio, ele me guiou até um ponto no parque como se o conhecesse.

— Você já veio aqui antes?

— Sim — respondeu ele, sem elaborar mais.

Resisti ao impulso de fazer mais perguntas. Eu nem sabia por que queria saber.

— Obrigado, Cassie.

Ele ergueu a perna machucada, colocando a bengala na calçada, e se içou para ficar em pé, esticando a mão para dar um tchau.

— Luke, seu celular! — avisei. Ele tinha deixado no assento.

Estava vibrando. Ele o pegou, olhou para o número e sua boca se retorceu por um momento em desgosto.

— Foda-se — disse ele. — Não preciso dele. Pode me buscar aqui, obrigado.

Ele jogou o celular no chão do carro, longe do seu campo de visão.

— Beleza, tchau — me despedi pela janela aberta.

Eu o observei mancando para longe, sozinho contra aquela infinita parede de árvores. De repente, me lembrei: eu tinha me esquecido de comprar uma planta para ele.

Luke

Por cinco dias seguidos, Cassie me deixou em River Place a caminho do trabalho, e Rita me buscou depois. Comecei com quinze minutos de exercícios. Se conseguisse passar os quinze minutos e erguer o joelho quinze vezes, eu faria vinte no dia seguinte. Se eu aguentasse quinze minutos, eu conseguiria tirar o lixo.

Se eu aguentasse vinte minutos e vinte flexões de perna, eu poderia fazer vinte e cinco depois, e ir até o mercadinho da esquina para comprar leite, ovo e pão.

Se eu aguentasse fazer trinta minutos, eu poderia praticar entrar e sair da banheira.

Depois da sessão de treino do dia anterior, pedi a Cassie para me deixar na igreja perto da casa dela, para a reunião dos Narcóticos Anônimos. Eu não tenho certeza se ela sabia o motivo de eu estar ali, ou o motivo da reunião. Nós não falávamos sobre isso.

Naquele momento, tinha chegado a quarenta minutos. Eu ainda não tinha pensado em qual seria o equivalente em tarefas para aquele tempo todo. Pelo menos consegui reunir coragem para avisar a Johnno que a rescisão viria em breve. Ele havia respondido com outra mensagem: *Em dinheiro dessa vez, seu filho da puta.* Isso era menos ameaçador do que o normal. Eu poderia admirar o rio por meia hora, mais ou menos. Meu pai costumava levar Jake e eu ali sempre que precisava ir para Austin ver seu contador.

Agora Jake estava segurando minha bengala enquanto eu me apoiava em uma árvore, dobrando a perna em um ângulo maior que cento e sessenta graus. Eu tinha ligado para ele e perguntado se podia tirar o sábado de folga para treinar comigo. Ele havia topado, mas com uma condição: queria ficar gritando como se fosse um sargento treinando recrutas.

Pelo visto, para Jake isso significava acrescentar a palavra "verme" em uma frase que, em outro contexto, seria encorajadora.

— Bom trabalho, seu verme! — gritou ele.

Ergui a perna mais uma vez, me esforçando para chegar à altura de uma caixa de sapato.

— Eu sou o próprio Rocky Balboa.

Jake foi até a trilha, dando uma olhada entre as árvores, e voltou para o meu lado.

— Viu alguma coisa? — perguntei, erguendo o pé pelo que parecia ser um pântano lodoso.

Johnno não viria até aqui, certo? Engoli em seco.

— Não, não é nada — disse Jake, escondendo um sorriso.

Depois que terminei, continuamos seguindo a trilha. Aos poucos, eu notava mais do mundo. O musgo quase neon nas pedras. Os caminhos de seixos brancos passando pelas árvores como trilhos de trem. O golden retriever dando pulinhos para descer as escadas em uma coleira.

O cachorro se esfregou na minha perna, pulando várias vezes, apoiado nas patas de trás. Correu em um círculo pequeno ao meu redor e, por fim, lambeu minhas mãos.

— Oi, garoto — falei. — Oi.

— É uma garota! — chamou uma voz do alto.

Cassie apareceu no topo das escadarias de pedra e desceu, o cabelo esvoaçante. Atrás dela estava sua amiga pálida de rabo de cavalo, Nora.

Olhei para Cassie e Jake. Os dois rindo, olhando para mim com expectativa.

— O que é isso?

A cachorra parecia presa em um triângulo de alegria, sorrindo para cada um de nós, os olhos grandes cor de canela, a língua pendendo da boca.

— Desculpa, eu ia te ligar, mas esqueci o celular.

— Você? Esqueceu o celular?

Ela revirou os olhos e abriu o sorriso.
— Luke, essa é a Mittens. É sua.
— Minha? — Coloquei a mão naquela cabeça macia. — Como assim ela é minha?
— Ela faz parte de um programa — explicou Jake. — Cães para Veteranos.
— Você sabia disso?
Dei um empurrãozinho nele.
— Jake! — reclamou Cassie. — Era para você ter falado que a gente encontrou ela aos pés de um templo antigo, a rainha de um grupo de cães vira-lata.
— Ela não se parece com uma rainha — disse Jake, inclinando a cabeça. — Está mais pra uma boba da corte.
Mittens estava, naquele momento, mordendo um graveto grande, sacudindo-o como se fosse um animal morto, mas acabava se batendo com ele.
— Ou talvez a idiota da vila — comentou Nora.
— Na verdade, foi ideia da Nora.
Nora abriu um sorriso com os lábios fechados.
— Achei que talvez você quisesse algo para relaxar.
— Obrigado — respondi, sustentando o olhar dela. — E tudo bem por você? — perguntei a Cassie.
O apartamento de Cassie estava prestes a ficar muito menor. E mais fedorento. E eu nunca fui muito de animais. Não que eu *não* gostasse de cachorros. Meu pai nunca adotou nenhum bicho de estimação porque ele dizia que Jake e eu éramos "animais o suficiente para uma casa só". E os cães de rua no Afeganistão eram de todo mundo, sem falar que normalmente estavam carregando algum rato morto. Eu também não adorava a ideia de cuidar de outro ser além de mim, já que cuidar de mim mesmo parecia ser uma tarefa árdua o suficiente.
Mas acho que essa era a questão.
Cassie se abaixou.
— Ah, sim, de boa — disse ela, esfregando as orelhas de Mittens e fazendo voz de bebê. — Admita, ela é muito fofa. Olha pra essa carinha, esse olhão e o nariz e o rostinho!

Nunca vi Cassie sendo tão carinhosa. Com nenhuma pessoa ou objeto. Nem mesmo quando estava tentando parecer uma "esposa", ou no telefone com Toby, ou conversando com a mãe. Não consegui segurar a risada. Mittens pulou em volta dos meus joelhos, como se concordasse.

— O que foi? — perguntou Cassie, erguendo o olhar, as bochechas coradas. — Acho que ela e Dante vão ser bons amigos.

— Ela é capaz de comer o Dante de café da manhã.

Nós cinco continuamos a seguir pela trilha, eu cuidando de Mittens, e Mittens cuidando do graveto.

— Vamos torcer — disse Cassie.

Cassie

Yarvis estava de volta. Ele apareceu com croissants, e eu os deixei na mesa de centro entre nós. Tanto Luke quanto eu tínhamos tomado banho dessa vez. Ele estava com uma camisa de botão. Eu, de calça, em vez de short. O apartamento estava arejado e com cheiro de desinfetante depois da limpeza.

— Nada como croissants recém-saídos do forno — comentou Yarvis.

Luke e eu trocamos olhares.

— Luke, você parece melhor. Cassie, como anda a vida com a música?

— Preciso sair pra ensaiar em trinta minutos.

Nós estávamos ensaiando a música que eu tinha escrito para Frankie. O show no Sahara seria em três dias.

— Bem, vamos tentar ser rápidos.

— Ela *vai* sair no meio de uma frase, só pra avisar — disse Luke para Yarvis.

— Sim, e daí? Por que é tão difícil entender que esse é meu trabalho? Ninguém ficaria bravo se eu estivesse saindo para ir trabalhar num escritório. Esse é meu *trabalho de verdade*.

Eu me controlei, percebendo que só estava falando alto com uma versão invisível da minha mãe. Só que Toby também tinha começado a agir dessa forma, como se estivesse magoado ou ofendido porque eu não o tratava como meu namorado nos ensaios — ele me distraía e deixava Nora irritada. Ele sempre achava que eu estava brava com ele. E depois de perguntar mil vezes se eu estava brava, eu de fato ficava brava.

Luke deu de ombros.

— Foi só um comentário, amor.
— Ah. — Interessante. Acho que Luke não estava me julgando, só constatando os fatos. — Obrigada, amor.
Yarvis verificou o progresso da perna de Luke.
— Ora, ora! — exclamou ele, e então nos disse que precisávamos fazer algum tipo de exercício de imaginação antes de ele ir embora.
Quando ele pediu licença para ir ao banheiro, me virei para Luke.
— Qual é a dessa gente e todos esses exercícios de casais?
— Vai saber — disse ele. — O que será que aconteceu com os bons e velhos dias de "me venda sua filha por esses dois bodes, por favor"?
Eu o acotovelei, sentindo uma naturalidade que não sentia desde nossos dias de Skype. Parecia que éramos velhos profissionais. Profissionais em ser casados.
— Olha — começou Yarvis, se acomodando com outro croissant. — A ideia do exercício é que você finja ser a outra pessoa e agradeça por coisas do relacionamento. Cassie?
Mittens estava aos pés de Yarvis, o rabo abanando, olhando fixamente para o croissant.
— Eu sou o Luke e agradeço pela Mittens — disse eu, fazendo uma imitação do Mickey Mouse.
Ele amava quando eu fazia vozinhas estridentes. E por "amar", eu quero dizer fazer uma careta como se estivesse ouvindo uma cadeira ser arrastada no chão. "Se eu não soubesse que você tem uma voz incrível para cantar…", ele tinha dito da última vez.
— Ótimo. A minha voz é exatamente assim — disse Luke, indiferente.
— Talvez não precisem fazer as imitações — comentou Yarvis. — Certo, Luke?
Luke disse, fingindo seriedade:
— Eu sou a Cassie e agradeço por meu marido não ter mudado o nome da Mittens para Rambo, apesar das ameaças frequentes.
Revirei os olhos.

— Ela *nem olharia* se você a chamasse de Rambo.

— Olharia sim, se eu estivesse com bacon na mão — afirmou Luke.

— Está bem, vocês dois. Cassie?

— Eu sou o Luke, e agradeço por minha mulher não ter me largado — brinquei.

Olhei para Luke, esperando que ele risse, mas ele estava encarando o celular, a testa franzida. Ele fazia muito isso. Eu sabia que tinha algo a ver com a família dele, ou a questão da grana, e não estava a par de nenhuma das duas coisas. Em vez disso, eu o cutuquei.

— Luke — reclamou Yarvis. — Você precisa escutar.

— Desculpa — disse ele, largando o celular.

— Eu sou o Luke — comecei de novo —, e deixo minha masculinidade afetar minhas emoções.

Eu não estava brincando dessa vez — Luke sempre recusava ajuda e nunca me contava sobre o que eram seus pesadelos —, então fiquei surpresa quando ele sorriu e colocou o braço em volta da minha cintura.

— Posso dizer o mesmo de você, amor.

Nós dois rimos. Luke era mais esperto do que pensava. Quando se sentia confortável, ele era bem observador e engraçado.

— Estão vendo? — perguntou Yarvis, sorrindo depois de uma mordida no croissant. — Falei que ficaria mais fácil.

Luke

— Consegue pegar, Mittens? Segurei um frisbee rosa-neon do departamento de bombeiros municipal de Buda e esfreguei o focinho de Mittens.
— Faz ele pegar! — gritou JJ, feliz da vida.
— É o que o tio Luke está tentando fazer, filho — comentou Hailey.
— Mittens é uma menina, JJ — corrigiu Jake, agachando ao lado do filho. — Não é "ele".
— Os hambúrgueres ficam prontos em dez minutos — disse meu pai ao lado da churrasqueira.
— A salada vai ficar pronta... tipo agora — ecoou Cassie, examinando a tigela de alface em que tinha acabado de colocar molho Caesar.
Nós estávamos reunidos no quintal do meu pai para um churrasco. Jake e Hailey disseram que foi ideia do meu pai, apesar de eu ter a sensação de que, na verdade, era ideia dos dois.
Estava sol e o céu era de um tom azul claro, e Mittens parecia empolgada com o frisbee, abanando o rabo com tanta força que chegava a rebolar. Joguei o disco na direção da cerca, mas Mittens deu um pulo e pegou o brinquedo no ar antes de ele atravessar a barreira.
Todos aplaudiram.
A dor subia da canela ao quadril, mas agora que eu tinha começado a treinar os músculos, só estremeci, em vez de cair no chão.
— Boa garota! — falei, esfregando as orelhas peludas dela.
Fazia três anos eu não via aquele quintal sóbrio. Mittens estava trotando perto dos arbustos onde eu costumava me esconder

de Jake depois de desenhar pintos nos livros dele. Eu ficava segurando pedrinhas e o esperava sair pela porta dos fundos. Mijava nesses arbustos quando voltava bêbado para casa, torcendo para que fizesse menos barulho do que usar a privada. Provavelmente ainda havia bitucas de cigarro no chão de quando eu me esgueirava da casa de Johnno para roubar pedaços de pão ou qualquer outra coisa que eu pudesse pegar.

Da última vez que estive ali, meu pai tinha chegado enquanto eu estava esquentando um burrito congelado no micro-ondas. Ele me disse para pagar o que Johnno e eu tínhamos roubado da oficina, senão chamaria a polícia. Eram só cem ou duzentos dólares. Eu ri por dentro. Meu pai tinha pegado o telefone e feito a ligação. Eu larguei o burrito e saí correndo.

"Isso mesmo", disse ele no dia. "Vá embora. Covarde."

Johnno já tinha começado a descer a quadra. Quando meu pai viu que eu estava correndo para pegar o carro, correu atrás de mim, o telefone sem fio em mãos.

"Luke! Você me decepcionou. Decepcionou sua mãe. Decepcionou o Jake."

Ele arremessou o telefone com força, deixando um corte na minha nuca. Eu ainda tinha a cicatriz.

Isso aconteceu mais ou menos um ano antes do casamento de Jake e Hailey. Foi a última vez que ouvi meu pai dizer meu nome.

Mais cedo, Cassie tinha tocado a campainha, como se eu não tivesse passado a maior parte da minha vida abrindo aquela porta azul-marinho com um chute alto, tirando os sapatos enlameados e me jogando no móvel mais próximo.

Não percebi que minhas mãos estavam tremendo até que Cassie, notando o que estava acontecendo, colocou a mão por cima da minha, na bengala. Olhei em volta, procurando meu irmão ou alguém que pudesse estar observando a gente. Não tinha ninguém olhando. Ela deu um aperto.

A porta abriu. Meu pai tinha envelhecido, suavizado de alguma forma. Não notei isso quando o vi no hospital. Meu Deus, quando ele tinha virado um velho?

Estendi minha mão livre.

— Filho — disse ele, apertando-a.

Estava tentando não fazer aquilo parecer grande coisa, mas acho que dava para dizer que o meu rosto estava formando um *sorriso gigante* permanente.

Enquanto Cassie e meu pai se serviam, Jake, Hailey e eu ficamos observando JJ correr atrás de Mittens pelo quintal, lançando seu minúsculo corpo sobre suas costas, tentando subir em cima dela.

— Cuidado, não machuque o au-au! — avisou Hailey.

— Eu vi você e o pai conversarem sobre onde você serviu — disse Jake.

Eu sorri para ele.

— É.

— É — respondeu ele, dando um tapa nas minhas costas.

Hailey olhou para nós e ergueu as mãos, sarcástica.

— Nossa, uau, vocês dois. Não comecem uma cena.

Enquanto a gente comia os hambúrgueres, conversamos sobre os Rangers, a oficina e o show de Cassie. Mittens ficou pedindo comida para todo mundo.

— Estão vendo? — perguntou meu pai depois que Jake e eu havíamos zombado que os hambúrgueres eram pouco mais do que umas bolinhas de carne. — Mittens não se importa com o formato. Ela sabe que o gosto é bom.

Depois que JJ cantou a música do abecedário para nós, Cassie contou a eles uma versão simplificada do nosso casamento no cartório. Ela fez uma imitação do cara que nos casou, exagerando no sotaque:

— Parecia que ele estava listando cortes de carne ou coisa assim! Aqui temos um saboroso Salmo 23, um Coríntios fresquinho e um corte gorduroso de Efésios...

Hailey e Jake estavam gargalhando. Meu pai começou a rir também, e eu marquei aquilo como número seis. Era a sexta vez que eu via meu pai rir, e era por causa de Cassie. Antes de pensar no que estava fazendo, me aproximei e dei um beijo na bochecha dela.

Ela continuou rindo, me olhando sem hesitar.

Conforme o pôr do sol se aproximava, perguntei ao meu pai se eu poderia levar Cassie até o sótão. Ele assentiu de onde estava, acomodado na poltrona, vendo futebol. Com Cassie e a bengala, a subida só demorou cinco minutos.

— Demorei metade do tempo — comentei.

— Não fique se achando — brincou Cassie.

A velha mala de latão do meu pai estava entre uma caixa de luzes pisca-pisca e uma pilha de álbuns de fotos. Ela vinha ocupando minha mente fazia semanas, e quando Jake nos convidou, eu sabia que precisava vir até aqui para encontrá-la. Eu me inclinei com cuidado para tirar o pó do topo.

— O que é isso? — perguntou Cassie.

Abri os fechos. Eu me lembrava dos pijamas do Batman, de Jake fazendo barulhinhos de bebê nos braços de minha mãe, nós dois recém-saídos do banho. A sensação do tecido grosso do uniforme de meu pai, *Morrow* escrito no bolso acima do peito. E lá embaixo, a caixa de madeira. O Coração Púrpura do meu pai.

Ri para mim mesmo, erguendo para que Cassie pudesse ver. Ela semicerrou os olhos de onde estava ao meu lado no chão, de pernas cruzadas.

— Ah, isso é... Puta merda! Eu não sabia que seu pai tinha um Coração Púrpura.

Agora eu também teria um. Meu Deus, não dava para acreditar. Eu pensava que isso fazia meu pai ser o homem mais importante no mundo.

— Por que ele recebeu a medalha?

— Levou dois tiros no torso, no delta do rio Mekong.

Não conseguia afastar as memórias naquele momento.

— Eu me lembro de ele erguer a camisa e me mostrar as cicatrizes, e me lembro de tocar aqueles relevos pequenos e cor-de-rosa. Pensava que ele era um super-herói. Mas melhor que um super-herói, porque era meu pai. Ele era tipo, o homem invencível.

Cassie riu.

— Porque ele tinha sobrevivido às balas, sabe? Eu ficava chorando por causa de um hematoma enquanto meu pai era igual aos caubóis da TV, levava um tiro e nem piscava. Só seguia a vida. Eu queria ser assim.

— Você *é* assim — disse Cassie, tocando minha perna de leve.

— Mas não é a mesma coisa — argumentei.

Eu não me sentia invencível. Na maior parte do tempo, sentia que minha pele estava virada do avesso. Aquele era um dos primeiros dias em muito tempo que eu não me importava com aquela sensação.

— Claro que não — concordou ela, sorrindo. — É sempre diferente quando são nossos pais.

— Quando minha mãe morreu, foi isso que a gente fez. Fingir que nós três éramos invencíveis — comentei, hesitante.

Eu nunca tinha falado sobre minha mãe com Cassie, mas queria que ela soubesse. Queria que ela soubesse de tudo.

— Nós só seguimos nossa vida. Não ficamos de luto, não conversamos. Não era justo.

— Com você?

— Não, com ela. Deixar ela desaparecer assim, como se não fosse a pessoa mais importante no mundo.

— Quantos anos você tinha?

— Cinco. Foi câncer de ovário. Eu mal me lembro dela. Uma mulher da igreja precisou me dizer como minha mãe tinha morrido. Quando eu perguntei para o meu pai, ele disse algo tipo: "Não se preocupe com isso. Deixe ela descansar."

— Caramba. — Cassie ajeitou o colarinho da minha camisa e olhou para mim. — O que aconteceu entre você e seu pai?

Suspirei.

— Longa história. Ele fez o melhor que pôde.

— Ele *está* fazendo — corrigiu ela.

— Tem razão.

Eu a encarei, percebendo que, apesar de tê-la conhecido apenas alguns meses antes, apesar de nosso relacionamento ter sido construído com base em uma mentira, Cassie tinha me visto nos meus piores momentos e continuava ali.

— Obrigado — falei, rápido. Parecia urgente dizer aquilo, entre todas aquelas histórias, porque logo teríamos que voltar para o mundo real. — Por tudo nos últimos meses.

Ela sorriu, calma, destemida.

— De nada. Se você falasse esse tanto o tempo todo, nossa vida seria mais fácil, sabia? Eu poderia entender você um pouco melhor.

— Rá. Não se acostume.

— Queria me acostumar — disse ela.

Cassie se levantou depressa, envergonhada.

Coloquei as coisas de volta na mala. Não tínhamos muito tempo até eu ser dispensado. Eu sabia disso, e ela também sabia, mas estávamos fingindo ser casados o dia todo, e havia certa expectativa no ar. Pequenos comentários, como quando ela estava brincando com JJ ou quando Hailey perguntou se havia uma pequena Cassie ou pequeno Luke nos nossos planos.

A facilidade com que ela havia pegado minha mão antes de eu ver meu pai, a facilidade de dar um beijo em sua bochecha quando estava orgulhoso dela. Minha engraçada e criativa esposa de mentirinha.

Eu sabia que tudo aquilo era uma ilusão, uma vida que sonhávamos por puro desespero, mas, naquele instante, parecia real.

Cassie

No dia seguinte ao churrasco, algumas horas antes do último ensaio da The Loyal antes do grande show, fui até a casa de Toby com uma missão.

O lance com Luke, aquilo de ele me beijar na bochecha de uma forma natural e rotineira, e minha tolerância recente e até carinho pelo apelido "amor", e eu dizendo que *queria me acostumar a ele*. O lance é que, sei lá. Eu tinha certeza de que eram gestos superficiais que se tornaram complicados só porque eu o vi pelado. Mas tudo isso combinado a uma cachorra fofa e uma criança fofa correndo ao redor de uma família fofa, com um pai fofo fazendo hambúrgueres fofos, e pronto, de repente eu estava contagiada por sentimentos de comercial de margarina.

Eu tinha decidido mais cedo que Toby era uma pessoa real, com a qual eu tinha um relacionamento real. Eu não queria dizer que Luke não era real, mas as circunstâncias em que comecei a me importar com ele não eram. Eram manipuladas por completo. Então isso diminuía a legitimidade de todos aqueles sentimentos. Certo?

Só que, na verdade, aquilo não me impedia de me importar com Luke, e, na verdade, droga, foi como levar um soco na cara ao perceber que eu estava pronta para me importar com *alguém*. Eu estava pronta para compartilhar o espaço que eu tinha construído. E deveria ser com alguém que não estava prestes a mancar para longe da minha vida, deixando uma trilha de embalagens de delivery, pelo de cachorro e caixas de remédios.

E aquela pessoa era Toby. Toby, com o espaço entre os dentes, uma enciclopédia musical de mãos ágeis e rítmicas que me apoiavam fazia anos.

Quando ele abriu a porta, puxei o rosto dele na direção do meu.

— Hum, oi — disse ele, entre beijos.

— Vou me divorciar logo — anunciei. — Você sabe disso, né? Luke e eu vamos nos divorciar quando ele for dispensado.

— Sei.

— E eu acho... — Minha voz falhou. — Acho que você e eu deveríamos tentar aquilo de morar juntos.

— Espera, Cassie, é sério?

— Sério.

A forma como as sobrancelhas dele caíam nas pontas, os olhos arregalados, o sorriso de gratidão. Ele era tão fofo. Peguei os ombros dele.

— Faz sentido, né? A gente se conhece há tanto tempo.

— E você não precisa nem assinar um contrato nem nada — respondeu.

Ele olhou para baixo, para as minhas mãos, que agora desabotoavam a camisa dele.

— Não vamos conversar sobre logística agora.

Abri a calça jeans dele, fazendo a peça cair no chão. Era hora de mostrar um para o outro que a gente não seria igual àqueles casais chatos que saíam para comer, peidavam silenciosamente enquanto viam TV e só se encontravam no quarto para se esfregar um no outro até caírem no sono.

— Vamos morar juntos — declarei, tirando a camiseta. — E às vezes — continuei, tirando o short —, eu vou querer dar pra você.

Toby ficou parado ali, a calça nos joelhos, me observando.

Eu passei por ele para chegar ao banheiro.

— E eu vou querer dar tanto pra você — continuei, subindo no balcão ao lado da pia, abrindo as pernas —, que você vai me foder na hora, onde eu estiver.

— Espera — disse Toby.

Eu o encarei. Nos doze meses que eu vinha tirando minhas roupas perto dele, eu nunca ouvi hesitação na sua voz.

— Eu sinto que isso é especial — disse ele.

Ele se desvencilhou da calça e foi na minha direção com um sorriso no rosto.

Estava tudo bem. Ele não gostava de falar putaria. Eu podia lidar com isso. Ele parou no azulejo, dando beijos suaves e lentos, começando pela minha orelha, descendo para o ombro.

Eu o puxei pela cintura e notei que ele não estava duro.

— Foi mal — disse ele, dando um passo para trás. — A gente pode parar um instante pra falar sobre o futuro?

Tentei manter o clima, enganchando um dedo na camiseta dele, olhando para ele com expectativa.

— Depois.

— Também é meio esquisito transar com você enquanto me vejo no espelho. — Ele apontou para trás de mim. — Além do mais, aposto que esse balcão está bem sujo.

— Mas não é meio sexy?

Ele fez uma careta.

— Hum, acho que não estou bêbado o suficiente pra ignorar isso.

— Ok — cedi, descendo.

— Desculpa — respondeu Toby, as mãos na minha cintura. — É estranho eu querer aproveitar esse momento sem pegação?

— Não precisa pedir desculpa — repliquei, tentando esconder minha frustração. — Faz sentido.

— Nós temos uma coisa de verdade agora — disse ele, entre beijos no meu pescoço.

— Sim — afirmei, me sentando na cama.

— Ah, poxa, Cass — soltou ele, passando os dedos pelo meu cabelo. — A gente tenta transar no banheiro de novo.

Ficamos deitados lado a lado, Toby me abraçando. Ele me puxou para mais perto.

— Vamos ter bastante tempo pra isso — sussurrou.

Luke

Assim que Cassie saiu, perguntei a Rita se podia pegar emprestado o carro dela e fui até a antiga casa de Johnno, esperando que ele ainda estivesse lá. Bati na porta verde-vômito, com uma sacola de academia cheia de dinheiro pendurada na bengala. Um baixo pulsava lá dentro. Garrafas vazias de cerveja e energético estavam espalhadas pela escadinha da frente. Debaixo do olho mágico, alguém tinha entalhado "Estou vendo você".

É, bem a cara de Johnno. Bati mais forte.

Kaz abriu a porta com um baseado pendendo dos lábios. Eu tinha esquecido como ele era enorme. Meu 1,88 metro mal alcançava os mamilos dele.

— Aqui — disse eu, erguendo a sacola.

Eu vinha guardando cada centavo que podia do meu salário desde que havia sido enviado ao Afeganistão; finalmente consegui juntar dois mil e quinhentos dólares. Como eu ia arranjar os outros dois mil e quinhentos para pagar o restante dali a um mês era um problema para outro dia.

Kaz agarrou a sacola.

— Fala pra ele vir aqui e contar! — gritou Johnno.

— Está tudo aí — gritei de volta. — Você sabe onde me achar se não estiver. — Eu estava com o carro de Rita. Tinha que voltar para ela poder ir ao cabeleireiro.

Kaz agarrou meu ombro e me puxou para dentro.

Três minutos depois, Johnno confirmou que estava tudo lá. Ele estava jogado no sofá com a arma sobre a barriga, descansando os pés na mesinha de centro ao lado da pilha.

Quando me levantei para sair, Kaz bloqueou meu caminho.

— Não acabamos ainda.
— Vocês recebem o resto daqui um mês, como combinamos.
— Recebemos uma *información* nova — disse Johnno, tirando sujeira das unhas.
— O que foi agora?
Johnno pegou a arma e apontou para o meu peito.
— Como você explicaria sua situação com a sra. Cassandra Salazar? Fala.
Engoli em seco. Minha mão começou a tremer na bengala.
— Somos casados.
Johnno abanou a mão que segurava a arma.
— Continue.
Eu não disse nada. Olhei ao redor da sala em busca de uma resposta. Uma arma.
— Estamos de olho em você, cara. Pra ter certeza de que não vai sumir. E aí aparece aquela gostosa, então claro que a gente vai ficar de olho *nela*.
Contraí os músculos da perna ferida, torcendo para que a dor me distraísse do medo que crescia em mim.
— Vocês só ficam sentados no Bronco o dia todo espionando as pessoas?
Kaz estava ao telefone, murmurando:
— Às vezes a gente vai no Buffalo Wild Wings. É bom pra caralho.
— Cala a boca, Kaz — disse Johnno.
Kaz fuzilou Johnno com o olhar, depois se virou para mim novamente e continuou:
— Descobrimos onde ela trabalha e onde a mãe dela mora.
— Eu disse pra calar a porra da boca! — berrou Johnno. Mesmo enquanto fazia ameaças, ele era uma criançona. — Também descobrimos que ela vai pra casa de outro cara o tempo todo.
Kaz fez uma cara de pena.
— Por que você deixa ela te chifrar assim, cara?
Johnno ergueu um dedo.
— Não, ele sabe.
Kaz olhou pra mim.

— Você sabe?

— O casamento de vocês é estilo medieval, né? Você só fez isso pra receber uma grana extra do exército. Sim ou não?

Cerrei o punho para me impedir de enfiar a bengala no rosto todo esburacado dele. Se fizesse isso, Kaz investiria contra mim feito um rinoceronte.

— Você não me deu muita opção.

— Certo, então vou te dar uma escolha — disse Johnno, endireitando-se de repente e se sentando no sofá, balançando a arma com suas mãos ossudas. — Ou você nos dá cinquenta mil dólares, ou te denunciamos pra polícia do exército.

Me levantei de repente.

— Você está louco! — Kaz estava na minha cara em um segundo, peito a peito. — Eu não conseguiria essa grana toda nem se quisesse.

— É o que você diz toda vez — respondeu Johnno, apontando para a pilha. — Mas aí está.

Apontei para Johnno.

— Vá se foder. — E para Kaz: — Sai da frente.

Com um aceno de Johnno, Kaz deu um passo para o lado.

— Cinquentinha, cara! — gritou ele para mim, e aí começou a tossir. — Faça o seu truque!

— Não vai rolar, cara — respondi, batendo a porta.

Do lado de fora, me senti sem ar. Minha visão se estreitava e alargava. *Estou de olho*. Eu me apoiei na bengala, esperando não desmaiar.

Eles podiam me machucar, mas não me matariam se realmente achavam que eu conseguiria cinquenta mil. Mas já tinham encontrado a casa de Cassie, e eu duvidava que parariam por aí. Ele sabia onde Jake morava, sabia sobre a oficina do meu pai. Queria o dinheiro de qualquer jeito — e eu não tinha a mínima chance de consegui-lo sozinho.

Cassie

Minha mãe fez feijão e arroz para mim, mas só descobri quando ela me ligou para dizer:
— Fiz feijão e arroz a mais.
— Por que você não guarda tudo em um pote? — perguntei.
— Só venha comer aqui.

Não nos falávamos desde a briga no meu apartamento. Eu sentia muita falta das mensagens dela sobre atores que reconhecia, mas não sabia de onde, dos áudios resumindo os hábitos de suas plantas, seus convites para que eu a ajudasse a "lavar os banheiros dos ricaços". A ausência delas eram como pequenos buracos nos meus dias. O silêncio do meu celular às vezes era suficiente para me fazer querer falar com ela, mas aí eu lembrava que ela também não ia querer falar comigo.

Ela queria falar com a filha estudante de direito, talvez, ou com a filha auxiliar jurídica, mas não comigo.

Quando ela ligou, esperei até o último segundo para atender, com o coração martelando.

Naquele momento, estávamos na cozinha, comendo tigelas fumegantes de feijão vermelho e arroz branco com presunto e *sofrito*, temperado com açafrão. Tínhamos jogado conversa fora sobre o tempo quente e seco, os romances que ela havia lido recentemente, as novas panelas que havia comprado, como Tía MiMi estava em San Juan. Mas era tudo estranho demais, frio demais.

Eu estava sentada na mesma cadeira onde ela costumava enfiar o pente entre os nós do meu cabelo até eu chorar. Depois cobria as mãos com óleo de coco e massageava meu couro cabeludo até parar de doer, estalando a língua enquanto eu adormecia sentada.

Tinha me vestido bem para a ocasião: um suéter preto, meias acima dos joelhos e as sapatilhas que eu usava no escritório de advocacia. Ela não havia comentado nada, mas era o seu jeito. Nada de parabéns por fazer o mínimo.

Quando o jantar acabou, me preparei mentalmente. Conhecia o raciocínio dela. *Não tem por que estragar uma boa refeição com uma conversa desagradável.*

Ela serviu duas xícaras de chá e finalmente quebrou o silêncio.

— O que eu estava dizendo no outro dia faz sentido?

O único outro som era o tique-taque do relógio em formato de cacto.

Inspirei o vapor, tentando manter a calma.

— Sim, mas não foi por isso que fiquei chateada com você.

— Então por que fez todo aquele estardalhaço?

Inspirei fundo, me segurando.

Ela percebeu, e disse:

— Eu sei que você faz o que quer, Cassandra. Sempre foi muito independente. Então não entendo por que minhas opiniões e meus conselhos te deixam tão aborrecida.

Mantive a voz comedida.

— Se você sabe que não vou mudar, por que fica falando isso tudo?

Ela pensou a respeito, encarando o balcão atrás de mim.

— Porque eu me importo — respondeu.

Abaixei a xícara.

— Exatamente. Eu também. É por isso que essas coisas que você fala me deixam furiosa. Principalmente quando você mete o Luke no meio da história.

— Mas eu só estava apontando fatos — retrucou ela. — Luke é sua responsabilidade...

— Mãe, eu sei. Eu sei. Mas às vezes não estou atrás de fatos.

— Engoli em seco e agarrei a mão dela do outro lado da mesa. — Naquela hora, eu só queria que você se orgulhasse de mim.

Ela pareceu muito triste de repente, as sobrancelhas se unindo.

— Luke e eu... Pode ou não funcionar, mas o seu apoio é o que realmente importa. — Apontei para ela e depois para mim — Você e eu, a gente é pra sempre.

— Ah, Cassie. — Um sorriso se abriu.

Foi a minha vez de lutar contra as lágrimas. Enxuguei os olhos.

— Eu estou muito orgulhosa. Tanto que dói. Eu devia... Escute. Você já adivinhou, *mi hija*? — perguntou ela, pegando a tigela vazia.

— Adivinhei o quê?

Ela estendeu a mão para pegar meu prato.

— Quem era seu pai?

Eu o entreguei a ela.

— Não — respondi.

— Ele era músico — explicou ela, de costas para mim enquanto parava na frente da pia. Eu congelei. *Claro. Dã. Óbvio.* Aí ela riu. — Ele nem era tão bom. Na verdade, garanto que você é melhor do que ele.

Engoli um milhão de perguntas, saboreando cada palavra. Não porque me importava com meu pai inexistente, mas porque era minha mãe que estava me contando sobre ele.

— Queria ter uma foto dele, mas acho que queimei todas.

Eu ri.

— Não tem problema — afirmei, e ela se virou para mim. — Sério. Eu não me importo. Você é tudo que eu preciso, *mamita*.

Ela abriu os braços para mim e eu a abracei. Não nos movemos.

— Sinto muito por não dizer o suficiente o quanto me orgulho de você.

— Eu também, por tudo — murmurei, contra o ombro dela.

— Não vou tentar te convencer a ser advogada.

— Pelo menos por um tempo.

— Sim, por um tempo — emendou ela.

— Então você concorda comigo? — perguntou, meu peito se apertando. — Acha que eu consigo fazer isso? Porque uma turnê e um álbum significam dinheiro, mãe. E se as coisas derem certo, posso gravar outro álbum, posso até dar aulas no meu tempo livre...

— Eu sempre acreditei nisso.

Revirei os olhos.

— Rá!

— Eu não estava só preocupada com a sua habilidade de cuidar de si mesma, Cassandra — replicou ela, me apertando. — Também estou preocupada que você vá me deixar para sempre.

Alisei o cabelo dela, sentindo lágrimas brotarem nos olhos mais uma vez.

— Eu não vou te deixar pra sempre.

— Se você virar uma cantora famosa, vai, sim. Vai se mudar para Los Angeles ou algo assim. Você diz que eu devia arranjar uma vida, mas acho que eu devia me acostumar a ficar sozinha. Exceto pela MiMi.

Nós nos separamos, e eu olhei para seus olhos castanhos, observei suas covinhas, as linhas que se formavam quando ela sorria. Respirei fundo.

— Mãe?

Ela ergueu as sobrancelhas, sarcástica.

— Sim, sou eu, sua mãe.

Bom saber que voltamos ao normal, pelo menos.

— Você vai ao meu show? Tem uma música que quero que você ouça.

— Lógico que vou estar lá — disse ela.

Sorri e voltamos aos pratos, meus músculos tensos relaxando com a água corrente e o cheiro de detergente de lavanda, sentindo nas mãos a textura das tigelas de barro grossas que eu tinha lavado tantas vezes quando menina.

Eu me sentia maior do que quando havia chegado, ali sobre a pia na qual lavava a louça, meu quadril encostado no balcão — e não só porque agora eu era uma adulta na casa onde vivi minha infância. Eu me sentia grande porque minha mãe havia dito que estava orgulhosa de mim — e dessa vez ela queria dizer que se orgulhava de tudo o que eu era.

Luke

Alguma coisa zumbiu no silêncio. Acordei no sofá com um sobressalto. Ouvi o som de novo, vibrando na mesa da cozinha. Tateei ao redor. Meu celular estava no braço do sofá, onde eu o deixara. Cassie devia ter deixado o dela ali antes de ir para a casa de Toby. Os toques pararam. Levantei e atravessei a sala mancando para pegar o aparelho.

Cinco chamadas perdidas de "Mãe". Às 2h16 da manhã. Não parecia bom.

O telefone zumbiu de novo na minha mão.

Atendi.

— Senhora?

A respiração dela estava acelerada.

— *Mi hija?*

— Senhora, é o Luke.

— Ah! Cassie está aí? — A voz dela estava trêmula. Eu me endireitei.

— Ela está... — *Com o Toby,* terminei silenciosamente. — Ela saiu hoje. Está tudo bem?

— Alguém entrou na minha casa. Minha janela está quebrada.

Apertei o telefone com mais força.

— A senhora ligou pra polícia?

— Faz uns vinte minutos. Eles não chegaram ainda. Estou aqui fora e estou com medo que a pessoa ainda esteja lá dentro.

— Certo. — Fiquei calado, a cabeça girando. Ela não deveria ficar sozinha. — Qual é o seu endereço? Chego aí assim que possível.

Desci as escadas mais rápido do que nunca, a adrenalina superando a dor. Rita não perguntou nada quando falei com ela, só pegou as chaves do carro em um gancho perto da porta.

— Vai! — disse ela, com urgência na voz.

Usei o celular de Cassie para ligar para Toby no caminho, o pânico atravessando o que devia ter sido uma conversa constrangedora. A voz sonolenta de Cassie imediatamente ficou alerta quando comecei a falar.

— Estou indo pra lá agora — avisou ela, desligando logo em seguida.

Quando cheguei, quinze minutos depois, a mãe de Cassie estava agachada perto de um Camry, com as chaves apertadas entre os dedos.

— Marisol? — Ela pulou quando eu disse seu nome.

Ergueu um dedo e apontou para uma casa parecida com a de Cassie, exceto que aquela era amarelo-clara, cercada por flores, arbustos e um comedouro de pássaros.

— Cassie está dando uma olhada — sussurrou ela.

— Ah, bom, ela chegou?

— Acabou de chegar.

— Cassie! — chamei em voz baixa.

Ela emergiu do lado da casa segurando um taco de beisebol, semicerrou os olhos e correu até mim.

— Ah, graças a Deus.

Sem pensar, abri os braços. Cassie se jogou entre eles e me apertou. Eu sentia a ponta dos seus dedos descendo pelas minhas costas enquanto suas mãos se contraíam.

— Você está bem?

— Sim — respondeu ela, a respiração no meu ombro. Por um segundo, tudo ao redor desapareceu.

A rua estava deserta, exceto por nós. Bicicletas de crianças jaziam no jardim do prédio vizinho. A luz de um poste piscou no final do quarteirão.

— Vou entrar — falei para ela.

— Eu vou com você — ofereceu Cassie. Parecia mais pálida que o normal sob aquela luz.

— Não, fique com sua mãe. — Olhei para trás, analisando a rua. — Não acredito que a polícia ainda não chegou.

Ela cruzou os braços, tremendo.

— Esse não é bem um bairro de alta prioridade.

Marisol me entregou suas chaves.

— No térreo. A chave maior. A fechadura de cima.

Cassie apertou meu braço.

— Obrigada.

Depois que girei a chave na fechadura, apertei o ouvido contra a porta, esperando o som de movimento. Nada. Apertei-me contra o batente, ergui a bengala e escancarei a porta, preparando-me para dar um golpe na barriga de alguém, assim como meu pai havia me ensinado.

Ainda nada.

Tateei as paredes em busca de um interruptor, agarrando a bengala com a outra mão. Sentia a perna pegando fogo, mas não importava. Todos os meus nervos estavam concentrados na tarefa.

Meus pés trituraram cacos de vidro; a luz da rua fazia com que cintilassem sobre o chão. Uma janela grande tinha sido quebrada. Havia pinturas e fotos penduradas, mas um espaço vazio na parede sobre um rack denunciava o que faltava: eles tinham levado a TV.

Parei no meio da sala, tentando ouvir outro estalo de vidro. Se quem estivesse ali queria sair, teria que pisar nos cacos.

Olhei para a esquerda. Duas janelas menores tinham se estilhaçado, rachaduras irradiando a partir do impacto de balas. *Merda*. O invasor tinha uma arma.

Um barulho preencheu a sala. Um toque alto. Meu coração parou.

Aí percebi que era meu celular. Era só meu maldito celular.

Olhei para ele com a bengala a postos.

isso q acontece quando vc não paga, dizia a mensagem.

Johnno.

As chamas na minha perna se espalharam por todo o meu corpo, intensas. Ele não ia se safar dessa.

Sirenes soaram ao longe, rapidamente se aproximando até que pararam bruscamente fora do prédio.

Quando saí, Marisol estava falando com um policial. As luzes piscantes coloriam de azul e vermelho as paredes da casa. Alguns vizinhos curiosos apertavam o rosto contra as janelas. Alguém do outro lado da rua abriu a porta da frente e se inclinou contra a tela.

Manquei até Cassie.

— Por que eles demoraram tanto?

Ela colocou uma mecha de cabelo atrás da orelha, uma sombra cruzando seu rosto.

— Só fique feliz por você ser branco, ou estaria no chão com um joelho nas costas.

Assenti, ainda sentindo as veias pulsarem.

— Quero pagar pelas janelas e pela TV da sua mãe — disse a Cassie.

Ela me olhou, confusa.

— Não foi isso que eu quis dizer. Você não tem que fazer isso.

— Eu sei, mas eu quero.

Ela deu de ombros, bocejando, e estremeceu de novo.

— Estou cansada demais pra me ofender com a sua pena.

— Está com frio? — perguntei.

As pálpebras dela estavam pesadas.

— Sim.

— Quer que eu te leve pra casa? Estou com o carro da Rita. — Ela não parecia a fim de dirigir. Não parecia a fim de nada, exceto dormir.

— Não tem problema, quero ficar mais um pouco com a minha mãe — disse ela, acenando, enquanto se afastava. — Te vejo depois.

Hesitei, mas por fim entrei no carro. Mantive os olhos em Cassie e na mãe dela enquanto dirigia lentamente pela rua, as luzes piscantes cortando minha visão. Encarei as duas figuras até elas se tornarem apenas dois pontos escuros abraçados contra a noite, até que virei uma esquina e não pude mais ver o que Johnno — o que *eu* — tinha feito com elas.

Cassie

Depois que a polícia foi embora, mamãe e eu pregamos tábuas nas janelas quebradas. Perguntei se ela queria que eu ficasse ou se era melhor eu voltar para o meu apartamento, mas ela me dispensou.

— Vá dormir, *mi hija*. Estou bem.

Já no carro, meus dedos formigavam enquanto eu apertava o volante. Não queria acordar Toby de novo, então fui para casa, contendo os bocejos. As ruas estavam vazias, os semáforos piscavam em amarelo. Minha visão estava embaçada, e um suor frio começou a tomar meu corpo.

Merda, eu estava cansada. Eram três e meia da manhã, mas não era só isso. Comida. O negócio que eu devia ingerir. Tinha esquecido o celular em casa, por isso não ouvi meus alarmes. Por sorte, só estava a dez minutos de casa. Eu ficaria bem. Para me distrair, repassei a setlist do dia seguinte.

Começaríamos com "Merlin", porque era animada.

"Be Still", para uma vibe mais romântica.

Depois da parte com gaita de "Be Still", passaríamos direto para a música mais lenta de Nora, "Bear Creek".

Meu cérebro zumbia, e o carro guinou levemente para a direita. Eu balancei a cabeça e me obriguei a focar. Ok, onde eu estava?

"Too Much"

Depois, reduziríamos o ritmo com "Frankie".

"Vibes".

A favorita do público, "Lucy".

E terminaríamos com "Green Heron" — a música que havia feito para minha mãe.

Quando estacionei na frente da casa de Rita, sentia meus dedos entorpecidos. Minha testa estava fria. Eu precisava entrar e comer a barrinha de granola que mantinha na bolsa para o caso de emergências. Só descansaria um segundo ali, ao volante.

Ok. Respirei fundo. *Escada. Lá vamos nós. Estamos indo.*

Passei pela porta, comecei a remexer a bolsa em busca da barra de granola, os joelhos tremendo.

Luke ainda estava acordado.

— Você está bem?

Desabei no sofá ao lado dele, ainda procurando a barrinha de granola.

— Merda de bolsa — resmunguei. — É um risco à saúde.

Os arrepios estavam piorando. Minha visão começou a ficar preta nos cantos. *Eu estava controlando as coisas tão bem,* disse ao meu estômago. *Colabore.*

— Caralho.

Não percebi que minhas mãos tinham parado de procurar. Estavam só flácidas dentro da bolsa. Frias.

— Cassie?

Minha cabeça estava ficando pesada demais e só pendeu para a frente. Eu a ergui. Ela pendeu de novo. Eu a ergui.

Luke levantou. Eu o ouvi procurando algo no banheiro.

Aí não ouvi mais nada.

Escuridão.

Senti um pacote de glicose nos lábios.

— Isso — disse ele. — Está na sua língua. Mova a língua, Cass. Isso mesmo.

Senti o gel fresco descer pela minha garganta. Engoli involuntariamente. A visão do teto surgiu.

— Isso — repetiu ele. — Fique comigo.

— Estou aqui — respondi, movendo a cabeça para uma superfície mais confortável, que por acaso era o ombro de Luke. Mittens lambeu minha mão, a língua quente e pegajosa.

— Quanto tempo geralmente leva pra fazer efeito?

— Uns vinte minutos. Vou só descansar aqui. Tudo bem?

— Claro. O sofá é seu.
— Ah, é — disse eu, soltando algo parecido com uma risada. O coração dele estava acelerado. — Você está bem?
— Seu rosto estava só meio... congelado. Sem expressão. Fiquei assustado pra caralho. — Ele tocou minha testa, descendo os dedos para minha bochecha.
Eu me sentei para olhá-lo.
O medo nos olhos dele estava conectado a alguma outra coisa, algo mais profundo — aquilo que faz uma pessoa sentir medo de perder alguém.
Eu o reconheci. Senti a mesma coisa quando ele saiu do meu carro e foi caminhar pela primeira vez. Medo de perdê-lo, conectado a... O quê? Conectado a quê?
Apoiei a cabeça no peito dele e me movi em direção ao medo. Já estávamos lá, de certa forma, e quando você se aproxima da morte duas vezes na mesma noite — uma vez com medo pela minha mãe, outra por mim mesma — não sente que tem muito a perder.
— Você estava lá quando Frankie morreu?
Luke não disse nada. Mittens apoiou a cabeça na coxa dele.
— Sim.
Ele havia me contado que Frankie tinha sido baleado, que eles estavam na mesma missão, mas eu não sabia se ele estava perto na hora. Não sabia se tinha recebido a notícia ou presenciado tudo.
— Quer dizer — continuou Luke —, você quer saber se eu vi o corpo dele?
— Sim. É isso que eu quero saber. É mórbido demais? Você não precisa falar sobre isso.
Eu não sabia por que estava tão curiosa, mas imaginava que alguma parte minha ainda estava em negação, a parte que o via no meio da rua às vezes. *Tem certeza de que ele só não fugiu e encontrou outro jeito de voltar pra casa?*
— Estava tudo tão silencioso... A gente estava falando sobre cartas de Pokémon. — Ele fez uma pausa. — Uau, antes eu não conseguia lembrar do que estávamos falando.

— Pokémon? Sério?
— É. Estávamos no jipe, fazendo um reconhecimento de rotina perto da barragem. Galo estava falando que o Charizard era o melhor, e Frankie discordou dele. Ele disse que Lugia era o melhor Pokémon porque era o guardião do mar. Aí começou a chover balas e alguém, não lembro quem, sinalizou pra gente sair. O que foi muito idiota. A gente não devia ter saído.
Enquanto falava, a voz de Luke ressoava pelo seu peito até minha bochecha. Eu quase conseguia ouvir as palavras antes que saíssem da boca dele.
— E depois? — perguntei.
— Depois... Bem. Eu estava atrás, perto dos faróis, e Frankie e Galo ficaram nas laterais. Eu levei um tiro na perna e eles dois foram atingidos.
Senti algo úmido no cabelo. Ele enxugou o nariz. Fiquei calada.
— Desci e puxei o corpo de Frankie pra ter certeza. Conferi o pulso. Fechei os olhos dele.
Eu me senti sortuda por ter visto Frankie rindo e soprando um beijo para mim. Por não tê-lo visto daquela maneira.
— Foi gentil da sua parte.
— É. Mas, sabe... — O peito dele se expandiu enquanto ele ria. — Essas foram as últimas palavras dele. "Lugia é o melhor Pokémon porque é o guardião do mar."
Eu ri com ele, mais alto dessa vez, agora que minha energia estava voltando.
— É *tão* a cara dele. É perfeito.
— É mesmo. É mesmo. — Ele inspirou, trêmulo. — Eu só queria ter dito a todo mundo pra não sair. Mas eu era só um soldado, sabe? Era pra gente confiar no nosso superior.
Ergui o queixo, olhando para ele.
— Você fez a única coisa que podia ter feito.
— Talvez.
Os olhos dele tinham se tornado mais cinzentos, os resquícios de lágrimas ainda presos aos cílios; me perguntei se sempre ficavam assim quando ele chorava.

Ele se aproximou mais. Eu sabia por que — e o que não estava sendo dito. Sua boca encontrou a minha, lenta e macia. Fechei os olhos. *Segura*, me lembro de pensar. *Eu me sinto segura.*

E então um desejo voraz me tomou e agarrei os ombros dele, puxando-o para mais perto. Ele não resistiu, envolvendo minha cintura, pressionando, amassando o tecido da minha camisa nos punhos.

Sua boca desceu pelo meu pescoço, pela minha clavícula, até o topo do meu peito.

Passei a perna por cima da dele enquanto suas mãos desciam pelas minhas costas até encontrarem a curva do meu quadril e subirem novamente por baixo da minha camisa. A sensação da pele dele encontrando a minha chocou a nós dois. Eu o ouvi ofegar e parei.

Pensei em Toby em casa, dormindo, com Lorraine ronronando no seu peito. Lembrei da promessa que havia feito a ele. Mesmo na época, era mentira. Por algum motivo, não consegui achar a culpa onde ela deveria estar. Meu corpo ainda não conseguia processar o que tínhamos feito. O que eu tinha acabado de fazer. Eu só conseguia pensar que queria mais.

— Ei — disse Luke, me olhando.

Voltei a sentar no sofá, a respiração ainda acelerada, e sequei os lábios molhados com as costas da mão.

— Ei.

Ele estava tentando controlar a respiração também, mas nada em seus olhos indicava arrependimento.

Sorri para ele, ao mesmo tempo indiferente e surpresa com a sensação que se anunciava em mim, a mesma que eu tinha quando encontrava as notas certas. Era nova e conhecida, a ânsia de buscar por algo que já estava ali, nunca escondido, apenas recém-encontrado.

Luke

Quando tive certeza de que Cassie estava dormindo, apaguei as luzes na sala e enfiei os sapatos. Mittens pulou no sofá, balançando o rabo.

— Agora não, garota, mas eu volto — sussurrei.

Eu estava cheio de adrenalina. Eletrizado. Focado. O oposto de fora de órbita.

Ainda estava com as chaves do carro de Rita. Minha intenção era fazer aquilo logo depois de receber a mensagem de Johnno, mas sabia que era melhor agora que Cassie estava segura na cama e ele estava na casa dele.

Peguei a estrada, acelerando o Volvo até o pedal encostar no chão do carro, alerta caso a polícia aparecesse. As ruas estavam vazias.

Ele tinha ido longe demais. Ultrapassado todos os limites. Aquilo ia além dos comprimidos, do dinheiro, da merda do ego que ele havia inflado nas ruas. E podia ter continuado até ele ter esvaziar meus bolsos, me obrigar a traficar para ele de novo e tornar minha vida tão vazia e decadente quanto a dele: acordar, usar drogas, afastar qualquer um que entrasse no caminho.

Mas agora que eu estava quase fora de alcance, percebi que aquilo era só um jogo para Johnno. Ele estava fodendo com a minha vida só por diversão. E faria isso com qualquer um que conhecesse. Se o que eu sentia por Cassie era real, isso significava que ela não podia mais ser parte da minha vida — ou então ele teria que desaparecer. Ele, suas ameaças e o dinheiro inexistente que ele queria.

Eu escolhia a Cassie. Lógico que escolhia a Cassie.

Pensei nela mais cedo, com os olhos arregalados e segurando um taco de beisebol. Marisol agachada ao lado do carro. Elas nunca deviam ter se sentido daquele jeito. Uma fera surgiu no meu peito e eu não sabia o motivo ou por que naquele momento, mas, quando pensei nela dormindo, a ideia de que Johnno a observava ou que poderia feri-la me fez querer eliminá-lo da face da Terra.

Virei a esquina na rua dele em Buda e desliguei os faróis. Depois de estacionar em silêncio, lentamente cruzei a calçada até o jardim malcuidado.

A porta dele estava trancada. Enfiei um dos meus cartões de crédito vencidos na fenda do batente para abri-la — um truque que eu tinha aprendido, ironicamente, com o próprio Johnno.

Atravessei o corredor e chutei a porta dele, acendendo a luz.

Ele estava encolhido na cama, só de cueca, os lençóis emaranhados nas pernas; na parede atrás dele, dois pôsteres: uma vista área de duas adolescentes nuas entrelaçadas no chão de uma floresta e um cartaz do filme *O Grande Lebowski*.

— Levanta.

Esperei até ele pular de pé sobre a cama para bater na sua barriga com a bengala. Ele se curvou.

O rosto vazio de Cassie preencheu minha visão, sua cabeça pendendo para trás tão vulnerável e oposta à força que ela emanava ao colocar seu teclado no suporte, ou quando reparava que eu não conseguia alcançar alguma coisa e a virava para mim, ou seu olhar que permanecia alto e firme enquanto me ouvia contar sobre os últimos momentos de Frankie. A ideia de que as brincadeirinhas de Johnno haviam destruído a essência dela amorteceu a dor na minha perna. Cassie não tinha feito nada para merecer aquilo. Senti vontade de construir algo para ela, de usar minhas mãos, de derrubar qualquer coisa em seu caminho.

Desci a bengala nas costas de Johnno, onde a coluna e as costelas se projetavam da pele.

Uma, duas vezes, até ele cair na cama de novo.

— Primeiro, se chegar *perto* da minha família de novo, eu vou te matar. Isso é uma promessa.

Pelo canto do olho, pude ver Johnno tentando deslizar a mão sob a cama. Quando ele agarrou a arma, pisei na sua mão com força, sentindo os ossos se quebrarem. Peguei a pistola.

— Segundo, eu não vou te pagar nem mais a porra de um centavo. Estamos quites.

Encostei a arma na orelha amarelada dele.

— Estamos entendidos?

Arquejante, Johnno não respondeu.

Apertei o cano contra o joelho dele.

— Você sabe que estou disposto a estourar seu joelho. Eu perguntei se estamos entendidos.

— Sim, seu filho da puta — respondeu ele, a voz abafada pelos lençóis. — Agora some daqui.

Eu não ia arriscar que a arma disparasse, despachando-o de vez e me mandando para um purgatório ainda pior, então descarreguei o pente. Assim que fiz isso, Johnno atacou minha perna direita, fazendo ondas de dor se irradiarem pelo meu corpo.

Antes que ele pudesse se jogar sobre mim, dei uma coronhada na testa dele.

— Ah!

Sangue vermelho brilhante jorrou das suas narinas e do corte da cabeça. Ele levou a mão à cabeça, rolando em agonia.

Recuei para fora do quarto usando a bengala, com a arma erguida.

Meu peito arquejava enquanto eu entrava no carro de Rita. Liguei o motor, dei ré e vi Buda ficar menor no espelho retrovisor enquanto o aromatizador no formato de pinheiro balançava na brisa. A luz do sol se esgueirava pelo ar fresco.

Quando vi a saída para o cemitério estadual do Texas, peguei o desvio. O rádio tocava aquela música do Bowie, "Space Oddity". Aumentei o volume, até a altura que Cassie gostava, e por fim cheguei aos portões.

Minhas mãos começaram a tremer. A adrenalina começava a se dissipar. Estava ficando mais consciente de tudo o que havia acontecido. Eu nunca tinha sido tão violento com alguém antes.

Deslizei no concreto liso da estrada para aquele oásis silencioso e verde. O túmulo de Frankie estava coberto de flores. Rosas amarelas e brancas, margaridas, cravos, crisântemos. Provavelmente eram da mãe dele. Abri um espaço pequeno para poder ver o seu nome.

— Oi, Frankie. — Parei ao lado da lápide. — Estou com saudades, cara. Tenho certeza de que está se divertindo, onde quer que esteja. E você tem razão, Lugia é o melhor Pokémon.

Me sentei na grama.

— Cassie está bem. Sobrevivendo. Não sei porque você acreditou tanto na gente, mas fico feliz por isso. Penso em você o tempo todo. Ainda mais nos últimos tempos. Você tinha a cabeça boa. Teria ajudado muita gente.

Percebi que estava arrancando a grama enquanto falava, e agora tinha dois punhados nas mãos.

— Desculpe — disse eu a todas as almas, deixando as folhas serem levadas pela brisa. — Acho que tenho sentimentos pela Cassie — continuei, testando o som das palavras.

Sentimentos pela Cassie. As palavras soavam bem, como o título de uma música.

— Nós nos beijamos — tentei de novo. Isso soava ainda melhor. *Nós.* O que eu estava dizendo?

Eu só conseguia falar sobre Cassie. O cabelo preto dela. Sua honestidade. Sua voz. Sua inteligência. O ponto onde as coxas dela se tocavam. A cara que ela fazia quando estava no computador. A determinação que eu sentia quando estava perto dela. Se meu trabalho fosse ouvi-la cantar pelo resto da vida, eu faria isso.

— O que estou falando, Frankie? Você é o especialista em emoções.

Eu me levantei e toquei o topo da lápide. Imaginei que talvez devesse falar aquelas coisas para ela.

Cassie

Acordei com Mittens respirando na minha cara, esperando. Havia tido um sonho esquisitíssimo: estava parada na sala de estar, do outro lado do sofá. A manhã avançava. O sol brilhava quente através das janelas que davam para o jardim. Meus vasos de plantas tinham sumido e, no lugar deles, caules e folhas brotavam das fendas nas tábuas do assoalho por todo canto — videiras subiam pelas paredes, flores se curvavam e se apoiavam em meus pés descalços. De alguma forma, eu tinha plantado todo aquele jardim e ele estava onde devia estar, quente e reconfortante ao meu redor.

Já desperta, me sentei na cama. Ouvi uma música vindo da sala de estar e, por cima dela, uma voz desafinada. "Going to California", do Led Zeppelin. A voz era de Luke.

Afaguei a cabeça de Mittens e vesti um short e uma regata.

Tudo na sala estava como eu havia imaginado, exceto as plantas, que voltaram para o lugar. Porém, de alguma forma, pareciam mais cheias. Fiquei ali de pé, observando. O sol brilhava. Luke estava na cozinha, mancando enquanto ia e voltava do fogão. O ar cheirava a ovos fritos.

— Bom dia! — chamei.

Ele não conseguia me ouvir com a música e sua imitação exagerada de Robert Plant. Tentei conter o riso e ergui a mão para mandar Mittens *ficar ali*. Luke estava de costas para mim e cutucava a frigideira com uma espátula.

— Bom dia — repeti.

Ele se virou, sem camisa, assustado.

— Ah! Bom dia. É. Eu estava só...

— Fritando ovos?
Luke ainda era uma anomalia no meu pequeno apartamento. Ele era grande demais para o lugar, ou pelo menos era o que parecia agora que estava de pé, com seu mais de 1,80 metro na minha cozinha estreita. E principalmente depois da noite anterior. A lembrança me chocou. Nossos corpos, juntos. Eu me perguntei por que não paramos antes que a coisa chegasse naquele ponto. Aí me perguntei por que tínhamos parado. Pigarreei.
Ele gesticulou para o fogão com a espátula.
— Fritando ovos e praticando estilos vocais.
— Muito bem. Você devia considerar formar uma banda cover do Led Zeppelin.
Ele riu.
— É. Fede... Mede...
— Nada rima com Zeppelin — garanti a ele, pegando um copo de água. — Acredite, eu tentei.
Eu o deixei no fogão e vi meu reflexo no espelho do banheiro, sorrindo. Estava pensando sobre como o interesse dele em música vinha aumentando. Aquela não era a primeira vez que ele colocava um dos meus discos para tocar. Luke era exatamente o que tinha dito — só um fã de rock clássico —, mas quando eu colocava um rock menos conhecido para tocar, ganhava um olhar curioso dele.
Surgimos na sala na mesma hora, eu do banheiro com o rosto lavado e ele da cozinha com dois pratos.
Ele se sentou. Eu me sentei. E diante de nós, ovos fritos, ainda fumegantes, e torradas com abacate. A última vez que nos encontramos ali, nos abraçamos. Ele tinha me reanimado. Chorado no meu cabelo. Agora seu cotovelo tocava o meu só de vez em quando, enquanto ele levava a torrada aos lábios, tentando fazer as migalhas caírem na mesa e não sobre a órtese da perna dele.
— O que bocê bai bazer hoje? — perguntou ele, com a boca cheia.
Eu ri.
— Comer ovos e abacate.

— Ah, é? — Ele deu outra mordida. — Parece bom.
— O que você vai fazer hoje?
Ele engoliu.
— Comer abacate e ovos.
— Uau, quem teria imaginado?
Mittens entrou na cozinha, com a língua para fora. Tiramos os pratos do alcance dela. Eu me levantei, tirei o Led Zeppelin e botei "Hair Receding", de Xenia Rubino, para tocar. Uma ruga surgiu entre as sobrancelhas dele, a boca se curvando de leve para cima enquanto escutava.
— Eu sabia — falei.
— O quê?
— Eu chamo essa expressão de sua nova cara. — Fingi emoldurá-lo com os dedos.
— Minha nova *cara*?
— Sua *nova* cara. Acontece toda vez que você se vê fora da sua zona de conforto. É a música, e eu sei por causa disso. — Eu me inclinei sobre a mesa de café para tocar a ruga entre as sobrancelhas dele. — Você também fez isso quando eu toquei Dirty Projectors. E quando comeu batata doce frita.
Ele tocou o ponto também e deu de ombros, olhando para mim.
— Aposto que faço muito essa cara perto de você.
— Ei! — Me sentei de novo ao lado dele, alguns centímetros mais perto do que antes, e o empurrei de leve. Ele não se afastou.
— Não é uma coisa ruim. — Ele olhou para mim, sorrindo.
— Não, não é.
Ficamos em silêncio por um tempo, terminando nosso café da manhã.
Nosso café da manhã. As plantas estavam vivas mesmo eu estando tão ocupada com a banda — porque ele as tinha regado. Pensei no meu sonho e senti uma onda de gratidão. Ele tinha perguntado o que eu ia fazer naquele dia e percebi que eu só queria ficar ali, ou em qualquer lugar, ancorada naquele mar de paz e sabendo que Luke também estava lá. Na noite anterior, tinha tentado não dar um nome àquilo. Podia dizer que eu es-

tava cansada demais, confusa demais, arrasada demais depois de falar sobre Frankie, querendo ser reconfortada por alguém.

— Você está bem? — perguntou Luke, ao meu lado.

Assenti, sem conseguir olhar para ele. Encarei suas mãos.

Porque lá estávamos nós, completamente despertos e bem alimentados, e eu sabia que na noite anterior não queria só o abraço de alguém. Queria o abraço dele.

Luke

Ao meu lado no sofá, Cassie puxou os joelhos até o peito. O vislumbre das suas costas sob a regata, sua respiração calma, as ondas de cabelo preto caindo em sua nuca — tudo parecia tocar o meu coração. Desde que havia voltado do cemitério, eu ainda não tinha descoberto um jeito de contar o quanto ela significava para mim, o que significávamos um para o outro, muito menos o que dizer. Tentei dormir um pouco antes de ela acordar, mas não consegui. Então tomei um banho. Coloquei a música dela para tocar, deixando-a em loop, baixinho, percebendo que já sabia a letra de cor. Fritei ovos e preparei torrada com abacate para ela.

E agora eu só queria que ela se apoiasse nos meus braços, contra a minha pele, e ficasse ali indefinidamente. Mas não queria tocá-la sem saber se ela também queria aquilo, sem saber se o que tinha acontecido na noite anterior havia sido uma exceção por estarmos vulneráveis.

— Posso perguntar uma coisa?

Ela assentiu, o queixo ainda contra os joelhos, olhando para a frente.

— Quando estávamos falando ontem à noite... — comecei.

Ela subitamente endireitou as pernas e se virou para mim, seus olhos fixos nos meus. Eu não rompi a conexão.

Mas agora que ela estava escutando — não só isso, mas escutando à espera de *algo* —, eu tinha tanto a dizer. Nunca conseguiria sem estragar tudo. Então comecei devagar.

— Conversar sobre o Frankie foi muito importante pra mim. E acabei não te agradecendo.

— Pra mim também — disse ela. — E...
— E... — repeti, quase ao mesmo tempo. Ambos paramos, esperando o outro, e irrompemos numa risada.
— Você primeiro — pediu Cassie.
— Não, você.
— Bem — disse ela, engolindo em seco. — Estava pensando sobre o que eu disse no churrasco do seu pai. Quer dizer, no sótão. Que se você falasse daquele jeito o tempo todo, nossa vida seria mais fácil.
Lembrei do que tinha acontecido naquela ocasião, de como havia mostrado a medalha do meu pai para ela.
— Certo.
— E ultimamente você tem falado.
— Estou tentando.
— Você está diferente — afirmou ela. Em seguida, balançou a cabeça, erguendo a mão. — Não que fosse ruim antes — acrescentou.
— Mas eu era.
— Como assim? — perguntou ela depressa.
Outro passo em direção à verdade. Percebi que eu tinha parado de respirar. A sinceridade era uma sensação nova. Não era desagradável, mas ainda me chocava, pouco a pouco. Como entrar numa piscina fria. Provavelmente eu estava fazendo aquela cara *nova* que Cassie tinha mencionado. Tentei relaxar, respirar de novo.
— Eu estava nessa só pelo dinheiro, agora não estou mais.
— A verdade, como ondas batendo ao meu redor. Refrescante. Purificadora. Eu queria segurar a mão dela.
— Sim, é — disse ela, endireitando-se no sofá, nervosa. — É — repetiu. — Eu também.
Meu coração deu um salto.
Percebi que ela olhou para o celular, desligado na mesa de centro. Ela estava pensando em Toby, provavelmente. Tentando prosseguir com cuidado. Seus olhos voltaram aos meus.
— Agora que somos amigos — continuou ela, e a palavra "amigos" pareceu uma punhalada, mesmo que não devesse —,

eu não consigo deixar de me perguntar por que você precisava do dinheiro. Quer dizer, o verdadeiro motivo de estar endividado.

— Certo. — Essa parte da verdade era mais difícil, como gelo se rachando. A sensação dos ossos de Johnno sob meu pé. Sua figura abatida na cama. — Sinto muito. Eu devia ter contado há muito tempo.

— Não tem problema — disse Cassie, em voz baixa. — Você não tem que me contar agora. Talvez em outra hora.

— Não, eu quero que você saiba — insisti, torcendo para não mostrar o quanto eu estava sofrendo.

Ali estava a parte podre, a cobra no lago sereno, aquilo que não pertencia àquele lugar, tão doce e tranquilo. Queria dizer a Cassie que a amava, e não que era ainda pior do que ela teria imaginado. Um criminoso. Que antes de brincarmos de casinha, eu era um viciado, um ladrão, um filho terrível, um péssimo irmão.

— Você pode me contar — garantiu, me encorajando e estendendo a mão com a palma para cima no sofá entre nós. Eu a agarrei, tentando não apertá-la com força demais.

Se eu dissesse a verdade para Cassie — que eu ainda estava pagando por comprimidos que havia jogado privada abaixo — teria que explicar que estava alucinado demais para entender o que estava fazendo, e que, nem dois dias antes de dar descarga nas drogas, Johnno tinha me acordado com um chute porque eu tinha bebido cerveja batizada com oxicodona triturada e "não parecia que estava respirando". E isso, na verdade, não era nada demais, porque eu regularmente triturava oxicodona para cheirar com um canudo ou batizar qualquer bebida — um antigo hábito que durou anos.

E aí ela se perguntaria por que eu fazia isso, e eu teria que dizer que não tinha certeza. Tudo o que eu sabia era que me sentia melhor estando fora de órbita na casa do Johnno do que na minha própria casa, porque eu tinha certeza de que meu pai me odiava, e ela me perguntaria por que eu achava que meu pai me odiava e eu teria que dizer que não sabia o motivo; que eu sabia como era o ódio melhor do que era o amor, e tinha bastante certeza de que o que sentia por ela era amor, então, se ela pudesse relevar tudo aquilo seria ótimo.

— Luke? — Ela apertou e soltou a minha mão, os olhos bem abertos, ainda fixos nos meus.

— Eu devia dinheiro pra um velho amigo da minha cidade — comecei. A culpa crescia, mas eu não conseguia me obrigar a falar as palavras certas, as palavras verdadeiras. Não aguentaria ver os olhos dela se fecharem e sentir sua mão se afastar. — Eu... Eu perdi algo dele que era incrivelmente valioso. E não consegui pagá-lo por muito tempo, então ele começou a cobrar juros. E eles foram se acumulando.

Não era uma mentira completa, pelo menos. Cassie assentiu, pensando.

— O que você perdeu?

— Eu estava trabalhando pra ele, vendendo... suprimentos médicos. — Eu desviei os olhos. Cassie não era burra. Tinha sido tão bom ser honesto, e agora a sensação estava se esvaindo. — E fiquei com vergonha de ter perdido o negócio. Tipo, foi tão idiota. Era tão, tão idiota a quantidade de dinheiro que eu estava devendo. Então eu não gosto de falar sobre isso.

— Entendo — disse ela, apoiando a mão no meu joelho brevemente. — Não tenho mais perguntas, vossa excelência.

— Mas está pago agora — acrescentei.

Não estava pronto para vê-la seguir em frente, se levantando e esquecendo que estávamos chegando a algum lugar.

Ela continuou se movendo, devagar, com um meio-sorriso, e se levantou. Talvez algum dia, quando estivéssemos mais longe de tudo isso, quando o sangue do nariz de Johnno já tivesse secado no ralo do banheiro e Cassie não tivesse um milhão de outras coisas em que pensar — como a segurança da mãe, o show no Sahara para o qual ela vinha ensaiando fazia meses e o estúpido pseudonamorado —, eu contaria tudo, do começo ao fim. Se houvesse um "nós".

— Cassie — chamei, resistindo ao impulso de pedir a ela que sentasse de novo, a coxa perto da minha; nós não teríamos que nos beijar, só ficaríamos sentados e eu passaria a mão pelas costas dela.

Ela se virou, desfazendo o rabo de cavalo, e eu perdi o fôlego.

— Que foi?

— Seu show amanhã vai ser ótimo.

Um sorriso cresceu conforme o olhar dela percorria meu rosto. Mas eu tive dificuldade em retribui-lo. Ela merecia a verdade, e mais cedo ou mais tarde eu teria que achar um jeito de confessá-la. Mesmo se isso significasse perder Cassie.

Cassie

No dia do show, fui com Luke até River Place. Enquanto ele fazia fisioterapia, andei com Mittens pelas trilhas, subindo e descendo as colinas, deixando-a farejar qualquer folha, raiz e pegada que quisesse. Depois do café da manhã, no dia anterior, Luke havia dormido imediatamente. Eu tinha ido à casa de Nora para ensaiar, e Toby pediu que eu ficasse na casa dele. Eu disse sim rápido demais, preocupada que ele sentisse minha hesitação ou minha culpa. Por mais dividida que me sentisse naquele momento, estava feliz por sair do meu apartamento. Não conseguia entender muito bem meus sentimentos por Luke quando ele estava por perto; eram grandes demais. Precisava de distância para identificá-los, me perguntar quando eles haviam surgido e o que fazer.

Mas os sentimentos me seguiram — até a casa de Toby, me deixando insone, deitada ao lado dele, e naquele dia, pelas trilhas, pensando no dia que eu tinha dado Mittens a Luke. Como o rosto dele havia mudado, suavizando-se. Como eu o pegava falando com ela e tudo dentro de mim se tornava quente e meloso. Quando eu pensava sobre o futuro, por algum motivo só pensava em Luke.

Chegamos ao fim da trilha e voltamos ao jardim onde ele estava me esperando. Meu estômago deu cambalhotas.

— Quem tem a carinha mais fofa? Quem é a mais fofa? — Ele se abaixou e esfregou seu nariz no de Mittens. — Oi — disse então para mim, sorrindo enquanto afagava atrás das orelhas dela.

Quase não consegui dizer nada antes de sorrir de volta.

— Oi.

Caminhamos até o carro juntos e voltamos para casa com as janelas abertas.
Subi os degraus atrás dele, devagar. Quando entramos, Luke se virou de repente.
— Cassie, podemos conversar?
Meu coração começou a martelar.
— Claro! Claro. Fico feliz que você... É, devíamos conversar. Definitivamente.
Joguei minhas chaves na mesinha da entrada e o segui até o sofá. Antes que pudesse me sentar, ele tocou meu braço. Fiquei parada, esperando, meu rosto em chamas.
— Eu queria te dizer uma coisa. Queria contar, mas só não conseguia... — Ele balançou a cabeça e respirou fundo, como se tomasse coragem. — Tenho que ser completamente honesto com você.
— Ok — respondi, soltando uma risada nervosa. — Eu devia estar assustada?
— Não, acho que não assustada, mas vou entender se ficar chateada — disse ele, a voz assumindo um tom mais grave e mais sério, algo que eu não ouvia fazia muito tempo. Cruzei os braços. — Eu te contei que devia dinheiro a um amigo da minha cidade. É verdade, mas não era toda a verdade.
Assenti e me preparei, esperando que ele continuasse. Eu não era burra. A explicação dele tinha sido vaga, e de propósito. Presumi que fosse para o meu bem. Éramos parceiros de negócios, não confidentes. Pelo menos não até alguns dias antes.
Luke pareceu caçar as palavras e, quando não conseguiu encontrá-las, me olhou bem nos olhos.
— Ele era meu traficante.
Senti meus olhos se arregalarem.
— Traficante de quê? — perguntei.
— Oxicodona. Ou qualquer outro narcótico que eu conseguisse. Vicodin. Mas em geral era oxicodona.
Eu sabia, lá no fundo, que suas oscilações de humor não eram naturais. Ele vinha lutando para ficar sóbrio aquele tempo todo, tentado pelas drogas que deviam ajudá-lo a seguir em frente.

Lembrei do dia que ele havia me dado os tampões, de como sua cabeça pendia sobre os ombros.

— Há quanto tempo?

O rosto dele se contorceu, tentando segurar as lágrimas. Estendi a mão para apertar seu braço, seu ombro.

— Desculpa. — Ele apertou os olhos. — Isso é difícil. Era só recreacional quando eu era adolescente. Aí, dois anos atrás, percebi que eu estava viciado. Mas não conseguia parar. Então fiquei limpo, me alistei e... Aqui estamos.

— Por que não me contou de uma vez que estava sóbrio?

Procurei a raiva em mim mesma, uma sensação de traição por ele não ter sido sincero comigo. Mas, enquanto o encarava e via sua mão agarrar a bengala, a rigidez da perna, o jeito como seus ombros se encolhiam como se ele se preparasse para um golpe, não consegui encontrá-la. Só achei um homem que tinha passado pelo inferno na terra.

— Não pensei que você ia querer... — Ele fez aspas com os dedos. — ... *estar* com uma pessoa envolvida com esse tipo de coisa.

— Quer dizer, me casar com você? — Sorri.

— É.

— Bem... — As cambalhotas voltaram. — Eu queria que você tivesse sido honesto comigo.

Ele sorriu de volta, primeiro relutante, depois entregue ao alívio.

— Não está chateada?

— Não estou feliz, mas, cacete... — Dei de ombros. — Sei como é a relação com drogas na faculdade. Podia acontecer com qualquer um. Especialmente com narcóticos. Esse negócio... — Suspirei. — Não te invejo. — Engoli em seco. — E agora?

— Paguei tudo o que devia a ele e agora estamos quites. — Luke chegou mais para perto.

Por algum motivo, comecei a me sentir ansiosa. Talvez fosse uma reação atrasada. Ou o fato de ele falar do traficante de novo. Eu ainda não sabia nem se queria saber toda a história — pelo menos naquele momento.

Eu quis perguntar "e agora?" em relação à sobriedade dele. E, principalmente, "e agora?" em relação a nós dois.

— Ele *era* meu traficante. Palavra-chave: *era*. Então, é, eu planejo continuar sóbrio. Nada mais dessa droga de... — Ele procurou a frase.

— Drogas? — completei, abrindo e fechando as mãos, tentando sorrir e me livrar da sensação de que algo estava se fechando ao meu redor com força. — Eu não posso entrar no assunto a fundo com você agora, mas quero saber mais. E te ajudar.

— É claro. Eu só... queria te contar. Enfim. — Ele parou, balançando a cabeça. A sensação de aperto aumentou, por algum motivo. — Ele não vai importunar mais ninguém.

Eu queria tocá-lo, abraçá-lo, mas algo não estava certo. O jeito como ele disse aquilo me fez hesitar.

— Como assim "não vai importunar mais ninguém"?

A boca de Luke se abriu e ele a fechou. Toda a compostura de sua confissão tinha deixado seu rosto. Ele não pretendia dizer aquilo. Começou a balbuciar.

— Quer dizer, tipo, você e eu...

— O quê? — Tinha algo que ele não estava me contando. A ficha então caiu: havia um motivo para os olhos dele brilharem de raiva quando ele saiu do apartamento da minha mãe, duas noites antes. Para ter se oferecido para pagar a TV. Meu estômago se embrulhou. — Não. Não. Espera. Sério? Não.

— O quê?

— Acho que vou vomitar — falei.

Senti Luke se aproximar.

— Cassie.

— Não chegue perto de mim. — Cerrei as mãos e resisti ao impulso de bater no peito dele. — Foi o seu *traficante* que arrombou a casa da minha mãe? Foi por sua causa que aquilo aconteceu com ela? Fale a verdade!

Luke tentou sustentar o meu olhar, mas não conseguiu. Ele levou as mãos ao rosto.

— É, foi ele — admitiu, com um tom vazio.

— Minha mãe! — gritei.

Minha linda mãe, meu coração, minha família, agachada perto do carro, a barra da calça do pijama suja com a lama da sarjeta. Falando em espanhol com os policiais, porque aquele tipo de medo era profundo demais para usar sua segunda língua.

— Mas agora acabou — continuou ele, abaixando as mãos. — Confie em mim.

— Como eu vou confiar em você?

Ele falou mais baixo ainda.

— Eu resolvi as coisas com ele, Cassie. É sério. Vocês estão a salvo. Essa é a minha prioridade, principalmente agora.

— Eu não me importo.

Agora. Ele estava falando do que tinha acontecido na noite anterior e em todas as que vieram antes. Os sentimentos que eu vinha desenvolvendo por ele, que eu estava pronta a oferecer. Eu tinha caído em todas as mentiras que saíram da boca dele. Tinha fechado os olhos para elas.

— Sei que não posso mudar o que fiz e assumo a responsabilidade completa por isso.

Uma risada cresceu em mim, dura e afiada.

— Você não pode se oferecer pra pagar por uma TV e esperar que tudo fique bem.

As janelas da minha mãe, quebradas. Seus pés descalços e cortados.

— Eu não sabia que ele faria isso. Caralho, quase o matei ontem à noite, Cass.

Fiquei quieta.

— E não gostei de fazer isso, mas faria de novo. Eu faria qualquer coisa por você — Outro olhar chocado. Ele não sabia que ia falar essa parte também. Estava me encarando, quase sem piscar. Eu conseguia ouvir sua respiração. — Se quiser esquecer o que a gente tem, nunca mais falar comigo e ficar com o Toby, tudo bem. Mas você precisa saber que o que eu sinto por você é real. É por isso que estou sendo honesto e estou te contando tudo. Quando nos beijamos, na outra noite, foi real pra mim.

— Não — respondi. Estava tão furiosa que mal conseguia falar. Ele estava tentando me aplacar, me distrair da minha raiva.

E bem naquele dia. O dia mais importante da minha vida. — Eu tenho que ir pra passagem de som.
Fui em direção à porta.
Então parei. Mantive a voz fria e encarei o chão, sem olhar para trás.
— Eu não quero você lá, Luke. Não vá ao show. Não volte aqui. Eu entro em contato pra tratarmos do nosso divórcio.
— Espera! — Ouvi Luke dizer.
Foi um daqueles momentos em que a dor dele me alcançou; pude sentir sua agonia. Desci correndo as escadas, para longe dele, e fechei a porta.

Luke

Eu me recusava a aceitar aquilo. Estava parado do outro lado da rua da casa de Cassie pouco tempo depois de ela e Toby saírem, com a mochila do exército cheia nas costas, a guia de Mittens em uma das mãos e a bengala na outra, e soube que não era assim que as coisas deviam acontecer.

Talvez ela não sentisse o mesmo que eu sentia por ela; talvez estivesse assustada demais, mas isso não era o fim. Caralho, talvez a gente não devesse manter uma amizade depois disso, mas ambos tínhamos lutado demais para construir vidas novas só para que elas fossem destruídas por Johnno.

E essas novas vidas sempre estariam conectadas, eu tinha certeza. Eu não sabia como. Não sabia quando. Mas estariam.

Talvez eu estivesse me iludindo.

Essa é uma das vantagens de ter o cérebro de um viciado: somos ótimos em enganar a nós mesmos. Conseguimos nos iludir completamente.

Por exemplo: naquele momento, eu tinha começado a pensar que seria uma boa ideia me sentir fora de órbita.

Meu coração tinha acabado de ser arrancado, deixando um buraco no lugar.

Sair de órbita era um bom jeito de preencher buracos.

Mas aí pensei em Jake. No que tinha feito com ele ao sucumbir à oxicodona da primeira vez, quando tinha tentado escapar.

Não era novidade ter um dia como aquele. Todo dia era infernal, bastava prestar atenção. Todo dia um novo buraco se abria — talvez dois, talvez três. Sabendo disso perfeitamente bem, às vezes eu começava a pensar se o resto da minha vida seria como esvaziar um barco que afundava. Quando você tapava o furo por onde entrava uma dor, outro se abria.

Mas pelo menos eu não estava sozinho.

— Certo, Mittens? — perguntei a ela, coçando sua cabeça.

Mittens latiu.

— E aonde vamos agora?

Eu não sabia. Não havia para *onde* ir, só a rua se estendendo à nossa frente. Talvez, se eu começasse a me mover, se desse a volta no quarteirão, Cassie estivesse esperando por mim quando eu retornasse, e eu poderia abraçá-la e partiríamos daí.

Larguei a mochila ao lado da árvore e encostei a bengala no tronco. Envolvi a guia de Mittens na mão para ela não se afastar demais, certifiquei-me de que meus tênis estavam amarrados e comecei a caminhar.

Andei depressa, colocando o peso completo na minha perna ferida. O mesmo peso que eu colocava na outra. Cada passo era um novo buraco por onde a dor jorrava, e doía para caralho.

Mas aí não doeu mais. Então apertei o passo. Comecei a trotar. Meu coração bombeou o sangue para cada terminação nervosa e de volta em um instante. Meus ossos não quebraram. Tudo estava funcionando como deveria.

O corpo é um milagre, sabia disso, Mittens?

Casa após casa foi ficando para trás, e a dor estava lá, mas eu também estava.

Mittens trotava ao meu lado, a língua balançando.

Minha garganta estava ardendo e meus pulmões queimavam — eu estava enferrujado, mas me sentia vivo e desperto.

Eu não precisava conectar a dor a outras coisas, outras cenas muito distantes onde havia encontrado a paz. Tinha achado a paz ali.

Eu estava correndo.

Cassie

— Alô, som. Um, dois, alô, som — anunciei para o bar vazio, a luz do fim da tarde atingindo o neon baço e as paredes douradas.

Em qualquer outro dia seria um triunfo imaginar minha música envolvendo o público, mas o rosto chocado e amargurado de Luke me assombrava. Drogas, ameaças e as janelas quebradas da minha mãe. Luke puxando minha perna sobre o colo dele. Uma gota de baba caindo de sua boca flácida após os narcóticos. Seus pesadelos. Os exercícios de barra. O jeito como suas mãos grandes caíram na lateral do corpo quando ele estava me contando a verdade. Todo mundo para quem ele tinha mentido, todo mundo que eu conhecia e não conhecia, seguindo-o como fantasmas aonde quer que ele fosse. Eu tinha trazido veneno para dentro da minha casa. A lembrança da boca de Luke na minha fez um calafrio descer pelos meus ossos — aquela sensação atordoante de logo antes que faltasse açúcar no meu sangue, ou o que eu sentia quando não conseguia pagar o aluguel.

Mas meu aluguel estava pago e eu tinha conferido a glicemia no banheiro.

— Cassie? — chamou Nora. — Alto, baixo? O que acha?

Minhas teclas me encaravam, brancas, anônimas. Toquei um acorde e uma descarga de poder saltou pela ponta dos meus dedos. Ele podia aparecer a qualquer segundo. Eu tinha medo de que ele viesse e medo de que não viesse. A risada de um homem do outro lado do salão me fez pular. Mas era só o bartender arrumando as coisas. A porta atrás dele se abriu e então se fechou. Por que eu estava decepcionada por não ser Luke?

Óbvio que não era ele. Fechei os olhos para bloquear a imagem dele rindo. Eu o imaginei deitado no chão à minha frente, imóvel. Bom. *Fique onde posso vê-lo. Para eu saber que não está lá fora, onde vai me machucar de novo.* Toquei outro acorde para abafar a sua voz.

Virei a cabeça para Nora, esperando atrás de mim.

— Está ótimo assim.

As horas voaram, as luzes se apagaram, o neon se acendeu. As pessoas estavam chegando, e eu fiquei num canto do palco, tocando acordes silenciosos nas coxas para ocupar minhas mãos inquietas.

Nora me fez perguntas. Não, eu não estava tão nervosa. Eu estava nervosa, mas não tão nervosa. Sim, queria mesmo fazer aquilo. Queria levar o público à loucura. Sim, estava feliz com a iluminação, que deixava o ambiente com um tom alaranjado. Quantas pessoas eu achava que havia lá fora? Ah, sei lá. Parecia que estava lotado, com certeza. Sim, eu tinha recebido uma mensagem do cara da Wolf Records. O voo dele havia chegado mais cedo. Não, eu não sabia como era a cara dele.

Ah, merda, eu não estou dizendo nada disso em voz alta?

Tudo pareceu mais real quando ligaram o som — para mim e para o mundo. Ouvi um barulho eletrônico, como aquele que ouvimos no começo dos filmes no cinema.

— Desculpa — disse eu a Nora, que me arrastou para o que parecia ser uma despensa de suprimentos. — Estou meio fora do ar.

— Cassie, graças a Deus, você estava só, tipo, *silenciosa* — soltou ela, os lábios cheios roxo-escuros e sensuais, como duas ameixas. — Parecia uma daquelas mulheres que morre de tuberculose no século XIX. Você. Está. Bem?

— Sim, eu... — comecei, mas, com o som ligado, algumas das emoções tinham começado a voltar aos poucos. Mordi o lábio para segurá-las até o show começar.

— Se não estiver, não precisamos fazer isso — disse Nora.

— Ah, precisamos sim — retruquei.

E era verdade. Essa era a chance de deixar toda aquela merda para trás. E quer saber? Foda-se. Se a dissolução de um casamento falso me impedisse de fazer o maior show da minha vida, eu não merecia um contrato de gravação. O controle era superestimado. Eu tocava porque amava tocar, era isso. Se quisesse controle, não estaria ali. Independentemente do que acontecesse, tínhamos nos esforçado demais para jogar tudo fora.

Eu a puxei para perto pelo colarinho do vestido preto justo e comprido.

— Estou pronta. Você está?

Nora segurou minhas bochechas e plantou um beijo com os lábios roxos bem no meio das minhas sobrancelhas, que eu não limpei.

Saímos da despensa. Fui falar com Toby, que deu uma piscadinha enquanto fazia seu aquecimento na bateria. Até então tinha conseguido evitá-lo. Não fazia ideia do que dizer a ele ou como eu me sentia. Não fazia ideia do que aconteceria com a gente. Mas tudo isso teria que esperar.

Na ponta do palco, examinei a multidão. Em um canto, com a bolsa apertada no colo, seus Crocs azul-escuros apoiados num banco do bar, estava minha mãe. Rita se virou do balcão com duas taças de vinho branco, estendendo uma para ela.

Captei o olhar de minha mãe. Seu sorriso calmo interrompeu meus calafrios, minhas dúvidas. Aquele seria o primeiro show no qual ela não desejaria que eu saísse do palco e fosse outra pessoa.

Nora pegou seu baixo, extraindo três notas profundas.

Fui até o teclado. A música que estava tocando no Sahara tinha cessado, e o público começou a gritar.

Meu coração tinha acabado de ser arrancado, deixando um buraco vazio no lugar.

Mas às vezes isso só significava mais espaço para a música.

— Senhoras e senhores, obrigada por virem — disse ao microfone, sentindo o peso suave das teclas contra os meus dedos, tão familiar quanto o teclado que tinha quando era criança. Olhei diretamente nos olhos sorridentes de minha mãe. — Nós somos a The Loyal.

Luke

Depois que terminei de correr, o rosto vermelho e cantarolando graças a um coquetel de endorfinas e dor agonizante, Mittens e eu caminhamos de volta pelo quarteirão de Cassie.

Enquanto me aproximava, vi duas figuras paradas perto do freixo onde eu tinha deixado minha mochila e a bengala. Dois homens usando ternos idênticos.

As endorfinas se dissolveram. Eu só sentia dor. Dor e o estômago embrulhado.

A alguns metros de mim, o mais alto mostrou um distintivo. Eu o reconheci.

Divisão de Investigação Criminal, dizia. Meu pai tinha um igual, lembrei na hora. Meu coração acelerou. *Johnno*. Ele tinha realmente me delatado. Depois de tanto esperar, o pior enfim tinha acontecido.

— Você é o soldado Luke Morrow?

Pensei em dizer "não". Pensei em testar minhas habilidades de corrida de novo, em ter mais alguns minutos de liberdade antes que me levassem. Algum muro tinha sido derrubado. Eu quase senti vontade de rir alto, embora não houvesse nada de engraçado naquilo.

Tentei impedir a voz de falhar.

— Sou.

— Precisamos que venha conosco.

— Por quê? — perguntei, mas eu sabia.

— Você está preso.

Não consegui impedir meus olhos de voarem para o outro lado da rua, na direção da casa de Cassie. Se ela estivesse lá, poderíamos dissuadi-los, mostrar que não éramos uma fraude como eles pensavam. Inventaríamos outra história juntos. Mas o carro dela não estava em lugar nenhum.

Soltei a guia de Mittens para erguer as mãos e perguntei:

— Senhores, posso deixar meu cachorro na casa da vizinha?

Mittens olhou de mim para os homens como se eles fossem seus novos amigos, a língua ainda pendendo da boca.

O alto assentiu.

Procurei a chave extra nos bolsos, lembrando que Rita estava no show de Cassie. Onde eu deveria estar. Onde eu queria estar. Mittens olhou para mim enquanto eu trancava a porta como se estivesse entendendo o que eu estava fazendo, então se virou e correu para dentro de casa. Senti meus músculos relaxarem e logo depois serem tomados pela exaustão. Pela primeira vez desde que eu tinha dezenove anos, desde antes de conhecer Johnno, eu não teria mais que olhar por cima do ombro. Pronto. Johnno fizera o pior. Mittens estava segura, Rita estava segura, Cassie estava segura — todas a salvo porque estavam longe de mim. Eu estava me afogando naquela sujeira, mas pelo menos elas estavam a salvo. Era uma situação caótica, coisas demais estavam acontecendo ao mesmo tempo, mas eu não me importava. Não queria mais flutuar acima de tudo e não viver as consequências, porque lá em cima eu estava perdendo tudo. As partes ruins e as boas.

Essa parte — aquela em que o policial alto pegava minha mochila enquanto o mais baixo apoiava a mão firme nas minhas costas — era uma das ruins.

Mas dentro da mochila que ele segurava não havia um frasco de comprimidos. Ele estava no lixo, na casa de uma mulher do outro lado da rua. Tudo estava fluindo ao meu redor, a calçada, o freixo, o suor que ainda pingava depois da corrida, as algemas frias nos meus pulsos, as partes boas, as ruins, e eu no meio de tudo.

Deixei os agentes me levarem até o carro.

Cassie

— Caralho, Cassie. — Nora tinha se colado às minhas costas, murmurando sem parar enquanto saíamos do palco como uma única criatura estranha e suada. — Caralho, caralho, caralho.

Tínhamos até tocado um bis. Eu não tinha mais nada para dar. Eles tiraram tudo de mim.

Ainda dava para ouvir o público, mesmo dos bastidores.

Toby tinha pulado no meio das pessoas no final do set para cumprimentar um amigo. Agora abria caminho entre a multidão, seu sorriso com os dentes separados emergindo acima das cabeças e dos gritos. Ele segurou meus ombros e nós balançamos para a frente e para trás, rindo. Mesmo assim eu não conseguia estar nos braços dele sem que minha garganta apertasse, pensando em Luke.

A imagem dele era como um caroço preso na minha garganta. Aquele cretino. *Aquele cretino de merda. Ele não veio.*

— Eles querem que a gente assine um contrato de gravação — disse ele com o rosto em meu cabelo.

Eu me afastei e ergui os olhos para ele.

— Quê?

— Quê? — repetiu Nora, seus olhos grudados em Toby.

— Eles querem que a gente assine um contrato de gravação — repetiu Toby, mais alto. — Meu amigo ouviu o cara falar com o dono do Sahara. Eles podem até chamar a gente pra abrir um show de uma das bandas grandes deles.

— Turnê! — gritou Nora. — A gente vai sair em turnê!

— Ele ainda está aqui?

Nora e Toby seguravam as mãos, pulando num círculo, cantarolando "Vamos sair em turnê, vamos sair em turnê, vamos sair em turnê".

Tive que rir.

— Rápido, pega seu celular! — pediu Toby, ignorando minha pergunta e me empurrando para o camarim. — Ele pode ligar a qualquer momento.

Nem um minuto depois de Toby dizer isso, o celular começou a tocar. Bati nos braços de Toby e Nora, apontando.

Eles estavam com os braços ao redor um do outro, olhando para mim.

— Alô?

— Cassie?

Não parecia a voz nova-iorquina de John van Ritter. Parecia uma voz do Texas. Uma voz derrotada do Texas.

— Sim? — perguntei, me afastando dos curiosos.

— Aqui é o Jacob Morrow. O pai de Luke.

— Oi — disse eu, meu sangue gelando.

— Tenho más notícias. Luke foi preso.

Aquele cretino de merda, pensei, e imediatamente irrompi em lágrimas.

Luke

A acusação oficial era de roubo e fraude. Eles me detiveram por uma noite, em um cômodo mais ou menos do tamanho do alojamento que eu tinha dividido com Frankie e Galo no acampamento Leatherneck. Para dormir, havia um banco comprido forrado de vinil. Um vaso sanitário preso à parede. Um corredor pelo qual oficiais passavam, com seus cabelos escovinha e uniformes azuis, lançando olhares em minha direção enquanto seguiam para outro lugar.

Caí em um sono pesado, mais profundo do que já havia tido antes, perdendo a noção do tempo.

Quando acordei, tentei aprender a contar as horas, como tinha feito na casa da Cassie. Quando o oficial calvo e rechonchudo chegava com a coisa emborrachada amarela e redonda que deveria ser um ovo, significava que já eram por volta das nove da manhã. Quando o oficial de óculos e pele escura chegava com o sanduíche de mortadela e chips de milho velhos, já era quase meio-dia.

Eles deviam ter se esquecido do jantar. Com exceção de um oficial de queixo duplo que estava jogando um jogo no celular e não percebeu que eu estava na cela, ninguém mais passou por ali.

Tracei regras para mim mesmo para depois que saísse dali, sabe-se lá quando. *Iria a reuniões dos Narcóticos Anônimos duas vezes por semana. Terminaria a faculdade. Leria um livro por semana.* E por último, aquela que seria a mais difícil, uma que eu, na minha cabeça, abandonaria com frequência usando como justificativa todos os motivos egoístas existentes, mas que sabia que jamais poderia infringir: *Deixaria Cassie em paz.*

Finalmente, depois que o oficial gorducho e calvo me ofereceu pela terceira vez a borracha amarela, eles me informaram que o defensor público iria até lá naquela tarde. Eu estava acostumado a como as coisas funcionavam naquele tipo de lugar: poderia fazer no máximo umas três perguntas até que eles perdessem a paciência ou sentissem que eu estava desafiando sua autoridade, e dali em diante eu teria que calar a boca e fazer o que mandassem.

Primeiro, perguntei sobre Cassie. Eles a tinham detido também?

— Não há nenhuma informação a ser compartilhada no momento, soldado.

Então, perguntei quando seria a audiência.

— Você será informado.

Eu sabia qual deveria ser a terceira pergunta, mas hesitei, por achar que a resposta seria, na verdade, inútil. Duvidava muito que meu pai fosse dirigir até Austin só para me ver ferrando com tudo de novo. Mas se o julgamento acontecesse logo e ninguém pagasse a fiança, eu ficaria detido até que eles me transferissem para a prisão. Não sabia quando teria a chance de falar com ele. Queria explicar tudo. Queria que ele estivesse ali.

Cassie

Nos sentamos na varanda coberta do Mozart's, esperando para resolver detalhes de um contrato de gravação que poderia ser apenas uma utopia. Eu tinha saído do show da The Loyal com os pensamentos embaralhados, as informações que o pai de Luke tinha me dado escritas na minha mão com uma canetinha enquanto eu estava deitada no camarim do Sahara. Jake havia me dito que era melhor eu me afastar até depois do julgamento, a menos que me pedissem para comparecer. E dependendo de como Luke se declarasse, culpado ou inocente, poderiam fazer algo pior do que aquilo: me detessem. Na noite anterior, eu havia contado a Nora e Toby sobre a apreensão. Contado que eu não estava me sentindo bem e tinha ido para casa, trancado a porta e me deitado no escuro, insone.

Naquele momento, encontraríamos Josh van Ritter, da Wolf Records. Dois destinos: um bom, um ruim. Duas ondas posicionadas em cima de minha cabeça. Não toquei no meu chá.

A merda já estava acontecendo. Eu não sabia o que estava por vir. Quais consequências eu enfrentaria. Não sabia como aquilo funcionava. Nem quando, ou se, eu seria chamada a depor. Eu seria chamada? Ou eles me prenderiam também? Eles me segurariam na frente dos meus amigos, me algemariam e os fariam assistir enquanto eu acabava com os sonhos deles?

— Alguma notícia? — perguntou Nora, estendendo o braço por cima da mesa para acariciar minha mão, enquanto dava um gole no café.

— Nada ainda — respondi.

Nenhuma novidade. Eu tinha mandado uma mensagem para Jake na manhã seguinte ao show, mas não recebi resposta.

Luke havia guardado os poucos pertences na bolsa e saído. Mittens perambulou pelo apartamento a noite toda, farejando os cantos, procurando por ele. Todas as vezes que eu cochilava, acordava com o som das patas dela no assoalho de madeira e esperava para ouvir os murmúrios dele e seu peso fazendo as tábuas rangerem. Meus pensamentos se resumiam a Luke. Ele tinha ido embora. Eu o odiava, mas o perdoei. Eu o odiava porque eu o tinha perdoado e queria pedir desculpas por odiá-lo. Além de tudo, sentia falta dele. Sentia falta dele e ele era um mentiroso e eu o odiava e sentia sua falta.

Toby colocou o braço nas costas da minha cadeira.

Uma viatura policial passou. Estremeci.

Josh se aproximou de nós com um *latte* na mão, os óculos grandes cobrindo seus olhos amigáveis e parte da barba. Ele parecia estar com uma leve ressaca.

— Oi, Cassie! Procurei você depois do show — disse ele, sentando-se e oferecendo a mão.

Acenei.

— Eu estava me sentindo meio mal antes de tocarmos, aí acabou piorando — menti. — Desculpe por isso. Não quero acabar te contaminando.

— Sem problemas — respondeu ele, apresentando-se para Toby e Nora, que sorriam de orelha a orelha.

— Certo. — Josh apoiou as mãos na mesa. — Então, não tenho muito tempo porque preciso correr pra pegar o voo, mas quero deixar claro que vocês arrebentaram.

— Obrigada — falei, sentindo parte do entusiasmo da noite anterior retornando, o que me fez endireitar a postura.

— Estava me perguntando se vocês conseguiriam ter essa mesma energia em, digamos, vinte shows, em vez de um.

— Com certeza — garantiu Toby.

Quando eu estava prestes a assegurar que sim, chegou uma mensagem no meu celular. Dei um pulo. Não chequei o que ela dizia porque não queria ser grosseira, mas sabia que devia ser de Jake.

Josh continuou:

— Achamos que poderiam casar bem com a Dr. Dog. Eles fazem um som tipo pop britânico dos anos 1960, e vocês têm uma abordagem mais moderna e arrojada do mesmo gênero. Mais minimalista e com um protagonismo mais feminino.

— Assinamos embaixo. Eles sempre foram uma grande referência para nós — comentou Toby.

— Com certeza — concordou Nora. — Né, Cass?

— Sim — respondi de imediato, tentando controlar os sentimentos contraditórios que tomaram meu peito e evitar que a realidade me atingisse.

Havia o êxtase de ver que todo o nosso trabalho árduo tinha valido a pena, de podermos cair na estrada e tocar para desconhecidos, de que eu tinha talento e ética profissional para fazer aquilo acontecer.

Então, esmagando aquela felicidade, havia a possibilidade de eu ter destruído cada mínima parte de nossa nova vida antes mesmo de ela começar.

Nora segurou minha mão debaixo da mesa.

Agarrei a dela com ambas as mãos, grata, apertando forte.

— Então. — Josh se levantou, apontando para mim. — Que pena não estar se sentindo bem.

Consegui abrir um sorriso.

— Vamos nos falar quando estiver melhor. Enquanto isso — anunciou ele, gesticulando para todos nós —, fiquem de olho no e-mail que vou mandar com o contrato. Planejem-se para mais ou menos daqui a uma semana, quando a Dr. Dog passar por Galveston. Beleza?

— Beleza! — confirmou Nora, tentando soar alegre, apertando a mão dele mais uma vez.

Enquanto ele se afastava, li a mensagem de Jake: *Luke e meu pai vão encontrar o advogado hoje, te aviso se decidirem prestar queixa contra ele.*

— Merda.

Mostrei a mensagem a Nora e Toby.

— Bem, só podemos esperar pelo melhor — afirmou Toby, batucando na mesa, empolgado. — Aliás, *hello*. Aquele homem indo ali está prestes a nos dar um *contrato de gravação*.

Eu não conseguia compartilhar do entusiasmo de Toby. Comecei a pensar no sentido real de "cadeia". O que significava para Luke, o que significava para mim. Punição. Solidão. Privação de todo mundo. A agonia dele, esticando a mão para mim. Comecei a tremer entre meus colegas de banda, diante do chá morno.

— Vou pegar mais água quente para você — disse Nora, franzindo a testa.

Ela se levantou e entrou.

— Qual é, Cass. Seria o julgamento do Luke, não seu. Certo? — comentou Toby.

— Somos casados. Vai ser meu julgamento em algum momento.

Ele balançou a cabeça, abrindo um sorriso confiante.

— Mas ele é pior. O traficante dele? Quer dizer, isso sim é uma parada bizarra. Você poderia até dizer que ele te manipulou.

Fechei os punhos.

— Eu nunca faria isso com ele.

— Pelo menos pense na possibilidade. — Toby engoliu em seco, estendendo a mão para secar uma de minhas lágrimas. — Digo, estamos prestes a sair em turnê, Cass.

Apontei para a mensagem no celular.

— Talvez nem exista uma banda pra sair em turnê. Porque *eu* menti. Também sou uma fraude.

Ele pensou no que dizer, estreitando os olhos, confuso, e se inclinando para perto de mim.

— Você vai só se entregar?

— Não vou me entregar! — respondi, explodindo. — Mas estou sendo honesta sobre o que está acontecendo aqui.

— Tudo bem, seja honesta, então — disse ele, batendo na mesa. — Seja honesta, caralho.

Ergui as mãos.

— Quê? O que quer que eu diga?

— Você está apaixonada por ele! — gritou Toby, erguendo as sobrancelhas.

Nora tinha voltado, segurando um pequeno bule. Ela o pousou sobre a mesa com delicadeza, mordendo o lábio.

Toby expirou devagar. Sua expressão facial agora era mais suave, mais triste. Ele ajeitou o cabelo atrás da orelha e se recostou.

— Você está em pânico porque está apaixonada por ele. Eu sempre soube que estava. Todo aquele tempo. Só tentei ignorar.

Fiquei totalmente sem ar. Não podia dizer que sim, mas também não podia dizer que não. E a única pessoa a quem isso importava estava inalcançável.

De repente, me senti tão cansada que mal conseguia manter a cabeça erguida. Peguei o bule e coloquei a água fervente na minha xícara. Podia sentir Toby me observando. Olhei nos olhos doces e tristes dele.

— Desculpa — respondi, e era verdade.

A mandíbula dele ainda estava tensionada.

— Não acredito nessa porra. Preciso de uma bebida.

Nora estava agora entre Toby e eu, colocando os braços em nossos ombros.

— Primeiro, precisamos arranjar comida para Cassie. Depois, vamos para o Handle. E não importa o que aconteça, esta banda vai superar isso. Vamos ficar tristes juntos e comemorar juntos.

— Vamos fazer as duas coisas? — questionei, tentando não chorar.

— As duas coisas — confirmou ela.

Luke

Eu estava sentado em outro cômodo que era mais ou menos metade de minha cela, com paredes de metal e nada além de uma mesa e três cadeiras. Quando abriram a porta, mantive os olhos nas algemas ao redor dos meus pulsos. Senti o cheiro de óleo de motor, sal e sementes de girassol. Ergui o olhar.

— Bem — começou meu pai, sentando-se à minha frente, movimentando um membro de cada vez. — Você não deveria receber visitas.

— Não, senhor.

— Mas contei a eles que costumava ser da Divisão de Investigação Criminal e que provavelmente pagaria sua fiança, então me deixaram entrar. Eles exageram muito com esse negócio de casamento de mentira, de qualquer forma. Desperdício de dinheiro.

Notei que nós dois estávamos sentados da mesma forma. Nossas lesões ficavam no lado direito do corpo.

— Você não precisa pagar a fiança. Eu só queria…

Meu pai balançou a mão, o rosto severo.

Parei de falar.

— Obrigado.

— Jake entrou em contato com a Cassie, como pediu.

Senti algo inflamar dentro de mim ao ouvir o nome dela.

— O que ela…? — comecei.

Ele ergueu a mão.

— Mas dissemos para ela não vir aqui até que seja necessário.

— Sim, senhor. Então eles não a prenderam.

— Não. Pelo menos, ainda não.

— Maldito Johnno. — Mordi a língua e senti o gosto de sangue. Ele entrelaçou os dedos, esperando uma explicação. Uma história longa demais. Era sempre uma história longa demais. Nada simples. Nada bom.

Ele semicerrou os olhos para mim, franzindo bem as sobrancelhas, perplexo. Parecia estar confuso, devia estar pensando em como eu poderia ser filho dele, imaginei. Em como era possível compartilharmos o mesmo DNA.

— Sabe qual é a sensação de se decepcionar, filho?

— Sim, senhor. — *Todos os dias.*

— Não, volta e meia me pergunto se sabe. Acho que nunca soube. Porque se soubesse, acredito que não causaria tanta decepção às pessoas na sua vida.

Ele se levantaria e iria embora, de novo. Cortaria relações comigo pela segunda vez. Eu não podia deixar que aquilo acontecesse.

— Eu sei, sim. E estou decepcionado. Cometi um erro.

— Um erro não é o problema, Luke. O problema é você achar que levar a vida desse jeito é aceitável. Quando sua vida é uma série de erros, eles não são mais erros. São apenas sua vida.

— Pai — falei, cerrando os punhos. *Preciso de você.*

— Pensei que você tivesse mudado.

— Eu mudei. Estou falando com Jake. Estou indo a reuniões. — Pensei na vida que eu tinha escolhido, aquela no campo de batalha, as consequências. Eu não tinha nada a perder. — A morte da mamãe ferrou comigo de verdade, pai. — Respirei fundo. — E senti sua falta. Eu te amo.

Ele pigarreou, colocando as mãos no bolso.

— Você vai receber uma dispensa desonrosa, imagino.

— Contanto que nada aconteça com a Cassie.

— Ninguém pode garantir isso.

— Talvez não, mas posso tentar.

Meu pai fez uma pausa.

— Como assim?

Naquele momento, o advogado entrou. Um homem mais ou menos da minha idade, de ascendência asiática. O cabelo denso e preto aparado, óculos com armação de plástico, uniforme azul.

— Meu nome é Henry Tran e sou da Defensoria de Justiça Militar dos Estados Unidos.

Ele apertou nossas mãos e se sentou ao lado de meu pai, do outro lado da mesa.

— Então — começou ele, conferindo as informações em um papel. — Você está sendo acusado de forjar um casamento com o intuito de receber, de modo fraudulento, os pagamentos referentes ao Subsídio Básico para a Moradia e Subsídio por Separação de Família, violando o artigo 132 do Código de Justiça Militar.

Por um minuto, ficamos calados. Meu pai abriu a boca, mas falei primeiro:

— Nós nos casamos. É isso. Isso é tudo o que precisam saber.

— Concordo, soldado Morrow. A postura oficial da Defensoria é que o casamento é uma decisão pessoal e particular, e o "motivo" — ele ergueu as mãos, simulando aspas com os dedos — que leva alguém a forjar uma união legal não é uma questão judicial. A questão é se vocês podem fornecer os documentos legais necessários que sirvam como prova de que estão casados.

Abri um sorriso. Meu pai me observou, franzindo a testa. Eu o ignorei, erguendo os dedos um por um, pensando em Frankie, suas provocações, sua insistência em não deixar nenhuma ponta solta.

— Temos um certificado oficial de matrimônio. Temos provas fotográficas do pedido de casamento. Temos testemunhas que nos viram antes e depois da cerimônia como um casal...

Olhei para o meu pai. Ele observava o advogado, com as sobrancelhas erguidas. Era provável que ele não tivesse percebido o quão comprometido eu estava com aquilo.

— A acusação poderia coletar provas significativas de que o casamento ocorreu durante um período de necessidade financeira? — perguntou Henry devagar, ponderando.

Engoli em seco. Era possível. Eles poderiam cavucar. Tinham como ver os altos e baixos na minha conta bancária enquanto eu pagava Johnno — principalmente a rapidez com que meu saldo despencava. Poderiam ver que Cassie tinha sido demitida. Se eu pudesse impedi-los de fazer aquilo antes que a investigação fosse tão longe... Coloquei uma das mãos na mesa, inclinando-me à frente.

— Poderiam, mas não seria relevante. Se eles coletarem provas, vou depor que me casei com ela porque nos amamos e queríamos ajudar um ao outro. Não cabe ao tribunal determinar os motivos para alguém se casar, foi o que acabou de dizer.

Meu pai se mexeu na cadeira. Eu não tinha certeza, mas achava que ele tinha concordado com a cabeça minimamente, quase de modo imperceptível.

— Além disso, o ângulo que eles estão utilizando é "intenção de enganar". — Henry pigarreou. — O telefonema incluía a menção de adultério por parte da sra. Salazar. Isto depreciaria a legitimidade das alegações de amor e apoio.

Ouvi a voz de Kaz, vi Johnno zombando da situação. *Por que você deixa ela te chifrar assim, cara?*

— Se eu não... — Engasguei com as palavras. Tentei não estremecer com o pensamento de Cassie e o baterista dela se abraçando. — O que quer que tenham visto, se eu não a considero adúltera, então ela não me traiu. E é isso que vou depor, também. — Senti o olhar de lado do meu pai. Mantive o olhar fixo no advogado e continuei: — Cassie me apoiou enquanto eu estive no Afeganistão e cuidou de mim, dia e noite, quando voltei ferido para casa, e temos prova disso. Ela foi minha esposa nos aspectos que importam e foi uma companheira maravilhosa.

Um olhar perspicaz cruzou o rosto do advogado e ele pegou os arquivos de novo, folheando os papéis. Depois de um minuto, enfiou a pasta debaixo do braço e concordou com a cabeça.

— Soldado Morrow, sua audiência provavelmente será em alguns dias. — Ele abriu um pequeno sorriso. — Recomendo que se atenha às palavras que acabou de dizer e que faça uma lista para mim de todos que possam testemunhar a veracidade do empenho da sra. Salazar e vice-versa. E recomendo que se declare *inocente*.

Depois que contei a ele sobre Rita, Jake e as fotos, Henry assegurou a meu pai e a mim de que, dependendo do interesse do advogado de acusação, ele provavelmente nem fosse precisar usá-las. Ele se levantou. Antes de sair, alternou o olhar entre meu pai e eu.

— Já defendi casos assim antes. Pelo que estou vendo, vocês compartilham algo bastante verdadeiro.

Uma fração da emoção que senti quando beijei Cassie algumas noites antes se espalhou pela minha pele. Ainda não tinha acabado, mas era real. Até um desconhecido disse que era real.

Meu pai se virou na cadeira para olhar para a porta, e ouvimos passos no corredor. Ele se voltou para mim de novo, falando com calma.

— Você fez uma coisa boa. Quando disse que deporia. Não a envolveu na história. Nem levantou a possibilidade.

— Sim, senhor. Quero mantê-la longe do problema.

Ele ergueu o queixo.

— Você se importa, né?

— Pode apostar. — As palavras saíram depressa, convictas.

Eu nunca havia tido tanta certeza de algo.

— Certo — afirmou meu pai, levantando-se. Ele olhou para mim de cima. — Vamos tirar você daqui.

Há uma foto de meu pai no dia do nascimento de Jake, segurando o pequeno bebê embrulhado, feito uma bola de futebol. A boca dele, curvada de alegria e fascínio. Ele está olhando para cima, para minha mãe, a fotógrafa, com um olhar meloso.

Já cheguei a pensar certa vez que meu pai não tinha vivido um momento como aquele quando eu nasci, embora não fosse culpa dele. E essa seria a razão de eu continuar a decepcioná-lo — porque nunca havíamos tido uma conexão e eu nunca sabia o que ele queria de mim.

Mas, quando olhamos um para o outro enquanto ele saía da sala, eu soube que ao menos uma coisa era certa: ou eu havia estado errado desde sempre e tínhamos, sim, tido um daqueles momentos de vínculo e apenas havíamos nos esquecido daquilo; ou, porque eu nunca tinha testemunhado tal olhar no rosto dele — um olhar de surpresa, compaixão, admiração, um olhar que dizia *você é capaz de fazer coisas incríveis* —, naquele dia eu havia renascido.

Cassie

Eu estava sentada no chão de casa, minhas coisas espalhadas ao meu redor. Quando o celular tocou e vi o nome de Luke na tela, congelei. Tocou de novo. Eu não conseguia atender.

Não havia tido notícias desde a mensagem de Jake no dia anterior. Naquele momento, Josh van Ritter tinha cumprido a promessa de nos mandar o e-mail. Viajaríamos para nossa primeira parada, Galveston, no dia seguinte. Ao meu lado estavam um copo térmico, dois pares de roupas íntimas e alguns discos de Bruce Springsteen. Todas as coisas que eu tinha buscado na casa de Toby. Na presença do uísque dele, da minha água com gás e do conselho de Nora, eu tinha finalmente revelado a ele que eu havia dormido com Luke. Tínhamos nos despedido com um abraço frio. As coisas melhorariam.

Eu ficaria melhor, ao menos, se não fosse jogada na cadeia. O celular tremeu e o nome de Luke apareceu de novo. As vibrações martelaram no chão como um pica-pau.

E se a investigação tivesse se intensificado? E se a ligação dele era para dizer que a polícia estava a caminho? Adivinhar era pior do que saber. Atendi.

— Estou aqui embaixo — anunciou ele.

Senti o coração na garganta.

— Está aberta — respondi.

Segundos depois, ouvi os passos pesados dele na escada.

Tentei me controlar para não tremer.

Se ambos fôssemos acusados de fraude, ele poderia estar chegando com notícias da prisão, ou uma versão abstrata de prisão que eu havia imaginado nos dois dias anteriores. De qualquer forma, eu viveria com pessoas que queriam machucar outras, pessoas confinadas e cheias de raiva por terem sido derrotadas pelo mundo. Não, eu não moraria com elas. Eu me tornaria uma delas. A Wolf Records romperia o contrato com a The Loyal antes de conseguirmos tocar uma música sequer. Nora e Toby seriam privados da nossa grande oportunidade. Cada parte da minha identidade (minha música, meus amigos, minha mãe) seria arrancada de mim e, considerando como era difícil para condenados conseguirem emprego, provavelmente eu jamais as teria de volta. *Eu deveria passar direto por ele agora*, pensei. *Eu deveria fugir.*

Abri a porta. Ao vê-lo, alto e limpo, tudo dentro de mim pareceu flutuar. Ele havia perdido aquela tensão que sempre estivera lá desde que o conhecera, as linhas na testa dele e entre as sobrancelhas haviam sumido, assim como aquela sensação de "me tire daqui".

— Oi — disse ele.
— Oi.

Nós sussurrávamos, embora não houvesse motivo para tal.

— Posso entrar? — pediu.

Mensagens foram transmitidas em nanossegundos. Estávamos de volta no Lexus de Frankie, zombando daquele exercício de contato visual. Estávamos frente a frente no cartório, unindo as mãos suadas enquanto o celebrante de camisa laranja balbuciava a oração da serenidade. Estávamos no jardim dos fundos do pai dele, rindo enquanto JJ tentava escalar as costas de Mittens. O que fizemos um com o outro? O que fizemos?

— Depende.
— Como assim?

Engasguei, constrangida.

— Quer dizer, o que vai acontecer? Com as acusações?

Ele sorriu.

— Posso explicar daqui ou posso explicar aí dentro. O que você preferir.

— Entra — falei, dando um passo para o lado.

Nos sentamos no sofá.

— Como foi o show? — perguntou ele, como se aquela fosse uma visita social.

Foi mágico, tive vontade de dizer, *queria que você tivesse estado lá*, mas as palavras não conseguiam ultrapassar o medo pulsante.

— Foi ótimo — disse, por fim. — Luke, o que está acontecendo?

Ele se virou para mim.

— O advogado disse que tenho chances de vencer o caso. Que é quase certo. Vou me declarar inocente.

— Inocente — repeti. — Espera, você fica dizendo "eu", não "nós". Eu não vou ser...? Certo, começa de novo. Como eles chegaram até você, afinal?

O olhar de triunfo dele se apagou.

— Meu antigo traficante.

— Mas por quê? — perguntei com rispidez. Então, com mais suavidade, emendei: — Não deixe nada de fora.

Luke assentiu, os olhos fixos nos meus.

— Com certeza.

Ele começou contando como tinha conhecido o tal homem, Johnno Lerner. Como ficaram amigos e a amizade durou mais ou menos até Luke começar a mudar de vida. Como Luke jogou os comprimidos fora. Como havia largado as dívidas para trás, pensando que pudesse fugir para o Afeganistão, até que Johnno o tinha achado. Então Luke me encontrou.

— E foi nisso que me concentrei na conversa com o advogado — disse ele. — Como um casamento não é o que as pessoas acham que ele deva ser. Que isso cabe às pessoas dentro dele. E mesmo que olhemos para o que é oficial, tipo, na saúde e na doença, na riqueza e na pobreza etc., nós dois fizemos tudo isto. Éramos bons juntos. Cuidamos um do outro. — Ele desviou o olhar, quase com dor, e com um suspiro breve acrescentou: — Então, é isso. O advogado disse que tenho uma chance. Que parecia verdadeiro.

— E ele disse para você se declarar inocente.

— Sim. Provavelmente você nem vai precisar depor. Mas se precisar...

— A história é que nos importamos um com o outro.

Ele respirou fundo, relutante.
— Essa é a história.
Ficamos em silêncio. Já passamos muito tempo em silêncio juntos, mas aquele momento parecia diferente. Talvez fosse o primeiro silêncio que não precisávamos romper mentindo. Para todos, um para o outro. Ou talvez ainda fossem mentiras. Eu não sabia. Não achava que Luke estivesse mentindo naquele momento, ou quando me disse que sentia algo por mim. Porém, mais uma vez, eu também não tinha pensado que ele havia mentido quando contou que devia dinheiro a "um amigo da sua cidade". E, naquele momento, se eu dissesse em um tribunal que tudo o que tivemos foi verdadeiro, seria uma mentira? Respondi minha própria pergunta.
— Eu iria até lá — afirmei com calma. — Se precisarem que eu vá. Eu também falaria que foi verdadeiro. Que se tornou verdadeiro — emendei.
— O depoimento ajudaria, com certeza.
— Você pode me avisar assim que souber o dia e a hora?
Eu precisava me certificar de que conseguiria voltar de onde quer que eu estivesse na turnê. Viajaríamos pelo Texas por um tempo.
Luke assentiu. Estava tão silencioso que eu conseguia ouvir a respiração dele.
— E agora? — perguntei.
— Bem, não podemos nos divorciar até depois da audiência — apontou Luke. — Obviamente.
— Ah.
Eu nem tinha pensado no divórcio. Aqueles minutos com ele pareciam como nos velhos tempos. Como os dias em que trabalhamos juntos.
— Digo, é isso o que você quer, né? — Luke inclinou a cabeça; a linha em sua testa estava lá de novo.
O que eu queria? Eu queria ser cautelosa. Meus sentimentos eram enormes, confusos e se moviam dentro de mim como uma correnteza; varreriam tudo à sua frente se eu não tivesse cuidado. Eu não podia deixar que me derrubassem.

— Não sei — respondi, olhando para o assoalho de madeira.
— O que você quer?
Luke engoliu em seco.
— Não sei.
Antes que eu pudesse me conter, revelei:
— Eu gostava do que tínhamos. Ou, pelo menos, do que tínhamos menos as mentiras e o xixi nas calças. — Luke deu uma risadinha. Olhei para a boca dele. — E acho que precisaria desconsiderar os beijos.
— Então quer que sejamos amigos? — perguntou Luke devagar.
Meu estômago, ainda flutuando, encolheu um pouco.
— Quero, mas...
— Não dá pra guardar o bolo e comê-lo ao mesmo tempo.
— Não posso comer bolo, ponto. Tenho diabetes.
A risada calma de Luke se transformou em uma gargalhada. Ri com ele.
— E como você e Toby estão? — perguntou ele, tentando demonstrar casualidade.
— Hum... — murmurei, dando uma olhada rápida nos objetos espalhados pelo chão. — Toby e eu terminamos.
— Ah. Sinto muito.
Quando nossos olhos se encontraram, percebi talvez fosse uma esperança brilhando no olhar dele, o vestígio de um sorriso; mas então a expressão se desfez. Ele balançou a cabeça.
— Quanto ao nosso relacionamento... — começou ele, mas parou. Ele parecia estar se esforçando para as palavras a saírem.
— Mal consegui me reerguer. A coisa mais importante é ficarmos seguros e saudáveis, e acho que isso significa que você deve seguir com a sua vida, e eu com a minha. — Ele abriu um sorriso verdadeiro, e não pude deixar de pensar no desperdício que ele representava. Era trágico, o que ele havia acabado de dizer.
— Provavelmente é o melhor para nós.
— Provavelmente. — Meu estômago se contraiu um pouco mais.
Os olhos dele estavam colados nos meus, aqueles olhos azul-acinzentados. Então o olhar desceu para minha boca.

— Vamos ver o que acontece. Certo? Depois da audiência.
— Certo.

Todo o gaguejar de Luke e as obviedades sobre se manter seguro e saudável e seguirmos com nossa vida soavam bem diferentes do que tudo que ele havia dito dias antes. Talvez tivesse se arrependido. Ou estivesse com raiva, considerando que da última vez que nos encontramos eu tinha posto Luke para fora de casa.

E ainda assim ele havia dito aquelas coisas sobre nosso casamento ser real, um momento que eu queria pausar e rebobinar, me certificando de que estávamos sentindo o mesmo.

E o que era esse "mesmo"? Poderia lidar com o fato de que ele tinha mentido e ainda assim sentir o que eu sentia? Será que aquilo tudo era apenas a adrenalina falando? *Devo dizer que ele está perdoado? Eu de fato perdoei o Luke?*

— Ah, adivinha só — disse ele, interrompendo meus pensamentos, os olhos grandes e felizes.

— O quê?

— Minha família vai fazer uma pequena cerimônia para mim, por conta do Coração Púrpura. Amanhã. Eles queriam se certificar de que conseguiriam fazer isso antes do julgamento. Sabe... — Ele fez uma pausa. — Por via das dúvidas.

— Isso é maravilhoso. — Sorri para ele.

Ele sorriu de volta. Senti a pele aquecer.

— É, Yarvis vai estar lá. Vai ser uma coisa bem pequena. Mas bacana. — Ele parecia chocado. — Quer ir? Quer dizer, se quiser. Eu adoraria que fosse. — Ele pigarreou. — Digo, eu gostaria bastante.

Senti o rosto ficar vermelho e quente, agora por conta do desconforto.

— Vamos para Galveston amanhã — revelei. — Em turnê. Conseguimos um contrato de gravação depois do show.

— O quê??? — Foi quase um grito; ele parecia mais animado do que eu o via em muito tempo. — Cassie, isso é incrível!

— É — concordei, abrindo um sorriso apesar do nervosismo.

— É meio que o máximo.

O celular dele vibrou. Ele checou, então olhou para mim.

— Jake está lá fora com JJ na cadeirinha, então...

Fiquei de pé. Ele se levantou, devagar.

— Provavelmente não vou conseguir ir à cerimônia, desculpa.

— Não, sem problemas — retrucou ele, com a voz profunda, controlada. — Eu te vejo...

— Na audiência?

— Isso.

Minhas mãos tremeram ao lado do corpo. Ele fechou os punhos. Andamos lado a lado até a porta e ele se apoiou na bengala ao descer.

Na escada, ele olhou para mim de novo por um longo minuto. Não desviei o olhar.

— Tchau, Cass.

— Tchau, Luke.

O buraco no meu peito estava de volta. Meus ouvidos seguiram o ritmo constante dos passos dele ficando mais distantes. A tensão nos meus músculos que havia cedido com a esperança de que nos livraríamos das acusações ressurgiu com o pensamento de que talvez ele não quisesse mais me ver. Mas então se esvaiu de novo com a lembrança das palavras tranquilas dele, da sua convicção, da determinação de fazer aquilo dar certo.

— Ei! — Ouvi, abafado, lá de baixo.

Entrei em pânico, correndo até a porta, o coração acelerado. Ele estava ao pé da escada com a cabeça erguida para mim, aguardando, os braços torneados apoiados nas laterais do batente da porta, naquele momento aberta para a varanda.

— O quê? — perguntei, dando uma risada. — Você me assustou.

— Desculpa. Esqueci de te contar. Eu consegui! — gritou ele, lá de baixo.

Ele gesticulou para a perna machucada em que havia apoiado a bengala, e arfei, entendendo o que ele queria dizer.

Ele assentiu.

— Eu corri. Fui correr!

Mas antes que eu pudesse parabenizá-lo, a porta se fechou; Luke tinha ido embora.

Luke

Um fio me prendia àquela sala, onde ela ainda estava sentada, vestindo aquela blusa branca de botão ridícula que não parecia nada com as camisetas macias que geralmente usava, tropeçando nas palavras, olhando para mim como nunca tinha olhado antes. Ouvir que ela estava disposta a tentar algo novo depois de tudo, talvez não como amigos, talvez não como marido e mulher, mas o que quer que fôssemos, foi quase demais para suportar.

Lembrei a mim mesmo das regras que eu tinha elaborado depois de ser preso. *Deixaria Cassie em paz.*

Ela ainda sentia afeto por mim porque tinha acabado de descobrir que tínhamos chance de nos livrar das acusações. Mas aquele era apenas um dia em que eu havia sido bom para ela. Logo ela se lembraria de tudo o que tinha acontecido antes daquilo, de que eu tinha estragado a vida dela. O que quer que ela sentisse naquele momento, teria tempo para repensar.

E ainda assim, quando fui atingido pela luz do sol a caminho de onde Jake tinha parado perto do meio-fio, um diamante duro e cintilante ricocheteando nos capôs dos carros estacionados na rua de Cassie, o som do teclado saindo pela janela aberta dela, esperei até o último momento para abrir a porta do carro. Saboreei aqueles segundos de Cassie a trinta metros de distância de onde eu estava, querendo ficar comigo.

Cassie

Na manhã seguinte, estacionei o Subaru do lado de fora da casa da minha mãe e, por alguns instantes, fiquei lá de pé, observando minha antiga rua. Bati na porta de tela. Quando não houve resposta, entrei.

— Mãe! — chamei em meio à luz fraca que entrava pelas janelas, quase esverdeadas graças às plantas.

Ela surgiu na sala de estar, os óculos de leitura pendendo de um cordão ao redor do pescoço. Não falei nada. Apenas a abracei com força.

— Pode pentear meu cabelo? — perguntei com o rosto encostado em seu ombro, aliviada demais por vê-la para me sentir constrangida por pedir algo que eu não desejava desde que era adolescente. — Só mais uma vez antes de eu ir?

— Com certeza — respondeu ela.

Me sentei na cozinha, observando o relógio de cacto, os dedos dela em meu couro cabeludo me causando arrepios, mas de ternura.

— Está uma bagunça.

— Ah. Você diz seu apartamento?

Gargalhei. Minha risada cessou no primeiro puxão que ela deu com o pente. As lágrimas automáticas de dor tomaram meus olhos.

— Desculpa. Só tenho que desfazer este nó grande — murmurou ela.

— Tudo bem — retruquei. — Não, não só o apartamento. — Ela puxou o cabelo de novo. As lágrimas rolaram livremente. Respirei fundo. — Então. Essa coisa do casamento...

Contei a ela o que tinha percebido sobre Luke. Sobre transar com ele e sobre conhecer e logo me apaixonar por Toby. Sobre a lesão, a morte de Frankie e como tinha sido difícil fingir que Luke e eu nos amávamos. Até que deixou de ser.

Por fim, ela havia transformado meu cabelo em uma cortina suave e úmida. Ela parava de me pentear todas as vezes que eu contava algo, e eu ficava esperado que ela jogasse o pente no chão e me desse um tapa na nuca, mas ela não fez isso.

— E agora estou confusa, mãe. Sei que cometi erros, mas aprendi tanto. E não perdi meus objetivos de vista. E Luke e eu, nem sei o que isso deveria parecer, mas temos algo profundo, sabe, e... Será que você pode dizer alguma coisa?

Ela estava calada. Me virei na cadeira para encará-la, observando seu rosto com covinhas, os olhos dela analisando o meu.

Ela segurou meu queixo.

— Ai, *mi hija*. Se você quer o meu conselho, esta é a primeira vez que não tenho nenhum para oferecer.

— Nada? — Senti o sorriso se tornando maior, apesar de sentir meu estômago se contrair. — Logo da maior julgadora de todos os julgadores?

— Não. Isso é passado. — Rimos. — E sabe o que mais? Depois da nossa briga, é bom dizer: certo, Cassie, você é uma mulher agora. Tome suas próprias decisões.

Ela estava certa. Se eu quisesse minha independência, teria que aceitar tudo. As coisas boas e as ruins.

— Tudo o que posso dizer é que sinto muito — prosseguiu ela. — E sei que acredita que seu casamento foi uma mentira e só por dinheiro, e também que fui dura com você, mas ouvindo você falar agora... Bem, realmente parece algo verdadeiro para mim.

Algo verdadeiro. Até para minha mãe. Sorri para ela.

— Sério?

— Com certeza. Você cuidou dele. Ele cuidou de você. Mesmo que vocês dois tenham tido mais dificuldade do que a maioria das pessoas, ambos cresceram.

— Mas da próxima vez... — comecei, ponderando o que eu queria dizer. Da próxima vez eu estragaria tudo? Não gostava

de falar daquela forma. Não queria que houvesse uma próxima vez. — Da próxima vez que tivermos algum problema, temos que nos ajudar, acima de tudo.
— Gosto dessa ideia.
Eu me levantei. Tinha que ligar para o pessoal da fundação Young at Heart de novo, descobrir como conseguir o seguro--saúde patrocinado pelo governo e irmos para último ensaio antes de sairmos em turnê.
— Ligue da estrada.
— Amo você, mãe.
— *También te amo*, Cass. Arrase nos shows.

• • •

Uma hora depois, a Sexta da Stevie começava. Nora e eu tínhamos decidido que seria bem especial, faríamos rituais de boa sorte e enfeitaríamos o porão dela com confetes prateados e velas. Cobrimos as paredes de concreto com um tecido transparente que encontramos por uma pechincha num brechó. Penduramos fios de pérolas nos canos. Antes de assinarmos os contratos que havíamos imprimido e posto no meio da sala — antes de alugarmos a carreta para levar nossas coisas, e de começarmos nossa nova vida como músicos profissionais —, tocaríamos o que quiséssemos, porque sim, e por horas a fio. Tocaríamos o *Rumours* inteiro, de um jeito torto e regado a champanhe, se assim quiséssemos.

Nora tinha arranjado três garrafas de champanhe, uma para cada um de nós. Cada um estourou a sua, demos um gole e começamos a preparar os instrumentos.

— Podemos começar? — indagou Nora. — Ou vocês dois precisam de um momento?

Olhei para Toby, que revirou os olhos, testando o bumbo mais alto do que o necessário.

— Provavelmente vamos precisar de alguns momentos no futuro, mas agora não — respondi.

Nora ergueu as sobrancelhas, sem conseguir disfarçar a satisfação.

— Vamos ficar bem — disse Toby, erguendo a voz sobre as próprias batidas. — Anda, vamos só tocar.

Acendi um baseado e deixei que pendesse da minha boca enquanto tocava, no estilo Marlon Brando. Comecei a procurar as notas que diziam *Sim, vamos ficar bem. Eu vou ficar bem.* Obviamente, não consegui encontrá-las. Havia outro sentimento mais forte que gritava urgência. The Loyal ficaria bem, mas eu ficaria? E Luke?

Toby tocou algumas batidas para nos incentivar. Nora puxou uma sequência menor para servir de guia. Sem palavras para nos ajudar a fazer a transição para nossa nova vida, com o pesar do que deixávamos para trás e a alegria do que nos esperava adiante, simplesmente tocamos juntos.

Luke

— Pronta, Mittens?
Que pergunta estúpida. Eu segurava o frisbee rosa-choque do Departamento Municipal de Bombeiros de Buda. O focinho dela estava erguido no ar, os olhos fixos, o rabo balançando. Era óbvio que ela estava pronta.
— Vai! — Joguei bem alto, quase desejando que passasse por cima da cerca daquela vez.
Mittens se lançou nela, formando um arco com o corpo, saltando como se fosse a Cadela Maravilha.
Minha cachorrinha maravilhosa. Eu sentiria falta dela.
Estávamos no jardim dos fundos da casa do meu pai. Jake e Hailey apareceriam com JJ a qualquer momento, assim que conseguissem tirar a mancha de brownie do terno dele. Meu pai estava ao lado do tenente-coronel Yarvis trajando seu antigo uniforme, as mãos unidas em frente a ele, observando Mittens correr em círculos. Naquele dia, eu estava de uniforme.
Era estranho vesti-lo de novo. Eu o havia usado quando me formei no campo de treinamento e para ocasiões especiais na base do Afeganistão. Nos dormitórios, na casa de Frankie, em aviões — aquele uniforme estava sempre pendurado ao lado do de Frankie.
A família dele havia recebido o Coração Púrpura pelo correio.
— Voltamos! — anunciou Hailey, carregando JJ nas costas. — Não chute o vestido da mamãe, por favor.
— Certo, Yarvis, estou pronto quando você estiver.
Descobrimos que soldados sob investigação ainda podem receber o Coração Púrpura, apenas não na cerimônia elegante

organizada pelo Exército. Tudo bem por mim. Considerando tudo, cerimônias oficiais não faziam muito meu estilo.

Eu só queria que Cassie estivesse ali.

Meu pai tirou JJ das costas de Hailey enquanto nos reuníamos no meio do gramado.

— Esperem — pediu Jake. — Vou pegar a câmera.

Ficamos quietos esperando; JJ fazia barulhinhos com a boca. Ouvi o som de uma motocicleta. Alguém fazia um churrasco do outro lado da rua.

Yarvis olhou para mim.

— Já pensou no que quer fazer depois disso?

— Ainda não sei — respondi.

Olhei para meu pai, que encarava o nada. Embora tivesse concordado em estar ali, em sediar o evento, eu temia que ele só tinha, na verdade, atendido a um pedido de Jake.

Cada palavra que ele havia dito desde que saí da prisão estava vinculada à possibilidade de eu poder fazer merda de novo a qualquer momento. *Você sente algum "conflito" em relação à reunião que Jake preparou para você? Sabe qual é a sensação de se decepcionar?*

Mas aquilo era de se esperar. Por mais que ele não tivesse muita fé em mim naquele momento, ele era capaz de ter mais. Todos eram. Eu não desistiria.

Virei-me para Yarvis de novo.

— Você disse que o Exército só tem dois assistentes sociais para centenas de famílias, certo?

Yarvis assentiu.

— Lamentavelmente.

— Bem, talvez contar com mais um seja útil, então. — Era uma ideia que vinha rondando minha mente desde minha estadia naquela cela.

Ele me deu um tapinha nas costas, abrindo um grande sorriso.

— Me parece uma ideia fantástica.

— Talvez eu pudesse trabalhar com veteranos que lutam contra o vício.

Yarvis concordou de novo, sugerindo alguns programas e cursos que eu poderia fazer. Meu pai manteve o olhar fixo à frente, mas percebi que ele estava prestando atenção na conversa.

— Pronto! — exclamou Jake, voltando do carro com a câmera.

Yarvis pigarreou e retirou uma caixinha de madeira do bolso.

— O Coração Púrpura é dado a soldados feridos ou mortos em combate. É um símbolo de coragem e sacrifício. Hoje, condecoramos o soldado Luke Morrow, ainda na ativa e membro da 34ª Divisão de Infantaria Cavalo Vermelho dos Estados Unidos.

Yarvis removeu a medalha e entregou a caixa a Hailey, já quase às lágrimas.

— Apesar de estar fora do campo de batalha, Luke, sejamos honestos, você é meio idiota.

Jake sufocou uma risada, cobrindo a boca.

— Isso não anula a coragem que mostrou em combate. Estou orgulhoso de entregar esta condecoração a você hoje.

Ele a prendeu em meu uniforme. Jake e Hailey bateram palmas, e não pude evitar sorrir ao olhar para a medalha. Um coração dourado gravado com a efígie de George Washington, pendurado em um laço púrpura. Significava sacrifício, orgulho. Trabalho duro. Mesmo com tudo desmoronando ao meu redor, aquilo provava que houve algo bom, ainda que por um curto tempo. E que talvez pudesse haver algo bom de novo.

— Oba! — gritou JJ. — Vamos comer mais brownies!

— Tudo bem, precisamos de uma foto. Yarvis, você tira…?

Jake entregou a câmera a ele. Ficamos próximos uns dos outros — eu de um lado, então Hailey, Jake e meu pai, de frente para o sol que se punha atrás da casa.

— Quero ficar perto do vovô — anunciou JJ.

— Está bem — concordou meu pai. — Bem na frente do vovô. — JJ se posicionou de acordo. — E Luke — chamou ele.

Virei o rosto. A medalha dele estava presa ao lado do nome costurado no tecido — Morrow, assim como o meu. Ela brilhava sob a luz do entardecer. Meu pai deu um passo para a direita, criando um espaço entre ele e Jake.

— Por que não vem ficar aqui, do meu lado?

Cassie

Eu havia encontrado. Frankie tinha enviado a gravação do casamento no cartório fazia muito tempo, e eu tinha baixado o vídeo, pensando que algum dia, quando tudo estivesse acabado, eu remixaria um *sample* do celebrante com sua hilária camisa laranja para uma música. Aquela parte em que ele disse "Judaica, cristã, muçulmana, pagã, sei todas essas".

Me sentei na cama. Depois da Sexta da Stevie, tudo tinha parecido um sonho: assinar o contrato, ajeitar a bateria de Toby em uma carreta atrelada ao meu carro — pelo menos até termos dinheiro para comprar uma van de turnê — e entrar em contato com o vocalista da Dr. Dog para nos apresentar.

Eu tinha considerado ligar para Luke mais de vinte milhões de vezes desde que nos encontramos no dia anterior. Mas não sabia o que dizer. Uma parte minha ainda estava irritada com o fato de que, graças à audiência e aos sentimentos com os quais eu relutava, havia me esquecido de sentir mais raiva dele. Não havia nenhuma garantia de que minha mãe ficaria bem, com exceção da palavra dele e do fato de que até então ninguém tinha mexido com ela. Eu deveria confiar nele.

E outra parte minha ainda estava sentada diante dele, vendo-o tentar não ficar decepcionado por eu não conseguir ir à cerimônia do Coração Púrpura. E não era apenas culpa. Eu queria estar lá. Mas, quando ele tinha dito que seria algo pequeno, familiar, senti que provavelmente eu não pertencia mais àquele grupo. Seu sobrinho meigo, o irmão engraçado e a cunhada durona; o pai, que havia construído uma barreira ao redor de si, mas que, uma vez transposta, era definitivo: você estava dentro. Eu gostava deles. Queria vê-los, me desculpar por tudo. Dizer ao pai dele, especificamente, que seu filho era um homem bom. Um homem corajoso.

Mas era óbvio que eu não poderia ligar para Luke e dizer aquilo.

Na era das redes sociais, as pessoas não ligam umas para as outras e confessam seus sentimentos. Em vez daquilo, olham para fotos e vídeos, convencem a si mesmas do que elas *deveriam* sentir, certo? Certeza. Eu não tinha nenhuma foto de Luke, mas tinha o vídeo de nosso casamento no cartório.

Dei *play*.

Frankie tinha se esquecido de começar a gravar, lembrei. Ele não havia registrado a parte das orações. Então tivemos que começar de novo.

O celebrante olhando diretamente para a câmera, abrindo a Bíblia, fingindo que estava fazendo aquilo pela primeira vez.

Conforme vocês embarcam nessa jornada do matrimônio, que Deus lhes conceda a serenidade para aceitar as coisas que não podem mudar, a coragem para mudar as coisas que podem e a sabedoria para discernir entre elas.

Não dá pra discordar disso, eu havia dito.

Um close em nossas mãos, Luke agarrando as minhas com firmeza. Eu tentando não rir.

Cada imagem da cerimônia estava entrelaçada às lembranças do que viria depois.

Você, Cassie, aceita Luke como seu parceiro para toda a vida? Promete andar ao lado dele para sempre, amá-lo, ajudá-lo e encorajá-lo em tudo o que fizer?

Cara, que música boa!, havia exclamado Luke quando eu toquei para ele pela primeira vez por Skype, uma das primeiras demonstrações de entusiasmo que eu tinha visto nele. *Ela vai sair no meio de uma frase, só pra avisar*, ele havia falado para Yarvis, e eu tinha pensado que ele estava tirando sarro de mim. Mas não: *Foi só um comentário, amor.* Ele estava me aceitando. Aceitando que meu trabalho era minha prioridade. Nunca tentava me engolir.

Eu abrindo a boca para dizer *sim*, mas sendo interrompida. Luke lançando um olhar de lado.
Promete dedicar um tempo para conversar com ele, escutá-lo e cuidar dele?
A imagem das costas dele quando entrou na casa da minha mãe, com a bengala no ar, pronto para nos proteger. Levando o pacote de glicose aos meus lábios, permitindo que eu apoiasse a cabeça no seu ombro. O corpo dele curvado enquanto eu esfregava suas costas na banheira, se rendendo. Ele sempre tinha se lembrado de me agradecer. Todas as vezes.
Você compartilhará de suas risadas, de suas lágrimas, como sua parceira, amante e melhor amiga?
A sensação das lágrimas dele caindo na minha cabeça, molhando meu cabelo, nós dois sentados no sofá, antes de nos beijarmos. A sensação de segurança. A sensação de fazê-lo rir, mesmo enquanto estávamos todos rígidos no sofá, debatendo a possibilidade de sermos condenados por um crime. Nosso crime.
Sim, eu tinha dito.
Sim, Luke tinha dito.
Pelo poder a mim concedido pelo estado do Texas, eu vos declaro marido e mulher.
Aquele segundo interminável enquanto nos olhávamos nos olhos.
Pode beijar a noiva, filho!
Eu o tinha beijado. Pensando que era só da boca dele que eu gostava.
Ai!, eu havia gritado. *Porra!*
Gargalhei alto na cama do hotel, observando meu rosto raivoso tentando soltar meu cabelo, que tinha ficado preso nos botões dele.
Que foi?
Luke colocando a mão na minha cabeça.
Tínhamos percorrido um longo caminho desde então. Tanta coisa havia acontecido. E tínhamos chegado ao final com cicatrizes, fortalecidos.

Voltei a gravação para o início.

... *a serenidade para aceitar as coisas que não podem mudar, a coragem para mudar as coisas que podem e a sabedoria para discernir entre elas.*

A coragem para mudar as coisas que eu podia mudar. Ainda tínhamos algumas horas antes de partir para Galveston.

Peguei as chaves do carro.

Luke

Era estranho me perceber de volta ao gramado do meu pai, sentindo-me diferente de quando havia estado ali com Cassie. Sentia como se alguém tivesse me mastigado e cuspido fora, o que me deixou mais forte. Menos estático. Menos como se houvesse um elefante no meu peito. Menos indeciso, mesmo que, ao pensar em Cassie, surgissem apenas perguntas. Era como aquilo funcionava, eu percebia. As grandes perguntas tinham apenas respostas curtas — na verdade, se pareciam mais com frações de respostas, e tínhamos apenas que torcer para que algum dia aqueles pedaços se unissem para formar algo aceitável.

Meu pai e Jake se aproximaram depois de pegarem cervejas geladas no cooler.

— Então Luke puxa o coro — dizia Jake a meu pai. — E todo mundo ficou tipo — ele fez um sussurro alto, típico de quando as pessoas estão imitando multidões — "Jacob, Jacob, Jacob".

— Quer dizer, é um ano comendo de graça no Gino's — expliquei, rindo. — Um grande momento. Muita coisa em jogo.

— Exceto que a pizza do Gino's tem gosto de papelão encharcado de gordura — afirmou meu pai.

Jake balançou a cabeça.

— O problema é que você gosta de massa crua.

Meu pai soltou um *pfffff* e cuspiu uma semente de girassol perto demais de onde Jake estava para parecer um acidente. Jake ergueu o braço para se proteger, rindo.

Ficamos calados de novo, observando JJ fazer um som indiscernível enquanto girava em torno de Hailey, que estava sentada na grama, bebendo uma cerveja.

Jake pegou o celular do bolso, checou e começou a digitar com vigor.

Olhei para JJ de novo. Embora eu estivesse esperançoso de que as acusações fossem retiradas, estava me preparando para o pior, no que dizia respeito a Cassie. Tinha certeza de que, não importava o que acontecesse comigo, desejar Cassie de longe e saber que ela jamais escolheria ficar comigo era o melhor a se fazer. Minha metodologia: eu poderia pensar em coisas das quais gostava nela e, em seguida, substituí-las por elementos concretos e tangíveis do momento presente.

Coisa: eu sentia falta do cheiro do carro dela. Substituto: o gramado recém-aparado. Restos de hambúrguer que meu pai havia preparado na churrasqueira.

Coisa: eu sentia falta de como ela deslizava pelo assoalho de madeira de seu apartamento só de meias, sem se incomodar em levantar os pés porque, nas palavras dela, "é divertido, parece que estou patinando no gelo". Substituto: o som de Jake rindo sozinho enquanto olhava para a tela do celular. Um momento casual. Um tipo de momento que eu tinha subestimado.

Coisa: a voz dela. Substituto: eu ainda não tinha um.

Jake pigarreou.

— Ei, hum, Luke!

— Sim.

— Talvez seja bom você olhar para o outro lado.

Lancei um olhar confuso para o meu irmão, mas ele apenas deu de ombros. Cruzei o quintal e estreitei os olhos, tentando ver através da porta dos fundos. Um carro estava se aproximando da entrada de veículos. Um velho Subaru branco, para ser mais exato.

Cassie

Mandei uma mensagem para Jake quando estava chegando a Buda. Assim não haveria chance de eu amarelar. Acelerei, reduzindo a viagem de vinte minutos para quinze; cada vez que eu considerava dar meia-volta, pisava ainda mais no acelerador.

O que eu faria, correria até o jardim do pai dele e o beijaria que nem nos filmes?

Meu Deus, eles pensariam que eu era louca. Eu estava prestes a personificar todos os estereótipos de mulheres emocionadas que já existiram. Desatinada, ilógica, inconsciente das regras da sociedade. Que ultrapassa todos os limites de velocidade e simplesmente invade uma propriedade privada e declara seu amor.

Eu era apenas uma mulher que precisava falar.

Queria que ele soubesse. Só isso. Luke poderia fazer o que quisesse com a informação. Caralho, eu o tinha ajudado a tomar banho, pelo amor de Deus. O mínimo que ele poderia fazer era ouvir o que eu tinha a dizer.

Desacelerei ao me aproximar e estacionei na entrada de veículos. Respirei fundo e saí do carro. Ao dar a volta na casa, minhas mãos tremiam.

— Ei! — chamei-o quando avistei o jardim, protegendo os olhos da luz do sol.

Luke estava boquiaberto. Ele vestia o uniforme azul, todo lindo, distinto e feliz. Jake cobria o rosto, tentando não rir. O pai de Luke me encarava como se eu fosse doida.

Foda-se.

Eu me aproximei de Luke. Ele sorria. Aquele era um bom sinal. Conseguia ouvir Jake e a esposa cochichando.

— Oi — disse, enfiando as mãos no bolso.
— Olá — respondeu ele.
Bem, era aquilo, o momento *foda-se*. Indiquei um canto do jardim. Luke me seguiu; paramos perto de um aglomerado de arbustos.
— Desculpa não chegar a tempo da cerimônia — comecei.
— Eu só precisava vir de qualquer forma. Porque depois que conversamos, pensei muito.
— É, eu também.
Meu coração se animou.
— Sério?
— Sério. — Ele engoliu em seco. — Mas vai, continua.
Enfiei as mãos mais fundo no bolso. Tentando me controlar. Olhei para o gramado.
— Sei que não faz muito sentido que a gente... Você sabe, que a gente se envolva depois de tudo o que aconteceu. Mas preciso que você saiba que... — Parecia errado dizer aquilo para o chão. Olhei para ele. — Eu te amo.
Luke ergueu as sobrancelhas, aqueles cílios longos piscando em surpresa por cima dos olhos azul-acinzentados. Ele não estava respondendo. *Tudo bem. Pelo menos eu falei.* E ainda assim...
— E não digo isso de um jeito superficial, tipo, *apaixonada*, como alguém diria em um filme da Disney ou como os adolescentes dizem um para o outro pra poderem transar.
Ele riu.
— Digo isso sem dúvida alguma, como os idosos que andam de mãos dadas na rua. Eu me importo com você, sempre vou me importar com você, eu te amo, e vou esperar você, se for o que precisamos fazer.
— Cassie, eu... — começou ele, respirando fundo e olhando para um ponto longe de mim.
Diga alguma coisa. Olhei de volta para o gramado. Meu velho amigo, o gramado.
— Eu também te amo.
Ergui a cabeça depressa.
Hesitante, ele pousou as mãos nos meus ombros.

— Eu te amo.
— Sério? — Meu coração parecia mais cheio, transbordando de luz.
— Sério.
Nós nos mexemos ao mesmo tempo. Passei os braços pelo pescoço de Luke, encostando minha boca na dele ainda aberta, indo de encontro aos lábios dele em um beijo convicto, um beijo aliviado, um beijo com as mãos dele em minhas costas, a ponta dos dedos dele desenhando as minhas costelas, os meus acariciando o peito dele, ambos conhecendo o corpo do outro como nunca fizemos.
— Então não importa o que aconteça na audiência, vamos fazer isso? — perguntou ele quando nos separamos.
— Não importa o que aconteça — confirmei. — E vamos ganhar. Bem, vamos lutar muito por isso, pelo menos.
— Pode apostar que sim — garantiu ele, colocando o braço ao redor do meu corpo, me apertando, me abraçando.
Olhei para a família dele e dei um aceno tímido. Jake e o pai deles tinham se virado, fingindo mexer na churrasqueira. Hailey disfarçou um sorriso com uma tosse e JJ olhava para nós de modo descarado, um carrinho de brinquedo esquecido na mão.
Virei-me para Luke, em seguida chequei o horário. Eram cinco da tarde. Entraríamos no palco às nove da noite.
— Merda. — Sorri para ele. — Tenho que ir fazer um show.
— Tudo bem.
Caminhamos lado a lado até a entrada, nos desequilibrando um pouco, aproveitando o tempo. Ele segurou minha mão enquanto andávamos. Meus olhos arderam, úmidos.
— Cassie — disse Luke de repente.
— Sim — respondi em meio às lágrimas.
— Não sei o que vamos fazer ou como isso vai funcionar, mas eu te amo — murmurou ele. Soltei a mão dele e entrei no carro. Pela janela, ele acrescentou: — Este é o ponto de partida.
Assenti, sem conseguir falar. Enquanto me afastava da entrada, Luke acenou. Acenei de volta.

Ele estava certo; não sabíamos o que faríamos, mas sabíamos que não éramos mais o pior que um dia pensaram de nós — não éramos criminosos, viciados, mentirosos nem trapaceiros. O que estava por vir era uma incógnita. Mas talvez não precisássemos saber. Nos amaríamos, acima de tudo, e aquele seria nosso ponto de partida.

Agradecimentos

Obrigada a Lanie Davis, Annie Stone e a toda a equipe da Alloy Entertainment. Obrigada a Emma Colón pelo tempo dedicado e pelos olhos atentos ao rascunho. Obrigada a Aimee, Ondrea Stachel e Kim Ross por compartilharem seus relatos sobre diabetes. E, por fim, um grande obrigada a Kyle Jarrow pela inspiração e a Emily Bestler por levar *Continência ao amor* para o mundo.

1ª edição	NOVEMBRO DE 2022
impressão	IMPRENSA DA FÉ
papel de miolo	PÓLEN NATURAL 70 G/M²
papel de capa	CARTÃO SUPREMO ALTA ALVURA 250 G/M²
tipografia	MINION PRO